U0895652

KUADU
CHANGPIAN XIAOSHUO
WENKU

跨度长篇小说文库

王涛 著

中国文史出版社

图书在版编目(CIP)数据

画人难 / 王涛著. — 北京 : 中国文史出版社,2016.1
(跨度长篇小说文库)
ISBN 978 - 7 - 5034 - 6361 - 7

Ⅰ. ①画… Ⅱ. ①王… Ⅲ. ①长篇小说 - 中国 - 当代
Ⅳ. ①I247.5

中国版本图书馆 CIP 数据核字(2015)第 097579 号

责任编辑: 薛媛媛

出版发行: 中国文史出版社
网　　址: http://www.chinawenshi.net
社　　址: 北京市西城区太平桥大街 23 号　邮编: 100811
电　　话: 010 - 66173572　66168268　66192736 (发行部)
传　　真: 010 - 66192703
印　　装: 廊坊市海涛印刷有限公司
经　　销: 全国新华书店
开　　本: 720 × 1020　1/16
印　　张: 20　　　字数: 290 千字
版　　次: 2016 年 1 月第 1 版
印　　次: 2016 年 1 月第 1 次印刷
定　　价: 42.00 元

目　　录

第一回

何颖出才有出头日
众画师便生嫉妒心

初秋京城的早晨天色未明，微风瑟瑟，一班大臣早已在东华门外等候早朝，大家互相小声议论，窃窃私语。这时东华门慢慢地打开，大臣们急忙站好队列，依次走了进去，直奔太和殿。此时太和殿外的八个大铜炉向外冒着青烟，被风一吹，烟雾顿时弥漫开来，整个皇宫好像置身于彩云之中，真个天上人间一般。

大臣们进入殿内，按位列依次站好。然后便听太监高声道："皇上驾到！"只见一青年从屏风后走了出来，坐在了描金彩绘的龙椅之上，此人便是哀宗皇帝柴熵——当然，哀宗这个谥号是在其驾崩之后才有的。此时众大臣赶忙下跪道："吾皇万岁万岁万万岁！"

柴熵抬手道："平身。"

众人起身后，柴熵笑道："朕昨日听说圣寿寺已完工，果真如此？"

话音刚落，只见群臣中闪出一人，五十岁上下，身着圆领红袍，手持白玉笏板，身形宽阔，器宇轩昂，乃是工部侍郎傅国茶。傅国茶道："启奏皇上，圣寿寺确实已经建成，但全寺上下的壁画还未添一笔。"

柴熵奇怪道："却是为何？"

"启奏皇上，"傅国茶道，"圣寿寺乃是皇上登基之后兴建的第一所庙宇，所以微臣不敢有一丝马虎，此时尚未找到合适的匠师，微臣不敢草率行事。"

柴熵点头道："爱卿说得是，朕对于此寺上心得很，无论是规模还是装饰，朕都要做到前无古人，所以这壁画，依朕看来就不要用匠师来画了，否则终究会匠气太重。宫廷画院里能者无数，爱卿挑选几个，随你去圣寿寺作画就是了，如何？”

傅国茶躬身道：“遵旨。”

退朝之后，傅国茶回到家中，有些闷闷不乐。换了便服之后，便坐在椅子上发呆。傅夫人见了，端来一杯茶道：“大人有心事？”

傅国茶笑道：“有是有，不过说出来也没用啊。”

傅夫人道：“还未曾说，如何知道没用呢？”

“你一个女子，哪里帮得上什么忙？”傅国茶说完喝了一口茶。

“话不能这么说，”傅夫人道，“我哪里就这么没见识了？好歹我也是您的夫人，您说出来，就算是我替您分忧了。”

傅国茶见夫人执意要听，于是便将今日朝堂上的事说了一遍。

傅夫人听后笑道：“这有什么可烦的，按圣上所说就是了。宫廷画院中人才济济，难道还找不出一个来吗？”

“那些画师的画我见过，全都是擅长山水花鸟，并无擅长人物的。这次的壁画，不是菩萨便是罗汉，他们哪里画得好？皇上说要一个前无古人的圣寿寺，现在处处都已妥当，就差壁画这一节点睛之笔，倘若做得不好，前功尽弃不说，要是圣上怪罪下来，那如何是好？”傅国茶说完叹了口气。

傅夫人想了想，笑道：“我倒想起一个人来，此人擅长花鸟，但更擅长人物。”

傅国茶忙道：“谁？”

“此人就住在京西水泉寺之中，靠卖画度日，所画佛像皆是栩栩如生，听说人长得丑些……”

傅国茶打断道：“你是说何奇？”

傅夫人笑着点了点头。

傅国茶一拍脑袋，笑道：“我这脑子，如何将他忘了！多谢夫人，多谢夫人！我这就派人送去拜帖，将他请来。”

傅国茶于是急忙派人拿着拜帖，前去西山水泉寺去请何奇来家中做客。

将近下午时，傅国茶正在书房看书，家童进来道：“老爷，颖出先生到了。”

傅国茶道：“先请何先生到厅中用茶，我换了衣服就来。”

傅国荼换了衣服，来到厅上，只见一人正坐在椅子上闭目养神。此人面色发黑，形容消瘦，穿着一件褐色的小袖圆领衫，脚下穿着便鞋。那人听见脚步声，睁开眼睛，见是傅国荼，急忙起身道：“何奇拜见傅大人。”

傅国荼笑道：“何先生请坐。”说完自己也坐了。傅国荼又上下打量了一下何奇，只见此人不但长得难看，而且有一只眼睛布满了血丝，使人望而生畏。何奇被看得有些不自在，于是笑道：“不知道傅大人叫小民来有何指教？”

傅国荼道：“今日请何先生来，是有事相托。”

何奇道：“傅大人请讲。”

“那傅某就明言了，”傅国荼说道，“圣上所建圣寿寺已经完工，只是寺内的壁画尚未添置一笔，皆因为圣上此次要求甚高，要做到前无古人才成。虽说宫廷画院之中人才无数，但能描绘人物者却寥寥无几。听说何先生不仅擅长花鸟，对人物画也是造诣颇深，不知是真是假？倘若何先生真有这样的本事，那傅某还请何先生帮忙，事成之后，必有重谢。”

何奇想了想说道：“实不相瞒，在下确实和一位高人学过人物画，那位高人师承吴道子，画起人物来个个呼之欲出。何某虽不及其一半，但要让圣寿寺前无古人，何某的水平已经是绰绰有余了。”

傅国荼笑道：“真如何先生所言的话，傅某当真感激不尽。不知何先生恩师现在何处？尊姓大名？是否能请来一见？”

何奇摇头道：“恩师两年前就已经去世，名字也不便相告，还望恕罪。”

傅国荼道：“既然如此，那就劳烦何先生了。如果您有什么需要，只管提出来，傅某一定会竭尽全力帮助何先生。”

何奇道：“何某确实有一件事需要傅大人帮忙，如若成功，何某日后一定不会忘记傅大人的恩情。”

“何先生请说。”

何奇道：“何某自幼学画，无论春夏秋冬，严寒酷暑，每日都勤加练习，只希望日后能够出人头地。可何某家境贫寒，地位低贱，无法大展宏图。不想当今皇上登基之后，马上传令天下，无论地位家资，只要擅长丹青，皆可通过考试进入皇家画院。何某听得消息，夜不能寐，实指望有平步青云之日，飞黄腾达之时。于是倾家荡产，凑齐路费，从家乡来得京城。可何某万万没有想到，考试虽然不看出身，但要看相貌，何某终因样貌丑陋不能入选。为了进京考试，我已经是变卖了家产，到京城时，已经是身无分文，考试之后，便连家也回不去了。何某没有办法，只能栖身于水泉寺之中，抄写经文以求度日。后来我又以画佛像卖钱为生，这样大家才渐渐知道水泉寺中有位姓何名奇之人，擅长人物肖像。可再出名，何某也进不得皇家画院。今日承蒙傅大人提携，让我有机会为圣寿寺描绘壁画，何某只有一个要求，如果皇上对圣寿寺的壁画满意的话，就请傅大人在皇上面前美言两句，让我入得宫廷画院，以了却我生平之愿。”说完竟“扑通”一声双膝跪倒于地。

傅国茶忙搀扶道：“何先生不必如此，快请坐。”说完便将何奇扶回座位。

傅国茶看着满面泪痕的何奇，捻着胡须说道：“何先生之心傅某也能够理解，空有一身本领，却没有用武之地，虽有能耐，但却怀才不遇，正所谓千里马常有，而伯乐不常有啊，况且何先生这匹千里马可以说是百年不遇。但宫廷画院不录用何先生也是有原因的：当今圣上对丹青偏爱有佳，有时甚至是废寝忘食，常和画院中的画师们一起探讨绘画之道，如若画师相貌丑陋，天天面对圣上，只怕圣上也会心里不快，何先生想一想是不是这个道理?”

何奇抬头叹道：“傅大人的意思是何某再无出头之日了?”

傅国茶摆手道：“话也不能说绝，傅某也是爱才之人，何先生若真能将圣寿寺的壁画画到前无古人的境界，傅某愿意在圣上面前推荐何先生到宫廷画院供职。”

何奇听了，连忙又跪倒在地，哭道：“傅大人若真能推荐何某进得宫廷画院，何某来生做牛做马报答傅大人。”

“先生言重了。”傅国茶忙将何奇搀起道，“那就这么说定了。明天一早，傅某便随何先生前往圣寿寺，如何?”

“一言为定，”何奇说道，“何某先回水泉寺一趟，准备妥当之后，明天一早再来拜见，可以吗?”

“也好，”傅国茶道，“那傅某就不虚留何先生了，我派人送您回去。”说完转身对家童道：“送客。”

何奇又向傅国茶拜了拜，说道："傅大人放心，我绝对不会让您失望，何某不但要让圣寿寺做到前无古人，还要让它做到后无来者。"说完便转身去了。

傅国茶看着何奇的背影，心中道："我倒要看看这个何奇有什么能耐。"

何奇坐着马车回到了水泉寺，正看见饰心和尚在山门前扫地。何奇忙过去一把拉住道："随我来。"

饰心和尚吓了一跳，说道："阿弥陀佛，何施主做什么？"

何奇也不答话，便将饰心拉到寺院后花园的凉亭内。

"何施主有事？"

何奇看了看周围无人，说道："我得了个好差事，你和我一起去，如何？"

饰心笑道："好差事的话，何施主一人去就是了，小僧去干什么？"

"帮忙啊！"何奇笑道，"我缺个帮手，你随我去吧。"

"既然何施主需要帮手，那小僧我义不容辞，不知是什么差事，何时出发？"

"明天一早就走，什么差事我不能告诉你。"

饰心笑道："不说就不说吧，那我先去禀明方丈。"说完转身要走。

何奇忙拉住道："慢！不可告诉别人，只有你我知道就是了。"

"这是为何？"

"听我的就是了。万万不可告诉他人，事成之后我定会重谢你。"

"好吧，既这样我便不说了。"

"那好，"何奇道，"明天一早，我在寺门外等你，咱们一起出发。"

何奇说完便离开了。饰心摸了摸脑袋，也走出了凉亭。

第二天一早，饰心洗了脸，来到寺庙门口。此时太阳刚刚升起，远处的山峰在水雾中若隐若现，冰凉的露水打在饰心的脸上，沾湿了他的僧袍。饰心早看到何奇在远处徘徊，显得烦躁不安，他急忙跑了过去。

何奇见了饰心，忙道："如何这么晚才出来？"

饰心还没答话，就被何奇拉下山，坐了一辆马车直奔和义门去了。

进了和义门，不远处就是傅国茶府上。傅国茶此时正在门口焦急地等待，他早上一起床，便吩咐下人用马车去接何奇，自己整冠束带之后赶紧去上早朝，在早朝之上奏明皇上关于圣寿寺壁画一事。

“微臣已在民间寻得一画家，姓何名奇，字颖出，擅长人物肖像。可与宫廷画院的画师们一起为圣寿寺作壁画，定会锦上添花。”

柴墒听后非常高兴，笑道：“很好，传朕的口谕，着画家何奇前去圣寿寺，专门绘制人物，宫廷画院的画师们绘制花鸟鱼虫及山水以为补助，限时一月。”

旨意传到宫廷画院，众画师听后大吃一惊，顿时议论纷纷，都觉得柴墒此举是对宫廷画师们的侮辱，明显是说画师们技艺不佳，还需要外人前来帮忙才成。大家正愤愤不平时，画学正刘佩说道：“大家少安毋躁，听老夫说一句。”

画学正是宫廷画师之首，执掌教学管理的学官，众人听其要说话，便都安静下来。

刘佩看众人都不说话了，于是说道：“大家心中有些不忿，老夫自然清楚。当今圣上偏好丹青，乃是我们的福分。历朝历代都不曾有皇上如此重视我们这些画师，大家受此殊荣，至死不能报答一二。但既然圣上对丹青无所不知，也就意味着对画作的严格苛刻，稍有不慎，任何瑕疵都不会逃过圣上的眼睛。既然我们之中确实没有精工人物画的人选，不如就踏踏实实地描绘自己所擅长的事物，让那个何奇去攻画人物，一来不至于出什么差池，二来若圣上真有什么不满意的地方，也不是我等的责任。”

大家听后说道：“刘学正言之有理，那我们就拭目以待，看看这位何先生到底有多大的本事。”

众人又说了一会儿话，便都散去了。

刘佩向侍诏孙目达使了个眼色，孙目达会意，便没有随众人出去。众人散尽后，孙目达道：“刘大人有事？”

刘佩疑惑道：“这个何奇，老夫好像在哪里听说过。”

孙目达笑道：“大人难道不记得了？数年前宫廷画院开考，此人画技名列众人第一，只因相貌过于丑陋，众人商议之后，决定不予录用。”

刘佩恍然大悟道：“原来是他。但不知他如何会被傅大人举荐呢?”

“这个在下就不知道了,”孙目达说道，“我到时候去打听一下。”

刘佩点头道：“也好。这样吧，你去挑选画师中擅长花鸟山水者，赶去圣寿寺，以助这位何先生完成壁画，有事随时写信给我就是了。”

“是。”孙目达答应着躬身退下了。

刘佩看着院子中的菊花，心中道：“当初不录用此人，并非因为其相貌丑陋，我只是觉得他面有不善，不是安分之人啊。但没有想到的是，此人到底还是遇到贵人相助，而这个贵人，竟是工部侍郎傅大人。”

此时傅国茶并未觉得自己是何奇的贵人，反而觉得何奇是他的贵人才对。退朝回府之后，傅国茶便立在门前等候何奇，不一会儿便听见一阵马蹄声由远及近，紧接着一辆马车迎面飞奔过来，到了大门口便停住了。何奇跳下马车，拱手道：“何某来迟，还望傅大人恕罪。”

“好说，好说。”傅国茶话音刚落，只见一个和尚从车里探出头来。这个和尚长得唇红齿白，面貌英俊，望见傅国茶后微微一笑。

傅国茶道：“这位师父是?”

何奇道：“这位师父法号饰心，是我的帮手。”

傅国茶道：“既是何先生的帮手，那就一同前去吧。二位先行一步，傅某坐另一辆车，随后就到。”

何奇与饰心答应着，便坐车奔东去了。

马车出了齐化门，只走了一盏茶的工夫便到了圣寿寺。何奇对圣寿寺早有耳闻，但未曾亲眼所见，只听说此寺占地三十亩，亭台错落，楼阁相连，飞檐碧瓦，古木参天，内有金佛无数，宝物成山，琉璃为窗，玛瑙为栏，日夜钟鼓响，春秋桃菊香，菩萨微笑莲台坐，天女散花有佛缘。

何奇与饰心下车之后，便见眼前有一高大的山门，比水泉寺的山门大出一倍。饰心忙念了句“阿弥陀佛”，笑道：“比自家的大很多啊。”

何奇没有说话，只是站在原地等待傅国茶的马车。没过多久，果见一辆马车来到近前。何奇忙迎了过去，待马车停稳后，何奇道：“傅大人小心，何某来扶您。”说完便伸出双手。谁知帘布掀开，出来的并非是傅国茶，而是一名身穿红袍的中年男子。那男人跳下车，身后又出来三个男人。四个人站在原地上下打量了一下何奇，那红袍男子冷笑道：“这位先生想必就是何奇何颖出了吧？”

何奇看他们穿的衣服便知是做官的，于是赶忙道：“正是草民。”

“在下孙目达，是宫廷画院的侍诏，”孙目达说完指着另外三人说道，“这位是冷大人，尹大人，李大人。”

何奇忙躬身道：“草民何奇参见各位大人。”

“不敢，”孙目达笑道，“何先生乃是傅大人亲自推荐的画师，今后还要请您多多指教。久闻何先生大名，今日得见，果然是不同于旁人啊。”

何奇脸红道：“孙大人言重了，小民不过是承蒙傅大人错爱，以后还请各位大人不吝赐教才是。”

李大人道：“何先生不必客气，傅大人推荐之人岂会有错？可惜我画院之中没有像何先生这样的能人，否则就可以与何先生切磋技艺了。”

何奇道：“大人的话何某怎么当得起？各位大人皆是丹青妙笔，何某雕虫小技，不敢与众位切磋。”

孙目达点头道：“量力而行，知难而退，乃是明哲保身之法。何先生此次前来，我想不只是帮忙这么简单吧？”

何奇道：“何某只是想尽一份微薄之力，以求圣寿寺更加完美无缺，至于其他，何某没有多想。”

孙目达道：“何先生的意思是，如果单单是我们描绘壁画的话，圣寿寺就不完美了吗？”

“何某绝无此意啊。”何奇说完用袖子擦了擦额头的汗水。

“一句玩笑话，何先生不要当真，”孙目达笑道，“圣上下旨，让我们协助何先生一同完成壁画，何先生主攻人物，我等添置花鸟山水，精益求精。大家这么做，无非是想让圣上欢心，不枉皇上对我们的重用。任何环节缺一不可，才能做到至臻完美。今后一个月中，你我要朝夕相处，事事皆要商议行事，不可妄自专断，以免有误圣意，招来祸事，不知何先生意下如何?”

何奇道：“多谢孙大人提醒，何某自当铭记在心。”

孙目达笑道：“那再好不过。看来何先生还在等候傅大人，那我等不便打扰，先行进去了。”说完四个人便进了寺庙。

何奇见四人进了山门，叹气道：“只怕祸事不在皇上，而在他们。”

饰心过来说道：“何施主你刚才说什么?”

何奇摆手道：“没事，没事。”

第二回

真龙盛赞观音像
金凤懊恼百鸟图

傅国茶得了旨意，在寺内负责监工，进寺第三天的清晨，傅国茶正在禅房中看书，忽听有人敲门，开门一看，原来是孙目达等四位画师。傅国茶将四人让进屋内，笑道："这几日有劳各位大人辛勤作画，一早前来，不知何事啊？"

孙目达小声道："傅大人可看过何奇的画作了吗？"

傅国茶道："看过了。昨日上午，我看到西廊下有一尊佛像，线条流畅，生动自然，确实为上乘之作。"

孙目达道："孙某的意思是，大人可亲眼见过何奇作画？"

傅国茶眉头一皱，说道："那倒没有。"

"说的就是啊，"孙目达说道，"我与三位画师白天作画时，从没见过何奇，只是到了第二天一早，才看到山水之间立有佛像，我们怀疑何奇是在夜晚作画。"

傅国茶想了想说道："四位大人过虑了，就算何奇是在夜深人静时作画，又有何不妥呢？只要是画得好，何时作画，个人有个人的习惯，我看各位不用想得太多。"

"大人说得不错，可我还是觉得有些奇怪。"孙目达说完看了看其他三人，另外三人也不住点头。

傅国茶笑道："既然是这样，那傅某去找何先生问个明白，再来告诉各位。"说完便起身出了禅房。

傅国茶来到何奇房门前，轻轻地敲了敲门，无人应答，又用手轻轻一推，门便开了，傅国茶从门缝中看去，只见何奇与饰心分别睡在两张榻上，鼾声如雷。傅国茶点了点头，心想："看来孙目达所言不假，何奇应该是夜晚作画，否则不会这般时分还不起床。”傅国茶想到这里，于是关了门，转身要走。谁知刚转过身去，就听身后房门被人打开，傅国茶回头一看，不是别人，正是何奇。傅国茶刚要说话，何奇拦住并轻声道：“傅大人请到园里说话。”

二人来到房后的花园之中，傅国茶道：“实在是不好意思，打扰了何先生的美梦。”

“傅大人不必客气，不知清早前来，有何指教？”

“谈不上指教，”傅国茶笑道，“听其他画师说，何先生好像是夜晚作画，不知是真是假？”

何奇愣了一下，笑道：“不瞒傅大人，草民正是夜晚作画。”

傅国茶有些惊讶，问道：“但不知何先生在夜晚作画所为何故？莫非怕人偷学了画技去？”

何奇道：“傅大人哪里话？宣扬绘画技艺，互相切磋提高，乃是我等的本分。至于草民深夜作画，其实另有原因。傅大人有所不知，草民自小就有眼疾，左眼血丝满布，一见日光，看起东西来便模糊不清，只有到了晚上，才看得真切，所以草民习惯于在夜晚作画。”

傅国茶笑道：“原来如此。先生何不早说？我也好加派人手，以助先生一臂之力。”

何奇道：“多谢大人美意，加派人手就不必了。一来我有饰心帮忙，相识多年，所以有些默契。二来深夜之时，众人都已休息，若是人手太多，难免弄出声响，如果吵到别人，就不好了。”

傅国茶点头道：“先生想得周到。既如此，就依先生行事，如有需要，尽管向傅某提出来就是。”

何奇躬身道：“多谢大人！”

傅国茶道：“那先生就请回房休息，傅某告辞了。”说完便转身去了。

何奇见傅国茶走远，方才回身进房。饰心见何奇回来，说道：“找你何事啊？”

“没事，”何奇道，“咱们抓紧画吧，免得节外生枝。”说完便摇了摇头，侧身躺在了榻上。

这一日清晨时分，傅国茶刚刚睁眼，就听门外一阵嘈杂，推门一看，只见驻扎在圣寿寺周围的官兵全都列队进入寺中。

傅国茶惊道："你们都小心些，刀枪锋利，不可碰坏寺中之物！是谁让你们进来的?！没有圣上的旨意，你们不能进来！"

话音刚落，就听列队的尽头有人笑道："朕没有看错人，爱卿果然是尽职尽责，朕一清早前来，想必是打扰了爱卿的美梦吧。"说完官兵队列一分为二，只见柴璃身着红底花鸟纹的斜襟长衫，头戴方巾，面带微笑，手拉着裕妃走了过来。

傅国茶见是柴璃，急忙上前跪下道："恭请圣安，不知陛下来此，有失远迎，请陛下恕罪。"

柴璃笑道："快起来吧。朕没有带着仪仗，你自然是不知道朕要前来。"

"谢皇上。"傅国茶说完站起身来。

这时孙目达等人也都赶了过来，四人齐刷刷地跪倒在地。柴璃示意他们起身后，笑道："今日其实是朕的不是，没有提前通知你们，弄得你们慌里慌张的。皆只因昨晚朕做了一个梦，梦见观音菩萨手持净瓶，脚踏莲花，身着彩衣，笑容满面地说道：'画得好，画得妙。'然后便转身离去了。朕醒来后，便觉得观音大士所言必定暗指圣寿寺，所以天未亮时便出宫赶了过来，不知道爱卿们有没有兴致与朕一起观赏壁画呢?"

傅国茶躬身道："能与皇上一同赏画，是我等的福分。但壁画尚未全部完成，只怕会扫了皇上的兴。"

柴璃摆手道："朕知道工期未到，不会加罪于你们的，尽管陪朕赏画便是。"

傅国茶无法，只得笑道："是。"于是众人随着柴璃，开始在院中观赏壁画。

此时圣寿寺内的壁画虽然并未完全画好，但是大致模样已是成形，全都是以佛经中的故事为题材绘于墙壁之上。柴璃边看边点头道："果然是尽了心了。"

裕妃笑道："哪里尽心？臣妾怎么看不出来?"

柴璃道："书画之道，只可会意，不可言传。形似简单，神似就难了。只做到形似，无非就是个匠人，只有做到形神兼备，气韵恒出，才能称之为画师。孙侍诏，你觉得呢?"

孙目达没有想到柴璃会突然问到自己，急忙上前道："皇上所言极是，神韵最难掌握，所谓古画画意不画形是也。唐代王维画物，多不问四时，四季之花同现一景，此乃信手拈来，得心应手之作，是匠人所想不到的。”

裕妃笑道：“四季之花同现一景，这怎么能叫好画呢？有悖常理啊，孙侍诏您说是不是？”

“这……”孙目达不知该如何回答。

柴墒笑道：“你这丫头，明明不懂，还要故意为难孙侍诏，以后应该让你去画院多学习学习，你就明白了。”

“臣妾倒是愿意学习，只是画院之中没有我要学的东西。”

柴墒皱眉道：“这话朕就不明白了，画院之中的画师，皆是万里挑一的人才，万物皆可描画，不知你要学的是哪一种？”

“人物画。”

“朕当是什么，原来是人物画，”柴墒笑道，“画院之中擅长人物画的人虽然寥寥无几，但若是教你这样的初学者，也算是绰绰有余了。”

裕妃笑道：“皇上刚才说画的气韵最为重要，臣妾作为初学者，一定要有良师调教，才不至于落于匠人之流，宫廷画院之中虽然画师众多，但不知道哪一位能画出人物气韵呢？”

柴墒听后，便和孙目达道：“孙侍诏，你可否举荐宫廷画院中的一人，就像裕妃所说的那样，画人能画得气韵贯通者呢？”

孙目达早已听得汗如雨下，他知道画院之中并无此人，如果实话实说，岂不是让皇上脸面全无？偌大的宫廷画院，竟找不出一个擅长人物画者，说不定皇上一气之下，就会叫孙目达人头落地。想到这里，孙目达“扑通”一声跪倒说道：“微臣愚钝，实在想不出画院之中有这样的人。”

柴墒听后，立即瞪大双眼，便要开口责骂。谁知裕妃说道：“孙侍诏是成心不想教我吧？”

孙目达颤声道：“微臣不敢！微臣不敢！”

“可臣妾看到个画师明明有这个能耐啊。”

柴墒奇怪道：“你说的是哪一个画师？”

裕妃道：“在那儿呢不是？”说完抬起手指向前方。

众人随着裕妃所指方向看了过去，只见东廊之下的墙壁上画着一尊人像，虽然太远未见其貌，但已给人呼之欲出之感。

裕妃道："皇上您看，还未近前，就已经灵气逼人，能作此画者，必定为皇上所言气韵恒通之人，若让画此像者为臣妾的老师，不消一年，臣妾便可与皇上切磋画技了吧？"

柴璃笑道："远观虽好，不知近看如何。大家随朕一同去看看。"说完众人移至东廊之下。这时就听柴璃一声惊呼道："这画……这画不就是朕梦中所见吗？！"

众人大惊，皆探头观看。只见墙壁之上画一观音图像，似有真人大小，面容慈祥淡定，肌肤细腻丰腴，衣衫华彩飘浮，手托净瓶，项挂璎珞，脚踩莲花，栩栩如生。

柴璃指与众人道："此确实乃朕梦中所见观音大士，果然观音暗喻圣寿寺之灵验也。"

傅国荼忙近前道："恭喜皇上！此乃皇上以仁德治天下，以孝道教民化，以至于感动神佛，降以福音啊！"

孙目达也忙说道："傅大人所言极是，必定是皇上所造圣寿寺集天下瑰丽于此，所以观音大士才会入皇上梦中，欢颜相告啊！"

柴璃大笑道："两位爱卿说得不错，朕建圣寿寺的目的就是要佛祖保佑我朝五谷丰登、国泰民安啊。但不知这画像是众位画师之中哪一位所画呢？"

孙目达看了看其他画师，只见他们全都摇头，孙目达于是道："画此像者现在不在众人当中。"

"哦？"柴璃道，"此人现在何处？"

孙目达道："此人名叫何奇，正在房中睡觉休息。"

"睡觉？"柴璃道，"不知道朕来吗？竟敢不来接驾，还在房中大睡？"

傅国荼忙道："皇上息怒，何奇因为自幼患有眼疾，白天视物模糊，只有在晚上才能看清东西，这壁画中的佛像，全都是他深夜所做。皇上圣驾来得突然，众人一时慌了神，只顾接驾，都忘记通知何奇，所以何奇并不知道圣驾已到。所谓不知者不罪，还望皇上宽恕。"

柴璃点头道："早说才是，朕通情达理得很。既如此，那就现在叫他前来，朕有话要问。"

孙目达道："是，微臣现在就去叫他。"

"慢，"傅国茶拦住孙目达，然后转身道，"皇上，何奇相貌丑陋，微臣怕惊吓到娘娘。"

裕妃扶着柴璃道："圣上在此，就算是妖魔鬼怪，我也不怕。"

柴璃道："嗯，裕妃说得对，有朕在，没有什么怕的。"

傅国茶笑道："这个自然。那就请孙侍诏前去通传一声吧。"

孙目达于是转身来到后院何奇的房门前，敲门道："何先生？何先生？"

何奇睡眼惺忪地开门道："原来是孙大人，有事吗？"

"圣上驾临到此，看到你画的佛像，要亲自见你，快随我来。"

听完这话，何奇好像头顶泼了一盆冷水，顿时清醒了大半，赶紧回身抓起外衣，随孙目达快步赶了过来。

"皇上，何奇到了。"

孙目达话音刚落，何奇便低头跪倒在柴璃面前道："草民何奇叩见圣上，恭请圣上龙体安康。"

柴璃看了看低头跪在地上的何奇，说道："朕见你画的佛像颇有吴带当风之神韵，不知你师承何人啊？"

何奇道："草民所画人像为观摩古画，各取所长，融会贯通所得。"

柴璃笑道："好大的口气啊，也就是无师自通了？"

"不敢，不及古人一二。"

"那朕问你，这尊观音像明明是半侧身而立，为何身后佛光依旧为圆形呢？按说应随佛像角度变化而变啊。"

何奇刚要开口，柴璃道："何奇你不要说，我先考一考画院的孙侍诏。"说完侧眼看着孙目达。

此时孙目达忙躬身道："微臣不知其中缘由，请皇上恕罪。"

"身为宫廷画院侍诏，这如何都不知道？"柴璃又对何奇道，"何奇你说。"

"是，"何奇道，"只因佛光为定果之光，所以时时常圆也，就算是绘制行走之佛，此光也不会生成光尾，定果之光，就算是万劫之风都不可动摇，何况是平常之风或是侧身之时呢？"

柴璃点了点头，对孙目达道："孙侍诏可知晓了吗？"

孙目达道："微臣知晓。"

柴璥又与何奇道："想不到京城内卧虎藏龙，竟有如此善画人像者，朕自以为包罗天下优良画师，想不到将你遗漏。抬起头来。"

何奇听了这话，没有办法，慢慢将头抬起。柴璥见了，心里一惊道："果然是貌丑无比。"此时裕妃也早已惊叹一声，扑进柴璥怀中，娇滴滴地道："傅大人所言不假。"

何奇忙又将头低下。

柴璥回身道："孙侍诏，此等人才就在京城之内，为何遗漏呢？"

孙目达道："回皇上，其实何先生数年前就已经考过画院画师一职，并且画技精湛，实为不可多得的人才……"

孙目达话未说完，柴璥道："你们既然知道人才不可多得，为何不予录用？"

"皇上容禀，这是因为皇上时常与众画师一起作画，刘学正怕何先生样貌丑陋，日日面对皇上，皇上会生厌恶，所以……"

"胡说，"柴璥道，"这样难得的人才，你们就这么轻易放过，那你还有什么资格做画院侍诏？"

孙目达听了这话，急忙跪倒在地道："皇上息怒，是否录取考生，乃是刘学正做主，与下官没有关系啊！"

裕妃道："皇上不要生气，本来今日是乘兴而来的，您又何必自寻烦恼？况且在观音大士面前，也应该心平气和才对。"

傅国茶道："娘娘说得极是。皇上一向爱惜人才，既然今日皇上已经亲眼所见何奇之妙笔，那就等圣寿寺壁画完成后，将他带入画院就是了。"

柴璥点头道："好！那就照傅爱卿所说，圣寿寺壁画完成之后，朕来观摩，若画得好，朕自有嘉奖；若是不好，朕也自有惩治。"

何奇道："草民定会竭尽全力，不负圣恩。"

裕妃笑道："那臣妾的老师也便找到了吧？"

"你不怕他这张脸吗？"柴璥笑着问道。

"臣妾自有办法。"

"那朕到时定要看看，"柴璥说完又与众人道，"朕还要回去处理公务，就不打扰你们了，起驾回宫吧。"

傅国茶等一班人忙道："恭送皇上回宫。"

柴墒点了点头，被簇拥着转身去了。傅国荼等人将柴墒送至山门之外跪送，见其远去，方才回来。

傅国荼对众人道："圣上刚才所说大家已经听见了，若是画得好，必有嘉奖；若是不好，也会有惩治，咱们还要努力啊。时间不多了，就请孙侍诏及各位画师抓紧时间作画，何先生你也要更加用心才是，圣上已见到你所画的观音像，刚才是大为赞赏，但这无形中已经定了一个标准，以后所绘人像，只能比这观音像更加生动传神才成啊。"

何奇道："傅大人放心，何某决不让大人失望。"

孙目达冷笑道："傅大人真是爱惜人才，圣上刚刚加以赞赏，您就马上将何先生举荐给皇上，当真是怕我画院之中没有人才啊。"

傅国荼笑道："孙侍诏您这是哪里话？傅某早已听说画院之中缺少善画人像的画师，今后何先生入得画院，定会使宫廷画院更加的人才济济、至臻完善，说到底傅某也是为画院着想啊。"

"只怕傅大人是为自己的前程着想吧？听说工部尚书汪长治大人一病不起，太医们也已经是力不从心了。如果傅大人这次督造圣寿寺的差事办得好，还能为圣上觅得优秀画师，想必这汪大人一去，工部尚书这个职位也就指日可待了吧？"

傅国荼笑道："看来孙侍诏比我想得远些。其实要不是宫廷画院缺乏人才，傅某也不必费这么大力气找来何先生了。不过傅某万万没有想到，孙侍诏这般才情，竟然连佛光为定果之光这样的事情都不知道，看来何先生来得真是时候，否则要是真让宫廷画院的人来画，只怕后果不堪设想。"

孙目达听后脸色通红，笑道："说得好。孙某还有些许画作未完，先行告退。"说完一甩衣袖便去了。

何奇在旁边听得已是额头冒汗，见孙目达走后，转身道："今日多谢傅大人在圣上面前举荐。"

傅国荼摆手道："你刚才没有听他说吗？傅某举荐何先生只是为了一己之私罢了。"

何奇道："为草民也好，为一己之私也罢，傅大人举荐何某是在下亲眼所见，亲耳所闻，草民当真感激不尽。"

傅国荼道："何先生言重了。这圣寿寺画作还需何先生更加用心才是，就请何先生回房休息吧，免得耽误了晚上作画。”

“是，那何某就先行告退了。”何奇说完转身去了。

傅国荼叹了口气，心想：“我这次举荐何奇入宫廷画院，只怕这些画师的日子不好过了。还有一点我实在是不明白，何奇当初明明说自己的画技是师承他人，为何今日却说是无师自通呢？”傅国荼摇了摇头，转身往后院去了。

此时孙目达已经回到房中，立即展纸研墨，将今日之事写信告与画院学正刘佩得知。刘佩接到信后，展开观看，看完之后皱了皱眉，便将信用火烧了。这时太监进来道：“太后宣刘学正觐见。”

刘佩听后，急忙正冠束带，跟着太监来到慈宁宫。进得宫去，只见太后穿着便衣，坐在紫檀木的罗汉床上，一个宫女半跪着手捧铜盆，另一个宫女正往盆中注入温水，水温调好之后，太后将双手放于温水之中，轻声道：“舒坦。”

刘佩上前两步，跪倒在地：“微臣刘佩叩见太后，不知太后召见微臣，有何吩咐？”

“平身，赐座。”太后道，“哀家刚刚午睡时，梦见凤凰展翅于空，姿态甚美，不知刘学正可否为哀家绘出此番梦境呢？”

刘佩道：“不知太后所见凤凰什么样子，可否细细与微臣说来，微臣也好画得像些。”

太后想了想，说道：“此凤金身蓝冠，双翅飞展，爪似金钩，喙如弯刀，凤尾拖于身后，成七彩之色，喜鹊、仙鹤等珍禽围绕周围，啼鸣不止。不知刘学正可画否？”

刘佩道：“此乃百鸟朝凤之图，乃大吉大利之兆。微臣自会竭尽全力，尽快画好交与太后鉴赏。”

太后点头道：“有劳刘学正了。”

刘佩忙道：“不敢。”

太后道：“今早皇帝天未明时便出宫去了，听太监说好像是去了城外的圣寿寺，哀家本想询问，但皇帝回宫后还有许多政事要处理，不便去打扰，刘学正对此事可知否？”

刘佩道：“回太后，微臣好像有所耳闻，但不知皇上是因何而去的。”

话音刚落，就听太监报：“裕妃娘娘来给太后请安。”

刘佩回头一看，只见裕妃头梳高冠髻，斜插银凤钗，身着红旋袄，外套珍珠衫，光彩照人，端庄秀丽，笑语盈盈地走进来道："臣妾叩见太后。"

太后笑道："过来坐吧。"

裕妃答应着坐在了太后身边，太后拉着裕妃的手说道："你怎么来了？"

"臣妾猜到太后午睡将醒，所以过来陪太后聊聊天解解闷。"

"难得你有这样的孝心，"太后道，"哀家正和刘学正说梦呢。"

裕妃道："什么梦啊？"

太后道："哀家梦见一幅《百鸟朝凤图》，想请刘学正画出来。"说完便将梦境又说了一遍。

裕妃听后，想了想说道："太后所梦《百鸟朝凤图》不就是暗喻太后为凤凰吗？后宫之中其他嫔妃即为百鸟。既然如此，何不就将太后与众嫔妃画于一幅图中，太后居中，即为凤凰，我等居左右，实为百鸟，如何？"

太后道："好主意啊！只不过如此一来，岂不是要费很大的功夫，后宫嫔妃众多，岂能人人入画？"

"太后所言极是，不如就以昭仪为界，位居其上者允许入画，可好啊？"

"好！这样整幅画不会超过三十人，也好排定位置，"太后于是和刘佩说道，"刘学正觉得此法可行吗？"

刘佩此时紧锁双眉，他知道画院之中并无人能胜任此事，若是接了但画得不好，必定受罚；若是此时不接，定会让太后和裕妃扫兴，也一样会受罚。刘佩此时也不知如何是好，只是站在那里欲言又止。

太后看出刘佩的心思，于是道："刘学正若有难处，只管讲来便是。"

刘佩撩袍跪下说道："微臣不敢欺瞒太后，宫廷画院之中无人能胜任此事。"

"哦？"太后惊道，"偌大个宫廷画院，竟然无人能画？"

"不错，"刘佩道，"就算有人能画，也是能力有限，只怕到时太后不会满意啊。"

太后气道：“胡说！皇上如此重视你们，你们怎么连哀家这一点要求都办不到？白养你们了不成？”

裕妃忙说道：“太后不要生气，刘学正所言不假。”

“哦？”太后奇怪道，“你怎么知道他此言不假？”

“如今就连圣寿寺壁画中的佛像也非宫廷画院之人所绘了，可见刘学正所言非虚。”裕妃于是便将早上所见与太后说了。刘佩一听，果然和孙目达信中所说的一样。

太后点头道：“原来京城之中还有这等人，可惜相貌丑陋，否则的话，哀家都可以做主让其进得宫廷画院了。”

裕妃道：“相貌丑陋乃先天所致，只怕人力难以改变，而精湛画技，必然都是后天所得，非一朝一夕所能拥有，以先天易得之物而阻碍了后天勤奋之学，臣妾都觉得有些可惜，太后一向爱惜人才，想必心中也觉得不公吧？”

太后笑道：“你这张嘴啊！想说什么就赶紧说吧。”

裕妃笑道：“臣妾的意思是，这样的人才不可放过，浪费实在可惜。至于相貌嘛，进得皇宫之后，这张脸是遮是挡，终究会有办法的，您说是不是？”

太后道：“你说来说去，哀家看得出来，你就是想让这个何奇进宫当画师，千方百计想让他进宫，你到底是什么目的啊？”

裕妃道：“臣妾的心思真是逃不过太后的双眼。其实臣妾是想他进宫之后，教习臣妾绘画之道……”

裕妃还未说完，太后抬手示意她不要再说，裕妃赶紧收了声。太后又向刘佩道：“《百鸟朝凤图》之事哀家日后再同你商议，你先下去吧。”

“是。”刘佩说完躬身退下。

太后见刘佩走了，笑着和裕妃说道：“哀家让刘学正退去，是为了给他些面子。你在这里一句一个何奇，刘学正面子上过不去啊。”

裕妃道：“技不如人，还怕别人说吗？”

太后道：“但他起码坐的是宫廷画院中的第一把交椅，不能太过分了。哀家知道你的心思，你想把这个何奇召进宫来教习你绘画之道，也好让皇上更加宠幸于你，这样便可以日日陪在皇上左右了，是不是啊？”

裕妃笑道：“真是逃不过您的慧眼。”

“哈哈，”太后笑道，“就你这点小聪明，哪里瞒得过哀家。你是哀家的侄女，帮你得到皇上的怜爱，是哀家的分内之事。可惜哀家早年间没那么大的本事，否则的话，正宫皇后也轮不到她啊。”

裕妃道：“做不做皇后臣妾没有想过，再说许皇后母仪天下，做事谨慎，深得人心，臣妾也没觉得有什么不好。”

“傻孩子，”太后道，“你要是真的得到皇上许多宠幸的话，这后宫的嫔妃便都会是你的敌人了。”

“也未见得吧。”

“算了，你还年轻，哀家说了你也不信，那咱们就走着瞧。”太后说完叹了口气。

裕妃笑道：“有您给我撑腰，臣妾有什么可怕的？”

太后笑道：“这话说得是。那何奇进入宫廷画院一事，哀家自会向皇上说明，你现在就想想要学什么吧。”

裕妃忙施礼道：“谢太后。”

第三回

圣主游宝刹
颖出进东华

圣寿寺壁画完成之日转眼已到，这之前刘佩带领着众画师已经仔仔细细地检查了很多遍，一旦发现纰漏，便会及时修改。这日清晨，柴璯上完早朝，便回宫更换衣服，准备去圣寿寺游览一番。突然太监进来禀告太后到了。

柴璯闻听，忙快步出去迎接。只见众宫女簇拥着太后走了进来。

柴璯忙上前搀扶："儿臣参见母后。儿臣刚刚下朝，还未曾去给母后请安，母后怎么等不及就自己来了呢？"

太后笑道："许久不见皇帝，心中想念，也顾不得礼数，就急忙过来了。"

柴璯道："儿臣见今日秋高气爽，万里无云，正想着要去圣寿寺看看，不知母亲可愿同往？"

太后故作为难道："你看哀家也没个准备，这衣服，这发髻，这妆容，可适合出游啊？"

柴璯道："母后衣着鲜亮，云髻高耸，妆容秀丽，此时不出游，岂不可惜啊？"

"皇帝真会说话，"太后道，"既然如此，我看不如叫……"

"母后和儿臣想到一块儿去了，"柴璯忙打断道，"儿臣也想叫皇后一同前往。"

太后顿了一顿，强笑道："好，果然是母子连心。"

"母后的意思儿臣知道，"柴璯道，"母后是想叫裕妃一同前往吧？裕妃上次已经去过了，不用再去。朕毕竟是皇上，与皇后一同出游，也算是龙凤呈祥，百姓看在眼里也觉得欢喜。母后虽然不太喜欢皇后，但您能说出她的缺点来吗？"

"皇帝的意思哀家也清楚，"太后笑道，"许皇后识大体，知大事，确实具有皇室风范。当初既是哀家选了她做皇后，就不应该再对她有所成见才是，否则皇帝会说哀家出尔反尔。"

"母后扯远了不是？"柴墒道，"既是出游，母后不可这样怏怏不快才是。"

"哀家明白，哀家怎么会扫了皇帝的兴致？"太后说完回身向太监道，"去坤宁宫，请皇后过来。"

太监答应着去了，不一会儿，就听宫外裙摆之声由远而近，众宫女扶着许皇后徐徐走了进来。只见许皇后头顶花冠，斜插着一支凤钗，身着交领大袖的花锦袍，天庭饱满，丰颊朱唇，一脸富贵之气。皇后进来后，忙躬身道："臣妾参见太后，恭祝太后福寿安康。皇上万福。"

太后点头道："今日皇帝见天色清明，所以想去圣寿寺一游，并邀皇后同去。"

皇后道："臣妾遵旨。"

太后笑道："哀家今日见皇后面色光华，身体康泰，心中甚是宽慰，皇后凤体强健，可以说是皇室之福啊。"

皇后道："臣妾何德何能？若不是太后与皇上秉孝道以示天下，哪有这兴隆的皇室和天下的太平？"

太后笑道："可惜这皇室兴隆未免名不副实，皇上膝下尚无子嗣，何谈皇室兴隆？"

皇后听了这话，不知如何作答，只是低头不语。

柴墒忙道："母后啊，再不去圣寿寺，只怕赶不及了。"

太后道："嗯，哀家知道皇帝不爱听了，那就走吧。"说完便扶着柴墒走出宫去。

皇后叹了口气，也只得跟在后面。

三人乘车来到圣寿寺，傅国茶和刘佩早已得到消息，带着众人等候在山门之外。柴墒等人下车后，只见乌压压跪倒一片，口中皆称："恭请太后，皇上、皇后圣安！"

柴墒抬手道：“平身。”

众人平身后，傅国茶近前道：“圣上突然大驾光临，微臣等有失远迎，还请皇上恕罪。”

柴墒道：“今日秋高气爽，正是出游之时，朕便携太后、皇后一同游览圣寿寺，只需傅爱卿与刘学正并一干画师相陪即可。其余之人在寺外候驾就是了。”

柴墒说完，便与皇后一同扶着太后往山门走去，傅国茶等人随行左右。进了山门，便见四大金刚排列两边，手持法器，脚踏小鬼，面目威严。太后笑道：“有四大金刚镇守，邪魔外道定会拒之门外。”

再往里走，便是各个佛殿，可见韦陀、弥勒、观音、释迦牟尼等，个个神态逼真，做工精细。柴墒等逐一参拜后，便又于院内各处鉴赏，只见寺中树木林立，花团锦簇，怪石青竹，相得益彰。正走时，众人忽见前方有一柏树，盘旋而立，枝繁叶茂。太后道：“皇帝你看，好漂亮的翠柏。”

傅国茶忙上前道：“此树已有五百年了。”

太后道：“好啊。但年代久远，不知为何人所种呢？”

“这个微臣却不知，”傅国茶道，“当时建寺时，此树险些被毁，多亏微臣认得此树，于是制止。后来微臣又到处查看，果然又寻得另外两棵古树，一为银杏，一为青松。银杏树已近千年，而松树在微臣看来也有千年以上。”

“哦？”太后道，“那哀家一定要看一看。”

众人于是又往前走，果然见一大棵银杏树，巍峨参天，犹如华盖。不远处又有一棵松树立于佛塔之旁，遒劲有力，形态刚强。众人看了连连称赞。

柴墒道：“这三棵古树尚未命名，朕看就烦请母后代劳吧。”

太后笑道：“哀家早已为它们取了名字。”

柴墒道：“是吗？不知是什么名字？”

太后道：“先前的那棵柏树犹如苍龙出海，不如就叫九龙柏吧？”

众人道：“好名字。”

太后又说道：“那棵银杏高大无比，冠如华盖，应叫帝王树。这棵松树依塔而立，可谓抱塔松。”

柴墒道："不愧是母后，可谓一语中的啊。"众人也都随声附和。

太后摆手笑道："你们不要蒙骗哀家了，哀家一个老太太，懂得什么？"

柴墒忙又奉承一番，众人于是又往里去。

不多时，便看见廊下的墙壁之上众画师所绘壁画。太后笑道："好漂亮的壁画，刘学正等人可是用了心了。"

刘佩赶忙近前道："这是微臣等分内之事，不敢有丝毫马虎。"

太后点头道："皇帝，您觉得这壁画如何？"

柴墒道："色彩得当，神形兼备，朕很满意。"

"皇后觉得呢？"太后问道。

皇后忙道："臣妾也觉得这些壁画是为上乘之作。"

太后笑了笑，回身道："上次刘学正说要为哀家画《百鸟朝凤图》，后来裕妃建议以人代鸟，并且力荐一个叫何奇的人来画，不知道这个何奇是你们其中的哪一位？"

刘佩还没回答，傅国茶便抢着说道："何奇确实是一位难得的画师，只可惜相貌丑陋，刘学正怕他惊扰了圣驾，所以叫他在房中等候。"

太后道："哀家什么人没有见过，难道会让一个草民吓死？请他过来，哀家要看一看。"

刘佩赶忙道："是。"于是便让人将何奇带了过来。

不多时，何奇便来到近前，急忙低头跪下道："草民叩见太后、皇上、皇后娘娘。"

太后道："抬起头来。"

何奇不得已将头抬了起来，太后心中一惊，心想："果然长得丑陋，若是半夜见到，说不定真会吓到哀家。"

太后道："听说这壁画中的佛像，全都是你所画？"

何奇道："是草民所画。"

太后点头道："画得不错，这等水平，如若不进宫廷画院，实在是可惜了。皇帝以为如何？"

柴墒故作为难道："母后一向是爱美之人，这何奇……"

太后道："哀家虽然爱美，但更爱那些造美之人。哀家身上的绫罗、皇后头上的凤钗、皇帝所住的皇宫，哪一个不是美妙绝伦？但若是无人来做这些，绫罗不过就是蚕茧，凤钗不过就是顽石，皇宫不过就是树林罢了。既然何奇能用松石金粉绘得如此画作，将普通之物变得光彩夺目，那哀家又怎么能嫌他相貌丑陋呢？”

柴璃听后笑道：“到底是母后，世间之事看得通透明朗，儿臣自愧不如。”

太后笑道：“既然如此，那皇帝就将何奇归入皇家画院就是了。”

柴璃道：“好。何奇听旨。”

何奇忙道：“草民在。”

柴璃道：“朕准你进入皇家画院，封为侍诏，官居六品。”

何奇磕头道：“何奇叩谢天恩！”

柴璃道：“也要谢谢太后才是。”

何奇忙又道：“谢太后！”

太后笑道：“罢了，哀家就等着你的《百鸟朝凤图》了。”说完便扶着柴璃、皇后往别处去了。

众人游了半日，在寺内吃过午饭，柴璃见太后有些疲累，于是道：“母后走了半日，想必也乏了，咱们回去吧。”

太后道：“嗯，也好。不过还有大半个寺庙未游，有点可惜。”

柴璃道：“来日方长，改日儿臣再陪母后来就是了。”

太后点头道：“罢了，改日吧。”

于是三人起驾回了皇宫。临行前柴璃笑道：“朕看了这半日，觉得非常满意，建寺的工匠与画师可谓劳苦功高，傅爱卿亦是一丝不苟，朕皆有赏赐。明日即可遣僧侣进寺，以持香火。”说完便去了，众人送至山门外方回。

众人散去后，何奇回到房中，倒了杯水刚要喝，就听有人敲门。何奇开门一看，原来是刘佩。

何奇忙道：“刘学正，快请屋里坐。”

刘佩笑着坐下，何奇忙又倒了杯水。刘佩喝了一口，笑道：“老夫特来道喜。”

何奇道：“您的意思是？”

刘佩道：“当然是恭贺何先生入得宫廷画院。”

何奇道："不敢，以后还要前辈多多教诲才是。"

刘佩摆手道："这话我当不起啊，谁都听得出来，圣上及太后对您的画功赞赏有加，而且您的人物画确实在老夫之上，是老夫向您请教才是。"

何奇忙道："刘学正此话学生受不起。"

刘佩笑道："受得起，受得起。一般人想进画院可是件难事，就算进来，也只是学生。可是何先生一进画院便是侍诏，可见何先生的功力啊。"

何奇笑了笑，不知道该说什么。

刘佩接着道："其实几年前我见过何先生的考试画作，的确是上乘之作，当时我与诸人商量，大家一致认为您是个不可多得的画师，只是因为您的相貌，我们最终没有将您录取。不过今日您还是得到了圣上的垂青，可见您命中注定要进宫廷画院的啊。"

"机缘巧合而已。"何奇笑道。

"不过您这次能进宫廷画院，真不知道是该感谢圣上垂青，还是裕妃娘娘力荐，抑或是傅大人推举呢？这三个人的恩情，何先生如何报答？"

何奇没有想到刘佩会问这种问题，所以支吾着不知道说什么好。

刘佩笑道："我只是随便说说，何先生不必慌乱。老夫要先行回宫，明日一早何先生随其他画师一同返回京城，进到宫廷画院述职就是了。"说完起身便走了，何奇赶忙送了出去。看着刘佩的背影，何奇觉得进入宫廷画院未必是件好事。

第二天一早，何奇便随众画师坐马车经齐化门进入京城，往东华门而去。在车上，孙目达向何奇道："怎么不见饰心和尚一同前来？"

何奇道："饰心昨日就已回水泉寺了。"

孙目达点头道："何先生，不，应该叫何大人了，何大人进入画院之后，大家以后就一同为皇上效力了，千万不要分彼此啊。"

何奇道："这个自然，今后还要各位多多指教才是。"

孙目达笑了笑，不再说话。

马车到了东华门便停下了，何奇跟着众人依次下了车。只见一座大门立于眼前，巍峨高耸，气势非凡，金色的琉璃瓦在阳光之下熠熠生辉，守卫城门的御林军也都是精神抖擞。众人鱼贯进入城门，脚步声在门洞内轻轻回响，远处的宫殿重重叠叠，看不见尽头。出了城门，便上了一座汉白玉的拱桥，桥下碧水清清，溪流缓缓。下桥往北走不多时，便看见三座大门，穿过大门，绕过一个大大的影壁，便看见一排排房屋，中间一所房屋的屋檐下有一匾额，上写“翰林院画院”五个大字。

这时刘佩正好从屋内走出，见到众人后便迎了上来，众人忙躬身施礼。刘佩笑道：“何先生可来了？”

何奇听见叫他，忙上前道：“草民在此。”

刘佩一把抓过何奇道：“何先生如何还自称草民，从今天起，您就是何侍诏了。”说完二人携手揽腕，一同进到屋里。只见屋内十数人正在大案上作画、装裱，或是站在角落里商讨事宜，一派繁忙景象。刘佩大声道：“各位同僚停手！”众人于是都停了下来，屋内顿时鸦雀无声。

刘佩道：“向各位引见一下，这位就是我和你们所说的何侍诏。”

何奇忙上前一步，躬身行礼道：“在下何奇，幸会，幸会。”说完将头抬起，众人一片唏嘘之声。

刘佩道：“何先生的人物画出类拔萃，以后大家要多多请教才是。”

何奇忙道：“不敢，不敢。”

“大家继续，”刘佩说完后，众人便又继续各自的事情，刘佩于是与何奇道，“今日何侍诏才来，也没有什么事情，就请梁公公带您去房间休息，明日辰时在此处集聚，听候差遣就是了。”

何奇道：“有劳刘学正。”

“好说。”刘佩说完便转身去了。

接着便有一名太监过来道：“何侍诏随我来就是。”说完便带着何奇来到屋后的一排房子前。梁公公指着一扇门道：“此处便是您的屋子，若有需要，只管吩咐。”

何奇道：“何某不敢劳公公大驾。”

梁公公道：“何侍诏哪里话？谁不知道何侍诏是圣上最欣赏的画

师，就连太后也极力推荐您进入宫廷画院，能服侍您是奴才的福分，以后还要请您多多提携呢。”

何奇受宠若惊，赶忙道：“梁公公不必客气。”

梁公公笑了笑，便转身去了。

何奇站在门前，有些不相信自己此时真的来到了皇宫，而且进到了梦寐以求的宫廷画院，这一切如梦如幻，来得突然。世事难料，命运无常，昨日还在寺中的简陋禅房眠卧，今朝便以宫中的清香茶品润喉，一下一上，一卑一尊，到底是什么控制着人间的悲喜，世人的离合？何奇此时没有想这么多，他只是觉得，自己大展宏图的时候终于到来了。

第四回

执笔作恶易
丹青画人难

何奇自从封了侍诏，整日倒也忙得不亦乐乎。这日早起洗漱之后，何奇便穿上绿色的圆领宽衫官服，头戴花装幞头，脚蹬皂靴，慢悠悠地来到画院之内。

因为此时众人都还没来，所以画院内鸦雀无声，何奇进到屋里，四处看了看，忽见一人右手执笔，趴在画案之上。何奇心想："此人是谁，为何来得这般早呢？"于是悄悄走了过去，低头一看，不是别人，正是孙目达。只见孙目达趴在案上，口角流涎，睡得正香。再看案上放着一幅古画，乃是唐人孙位①所绘《竹林七贤图》。而孙目达身下正压着一张画纸，上面亦画有《竹林七贤图》中的人物。显而易见，孙目达正在临摹古画，这倒让何奇又惊又怕。所惊者，宫廷所收集的古画，全部藏在崇文殿之内，没有经过皇上的允许，是不能擅自取出来的。所怕者，孙目达这么做，一定是想提高自己的人物画技巧，不想让何奇独领风骚。何奇想到这儿，不由得一身冷汗，他知道自己能够进入宫廷画院，完全是因为画院之中没有精通人物画的画师，否则以他的相貌，现在仍然是在水泉寺中苟且过活。倘若孙目达真的能够学得古人神韵，那自己还有什么价值？定会被宫廷画院扫地出门，再回去过那种贫穷的日子。何奇轻轻地叹了口气，心想："人不为己，天诛地灭。孙侍诏，这可怪不得我了。"何奇于是取来一支毛笔，蘸饱了浓墨，在《竹林七贤图》上重重地画

---

① 孙位：生卒年不详，会稽（今浙江绍兴）人，唐末杰出的人物和宗教画家。

了一下，然后转身又回房去了。

过了半个时辰，何奇又慢慢地向画院走来，远远就听到嘈杂的人声，进屋之后，只见刘佩双眉紧锁地坐在椅子之上，不住叹气，而孙目达正跪在刘佩面前哭哭啼啼，其他人围在画案前不住议论，画案上摆的正是《竹林七贤图》。

何奇来到画案前，轻轻拍了拍冷大人，问道："怎么回事?"

冷大人摆手道："惨了，惨了。"

何奇还要问时，就听太监道："皇上驾到!"话音未落，只见柴墒气冲冲地走了进来，众人赶忙跪下，全都低头不语。柴墒也不说话，直奔画案而来，双手撑案看了看这幅《竹林七贤图》，然后突然回头大声道："孙目达!"

孙目达连忙往前跪走两步，颤声道："微臣在。"

柴墒含泪道："你好大的胆子，没有朕的允许，竟敢偷拿前人古画！偷拿就偷拿了，竟然还将其损坏！你知不知道，你这一笔毁了多少人的心血？这世上再无第二幅的!"

孙目达泪流满面道："微臣知错了，微臣罪该万死！微臣不应该执笔入梦而污损了古画。"

"万死?"柴墒笑道，"万死都不能再换回前人之智了！明不明白?"

孙目达痛哭道："微臣明白，微臣该死!"

柴墒厉声道："来人!"

话音一落，只见几名带刀侍卫进入屋里。

柴墒道："将孙目达逐出宫廷画院，贬为庶民，从今以后，不得离开京城一步!"

孙目达忙磕头道："谢皇上不杀之恩!"

"朕的话还没有说完，"柴墒道，"朕不杀你，是让你一生一世记住自己的过错。从今以后，不许你再用毛笔，倘若有人见你再执笔写字作画，可当场诛之!"

孙目达含泪道："草民遵旨。"

柴墒摆了摆手，孙目达便被几个侍卫带了下去。柴墒又道："孙目达自己是不可能偷拿崇文殿内古画的。"

刘佩忙上前道："微臣已查明，孙目达贿赂了守卫崇文殿的太监田公公，才得以进入的。”

柴墒点了点头，说道：“既这样，便就将那个太监押入大牢，明年秋后问斩，以儆效尤。”

“是。”刘佩道。

“刘学正，”柴墒又道，“下属犯了这样的大罪，你也脱不了干系，朕罚你三个月俸禄，你觉得怎么样？”

刘佩跪下道：“微臣罪有应得，理应受罚。”

柴墒道：“你明白就好。朕心疼这些古画，并非他们画得有多么好，其实以刘学正的山水画技巧，完全可以与董源[①]相媲美。朕也相信，后世之人能超过各位的也大有人在。但画作就是这样，一旦成型，便是独一无二，不可能再有。朕未登基时，深受馨妃娘娘教诲，得以畅游于这丹青世界，那时朕便已经到处搜罗古玩字画。而朕做了皇帝之后，更是倾全国之力，聚前人之精华为所有。是朕自私吗？不是啊，朕是心疼这些宝贝啊！朕只是真心想为它们找一个安逸的归宿而已，这样就可以让后人看到前人的智慧与气韵。可惜啊！就算是在皇宫之中，它们也终究是难逃劫难！”

众画师忙都躬身道：“皇上圣明！”

这时太监进来道：“皇上，皇后娘娘来了！”

不一会儿，果然见皇后扶着宫女走了进来，众人忙施礼道：“微臣等拜见皇后娘娘！”

皇后道：“皇上，听说古画受损，可有此事？”

柴墒点了点头，指了指案上的古画。皇后俯身看了看，只见画上有一道两寸的墨痕，已经深入画里，不可挽回了。皇后道：“皇上不要伤感了，既然事已发生，再想也是无用的，不如……”皇后说完便不说话了。

柴墒道：“你有话就说吧。”

“臣妾的意思是，既然《竹林七贤图》已有瑕疵，不如将它悬于画院之内，一来可以让画师们日日观摩，提高画技。二来可以时时提醒他们这等闪失不可再犯。”

---

① 董源（？—约962年），中国五代南唐画家。一作董元，字叔达，江西钟陵（今江西南昌）人，被看作南派山水画的开山大师。

柴墒点头道："也好，就照皇后的意思办。朕还有事，你们自行处理吧。"说完转身便走了。

众人忙道："恭送皇上、皇后娘娘。"

何奇也赶忙将头低下，看着柴墒的衣摆从自己眼前闪过，紧接着又看到皇后的凤裙飘了过去，但不知是否是错觉，何奇觉得皇后在自己面前停顿了一下，不过他也没有多想，待柴墒与皇后离开后，便转身忙自己的事情去了。

待晌午众人休息时，坤宁宫太监任公公悄悄地找到何奇，说道："何侍诏，皇后娘娘有请。"

何奇顿时觉得奇怪，不知皇后找他何事，于是赶紧随任公公来到坤宁宫的东暖阁内。只见皇后坐在榻上，倚着炕几，正在喝银耳燕窝粥，见何奇来了，于是笑道："何侍诏可用过饭了吗?"

何奇道："微臣叩见皇后娘娘，微臣已经吃过了。"

皇后点头道："嗯，本宫请何侍诏前来，是有事请教。"

何奇忙道："不敢，皇后娘娘有事请讲，微臣自当知无不言，言无不尽。"

皇后道："今早之事，本宫亦是哀痛不已，心觉可惜。不过本宫也是第一次见到《竹林七贤图》，其中有一事不明，想问问何侍诏。"

何奇道："皇后娘娘请讲。"

皇后道："何侍诏精通人物画，不知这画人的时候是用淡墨好呢，还是用浓墨好呢?"

何奇道："那要看所画的是人物哪一部分或是画功如何。倘若画功尚浅，微臣建议使用淡墨，因为淡墨还可变浓，可是浓墨是不能再变淡的。"

"好极了，"皇后说完看了看周围的太监、宫女道，"你们出去，我有话要和何侍诏说。"

何奇不知怎么回事，只是呆呆地看着皇后。待众人散去后，皇后笑道："如何侍诏刚才所说的话，那本宫就有一事不明了。孙侍诏偷拿《竹林七贤图》，本意是要临摹之用，以提高画技，如此说来，孙侍诏也算是个初学者了。可本宫见到《竹林七贤图》之上的墨痕乃是浓墨，这不是很奇怪吗？而且本宫也偷偷看了孙侍诏临摹的画作，所用的墨色与古画上的那一笔墨痕也是浓淡不一。对于本宫这个疑问，何侍诏可否解答呢？”

何奇听了这话，大吃一惊，他万万没有想到皇后竟有这般眼力与心机，于是断断续续地说道：“皇后娘娘所言，微臣并未亲眼所见，不过若是真如皇后娘娘所说，这其中想必是有蹊跷。”

皇后点头道：“不错，依本宫看来，孙侍诏确实是被冤枉的，定是有人趁他睡熟之际，在古画上写了一笔用来诬陷孙侍诏，可惜孙侍诏当时太过害怕，皇上太过气愤，便都没有发现这个细节，以致害人之人逍遥法外。何侍诏，本宫这个推断，你觉得是否可能呢？”

何奇早已是一身冷汗，只是小声道：“也未可知，也未可知。”

皇后慢慢地站起身，走到何奇身边，笑着说道：“可知，可知。本宫已经知道此人是谁了。”

何奇抬头看着皇后，惊恐道：“皇后娘娘说的是？”

皇后笑道：“不就是何侍诏你了？”

何奇听了这话，赶紧跪下道：“皇后娘娘，这等话不可乱说啊，微臣好不容易才进得宫廷画院，若是皇上怀疑微臣有不义之举，定会将微臣逐出宫去的！”

皇后哈哈笑道：“何侍诏请起，本宫自有话说。”

何奇于是站起身来，而皇后又坐回榻上道：“何侍诏一定觉得本宫没有证据吧？本宫看得出来，何侍诏本性善良，今日之事，恐怕是何侍诏一时冲动，才闯下大祸的。”

何奇忙道：“微臣确实冤枉。”

皇后冷笑道：“何侍诏真是不见棺材不掉泪啊，那本宫就给你证据。”皇后说完抬手一指何奇官袍的下摆道：“那墨迹是什么？本宫离开画院时便注意到了。”

何奇听了，连忙低头查看，只见官袍下摆的褶皱间有些许墨迹，倘若不仔细观看，实在难以察觉。何奇撩起下摆，检视了半天，说道：“这是？”

皇后笑道：“难为何侍诏还是宫廷画师，这也不认得？那本宫就告诉你，这些墨迹是《竹林七贤图》中山涛所执蒲扇的形状。因为画此蒲扇要用墨迹渲染，所以水分干得很慢，本宫推断，定是你接近孙侍诏时染上去的，也就是说发现古画被毁之前你已经去过画院了，不知道本宫这么说是不是有道理呢？”

皇后说完，何奇脑袋一片空白，不知该如何作答。沉默良久，何奇道："不知道皇后娘娘是否要将此事告与皇上？"

皇后笑了笑，看着何奇，摆手说道："何侍诏不用担心，无论怎样，这也是本宫的猜测而已。再说孙侍诏已经受罚，本宫不想再牵连其他人进去。何侍诏尽管放心，本宫一定会守口如瓶。"

何奇忙又跪下道："谢皇后娘娘，微臣至死不能报答一二。"

皇后笑道："何侍诏不用客气，本宫还有一事相求，希望何侍诏能够应允。"

何奇心头一沉，只得道："皇后娘娘请讲。"

皇后道："我刚才得到消息，裕妃已经得了太后应允，即日起和你学画。我知道她的心思，她想用此来博得圣上的宠爱，何侍诏，你说该如何是好？"

何奇道："莫不是叫微臣不教裕妃娘娘吧？"

皇后笑道："裕妃有太后撑腰，你敢不教吗？再说本宫也没有说不让你教。相反，本宫要你教，但是不能太用心，一年之后，裕妃的画技绝对不能超过本宫。"

何奇惊道："原来皇后娘娘擅长绘画?!"

"我当然不会了，"皇后道，"不是有何侍诏你吗？本宫也要和你学画。当然了，本宫只能偷学，否则明摆着就是在和裕妃作对，我可不想让太后那个老狐狸抓到我的把柄。何侍诏，你可明白？"

何奇道："微臣明白。"

皇后点了点头，凝视何奇良久，说道："描画万物，本就不是易事。若是画山水，还有四季之分，桃红柳绿，花谢花开，总有规律可循。若是画鸟兽，虽形态各异，或蹦或跳，终是秉性不变。可画人就不容易了，千人千面，各有不同，就算画得极像，但心中所想，终难描绘，是善是恶，是忠是奸，宽厚狡猾还是磊落阴险，这些东西何侍诏可画得出来？"

何奇道："皇后娘娘所言极是，微臣虽会画人，但不会画心。"

皇后叹气道："可见，画人难啊！"

第五回

阁帘授画意
太后施恩宠

果不其然，这日裕妃命太监带着何奇来到钟粹宫。一路上何奇有些担心，因为裕妃上次见到自己时，显然有些花容失色，何奇害怕自己的相貌再次吓到裕妃，以致招来不必要的麻烦。谁知裕妃早有准备，命人在西暖阁放了画案，自己坐在画案后面，对面也一样为何奇准备了画案座椅，只是两张画案中间垂放着一层很厚的白纱，只能大致看清对面之人的轮廓而已。

何奇隔着帘子看到坐在对面椅子上的裕妃，躬身道："微臣叩见裕妃娘娘。"

裕妃道："何侍诏坐吧。本宫一向胆小，这么做也是情非得已，还望何侍诏体谅。"

何奇道："娘娘不必介怀。"

"何侍诏真是通情达理，"裕妃又对旁边的宫女道，"赐茶给何侍诏。"

"是。"宫女答应着，从旁边撩起白纱走了出来，将手中所捧的铁斑青瓷三足托碗放到何奇案上道："何侍诏请。"

何奇道："多谢娘娘。"于是端起碗来喝了一口。

裕妃道："早有耳闻何侍诏的丹青妙笔，在圣寿寺本宫更是有幸一见。所谓良师出高徒，何侍诏定不会让本宫失望的吧？"

何奇道："世间任何技艺，靠的都是三分天赋，七分勤奋。娘娘若是能用心参酌，勤加练习，必定会有所收获。"

裕妃道："那也要何侍诏倾囊相授才成。"

何奇忙道："娘娘说得是。但冰冻三尺，非一日之寒，练得多了，必然熟能生巧。”

裕妃笑道：“那这第一日何侍诏想教授什么呢?”

何奇道：“立意!”

裕妃“哦?”了一声道：“立意?”

何奇道：“不错，无论书法还是绘画，立意在先。立意之后，方可下笔。起初必有艰难，但勤加练习后，逐渐思路清晰，想画的东西也会在心中慢慢成形，所谓胸有成竹，就是这个意思。再到后来，就可以得心应手，意到便成了。”

裕妃道：“要做到何侍诏所说的‘意到便成’，需要多长时间?”

何奇道：“凡事因人而异，微臣不敢妄断。”

裕妃笑道：“好吧，本宫尽力而为。”话音刚落，就听太监进来道：“裕妃娘娘，太后有事宣召何侍诏。”

“哦，知道了。”裕妃道，“回禀太后，何侍诏马上就到。”

太监去后，裕妃道：“何侍诏先去吧，想必太后是为了《百鸟朝凤图》之事找你，完事再回来就是了。”

“是，微臣暂且告退。”何奇说完出了钟粹宫，走了一盏茶的工夫，才来到慈宁宫的宫门前。太监通禀后，便带着何奇进入宫中。只见慈宁宫内金碧辉煌，珍玩宝物不计其数，看得何奇有些眼花。进了里间，就听见太后正在说话，何奇忙跪下道：“微臣何奇参见太后。”

太后道：“起来吧。”

“谢太后。”何奇站起身，才看见屋内还有一人，此人身着红袍，年纪三十岁上下。

太后指着那人道：“这位是尚药局的魏太医。”

何奇见魏太医身着红袍，便知此人的官职是五品以上，于是躬身施了一礼。魏太医忙道：“何侍诏不用客气，久闻何侍诏丹青妙笔，只是无缘一见。”

何奇忙道：“惭愧，惭愧。”

太后道：“好了，两位不要礼让了。何侍诏，今天哀家找你来，是有两件礼物要赠送与你。”

何奇道：“无功不受禄，微臣刚刚进入画院，寸功未立，怎敢贸然领受太后的赏赐?”

太后摆手道："何侍诏过谦了，圣寿寺的壁画难道不是功吗？再说哀家送你的礼物，也是为了让你能立更大的功劳。"说完抬了抬手。宫女会意，便从旁边的木柜中取出一个锦盒，双手捧着递给何奇。

何奇躬身接过锦盒，太后笑道："何侍诏打开看一看合不合心意啊？"

何奇忙将锦盒打开，只见里面放着一方砚台。"这是？"何奇看着太后说道。

太后笑道："此乃前日官员所进贡的歙砚，所谓'宝剑赠英雄'，如果不赠予你这样的行家，那它的价值何以体现？"

何奇忙跪下道："太后恩赐，微臣无以为报。"

太后道："何侍诏言重了，怎么会无以为报？皇上让你进了宫廷画院，就是让你来报效皇恩的，否则你如何有机会大展宏图？你就像这歙砚一样，之前不过就是一块石头，是皇上慧眼识才，将你从石堆中捡出，打磨抛光，才有了今日的何侍诏，你现在还觉得无以为报吗？"

何奇忙道："微臣明白，微臣定不辜负太后与皇上的厚望。"

太后笑道："这就对了。哀家今日给你这方好砚台，就是为了让你能够将《百鸟朝凤图》画得更加生动传神。"

何奇道："微臣自会竭尽全力，仔细观察，力求完美。"

"可惜啊，"太后忽然说道，"何侍诏虽然技艺高超，但是相貌丑陋，后宫位至昭仪以上的嫔妃一共二十几位，若都让你脸对脸地仔细观看，只怕会将她们吓得花容失色，皇上一定不会高兴的。"

何奇听了这话，心中不是滋味，但也不敢表现出来，只能说道："那如何是好？"

太后道："哀家已经为何侍诏想到了解决的办法。"

何奇惊讶道："请问太后是何办法？"

太后示意了一下魏太医，魏太医道："魏某也许能帮到何侍诏，将何侍诏的眼疾除去。"

何奇道："此话当真？"

魏太医道："大丈夫一言九鼎，不会掺假。但魏某还需要四样东西。"

何奇道："哪四样东西?"

魏太医笑道："望，闻，问，切。"

太后点了点头道："来人，赐座。"

何奇与魏太医相对而坐后，魏太医仔细地看了看何奇的左眼，然后问了问何奇童年时的境况，又为他号了号脉，然后起身道："启奏太后，微臣有把握将何侍诏的眼疾医好。"

何奇吃了一惊，太后也站起身道："魏太医说说看?"

魏太医道："何侍诏的眼疾为肝火过旺，瘀血聚集所致，再加上幼时家境贫困，食不充饥，以致脾胃不和，脾湿胃燥，五脏六腑调节不均，才会面黄肌瘦，被火邪所伤。"

太后道："你说的哀家听不懂，哀家只想知道你如何为何侍诏治病。"

魏太医道："这个容易，首先微臣会用针放出何侍诏左眼内的瘀血，然后再每日针刺穴位，理顺脉络，让血气正常运行。针刺收效后，微臣再用药食调理，升脾降胃，理肝顺气，调节阴阳，自然百病全消。"

太后道："哀家要的就是你这句'百病全消'，其他一概听不懂。这样一来，大概多少时日?"

魏太医道："多则半年，少则三月。"

太后心中默默地算了算，然后说道："那好，那就半年之后，冬季一过，春暖花开之时，我要一个脱胎换骨的何侍诏为哀家描画《百鸟朝凤图》。"

魏太医道："微臣遵旨。"

何奇也忙道："微臣叩谢太后，谢魏太医。"

太后道："我知道何侍诏还要教习裕妃学画，哀家就不留你了，你去吧。至于何时为你医病，你和魏太医私下商量就是。"

何奇于是道："微臣遵旨，微臣告退。"于是转身出了慈宁宫，又回钟粹宫去了。

何奇走后，魏太医道："微臣有一事不明，不知当讲否?"

太后笑道："哀家知道魏太医要问什么。是不是想问哀家为何要对一个丑画师这般恩宠?"

魏太医道："太后明察秋毫，人不能及。"

太后道："其实也算不得多么恩宠，不过就是想让他多为皇上效力罢了。"

魏太医道："刚才太后赠予何侍诏歙砚时所说的那番话，真可谓是句句铿锵，字字到位，那何侍诏一定会更加尽心竭力地为圣上效力。"

太后笑道："哀家一向知人善用，绝不放过任何人才。何奇虽然相貌丑陋，但毕竟身怀绝学，哀家不想让他郁郁终生，无所施展。"

魏太医道："太后用心良苦，微臣实在钦佩。"

太后道："哀家也知道魏太医才智过人，年纪轻轻就有过人的医术，也算是青年才俊了，哀家绝对不会视而不见，有机会的话一定让你施展一番。"

魏太医忙笑道："有太后的提拔，微臣前途一片光明。"

太后笑了笑，不再说话。

何奇教完裕妃之后，便回到房中，迫不及待地将砚台拿了出来。何奇用手轻轻地抹了抹，果然是润滑无比，于是自言自语道："好一个'孩儿面，美人肤'。"说完又向砚台呵了一口气，瞬间便有水汽凝结成滴，顺着砚台流了下来。

"好砚啊！"何奇情不自禁地说道。

这时就听身后道："果然是好砚。"

何奇急忙回头一看，原来是刘佩。何奇急忙站起身笑道："刘学正好。"

刘佩笑道："老夫经过何侍诏房前，见房门未锁，以为是何侍诏粗心大意，出去忘了关门，所以就过来看看。"

何奇道："是何某刚才进来忘记关门了。"

刘佩看了看何奇手中的砚台，笑道："近日盗贼猖狂，况且何侍诏屋中还有这样的宝贝，要小心才是啊。"

何奇道："皇宫之中，难道还有贼吗？"

刘佩道："皇宫之中，人口众多，未免良莠不齐。其实那些偷东西的贼并不可怕，可怕的是那些暗箭伤人的贼子。"

何奇道："刘学正的话晚生不明白。"

刘佩道："老夫与孙目达共事多年，他的为人老夫清楚，一向小心谨慎，不会出任何差错。谁知前日竟然会将古画失手玷污，以至于永世不能执笔，对一名画师来说实在可惜。”

何奇道：“智者千虑必有一失，人非圣贤，孰能无过？孙侍诏也有马失前蹄之时。”

刘佩突然抓住何奇的衣袖道：“可老夫明明见那墨痕深入画里，焦黑明亮，与孙目达手里所执之笔的墨色并不相同啊。试问这墨色难道会变吗？试问这入睡之时的一笔竟有力量深入画里吗？”

何奇听了这话，额头有些冒汗，说道：“这么说刘学正怀疑古画上的墨痕并非孙侍诏所画？”

刘佩点了点头，眼睛看着何奇。

何奇道：“既然如此，刘学正为何不当场向皇上说明？”

刘佩道：“皇上爱惜丹青之心，自古未有。当时见到古画受损，已经是雷霆之怒，就算老朽说了，皇上也不会相信。再说孙目达本该罪致斩杀，皇上饶他一命，已经是仁慈之举了，我不想再生事端，牵连别人进去，就算是放那贼人一条生路吧。希望他以后能够改邪归正，好自为之。”

何奇道：“听刘学正的意思，像是知道是何人所为了？”

刘佩转身向门口走去，边走边说道：“所谓做贼心虚。毁古画者，必定心中有鬼，不敢马上现身于人前，所以那天最后一个进入画院的人，必定就是毁画之人了。”

何奇听了这话，只觉两腿发软，忙用手撑住桌子。

刘佩走到门外，笑道：“不过老夫那日心急如焚，也未曾见到是谁最后进的画院。何侍诏忙了一天，老夫就不打扰了。”说完便替何奇将门关了。

何奇这时才慢慢地坐在椅子上，只觉后背冒汗，心神不宁。他万万没有想到，宫中之人个个心思缜密，独具慧眼，自己不过是轻轻一笔，便已经有两个人知道了其中真相，他不知道以后该如何是好，之前太后的赏赐与激励，顿时化作一缕云烟，消失得无影无踪了。

就在何奇郁郁寡欢之时，裕妃早已是得意扬扬地来到慈宁宫，将今日学画之事说与太后知道。太后笑道：“你这丫头实在是胡闹，何奇好歹是画院的侍诏，你这样与他隔帘相望，岂不是有意侮辱？”

裕妃道：“臣妾可没有这么想过，臣妾只是害怕而已。”

太后道："那你学得怎么样啊？"

裕妃道："还算不错，过不了一年，我便能和皇上一起理论绘画之道了。"

太后点头道："你好好学吧，何侍诏一定会用心教的。"

裕妃道："用不用心我怎么能看得出来？"

太后笑了笑，于是将今日召见何奇之事与裕妃说了。

裕妃听后不解道："太后何必对他这般好呢？他为皇上效忠也是分内之事啊！"

太后道："我这么对他，还不是为了你吗？"

裕妃道："我？"

"是啊，"太后说道，"你是哀家的侄女，宫中尽人皆知，那何奇也一定知晓。受了哀家的恩惠，岂敢不认真教你？等你学有所成之后，皇上一定会对你更加宠爱，一定觉得你更加的贤淑端庄，到时候倘若你再怀了龙种，哀家便可理直气壮地向皇上提议立你为皇后，统领后宫，母仪天下了！"

裕妃听了这话，说道："臣妾从没有想过这些，臣妾只是想和皇上切磋画技，增进感情而已。"

太后笑道："傻丫头，等你真的当了皇后，只怕不会这样想了。"

裕妃也不说话，只是笑了笑。

太后道："你好好学，过些时候就是中秋佳节了，到时必有展现的机会，你一定要将皇后比下去才成。"

裕妃无奈地说道："学画只是消遣，不必争什么。"

太后道："我告诉你，如果不争的话，便都是别人的。"

第六回

颖出中秋品蟹黄
宾客大殿赏珍珠

何奇虽然心中郁闷，但又不敢和任何人说起，每日依旧是在画院中忙碌，或是去钟粹宫教习裕妃作画，还要抽出时间去坤宁宫暗中教授皇后，竟然连去尚药局看病的时间都没有了。这日忙完之后，何奇回到房中，坐在椅子上叹了口气，只觉心中烦闷，少言懒语。这时突然有人敲门，何奇于是站起身来到门前道："何人？"

门外道："是我，太医院魏清荷。"

何奇忙开了门，只见魏太医背着药箱站在门外，于是道："魏太医快请进。"说完急忙将他让进屋来。

二人坐定后，何奇道："不知魏太医来此何事啊？"

魏太医笑道："自从前几日太后命我为何侍诏诊治之后，就一直未见何侍诏身影。今日刘学正身子有些不适，我去给他看了看，并无大碍，不过是受了些风寒，过一两日就好。我从他那里出来后，见天色尚早，所以过来看看何侍诏，不知何侍诏为何不去太医院诊治呢？是怕魏某医术不精？"

何奇忙摆手道："魏太医千万不要多想，您的医术精湛，尽人皆知，您能为何某治病，是何某的福分。"

魏太医道："既然如此，何侍诏为何迟迟不去找我呢？"

何奇道："实不相瞒，何某也想赶紧将眼疾医好，可实在是公务繁忙，白天要为圣上作画，又要修订画谱，还要教授裕妃娘娘学画，一天下来，早已是这般时候，大家都在休息，我怎么好意思再去打扰魏太医呢？"

魏太医听后，笑道："原来如此。何侍诏处处为他人着想，魏某真是自愧不如。既然如此，不如我每日这个时候前来为何侍诏诊治，一来不耽误何侍诏白天的公务，二来我也好回复太后的旨意啊。毕竟太后给了下官半年的期限，倘若到时诊治不好，只怕太后会怪罪的。”

何奇笑道：“是，是。魏太医说得对，那何某就恭敬不如从命，劳烦魏太医了。”

“好说，”魏太医道，“我见何侍诏面带愁容，是否有心事呢？”

“这个……”何奇道，“的确是有，可是……”

魏太医忙道：“可是不足为外人道也？”

何奇笑着点了点头。

魏太医道：“无论何事，我劝何侍诏不要太心重了。情志郁结，五志过极，对身体必有损害。此时正值秋季，天干物燥，容易伤肺，如若每日忧思，犹如雪上加霜，对身体是大不利啊。”

何奇道：“魏太医说得是。”

魏太医道：“凡事必有解决之道，只要顺其自然，也未必会有多坏，有时候不过就是人心的作用。何侍诏初到宫中，定有许多不惯之处，如需要什么帮助，告诉魏某就是了。”

何奇道：“多谢魏太医。在这宫中能认识魏太医这样的朋友，真的是难能可贵，何某实在是感激不尽。”

魏太医道：“何侍诏何必如此。魏某并不是趋炎附势的小人，之所以能与何侍诏倾心相谈，完全是因为佩服您的画技。”

何奇道：“魏太医懂得绘画之道？”

魏太医笑道：“不瞒何侍诏，魏某幼时家父也想让我学习丹青，可惜魏某并无此天赋，才转而行医。所以这绘画之道嘛，魏某略知一二，而且魏某在宫中也算有些年头，每天出入画院或是后宫之中，名家之作也见了不少，所以这好与坏魏某还是分得清的。”

何奇道：“我最高兴的，就是生平所学能为人所欣赏，也不枉我当初的饥贫交困了。”

魏太医道：“所谓否极泰来，何侍诏今日不也进得宫中，备受圣上恩典吗？”

何奇道：“魏太医说得是啊，何某经魏太医这么一点拨，心中宽慰许多。”

魏太医道：“为朋友指点迷津，乃是分内之事，何侍诏如不嫌弃，以后咱们私下便以兄弟相称，如何？”

何奇忙道：“何某高攀不起。”

“这是哪里话？”魏太医站了起来，躬身道，“何兄请受魏清荷一拜。”

何奇赶忙搀扶道：“贤弟不必客气。”

二人相视而笑，便又归了座，谈论至深夜方散。

第二天晚上，魏清荷便开始给何奇施针，先是放出了左眼内的瘀血，然后再针刺穴位，理顺脉络。虽然瘀血已出，但何奇脸上仍有凹陷，所以何奇依旧是与裕妃隔帘授课，不敢露出面容。

不知不觉之间，中秋已至。宫内规定，中秋之日，官员放假一天，所以刘佩等一干画师便早早散去了。何奇无家无室，只好在屋中呆坐，心中顿时觉得有些哀伤。正无所事事时，突然有人敲门道：“何侍诏可在吗？”

何奇起身开门，只见一名宫女手捧食盒站在门外。何奇道：“您是？”

宫女道：“何先生不认识奴婢我了？奴婢是钟粹宫的翠儿。”

何奇忙道：“原来是翠儿，有事吗？”

翠儿将食盒递给何奇道：“这是裕妃娘娘命奴婢拿给您的。”

何奇急忙接了，笑道：“这是什么？”

翠儿道：“这是螃蟹，刚刚蒸好的。娘娘听说何侍诏不能归家，所以特地吩咐尚食局给何侍诏蒸了螃蟹享用，姜醋都在食盒之内，您一会儿趁热吃了吧。”

何奇差点哭出来，只是哽咽道：“多谢裕妃娘娘，微臣真是无以为报。”

翠儿笑了笑，又从怀中掏出一个纸包，放在了食盒的盒盖上面，笑道：“这是奴婢给您的月饼，虽不及螃蟹美味，但可做个甜点，你要嫌弃，趁早说，奴婢就拿走。”

何奇忙道：“我谢你还来不及呢，怎么会嫌弃？”

翠儿笑道：“料您也不敢。那何侍诏赶紧享用吧，奴婢得回去了，皇上在太液池的广寒殿设宴，裕妃娘娘也要去的。”

何奇道：“那我就不留你了，谢谢你的月饼，替我向裕妃娘娘谢恩。”

翠儿点了点头，转身去了。

何奇回到房中，将食盒打开，只见里面共有三层，上面两层各装有三只螃蟹，皆为团脐，正冒着热气，最下面一层放着一双乌木的筷子和一个青瓷的盒碗儿，将盒碗儿打开，里面放着姜醋。何奇笑了笑，又打开翠儿给的纸包，只见里面放着三个酥皮的月饼，小巧精致。何奇捡了一个咬了下去，顿时觉得香甜满口，回味无穷。吃完月饼，何奇便伸手抓起一只螃蟹，用力掰开，只见壳内蟹黄如金，丰实饱满。何奇赶紧用筷子夹起一块放在嘴里，立马入口而化，嫩滑无比。何奇点了点头，便开始细细品味。这时就听门外有人道：“东坡居士当日有云‘不到庐山辜负目，不食螃蟹辜负腹’啊！但有蟹无酒，终究不美。老夫有桂花酒一壶，赠予何侍诏。”

何奇回头一看，原来是刘佩。何奇赶忙起身道：“原来是刘学正，中秋佳节，您怎么没有回家呢?”

刘佩道：“这就要回去了，但突然想起何侍诏独自一人，所以顺便过来看看，谁想何侍诏又忘记关门了。”

何奇笑了笑道：“您还记挂着我，何某当真感激。”

刘佩将手中的白瓷壶放到桌上道：“这是别人送与老夫的桂花酒，正要带回家中，但我见何侍诏在此食蟹，如果无酒岂不可惜?不如就赠予何侍诏吧。”

何奇道：“别人赠予刘学正的，我喝了不好吧?”

刘佩笑道：“何侍诏不要客气了，赶紧吃吧，要是凉了就不好了。老夫这就走了，明日再见。”说完便转身去了。

何奇坐回椅子之上，看着桌上的螃蟹和酒，顿时觉得心中快慰。虽然自己远离家乡，无亲无故，又处在皇宫这种利欲熏心之地，但竟然还会有人对他挂念，在这中秋之际怕他寂寞，送来美食美酒，用以遣怀。何奇叹了口气，起身来到窗前将窗户推开，只见一轮圆月悬于天际，皎洁如银，宫外还隐约可见烟花绽放，还隐约可闻笑语连连。何奇更觉惆怅，于是回去坐了，开始自斟自饮起来。所谓“借酒消愁愁更愁”，不消片刻，何奇便觉得酒往上涌，头重脚轻，昏昏欲睡。于是扶着桌子站起，踉踉跄跄地走到床边，一头栽到了床上。

而此时在皇宫以北，太液池中的琼花岛上，早已是一片歌舞升平，广寒殿中灯火辉煌，龙案之后，柴墒与皇后并坐，殿下一班文武大臣也都个个欢声笑语，把酒言欢。大臣们不时起身向柴墒敬酒，说一些辞藻华丽之语，祝福千秋之言。柴墒得意扬扬地说道："自朕登基以来，天下太平，五谷丰登，百姓安居乐业，家家富足，各位爱卿功不可没，朕也敬你们一杯。"

大臣们急忙起身道："谢皇上！"于是君臣对饮而尽。

柴墒示意众人坐下，然后和皇后道："怎么还不见裕妃前来？朕叫了她的。"

皇后笑道："臣妾不知，想必是梳妆打扮也未可知。"

柴墒道："还要怎么打扮？都已这般时分了。"

正说着，只见太监进殿来道："皇上，裕妃娘娘到。"柴墒抬头一看，只见裕妃走了进来，浑身上下珠光宝气，宛若嫦娥仙子。裕妃来到柴墒近前，行礼道："臣妾拜见皇上、皇后娘娘。"

柴墒道："朕早已命你前来，为何这般时候才到？"

裕妃道："臣妾为皇上寻得一件宝物，须要天黑之时才能观看。"

柴墒道："宝物何在？"

裕妃道："就在殿外。"

柴墒于是命人将所说之物拿进来，旨意传下，就见六个太监将一个两尺见方、一尺见深的大木盆抬入殿内，放到中间，然后又用木桶往里面注水。众大臣互相窃窃私语，也猜不出裕妃是要干什么。水差不多注满后，裕妃道："臣妾请皇上熄灭殿中所有蜡烛。"

柴墒道："你这丫头，到底想要干吗？"

裕妃笑道："皇上一定要相信臣妾，臣妾定会不负圣望。"

柴墒道："好，朕就听你一回。"说完便命人将广寒殿内的蜡烛悉数吹灭。蜡烛一灭，整个殿内顿时漆黑一片，不见人影。

柴墒笑道："裕妃现在何处呢？朕看不见你。"

只听殿内西北角裕妃的声音道："臣妾在琴案之后。"

皇后道："妹妹去那么远干什么？"

裕妃道："臣妾新学了一首《望江海》，今日献给皇上、皇后及各位臣公。"

柴墒道："抚琴也不用熄灯啊。"

裕妃没有答话，腕抬指落，“叮叮咚咚”地弹奏起来。初弹时轻轻柔柔，好似岸边海浪轻抚，过沙而不留痕，但片刻之后，琴声由缓而急，犹如海风渐大，浪花迭起，海水溅湿了衣衫。众人身处黑暗，真如坐在海边一般，琴弦撩拨，声声入耳，好似海风扑面，略感风凉。柴墒正陶醉时，忽听殿中的木盆有了动静，分明是有东西正在拍打着水面，正疑惑间，忽然一道金线显现出来，紧接着金线由薄变厚，光亮也越来越刺眼，晃得柴墒和皇后不敢正视。突然有大臣道：“是大蚌啊！”这时众人才看清楚，原来木盆中有一只大蚌，蚌内藏有一颗珍珠，犹如拳头大小，光亮耀眼，灿烂非凡，将殿内的一切都照耀得清清楚楚，影印于墙。柴墒赶紧下了丹陛，携皇后绕到大蚌之旁仔细观看，众大臣也都起身将木盆围了个水泄不通。

柴墒蹲下身子看了又看，口中道：“奇哉！奇哉！天公之造化也！”众人也都随声附和，称赞一番。

一盏茶的时间过后，裕妃的琴声又由急而缓，渐渐慢了下来，那大蚌也慢慢地将房壳盖住，殿中便又是一片漆黑了。

柴墒于是命人又将蜡烛尽数点着，众大臣以及太监宫女全都议论纷纷，暗暗称奇。柴墒笑道：“裕妃啊，这宝物从何而来呢？”

裕妃笑道：“此蚌出于扬州，最初在天长县的湖泽之中，后来转入新开湖，已有十多年了。臣妾的兄长，扬州刺史袁武人，有一天晚上在湖边的书房读书时，忽见此蚌漂在水面，光芒耀眼，犹如日照当空，于是便命人坐船逮捞上来，于今日中秋之夜献于皇上，恭祝皇上千秋基业犹如蚌内珍珠，光亮璀璨。”

柴墒大笑道：“好极了！朕高兴得很。但不知这蚌放在何处才好呢？刚才这蚌是听了你的琴声，以为自己身在江海，所以才打开房壳，若以后朕还想再见此奇观，便当如何？”

裕妃道：“臣妾早就想好了，皇上可以将此蚌放入太液池中，在湖旁建个亭子，名为‘玩珠亭’，皇上若是和它有缘，说不定哪天来到亭中，便能见到此蚌呢！毕竟天下好多事情是可遇而不可求的。”

众大臣听了，拍手叫好。柴墒道：“好极了，就依裕妃所言。”

裕妃躬身道：“谢皇上。”

“过来坐吧。”柴墒向裕妃招了招手。

裕妃徐徐走上丹陛，坐在了柴墒旁边。柴墒拉住她的手道：“裕妃用心良苦，朕深感欣喜。”

裕妃道：“臣妾乃皇上妃子，让皇上开心，也是臣妾分内之事，皇上只有日日欢快，才能有心思处理好国政，百姓丰衣足食，更会拥护皇上，臣服皇上。”

皇后笑道：“妹妹果然是知书达理，做得比我这个姐姐好得多了，姐姐的中秋之礼和妹妹的比起来真是望尘莫及了。”

裕妃没有听出皇后的意思，笑着问道：“不知姐姐送的何物？”

皇后还没说话，柴璃便道：“不管何物，都是你们的心意，朕不会厚此薄彼，另眼看待你们哪一个。后宫佳丽无数，朕在这中秋之夜，只邀你们两位相伴，这其中的深意，你们不会不明白吧？”

皇后、裕妃一齐道：“臣妾明白。”

柴璃笑道：“明白就好，你们一个沉稳庄重，一个活泼开朗，真可谓是相得益彰，各有所长了。来来来！闲话少说，将这桂花酒每人饮一杯才算了事！”说完便端起两杯酒送到二人嘴边。

这时殿内大臣见柴璃高兴，于是便都起哄道：“皇上很是偏心，赐两位娘娘酒喝，竟不赐我们吗？”

柴璃大笑道：“中秋佳节，是该君臣同乐！朕这就赐给你们。”说完招手叫来内廷总管大太监赵公公道：“传旨尚食局，将一百坛苏和香酒搬入殿来，诸位臣公每人一坛。”赵公公急忙答应，领旨出了殿去。

柴璃笑道：“这苏和香酒最能和气血，去外邪。每一斗酒，便和一两苏和香丸同煮，便可以调和五脏，去腹中疾病，寒冬将至，每天早上饮上一杯，还可驱寒。”

众大臣道：“谢皇上赏赐！”

裕妃道：“那臣妾也要讨一坛。”

柴璃道：“这便奇了，爱妃何时也喜欢喝酒了？”

裕妃道：“臣妾近日觉得身子不爽，所以想要调理一下。”

柴璃奇道：“那好，朕叫人送到钟粹宫就是了。”

裕妃笑道：“谢皇上赏赐。”话音刚落，就见一名太监进来跪下说道：“启奏皇上，翰林院画院刘学正带领众画师与皇上献上中秋之礼。”

柴璃笑道：“宣。”

太监出去不一会儿，就见刘佩手捧一个画轴，带领一班画师进入殿来跪下道：“微臣等参见皇上。”

柴墒道：“刘学正手里捧的可是中秋之礼啊？”

刘佩道：“正是，此乃微臣与众位画师奉太后的旨意为皇上所绘的《太液秋月》。”

柴墒笑道：“那快展开与朕看看。”

“是。”刘佩答应着，便将画卷展开。

这时裕妃道：“刘学正，何侍诏怎么没来？”

刘佩道：“何侍诏醉卧房中，无法前来。”

裕妃听后，点了点头，有些怏怏不快。

第七回

姑侄话房事
主仆采鲜菊

何奇第二天早上醒来，便赶忙整了整衣衫，来到钟粹宫。

何奇向裕妃施礼后，仍坐在纱帘对面，笑着说道："今日微臣教习娘娘如何画手……"还未说完，裕妃道："昨日中秋之夜何侍诏过得如何？"

何奇忙笑道："微臣忘记向娘娘谢恩，娘娘所赐的螃蟹，实在是香得很。"

裕妃道："酒也香得很吧？"

何奇道："娘娘如何知道我喝了酒？"

裕妃叹气道："昨日中秋，太后身体不适，便没有出席中秋之宴，只是命画院画师作《太液秋月》呈献给皇上，所有画师皆有笔墨点缀画卷，为何你却在睡觉？你身为本宫的老师，实在是让本宫没有脸面。"

何奇惊道："这件事微臣实在不知道啊！也没有人告诉我中秋之时还要向皇上献画！"

裕妃冷笑道："那画院之中没有一个人影，你就不疑心吗？"

何奇道："微臣以为画师们都回家团聚去了，所以微臣一时烦闷，便喝了些酒，谁知道如此不胜酒力，便睡着了。"

"翠儿，"裕妃转头道，"是你赠酒与何侍诏的？"

翠儿还没有答话，何奇赶忙道："酒是刘学正给的，和翠儿无关。"

裕妃听了，想了一想，然后点头道："罢了，事情已经过去，多说无益，学画吧。"

“是。”何奇叹了口气，便开始教授绘画之道。

两个时辰后，何奇躬身告退，刚出宫门，就听后面翠儿道：“何侍诏留步。”

何奇忙停了下来，只见翠儿怀中抱着个酒坛向他走来，何奇赶紧上前接过酒坛道：“我帮你拿就是了。”

翠儿将酒坛递给何奇，笑道：“这酒就是给你的。昨晚圣上赐酒与众大臣，裕妃娘娘也讨了一坛，说是自己要喝，其实是赠予你这个恩师的。”

何奇看着怀中的酒坛，叹气道：“可惜昨天我醉倒了，否则肯定会让娘娘面上有光，我这就回去问刘学正。”

翠儿忙拦住道：“你糊涂啊？”

“什么？”何奇问道。

“你看不出是刘学正故意所为吗？”翠儿道，“你现在教习裕妃娘娘作画，又受太后恩赐，已经是太过显眼，其他画师必然对你有所嫉妒，昨日没有一个人告诉你给圣上作画之事，可见他们都是一伙儿的。你现在去找刘学正，岂不是自讨没趣？一来他的职位比你高，你不能奈他如何；二来你确实醉卧房中，已是尽人皆知，你如何能讨回公道？”

何奇道：“莫不成忍气吞声？”

翠儿道：“不错，所谓树大招风，不如低调行事。在这宫中，不学会忍让怎么能出人头地？若是何侍诏真想扎根宫中做一番事业，这点哑巴亏必须要吃得。”

何奇想了想，说道：“那翠儿姑娘认为我该怎么样？”

翠儿笑道：“我不过是个奴婢，哪敢教训何侍诏呢？”

何奇道：“何某还望赐教。”

翠儿道：“其实何侍诏不用担心，一切如平常就好，只要小心行事，再加上娘娘与太后为你撑腰，他们不敢把你如何的。”

何奇笑道：“你说得是。”

翠儿躬身道：“奴婢还有事，就先行告退了，这酒每日早上饮一杯就是。”说完便转身去了。

何奇回到画院，果见一班画师在那里指点讥笑于他。何奇装作没有看见，只是忙自己的事情。刘佩笑着走过来道：“何侍诏觉得昨日老夫的酒味道如何?"

何奇躬身道:"甜美香醇,多谢刘学正。"

刘佩知道刚才何奇去了钟粹宫,料定裕妃定会提及此事,何奇也一定会心中不忿而找他理论,自己便可以趁机会再羞辱他一回。谁知何奇不但没有提及,反而毕恭毕敬,这倒叫刘佩有些不好意思起来,于是笑道:"好说,好说。"然后便转身走了。

何奇心想:"《太液秋月》不过是大家东拼西凑而成,将来我要呈献给皇上的,必定是一人之作才可以。"

虽说《太液秋月》没有何奇参与,但宫廷画院一帮画师的技艺也算得上是巧夺天工了。此时在慈宁宫中,太后正斜倚在榻上,柴墒命人将画卷展开放在太后面前以供观赏,魏清荷也在一旁站着。太后看了看画卷,点头道:"众画师的平远山水倒是意境深远。"

柴墒道:"母后可感觉好些了?不要太过劳累,要好生休息才是。"

太后道:"哪里就这么娇气?不过是着了些风寒。"

魏清荷道:"太后前日游园,由于穿得多些,出汗之后将外罩脱了,所以受了风寒。"

太后笑道:"俗语云'春捂秋冻',果然不假。虽值秋季,但也会突然转暖。"

柴墒道:"儿臣看还是穿得多些好,毕竟母后上了年纪,只是以后热了就不要再脱就是。"

太后点了点头道:"皇帝说得是。哀家已经不再年轻,不知还能再活多少时日。"

柴墒忙道:"母后为何突然说这样的话?母后必定福寿绵长。"

太后摆手道:"哀家不要活那么久,哀家只想在有生之年能享天伦之乐。"

柴墒脸红道:"儿臣明白母后的意思,可有些事情着急不得啊。"

太后笑道:"那哀家就不着急了,给皇帝徒添烦恼,哀家有些过意不去。"

柴墒忙道:"母后何出此言?您是儿臣的母后,凡事都是为儿臣着想,儿臣不是孩子,心里明白得很,也感激得很。"

太后点头道:"皇帝能这么说,哀家这心也算没有白费。皇帝还有国事要处理，哀家就不留你了，但不要太过操劳才是。”

柴墒道：“是。母后好生休息，晚上儿臣再来看望母后。”说完便往养心殿去了。

柴墒走后，太后用手撑头道：“好晕。”

魏清荷急忙过来，用大拇指在太后的太阳穴轻轻揉按，须臾太后道：“好多了。”

魏清荷道：“太后若是难受，就请回房歇息吧，微臣再给您开一服药，发散发散就好了。”

太后叹气道：“这身病可医，心病如何治的？”

魏清荷想了想说道：“太后是指皇上子嗣之事？”

太后道：“那还能是什么？哀家现在最着急的就是皇上后继无人。膝下无有子嗣，这对皇室来说不是好兆头啊。虽说皇上后宫佳丽无数，可他却只钟爱皇后和裕妃两人，哀家虽然希望裕妃能够为皇上生子，可又迟迟不见动静。哀家现在真的有些心灰意冷，只希望无论是谁，只要能为皇上诞下男丁，哀家就心满意足了。皇上没有子嗣，那些大臣也一定在私下议论纷纷，人多口杂，难免无中生有，空穴来风。”

魏清荷见左右无人，于是走到太后面前，跪下道：“皇上无有子嗣之事，微臣知道其中缘由，只是不敢禀明。”

太后听了这话，急忙撑起身道：“什么？你知道？”

魏清荷道：“皇上今年夏天夜间频频盗汗，微臣奉旨前去医治。微臣为皇上请脉时，只觉脉象往来艰涩，迟滞不畅，恐怕是肾精不足之象。”

太后道：“胡说！倘若真是如此，其他太医为何不说？”

魏清荷道：“肾精不足乃先天之病，若是说了，言外之意就是皇上难以生育，这等大事太医们如何敢断？倘若皇上恼怒，岂不是自寻死路？”

太后道：“你片面之言，不足为信。”

魏清荷道：“太后如若不信，可问皇后或是裕妃。”

太后道：“问什么？”

魏清荷道：“问房事。”

太后琢磨了一下，心想：“怪不得皇上频频出入钟粹宫而皇后并无嫉妒之情，原来皇后知道皇上无法和裕妃享受鱼水之欢。怪不得皇上不喜欢其他妃子，原来是知道自己不能房事，所以刻意回避。”

想到这里，太后道：“尚药局人才济济，就没有人能医治此病吗？”

魏清荷道：“其实此病也不是无药可救，但需要时间。先天不足可用后天补缺，但必须细水长流，循序渐进，起码要用一年的时间方可见效，只怕皇上碍于情面，不愿让别人知道，所以就不愿意日日服药了。”

太后道：“难道皇室的兴隆比情面还重要吗？这件事你不要对其他人说，皇上那边哀家自会劝解。明日此时，你来坤宁宫为皇上诊脉，哀家给你一年半的时间，倘若到时皇上仍不能让后妃身怀有孕，你可仔细了。”

魏清荷忙道：“微臣遵旨。”

太后摆手道：“你下去吧，哀家累了，想歇一歇。”说完便闭上了眼睛。

魏清荷走后，太后便叫太监去钟粹宫将裕妃请来，开门见山地说道：“皇帝最近可去你那里了？”

裕妃道：“这两天皇上都在。”

太后道：“哀家问你，你可要诚实回答。”

裕妃道：“太后您说。”

太后道：“你和皇帝最近可行房事？”

裕妃听了这话，顿时脸红道：“太后为何突然问及此事？”

太后道：“哀家只让你说是与不是！”

裕妃吞吞吐吐道：“这个……臣妾……”

太后叹气道：“你就不要支支吾吾了，有话就说吧！你和哀家还有什么隐瞒的吗？”

裕妃道：“皇上不让说。”

太后气道：“放肆！你们还想瞒哀家到什么时候?！这关系到江山社稷，还有什么不能说的？你赶紧告诉哀家到底是怎么回事！”

裕妃咬了咬牙，说道：“臣妾与皇上已经很久没有房事了。”

太后道：“为何？”

裕妃脸红道：“皇上疲软不举，臣妾也不知如何是好。”

太后摇头道："你为何不早告诉哀家呢？"

裕妃道："皇上不让说，臣妾如何敢言？再说这等事臣妾又怎么好意思告诉您呢？"

太后叹气道："终究是个孩子，是个孩子啊！无有子嗣，还谈什么家国社稷啊！"

"您不要生气，臣妾有办法，"裕妃凑过来道，"臣妾听说鹿血能够壮阳，而且异常坚挺……"

"胡说，"太后道，"哀家要的不是能让后宫嫔妃享受鱼水之欢，哀家要的是皇室后代！就算坚而能举又能怎样？无有阳元，还不是徒劳？"

裕妃忙道："臣妾糊涂。"

太后道："你们这样的年轻夫妻，以后有不明白的事情一定要问哀家，今天要不是魏太医说明，哀家定被你们瞒到死都不知道呢！"

裕妃忙道："臣妾知道了。"

太后叹了口气，说道："哀家还不都是为了你，生得子嗣，你就有机会成为皇后。当初要不是许皇后的父亲是兵部尚书，哀家怎么舍得将皇后之位让与他人？"

裕妃笑道："天下之事没有十全十美，要不是因为兵部尚书许大人据理力争，皇上也不会有今天。"

太后道："这个哀家当然明白，皇上能有今天，许家功不可没。不过说到底，许尚书也是为了自己的女儿能当上皇后才这么做的。现而今许尚书已死，许家的权力也丢了大半，真是此一时彼一时啊。"

裕妃道："臣妾知道，那时太上皇去得早，太后凭一个人之力与众大臣周旋，才有了皇上今天的江山稳固，其实说到底，帮皇上登上宝座的，是太后您。"

太后听了这话，不禁含泪道："到底是哀家的好侄女，说到我心里去了。那时朝纲紊乱，皇子们一个个都想登上皇位，要不是哀家及时拉拢了手握兵权的许尚书，真不知道我们娘儿俩现在身在何处呢？说到底，还是为了皇上啊。可谁知道皇上竟然不能生育，那这江山争了过来又有什么意义？还不是迟早要送与他人吗？"

裕妃道："太后不要伤感，凡事皆有解决之道的。"

太后点头道："我已经让魏清荷去准备了，这件事情一定要保密，不得为外人知道，明白吗？"

裕妃点头道："太后放心，臣妾一定守口如瓶。"

太后点了点头，扶着裕妃站起身道："哀家要进去歇一歇了。"裕妃于是搀着太后进了东暖阁。服侍太后睡下后，裕妃转身出了慈宁宫，由翠儿陪着，往御花园走去。

翠儿道："娘娘不回宫去吗？"

裕妃道："心里烦闷，想到处走走。"

翠儿道："也好，今天秋高气爽，走动走动对身体大有裨益。"

裕妃道："可惜日渐萧条了。"

翠儿笑道："娘娘这话奴婢可不同意。"

裕妃笑道："说来听听？"

翠儿道："日渐萧条只是凡人所见，其实四季各有不同，各有美态。春天花草萌发，夏天姹紫嫣红，秋天金色满目，冬天白雪飘零，这才是四季之美。倘若只看到春天狂风卷沙，夏天酷热难耐，秋天万物萧条，冬天寒风刺骨，那这四季也要不得了。娘娘说是不是？"

裕妃笑道："你啊！乐天派罢了。"

翠儿道："娘娘说得是。"

两个人说笑着，来到御花园中，只见满目菊花开放，更觉香气扑鼻。裕妃笑道："谁说夏天才有姹紫嫣红？这里不也一样？"说完来到切近，俯身摘了一朵"绿云"，回身道："来，给本宫戴上。"说完将花递给翠儿。

翠儿接过花，踮着脚尖，将其别在裕妃的云鬓之上，然后笑道："娘娘越发的漂亮了。"

裕妃又俯身摘了两朵金色的小菊花道："来！本宫给你戴上。"

翠儿忙躲避道："您是娘娘，如何能给奴婢戴花？"

"别磨蹭了。"裕妃说完拉过翠儿，将花戴在她的头上。

正嬉笑见，只见对面来了两个人。翠儿道："婉妃娘娘来了。"

裕妃回头一看，只见长寿宫的婉妃带着宫女清风由对面走来。裕妃于是迎上去道："妹妹哪里去？"

婉妃见是裕妃，忙施礼笑道："臣妾听说御花园菊花盛开，特来观看。姐姐也是来赏花的？"

裕妃道：“我是路过此地，想不到群芳盛开，所以驻足观看。”

婉妃见裕妃鬓上所插的菊花，笑道：“姐姐这花好看得很，更加衬托出姐姐的妩媚了。”

裕妃笑道：“我也帮你插一朵。”于是回身掐下一枝菊花，插入婉妃鬓上，大家看了，无不说好。两人又玩笑一会儿，便散去了。

婉妃见裕妃走得远了，说道：“果然是受宠的妃子，天天满面笑容的，哪里懂得我们这些被打入冷宫的人？”

清风笑道：“娘娘不必介怀，不消几日，皇上定会去您的永寿宫。”

婉妃道：“这样成吗？何侍诏会不会不答应？”

清风道：“有钱能使鬼推磨，娘娘依计行事就可以了。”

婉妃点了点头，二人便一路往宫廷画院去了。

第八回

婉妃施妙计
皇后赠藕汤

何奇与众画师正在画院中整理历代画作，以为柴墒编纂画谱，这时有人进来找到何奇说道："何侍诏，婉妃娘娘在门外等候。"

何奇心里奇怪，从不曾听说有这样一位娘娘，不过柴墒后宫佳丽众多，不曾听说也不奇怪。何奇于是赶紧整了整衣帽，快步走出画院。

何奇出了院门，只见两个女人立在那里，前面的粉袄长裙，金钗玉镯，想必就是婉妃了。何奇到了近前，躬身道："微臣何奇参见婉妃娘娘。"

婉妃抬手道："何侍诏不必客气。"

"谢娘娘，"何奇道，"不知娘娘召见微臣何事？"

婉妃看了看左右无人，说道："本宫有一事恳请何侍诏帮忙。"

何奇道："何事？"

婉妃道："此处不是说话之所，一个时辰之后，本宫在永寿宫等候何侍诏。"

何奇心中不明，刚要再问，只见婉妃身后的宫女从怀中掏出一个布包，双手递给何奇道："这是娘娘的一点心意，还请何侍诏收下。"

何奇忙推道："使不得，使不得！无功不受禄！"

婉妃道："何侍诏不用客气，事成之后，还有重谢。本宫先回去了。"说完转身就走，宫女于是将布包往何奇怀里一推，便随着婉妃去了。

何奇看着二人的背影，心中一阵疑惑，只觉得这个婉妃有些莽撞，几句话下来也不知要做什么。掂了掂布包，只觉沉得压手，打开一看，是个木盒，再将木盒打开，只见里面放着三个银锭。何奇倒吸一口气，赶紧将盒子盖上，看了看左右无人，便将盒子揣进怀里，先回自己的房间去了。

一个时辰之后，何奇来到永寿宫宫门之外，只见刚才那位宫女迎出来道："奴婢清风，已经恭候何侍诏多时了。"

何奇点了点头，随清风进了宫门。和裕妃的钟粹宫相比，婉妃的永寿宫显得有些冷清寒酸。院内既没有奇花异草，屋内也没有太多的赏玩装饰。此时婉妃坐在榻上，见何奇来了，于是笑着说道："有劳何侍诏，请坐。"

清风于是搬来一把椅子，何奇谢了座，问道："谢娘娘赐座。不知娘娘召微臣前来，所为何事啊？"

婉妃叹了口气，说道："何侍诏觉得我这永寿宫如何？"

何奇想了想，说道："娘娘什么意思？"

婉妃道："何侍诏这样的红人，想必这皇宫之中，已经去过了不少地方。太后的慈宁宫、皇后的坤宁宫、裕妃的钟粹宫，和她们几位相比，本宫这里是不是太简陋了？"

何奇忙道："微臣从未这样想过。"

婉妃笑道："何大人实话实说也不会怎样，本宫又不是皇上身边的红人，得罪了本宫，何侍诏也无须介怀。"

何奇笑道："娘娘不要妄自菲薄，娘娘美貌非凡，迟早会被皇上垂青。"

婉妃道："再何等美貌，也经不起岁月的荒废。今天本宫找何侍诏前来，就是想让何侍诏将本宫的美貌留住，然后想办法让皇上知道。"

何奇连忙说道："娘娘若是想问驻颜之术，应该请教尚药局的太医，微臣不过是一个画师，不懂驻颜之术。"

婉妃笑道："何侍诏误会了本宫的意思。本宫是想让何侍诏用丹青妙笔将本宫的容貌描绘下来，然后再趁机呈献给皇上，何侍诏可明白？"

何奇道："原来如此，为娘娘画像并非难事，可微臣官位甚低，要见皇上一次可谓是机会难得，不如微臣将画像画好，娘娘亲自呈献与皇上，岂不方便？”

婉妃道：“本宫若能亲自将画奉与皇上，还何须麻烦你呢？何侍诏哪里知道，这后宫之中不受宠的嫔妃要见皇上一面比登天还难，有的到死都未曾见过皇上一次。”

何奇道：“可微臣不知何时才能见到皇上啊。”

婉妃道：“何侍诏不要推辞了，刚才给你的那个盒子，是本宫省吃俭用留下来的，就希望何侍诏能助本宫一臂之力。本宫想好了，与其坐以待毙，不如为之一搏，柳暗花明也未可知，本宫的前途，就都承载于何侍诏你了，你就不要推托了吧。”

何奇心想：“既收了银子，终究还是舍不得送回去，再说画好之后，是否呈与皇上，又不是我能说定的，终究赖不到我身上。以后婉妃若真有机会被皇上宠幸，对我也会大有好处。”何奇想好之后，于是说道：“微臣自当竭尽全力为娘娘画像，以助娘娘能早日得到圣上的恩宠。”

婉妃听后，笑道：“好！那何侍诏何时能画？”

何奇道：“微臣斗胆恳请娘娘坐在原处，微臣只消观察娘娘片刻，就会默记于心，回到画院之后，自会画好。”

婉妃笑道：“好！何侍诏只管近前，本宫让你看个明白。”

“是。”何奇说完起身走到婉妃切近，一股淡香马上袭来，何奇定了定神，于是上一眼下一眼观察起婉妃来。只见婉妃云髻高耸，头发乌黑浓密，眉若细柳，眼含秋波，肌肤洁白滑腻，吹弹可破。何奇心想：“当皇上果然是一件美事，享用不尽的山珍海味，穿戴不了的绫罗绸缎，取之不竭的绝世美女啊。”何奇看完之后，躬身退到一边，说道：“微臣已经将娘娘的气韵神态铭记于心，三日之后便能画好，到时请娘娘过目。”

婉妃笑道：“有劳何侍诏了。事成之后，本宫一定重重有赏。”

何奇道：“谢娘娘。微臣还有事务在身，如果娘娘没有其他吩咐，微臣先行告退。”

婉妃道：“本宫没事了。清风，送何侍诏。”

“是。”清风答应着，将何奇送出宫门之外方回。

清风进了屋来，笑着说道：“这个何侍诏长得真丑。”

“嗯，”婉妃用手撑着头道，“早听人说何奇貌丑，果不其然，刚才他看本宫的时候，本宫心中害怕死了。要不是有求于他，本宫才不会理这个丑鬼。”

清风道：“可是这个何奇画技非凡，娘娘与皇上见面之期指日可待。”

婉妃道：“这个主意是你想的，若是能成功，本宫定会重赏于你。”

清风忙笑道：“谢娘娘！”

且说何奇回到画院继续整理各种画卷，至太阳落山方才回屋。吃完晚饭之后，便又急匆匆地赶往坤宁宫偷偷教授皇后绘画。一进坤宁宫的大门，何奇便觉香气扑鼻，只见皇后在院中的石案上摆弄着菊花，何奇于是上前道：“微臣参见皇后娘娘。”

皇后回头见是何奇，笑道：“何侍诏用过饭了？”

“用过了。”

皇后笑着拿起一碟糕点说道：“这是尚食局做的菊花糕，何侍诏品尝品尝。”

“是，”何奇于是捡了一块放在嘴中，说道，“果然香甜。”

皇后笑道：“菊花能够平肝明目，何侍诏应多吃一些。”

何奇道：“谢皇后娘娘。”

皇后道：“罢了。”说完转身进了屋子。

何奇跟在后面道：“今天娘娘想学什么？”

皇后道：“本宫今日有些困倦，不想学画了，不如何侍诏陪本宫聊聊天如何？”

何奇道：“微臣生性驽钝，只怕皇后娘娘怪罪。”

皇后摆手道：“何侍诏不要这般谦逊了，坐吧。”说完便指着旁边的一把椅子让何奇去坐。

何奇不敢违背，于是走过去坐了下来，说道：“皇后娘娘想聊什么？”

皇后道：“何侍诏哪里人？”

何奇道：“四川峨眉人。”

皇后笑道：“我说呢，果然是人杰地灵，怪不得何侍诏有如此才华。”

何奇笑道：“皇后娘娘您过誉了。”

皇后道："今天晌午过后，何侍诏在干什么？"

何奇道："在画院整理画卷。"

"除此之外呢？"皇后问道。

何奇有些奇怪，不知皇后为何会这么问，于是支支吾吾地说道："没有干别的，只是……只是……整理画卷罢了。"

皇后冷笑道："本宫想与何侍诏推心置腹，可惜何侍诏不领本宫这个情啊。"

何奇忙道："皇后娘娘看得起微臣，微臣不会不知好歹，皇后娘娘有话明示。"

皇后道："其实也没什么，有人看见何侍诏与婉妃在画院前说话罢了。不过若只是说话，本宫不会干涉，可何侍诏还拿了婉妃的东西，可有此事啊？"

"这……"何奇一时不知说什么好。

皇后道："何侍诏不要怪本宫多事，本宫身为皇后，理应将后宫管理得妥妥当当，以便皇上可以安心国事，所以婉妃做了什么，本宫也应该问个明白，何侍诏你说呢？"

何奇道："皇后娘娘所言极是，婉妃娘娘不过是托微臣画像而已，所赠之物不过是些稀有的颜料罢了。"

皇后道："作画？作什么画？"

何奇见瞒不住，便将婉妃所托之事与皇后说了。皇后听了点头道："原来如此，婉妃到底是个有心之人。"

何奇道："微臣不知私自为后宫嫔妃画像是罪，微臣不画就是了。"

皇后笑道："何侍诏误会本宫了，本宫并非小肚鸡肠的女人，自从皇上登基之后，虽然后宫佳丽无数，可至今没有子嗣，本宫心中也非常焦急，既然婉妃能够毛遂自荐，未尝不是一件好事。"

何奇道："皇后娘娘宽宏大量，母仪天下，微臣钦佩万分。"

皇后道："既是这样，那何侍诏就将画像交与本宫就是，本宫自会看准机会将画呈与皇上面前，如何？"

何奇心中虽然不愿，但还是答应道："若是如此，那真是再好不过，婉妃定会感激皇后娘娘的心意。"

皇后笑道："何侍诏真是个大忙人啊，又要教习裕妃与本宫学画，又要为婉妃画像，还要为太后画《百鸟朝凤图》，白天画院这边还有事情要做，就连魏太医也要抽空为何侍诏诊病。何侍诏，你累不累啊?”

何奇道：“为臣子的，再累也要挺住。”

皇后道：“听本宫一句话，‘树大招风’啊。”

何奇流汗道：“微臣明白。”

皇后点了点头，说道：“看得出何侍诏是明白人，要不怎么能将孙目达轻轻松松地赶出宫去呢?”

何奇赶忙道：“此事请皇后娘娘不要再提了。”话音刚落，就见一个宫女快步走了进来，刚要开口说话，一看何奇也在，便又咽了回去。

皇后心中明白，于是和那宫女道：“碧云，你来得正好，何侍诏正要回去，替本宫送一送。”

“是，”碧云于是向何奇道，“何侍诏请。”

“微臣告退。”何奇说完便随碧云出去了。

送走了何奇，碧云回来和皇后说道：“皇后娘娘，刚才奴婢路过隆宗门，看到皇上去了慈宁宫。”

皇后道：“奇怪，都这么晚了，皇上去慈宁宫干什么?”

碧云道：“听慈宁宫的太监说，皇上晌午前后已经去过了，当时魏清荷也在。”

皇后道：“这个本宫知道，太后身染风寒，皇上不过是去探望。太后这边本宫觉得没有什么可疑心的，倒是何奇这边让本宫有些头疼。”

碧云道：“他一个小小的画师，怎么会让娘娘头疼?”

皇后道：“也不是他，是婉妃这个贱人。”

碧云道：“婉妃? 若不是皇后娘娘提起，奴婢不记得还有此人。”

皇后于是将婉妃请求何奇作画之事与碧云说了，然后冷笑道：“哼，就算皇上见了你的画像又能怎样，就算皇上喜欢上你又能怎样，到头来还不是竹篮打水一场空? 本宫与皇上在一起这么多年，尚无机会怀有子嗣，就凭你一个身处冷宫的妃子，还想蒙受雨露之恩，简直就是痴心妄想!”

碧云道：“皇后娘娘不要生气，婉妃不过就是深宫寂寞，所以才想方设法接近皇上。别人不了解皇上，皇后娘娘难道还不了解吗？就算皇后娘娘将婉妃的画像呈给皇上，就算皇上对婉妃心存喜爱，也只怕是有心无力啊。”

皇后厉声道：“你这话简直就是大逆不道，是要杀头的！”

碧云忙跪下道：“碧云知错了，皇后娘娘饶命。”

皇后笑道：“起来吧，起来吧，一句玩笑话。”

“谢皇后娘娘。”碧云于是站起身来。

皇后起身走到碧云身边，拉住她的手道：“本宫怎么会杀你呢？这些年要不是有你在本宫身边，本宫不知道会有多寂寞。虽然本宫贵为皇后，但自从父亲去世，就没有了靠山，再加上又无皇上的子嗣，本宫这个皇后说废就废了。本宫心里清楚，太后一直想让裕妃当皇后，可就是一直没有机会抓到把柄，否则的话，本宫现在也会像其他嫔妃一样，身处冷宫。”

碧云道：“皇后娘娘端庄大方，做事沉稳，母仪天下，那个裕妃明明就是个孩子，她哪里有资格做皇后呢？”

皇后叹气道：“本宫这个‘端庄大方，做事沉稳’也是逼出来的。有时候本宫真羡慕裕妃，想说就说，想笑就笑，无所顾忌。哪像本宫，每天小心翼翼，在整个皇宫都安排了眼线，就是怕有人暗算本宫。在这个皇宫里，除了你之外，真的不知道还有谁值得本宫信任了。”

碧云含泪道：“有皇后娘娘这句话，碧云为娘娘赴汤蹈火，在所不惜。”

皇后笑道：“真是个孩子，本宫又没有叫你去死。”

碧云破涕为笑道：“奴婢已经吩咐尚食局做了莲藕汤，最能去燥的，一会儿就会送过来了。”

“嗯，”皇后想了想说道，“你去吩咐尚食局，分一份送到永寿宫去。”

碧云奇怪道：“给婉妃？”

“是啊，”皇后道，“这画像还是应该让皇上看到，不喜欢最好，若是皇上真的喜欢，那就让裕妃去和她争宠吧，本宫坐收渔翁之利就是了。”

碧云道：“皇后娘娘圣明。”

半个时辰之后，碧云果然提着个食盒来到永寿宫。婉妃此时已经卸了妆，正要就寝，忽然有人通报皇后派了人来，惊得婉妃连外衣也未来得及穿，赶紧出了暖阁。只见碧云将食盒放在桌子上，躬身道："奴婢参见婉妃娘娘。"

"平身，"婉妃道，"皇后娘娘深夜派你前来，有事吗？"

碧云道："皇后娘娘吩咐尚食局做了莲藕汤，特地分出一碗拿给您的，皇后娘娘说莲藕最能去秋燥，对身体大有好处。"

婉妃心中疑惑，不知道为什么皇后会突然对她这么好，只得说道："多谢皇后娘娘记挂，你回去告诉皇后娘娘，婉妃谢过了。"

碧云道："奴婢记下了，奴婢告退。"

碧云走后，清风便将食盒打开，果见白瓷碗中盛着莲藕汤，还徐徐地冒着热气。

婉妃坐在椅子上和清风道："你说皇后这是何意啊？"

清风道："只怕娘娘托何侍诏作画之事，皇后已然知晓了。"

婉妃道："若真是这样，那该如何是好？"

清风道："奴婢早就和您说过，宫中处处都是皇后的耳目，您却不听，非要亲自去找何奇。"

婉妃道："本宫也是为了显示诚意啊。既然皇后已经知道，为何不来训斥，反而送汤呢？"

"无事献殷勤，非奸即盗，"清风说道，"娘娘一定要小心了，皇后可不是好惹的。"

"要不就不让何侍诏画了吧？免得惹祸上身。"婉妃心中有些胆怯。

清风道："难道娘娘想身处冷宫一辈子？现在后宫之中没有一人诞下子嗣，这对娘娘来说就是机会，机不可失，时不再来，娘娘一定要迎难而上，博得皇上宠幸才是。"

婉妃皱眉道："倘若皇后暗下毒手呢？"

"小心驶得万年船，娘娘凡事谨慎些就是了。"清风说完端起瓷碗，将里面的汤水一股脑地倒入旁边的花盆之中。

第九回

忠仆施妙计
美人食药汤

这日晌午过后，皇后手持茶碗坐在庭院当中，看着落叶纷飞，飘零而落。正发呆时，碧云手里拿着一个画轴进来道：“皇后娘娘，婉妃的画像已好，何奇派人送过来了，请皇后娘娘过目。”

“嗯，”皇后淡淡地说道，“展开给本宫瞧一瞧。”

“是。”碧云答应着将画卷展开，只见画上一清秀女子，身着长袄，下着轻纱长裙，亭亭玉立，清新淡雅，给人一种超凡脱俗之感。皇后笑道：“何奇果然是名不虚传，寥寥数笔，神韵跃然纸上，本宫虽然早已忘记了婉妃的模样，但她若真如这画中所示，想必皇上也会动心的。”

碧云瞧了又瞧，说道：“奴婢那次去送莲藕汤时见过这个婉妃，好像没有画中这般清丽。”

皇后笑道：“收了别人的钱，自然要画得漂亮些。”

碧云道：“何奇未曾说过收受钱财啊。”

皇后笑道：“哪能让你知道呢？”

碧云将画收起，说道：“皇后娘娘真要将此画呈给皇上？”

皇后喝了一口茶，说道：“拿到后院烧了吧。”

“什么？”碧云惊道，“皇后娘娘前日还说要呈给皇上的啊？”

皇后道：“这画画得太好了，皇上定会喜欢，我怕皇上爱屋及乌，连这婉妃也一并爱上，到时就不好办了。”

碧云道：“皇后娘娘不想看裕妃与婉妃鹬蚌相争了？”

皇后道：“裕妃已经叫本宫头疼，本宫不想再平添一个婉妃了。别说了，烧了就是了。”

“是。”碧云答应着便往后院去了。

何奇托人将婉妃的画卷带到坤宁宫后，自己便急忙赶到了永寿宫。太监通禀后，只见清风迎出来道：“何侍诏您来了？”

何奇道：“微臣特来给娘娘请安。”

清风将何奇拉到一边道：“今天不巧，只怕娘娘不能接见何侍诏了。”

“怎么？”何奇问道。

清风道：“前日晚间皇后派人送来莲藕汤，婉妃娘娘忙着出去接见，就忘了罩上外衣，秋夜寒冷，婉妃娘娘便病倒了，太医来看，说是风寒，今天刚见好些。”

何奇道：“既是这样，那微臣就不打扰娘娘了，就请你将画卷带给娘娘就是。”说完撩开衣摆，从里面掏出一个画轴。

清风生气道：“何侍诏这是什么意思？竟将画轴藏于身下，故意侮辱娘娘不成？”

何奇忙道：“微臣此举实在是情非得已，婉妃娘娘托我作画之事，已经被皇后知晓，叫我画好之后先交与她过目，然后由她转交皇上。可微臣觉得皇后未必会将画作转交，所以画了两幅，其中一幅已经送到了坤宁宫，另一幅就是这个了。”

清风接过画轴，咬牙道：“皇后还真是严防死守，没有一点余地啊。”

何奇道：“皇后已经知道微臣作画之事，所以微臣不便将此画转交皇上了，如果以后有机会，就请婉妃娘娘亲自转交皇上吧。微臣还有公务缠身，就此告辞。”说完便一溜烟儿地去了。

清风叹了口气，转身回了宫，在病榻前将此事与婉妃说了。婉妃含泪道：“怪不得前日皇后会送莲藕汤来，原来是给本宫提醒的。想不到要见皇上一面竟如此之难。罢了罢了，本宫心灰意冷，你就将此画毁了吧，本宫不想见画伤心。”

清风道：“难道娘娘就不想看一看吗？”

婉妃道：“看有何用？只会平添烦恼，去吧。”说完转身背冲清风，啼哭不止。

清风无法，只得转身出了永寿宫往西而去，想找个地方将画撕毁丢弃。正走着，只见对面仪仗威严，黄盖醒目，原来是众人簇拥着柴璥往这边来了。清风吓得赶紧退到一边，低头站好，等待柴璥过去。

原来今日乃是初一，柴璥退朝后，便来到雨花阁礼佛，然后再去慈宁宫给太后请安，顺便让魏清荷诊病。此时正好礼佛完毕，正往慈宁宫去。柴璥虽然有些不情愿，但那日晚间太后的苦口婆心还是让柴璥放下身份，开始安心看病。那晚柴璥被太后叫到慈宁宫后，太后便将房内太监与宫女遣出，语重心长地说道："皇帝身子有病，为何不让哀家知道？"

柴璥大惊道："哪一个敢胡说？朕好得很！"

太后叹气道："皇帝还逞强做什么？难道要讳疾忌医不成？皇帝知不知道，这病关系到皇室的生死存亡啊！"

柴璥道："朕身为天子，天命所归，无有子嗣，也是上天注定，若命中该有，迟早也是要有的。"

太后道："哀家知道皇帝的心思，身为九五至尊，怕人知道了笑话，可你不想一想，这种事情还能瞒得住多久？一年？两年？十年？那些大臣一个个老奸巨猾，皇帝能骗得过他们？休要再孩子气了！凡事事在人为，这病魏清荷说了，一年之内就可治好的。"

柴璥气道："原来是他！朕饶不了他！"

太后大声道："胡说！要不是魏清荷，皇帝还想瞒哀家多久？哀家不但不惩罚魏清荷，还要赏赐于他。尚药局这么多太医，哀家不相信就魏清荷一个人知道这件事情，其他太医必定早已知晓。他们为什么不说？还不是怕惹来杀身之祸？可他们保全了自己，却毁了我们啊！魏清荷敢直言进谏，让皇室得以延续，怎么能罚呢？若无有子嗣，那这江山社稷还有什么用，到头来还不是拱手让给他人？皇帝！你明不明白？"

柴璥只得道："朕明白的。还有谁知道此事？"

太后道："皇帝放心，除了哀家与魏清荷，无人再知晓。哀家已经想好了，皇帝可以隔几日便到慈宁宫来让魏清荷把脉，到时外人只是以为你是来给哀家请安的，魏清荷也只是来给哀家瞧病而已，不会有人怀疑。一年之后，皇帝就可以给天下一个喜讯了。"

柴璥只得道："那一切就按照母后说的办就是了。"

"这才像是长大了。"太后点头说道。

柴墒于是开始每日服药，但每次的药汤都要送到慈宁宫，柴墒请安时顺便将药喝了，太后却只向外人说是自己的补药而已。这日柴墒礼佛之后便又前往慈宁宫，正走着，忽听旁边有人“哎呀”一声，柴墒侧头一看，只见一名宫女正俯身去捡一个展开的画轴。柴墒一向对绘画情有独钟，于是转身朝宫女那边去了，慌得众人也赶紧跟了过去。那宫女只顾将画轴卷起，也没有看见柴墒过来，柴墒来到近前，说道：“这是什么画？展开给朕看看。”

那宫女抬头见是柴墒，大惊失色，连忙跪下道：“奴婢叩见皇上，叩见皇上。”

柴墒伸手将画轴拿了过来，旁边的太监赶紧帮忙将画轴展开，柴墒眼睛一亮，笑道：“这画出自你手？”

那宫女道：“回皇上，奴婢不知道这画是谁的手笔。”

柴墒笑道：“莫不是你偷来的？”

那宫女忙说道：“不是奴婢偷的，不是奴婢偷的！”

柴墒道：“既不是你偷的，那怎么会不知道是何人所画绘呢？”

宫女道：“奴婢真的不知道，奴婢只知道这画上是我家婉妃娘娘。”

“哦？”柴墒又将画看了又看，问道：“永寿宫的婉妃？”

宫女道：“正是。”

柴墒看着画像，虽然画上的女子有些愁容不展，但却是一个美人。柴墒问道：“你拿着这画要去哪儿？”

宫女道：“婉妃娘娘说将它扔了。”

柴墒奇怪道：“这却为何？”

宫女道：“这几日娘娘生病，总也不好，渐渐觉得自己年华老去，荒废了青春，此画日日挂在墙上，娘娘时时看到，引出心中无限伤感，她对奴婢说：‘想见的人总也见不到，所以这病只怕总也好不了了。’”

柴墒听了这话，又看了看画上的婉妃，心想：“这后宫中的嫔妃年华老去的又何止婉妃一人，但她们心中定是怨恨朕的，可婉妃却始终记挂着朕，就凭这点，朕也应该前去探望。”于是说道：“朕知道她想见谁。摆驾永寿宫。”

此时婉妃正在病榻之上休息，恍恍惚惚之时，只见一人快步走到榻前，一把握住她的手道：“可好些了吗？”

婉妃睁开双眼，只见一位英俊青年坐在自己榻前，定睛一看，原来是柴墒，婉妃又惊又喜，赶忙用手撑起来道：“臣妾拜见皇上。”

柴墒忙说道：“不必行礼了，赶紧躺下。”说完又将婉妃放倒。婉妃此时眼含泪光，姣好的面容略显憔悴，好似梨花带水一般，更加惹人怜爱。

婉妃哭道：“皇上你怎么来了？臣妾非常想念皇上，可今日臣妾这个样子，却被皇上看到，实在是过意不去啊。”

柴墒笑道：“不必自责，朕应该早些来看你才对，药可吃了？”

清风马上答话道：“婉妃娘娘这几日吃药也是断断续续的，总也吃不下。”

柴墒道：“那怎么能成？药一定是要按时吃的。”

清风道：“是，可是药已经凉了。”

“那就去再热一热，”柴墒道，“朕要亲自喂药。”

“是，奴婢马上就去。”清风说完转身去了。

婉妃道：“怎么能让皇上亲自来喂呢？臣妾自己来就是了。”

柴墒握着婉妃的手，只觉发烫，再看婉妃的双颊绯红，更觉心疼，于是道：“朕喜欢你，当然要亲自来喂了。”

婉妃鼻子一酸，这些年的委屈便随同泪水一并流了下来。

第二天清晨，皇后正在御花园赏花，只见永寿宫的一名太监急匆匆地跑了过来。碧云会意，急忙迎了上去。皇后虽然装作没有在意，但眼睛却时不时地往两人那边看了又看，只见碧云神色慌张，好像是有事发生。太监走后，碧云连忙走回来道：“皇后娘娘，永寿宫的太监说，昨晚皇上是在永寿宫过的夜。”

皇后一惊，一朵菊花便被掐断，徐徐地掉在了地上。皇后厉声道：“怎么会这样？皇上去了永寿宫？”

“是，”碧云接着说道，“不过听太监说，皇上没有临幸婉妃，因为婉妃当时身染风寒，皇上不过是去照顾她而已。”

皇后道：“那就更奇怪了，皇上如何知道婉妃生病的呢？好端端地怎么跑去了永寿宫？”

碧云道：“奴婢也想不明白，这事也太突然了。”

皇后想了想，说道：“你确定已经将画毁掉了？”

碧云忙道："皇后娘娘明鉴，碧云确实将画在后院烧毁了。"

皇后沉思片刻道："本宫明白了，去宫廷画院，把何奇叫来，本宫有话要问！"说完面带愠色转回坤宁宫去了。

何奇自昨日将画像送给婉妃后，就有些后悔，他觉得自己低估了皇后的本事。皇后连魏清荷给自己诊病的事情都一清二楚，就说明宫中到处都有耳目，那自己给婉妃画像的事情也便是纸里的火，迟早是包不住的。可他万万没有想到，皇后发现得会这么快，一大清早就已经宣他去坤宁宫了。

何奇连忙跟着碧云来到坤宁宫内，只见皇后端坐在椅子之上，面色深沉，似有怒状。何奇忙跪下道："微臣参见皇后娘娘。"

皇后笑了笑说道："碧云，赶紧，搬把椅子给何侍诏坐，何侍诏今后就是皇上身边的大红人了，咱们不能太过怠慢。"碧云听了，赶紧搬了把椅子放在何奇身旁。

何奇忙躬身道："微臣不敢，微臣不敢。"

皇后冷笑道："你有什么不敢？是不敢坐吗？还是不敢当皇上的红人？本宫的话你全当耳旁风了？"

何奇忙道："微臣真的不敢。"

皇后道："不敢的话，为什么昨夜皇上会留宿永寿宫？想不到你真有本事，竟然敢背着本宫将画呈给皇上！何侍诏，本宫和你说过了，树大招风，你是真的不明白吗？"

何奇见有了误会，只得说道："微臣一时糊涂，又另给婉妃作了画，但是微臣只将画给了婉妃，并没有呈献给皇上啊！请皇后娘娘明察。"

"你放心，"皇后说道，"本宫自然会查个明白，到时候咱们一起算账。退下！"

"是！"何奇急忙转身出了坤宁宫。

碧云见何奇出去了，于是道："皇后娘娘，看样子何奇另外作画是真，呈画给皇上的恐怕另有其人。"

皇后点了点头，说道："他一个小小的宫廷画院侍诏，没有这么大本事。可是婉妃卧病在床，她绝不会在生病之时呈画像给皇上的，到底是谁呢？"

碧云道："这个不难，奴婢去问一问昨日在皇上身边的人不就知道了?”

“也好,”皇后说道,“无论是谁,本宫都不能让他好过。”

这一日晌午过后,婉妃觉得身子爽快了许多,于是斜倚在榻上和清风说话。婉妃道:“我做梦也没有想到,皇上会突然来我这里,还真是要谢谢你了。”

清风道:“娘娘太客气了,奴婢看到娘娘整日郁郁寡欢,心中也不是滋味。那日也是上天帮忙,帮我这个小奴婢有机会见到皇上,奴婢当时心想不如就赌一把,所以故意将绑线打开,将画卷滑落出去,谁知皇上真的就注意到了,奴婢当时心中怕死了。”

“怕什么?”婉妃问道。

清风笑道:“奴婢怕惊了驾,就此获罪。”

婉妃大笑道:“皇上贵为天子,怎么可能被你吓到?”

正说着,只见太监进来道:“婉妃娘娘,太后派尚食局的人送来了小米粥,说是给婉妃娘娘补身用的。”

婉妃道:“端进来吧。”

“是。”太监说完将粥端了进来放在了桌子上。

清风笑道:“娘娘你看,皇上在这里住了一晚,连太后都对您另眼相看了。”

婉妃笑道:“其实说来说去,还要感谢何侍诏的,要不是他妙笔丹青,也没有本宫的今天。这样吧,外面的柜子里有一件玛瑙雕锦绣的摆件,你去装好了给何侍诏送去,也算是本宫的一点心意吧。”

清风道:“那个摆件价值不菲,咱们已经给了他好多银子,干吗还要添加?”

婉妃笑道:“你倒知道护家财了。何侍诏冒险将画给我,理应再谢。再者,以何侍诏的才华,以后定能有所作为,咱们现在和他走得近些,说不定以后会有用到的地方。”

清风撇了撇嘴道:“只怕他得罪了皇后,说不定会牵连我们呢。”

婉妃催促道:“哪里就这么多话了,快去!”

清风无法,只好将玛瑙摆件装在锦盒之中往画院去了。

出了永寿宫,清风一直往东,想穿过凤彩门去往画院,谁知刚出凤彩门,便和对面一人撞了个满怀,就听那人“哎哟”一声,清风抬头一看,原来是皇后。清风忙跪下道:“皇后娘娘恕罪,奴婢一时莽撞，没有看见皇后娘娘。”

皇后因为刚刚得到消息，知道是清风在路边将画无意展开，才使得皇上去了永寿宫的，正是一腔怒火无处发泄，谁知清风偏偏倒霉，正中其下怀，再加上皇后又得知了其他事情，所以被清风撞到之后，虽然跟在一旁的碧云连忙扶了一把，并无大碍，但也是怒火中烧，顾不得仪态，上前两步一扬手，给了清风一个干净利落的耳光。

清风挨了一记，只觉又痛又烫，但也不敢还嘴，仍跪着说道：“请皇后娘娘恕罪。”

皇后咬牙道：“小贱人，以后再和你算账！”说完便带着碧云出了凤彩门往慈宁宫去了。

第十回

冤家路必窄
宫奴心也深

这日早间，皇后刚刚吃完早饭，碧云便进来道：“皇后娘娘，听慈宁宫的太监说，这些天尚药局每日都送药去慈宁宫，也不知道干什么用。”

皇后道：“不过是太后染了风寒而已，不用大惊小怪的。”

碧云道：“奴婢也是这么想的，可就算是风寒，也不能总不见好吧？而且听太监说，魏清荷也会隔三岔五地前往慈宁宫，要真是风寒，哪能这样大费周章呢？您看这其中会不会有什么蹊跷？”

皇后想了想，笑道：“莫不是那个老狐狸要归西了吧？”

碧云道：“奴婢看着不像。这几日咱们去慈宁宫请安，也没有见到太后有什么异样啊。”

皇后点了点头，说道：“也是，倒也没有觉得不对劲。”

碧云道：“那咱们该怎么办？皇后娘娘，要不把魏清荷找来问问？”

皇后道：“不成，找魏清荷等于打草惊蛇，若是魏清荷与太后说本宫找他，太后必定会疑心。不如你替本宫走一趟吧？”

碧云道：“皇后娘娘请吩咐。”

皇后道：“既然尚药局每日晌午前后送药，那必定会有药渣，你去御药房拿一点过来，本宫就可断定了。”

碧云道：“是。”

快到晌午时，碧云来到了尚药局，一进门便觉药香扑鼻，让人精神一振。尚药局的宫女见是碧云来了，忙迎上来道：“姐姐怎么有空来我们这里？”

碧云笑道："皇后娘娘晚间有些咳嗽，便让我拿些秋梨膏来。"

宫女道："让我们送去就是了，何须姐姐亲自前来？"

碧云道："刚好路过而已。"

"姐姐稍等，我这就去给你拿。"那宫女说完便去了。这时只见慈宁宫的宫女小玲走了进来问道："太后的药可煎好了？"

就听一个宫女道："已经好了。姐姐来拿就是。"

小玲于是走了过去。只见一名宫女拿起砂锅，并在砂锅下面放了青瓷碗，然后又在瓷碗上方架起一个滤网，那药汤便徐徐地倒入了碗中。小玲看瓷碗将满，于是便将其放到托盘之中，转身走了。而那砂锅仍旧放在原处待凉。

碧云看准众人不在意时，急忙走过去掀开锅盖儿，用手帕垫着抓了一把药渣，包了几层揣入怀中，转身就走。这时那名去拿秋梨膏的宫女正好回来，叫道："碧云姐姐，你的秋梨膏。"

碧云这才想起还未拿秋梨膏，于是转身接过道："有劳。"说完便回了坤宁宫。

待到宫内，碧云将手帕展开，放到皇后面前，皇后仔细看了又看，说道："这药不像是给太后用的啊。"

碧云道："何以见得？"

皇后道："若只是风寒，不过就用麻黄、桂枝即可。若是进补，也不过是人参罢了。可这药渣里竟是鹿茸、地黄之类，太后一个老人，哪里经得起这些？"

碧云道："皇后娘娘的意思是？"

皇后道："本宫觉得这药定是皇上用的。"

碧云道："皇上？皇上吃这些做什么？"

皇后道："还能做什么？不过就是锁阳固精罢了。太后这个老狐狸，这等事也要瞒本宫，简直就是不把本宫放在眼里！她一心想要裕妃怀有子嗣，然后再把本宫赶下皇后的宝座。难道她忘了，要不是本宫的父亲当初支持他们母子，他们哪有今天的荣华富贵？如今家父一去，他们便过河拆桥吗？本宫一定不会让你们得逞。"

想到这里，皇后便起身快步前往慈宁宫，想去揭穿太后的计谋，谁知在凤彩门和清风撞了个满怀，气头上的皇后正无处发泄，便将这心中的怨恨一并给了清风，依旧径直往慈宁宫去了。

清风跪在原地，只觉半边脸上火辣辣地疼痛，不觉泪如雨下。哭了一会儿，仍旧站起身来，端着锦盒往画院去了。

何奇听说永寿宫有人来找，于是赶忙走出画院，来到清风近前，何奇道："不知婉妃娘娘派你来有何见教？"

清风也不抬头，只将锦盒往何奇怀里一送，说道："娘娘说多谢何侍诏为她作画，如今娘娘蒙受圣恩，并没有忘记何侍诏，所以叫我来送一份薄礼与何侍诏。"

何奇本来被皇后训斥之后心中一直觉得烦闷，但婉妃此举却让他舒服了许多，觉得自己的付出也算是有所回报，于是接过锦盒，和颜悦色地说道："婉妃娘娘太客气了，微臣不过是举手之劳，以娘娘的姿色，蒙受圣恩是迟早的事情，就算没有微臣的画像，迟早也会被皇上怜爱的。"

清风道："嗯，何侍诏还有事情要忙，清风不便打扰，就此告辞。"说完转身就走。

就在清风转头之际，何奇看到清风的脸颊又红又肿，于是拦住道："你这脸是怎么回事？"

清风见何奇问她，心中的委屈便又涌上心头，瞬间泪流满面道："什么怎么回事？我们这些做奴婢的，主子一不开心，还不是说打就打，说骂就骂，连猫狗都不如呢。"

何奇大惊道："我看婉妃娘娘不像是这种人啊。"

清风道："奴婢几时说过是我家娘娘了，是……"清风刚要说出口，忙又咽了回去。

何奇心中顿时明白，定是皇后娘娘嫉妒心起，拿了清风撒气。何奇看清风年纪不过十五六岁，此时已是泪流满面，无限委屈，于是心生怜悯，说道："你也不要委屈了，在这宫中，哪一个不是要忍受呢？我送你一件东西，你就高兴了。"

清风哭哭啼啼地说道："什么东西？珍珠、宝石我不稀罕。"

何奇道："我哪里就这么俗了？随我来。"说完便回身往东走去。清风于是跟在后面，二人来到画院旁边何奇的住房之外。为了避嫌，何奇道："你在门外等候，我去去就来。"说完进了屋内，不一会儿拿了一个画卷走了出来。

何奇将画卷递给清风道："回去挂在屋中，定会有惊喜。"

清风叹气道："奴婢当是什么，原来还是何侍诏的老本行啊。"

何奇笑道："照我所说就是了。"

清风道："那奴婢就谢过何侍诏了，如有惊喜，清风定会当面言谢。"说完便转身去了。

清风手握画卷，一直往西而去，穿过景运门，只见前方有两个人走了过来，定睛一看，却是皇后，身后跟着碧云。原来皇后打了清风之后，心中怒火已经去了大半，待到进了慈宁宫，皇后又有些犹豫，她心想："自己一向小心翼翼，在太后面前不曾留下把柄，在皇上面前也一向是贤淑端庄，如果这次意气用事，老狐狸日后定会有所防备，不如装作一无所知，按兵不动，以不变应万变，才是上策。"想到这儿，皇后倒有心想要回坤宁宫了。但是太监已经通禀，所以皇后不得不硬着头皮走了进去。

进到宫中，只见太后正坐在椅子上，柴璃在一旁边陪着太后说话，旁边的木几上放着青瓷碗，但里面却已经空空如也。皇后上前躬身道："臣妾听闻太后风寒未愈，特来请安，太后可好些了？"

太后一向机敏，于是道："是谁说我风寒未愈啊？"

皇后听了这话，一时语塞，碧云忙接道："今日奴婢去尚药局的时候，看到小玲为太后取药，所以奴婢以为太后风寒未愈，便告知了皇后娘娘。"

太后笑道："难得皇后一片孝心，哀家已无大碍了。"

柴璃道："皇后果然贤惠，一听说母后身体欠佳，就赶紧过来了。"

太后道："是想看哀家会不会死吧？哀家不明白了，你们去尚药局干什么呢？是想看看哀家吃的什么药吗？是想看看哀家是不是已经到了用药保命的境地呢？"

皇后忙道："太后这话臣妾哪里当得起？"

柴璃也赶紧说道："母后哪里话？皇后是一片好心。"

太后道："哀家明白，哀家才是坏心。但是哀家告诉你们，除非看到我孙子，否则哀家绝对死不了。想让哀家死的，就赶紧怀上龙种。"

柴璃见太后这样，便赶紧给皇后使眼色，皇后会意，便找了个理由先行告退了。出了慈宁宫，皇后眼泪便流了下来。碧云道："皇后娘娘保重身体啊。”

皇后道：“怀不上龙种，又不是本宫的错，为什么要指责本宫，而不去说她的儿子？”

碧云道：“太后一向偏心，皇后娘娘又不是不知道。”

皇后也不说话，一边拭泪一边往回走去。谁知道刚进了隆宗门，便看到从对面过来的清风，皇后马上止住了泪水，恢复了平常的威严，站在原地看着清风。清风见对面是皇后，于是赶紧快步走过来跪下道：“奴婢叩见皇后娘娘。”

皇后见其脸颊红肿未消，说道：“心里是不是咒本宫早些死啊？”

清风忙道：“奴婢不敢。奴婢冲撞了皇后，理应受罚。”

皇后冷笑道：“知道就好。告诉你家主子，就算我死了，也轮不到她当皇后。后宫这么多人都在伺机而动，婉妃不过是先行一步，来日方长，你们都给本宫仔细了。”

清风道：“奴婢明白。”

皇后见清风手里拿着画卷，于是道：“怎么？又要故技重演吗？又是那贱人的画像？何人所画？”

清风道：“是何侍诏给奴婢的，奴婢还没有打开，不知道画的什么。”

皇后道：“这话本宫倒是相信，除非皇上经过你身边，否则这画再怎么样也不会自己打开的。”

清风只是低头，不敢答话。

皇后道：“哑巴了不成？把画打开，本宫看看。”

“是。”清风答应着，将画展开。

皇后与碧云探头观看，只见画上画着一个牡丹花而已，再无其他了。

皇后笑道：“看来何侍诏也有黔驴技穷的时候，这种破画也敢人前卖弄。”说完转身便往坤宁宫去了。

清风见皇后走远，于是返回永寿宫。进到屋里后，婉妃迎上来笑道：“何侍诏可喜欢吗？”还没说完，就见清风脸颊肿得老高，唬得婉妃叫道：“你这脸是怎么了？谁打的？”

清风道：“不曾有人打，自己碰的。”

“胡说，”婉妃道，“明明有五个指印在脸上，还敢骗我。难道是何奇？”

清风摆手道：“怎么会是他呢？”

婉妃想了又想，恍然大悟道：“是皇后？”

此言一出，清风再也忍不住了，失声痛哭起来。婉妃急道：“到底怎么回事？你不要只是哭，告诉本宫啊。”

清风于是哽咽着将今日在凤彩门与皇后撞到的事情说了一遍，但回来时皇后说的那些话清风却只字未提。不过这已经让婉妃大为震惊，硬要拉着清风去太后与皇上面前评理。清风甩开手道：“我们做奴婢的，被主子打骂都是在所难免，娘娘若是找太后评理，岂不是和皇后就此结下仇怨吗？”

婉妃道：“那皇后也太目中无人了，皇上不过是和本宫亲近些，她就这般无理，若是不把事情讲清楚，以后更要欺压人的。”

清风劝道：“娘娘心疼奴婢，奴婢心里明白，但是娘娘听奴婢一句，这事就此罢了吧。”

婉妃道：“那你岂不是叫她白打了？”

清风道：“不白打。俗话说：‘君子报仇，十年不晚。’再说：‘小不忍则乱大谋。’娘娘现今刚刚受宠，毕竟根基不稳。倘若事情闹大，一来她毕竟是皇后，母仪天下，就算是皇上与太后也要让他三分。二来为这等小事兴师动众，皇上与太后必定会觉得娘娘您心胸狭窄。皇后之所以没有子嗣而仍可以执掌后宫，就是因为她顾全大局，有母仪天下的威严，这点娘娘一定要和她学习才好。”

婉妃看着清风，万万没有想到这个小姑娘会有如此见识，于是问道：“那你说本宫应该如何？”

清风道：“蓄势待发！皇上已经开始宠幸于您，太后也对您处处关照，这就说明您有了靠山，只不过还不稳健。娘娘要做的，就是要处处小心，博得皇上与太后的好感。太后不喜欢皇后，后宫尽人皆知，就算娘娘您不可能比过裕妃，也要比过皇后才成。只要您怀上皇上的子嗣，母凭子贵，便可以青云直上，在后宫确立自己的一席之地。到时候要整治皇后，岂不是易如反掌？那奴婢挨的这个打也不算白费了。”

婉妃点头道：“不错。但若是皇后也怀有子嗣，那该如何是好？”

清风笑道：“若是真能怀上，早就该怀了，为何这时也未见动静呢？”

婉妃笑道：“好啊，若不是你，本宫还真是不知道该如何是好呢。你帮本宫将皇上引来，又替本宫挨了皇后的巴掌，本宫真不知道如何谢你呢。”

清风道：“奴婢没有亲人，能与娘娘为伴，始终是缘分。”

婉妃拉住清风的手说道：“你放心，本宫以后飞黄腾达了，一定不会亏待于你。”

清风道：“谢娘娘。对了，何侍诏送了奴婢一幅画，说有惊喜，娘娘要不要看看？”

“好啊，”婉妃于是拿过画轴展开，笑道，“不过是一幅未开花的牡丹，没什么稀奇。”

清风急忙上前看了一眼，笑道：“果然有惊喜。”

婉妃道：“喜从何来？”

清风道：“我刚才展开看时，这牡丹花明明是盛开的，怎么这会子闭合了呢？”

婉妃道：“此话当真？”

清风道：“奴婢不敢说谎，刚才分明是闭合的牡丹啊！”

婉妃笑道：“那真是件稀罕事了！若真是如此，不如将画送给太后，太后最喜欢牡丹花的。”

话音刚落，就听屋外一个声音道：“有心，有心。哀家确实喜欢牡丹花。”

婉妃与清风回头一看，原来是裕妃扶着太后走了进来。婉妃赶忙躬身道：“臣妾叩见太后。”

太后道：“平身吧。”

婉妃于是抬起头来，面带笑容地看着太后，只见太后身着凤衣，衣服上点缀着珍珠，腰系金带，金带上镶嵌着翡翠，头梳玉兰花苞式，上面除了凤钗玉簪，还插满了小朵金菊。而裕妃的发髻上也是插上了各色菊花。宫女小玲则站在两人身后，手捧一个银盘，里面摆满了各式秋菊。

太后笑道：“刚才裕妃去了御花园，见满园菊花甚美，所以摘了两盘与哀家佩戴。裕妃说婉妃形容娇小，正适合佩戴菊花，所以哀家特地留了一盘，赏赐给你吧。”

婉妃忙道：“谢太后。”

裕妃笑着说道：“本宫替妹妹戴上。”说完拣了些颜色亮丽的，小心翼翼地帮婉妃插在发髻上。太后找了地方坐了，看着裕妃与婉妃，说道：“哀家年轻的时候和姐妹们也是这样，一到春天，戴得满头都是，招得蜜蜂蝴蝶追着哀家跑，后来越老越跑不动了，花也越戴越少了。”

婉妃笑道：“太后现在就气质非凡，年轻时一定是个大美人。”

太后笑道：“年轻人，怎么样都好看。”

裕妃将花插好后，扶着婉妃面冲太后道：“您看好看不好看？”

太后笑道：“果然是个美人，怪不得皇上喜欢呢。”

婉妃道：“承蒙皇上错爱，臣妾荣幸之至。”

太后点了点头，看了看盘中剩下的菊花，说道：“给皇后也送去吧，免得说我偏心。”

“是。”小玲答应着，往坤宁宫去了。

太后笑道：“哀家刚才恍惚听说有东西送我吗？”

婉妃忙道：“是有，是有。清风，把画拿过来。”

“可是这画……”清风有些为难。

婉妃道：“拿来就是了。”

“是。”清风答应着，将画展开在太后面前。

太后看了看，说道：“我喜欢牡丹花不假，可就这一朵，而且未曾盛开，哀家就不中意了。”

婉妃道：“臣妾知道如何让这花盛开。”

太后笑道：“若开了，哀家有赏的。”

婉妃笑道：“太后请随我来。”说完拿起画轴往外就走。太后不知所以，也便跟了出来，来到院子当中，婉妃将画再次展开道：“太后请看。”

太后上前一瞧，那朵牡丹果然已经盛开，花瓣红艳，还有香气。太后笑道：“这是戏法不成？”

婉妃道：“此画乃是术画[①]，若在阴暗处展开，牡丹花含苞待

---

① 术画：方术之画。利用特殊颜料所绘，在不同的光线温度下显示出不同的状态。

放；如是在光亮处展开，牡丹花芳香吐蕊。太后的慈宁宫光线充足，倘若挂在宫中，就会白天盛开，夜晚闭合了。再加上这颜料中含有暹罗国进贡的香料，所以气味芬芳。”

太后笑道：“果然神奇，这画是如何得来呢？”

婉妃道：“这画是何侍诏所赠。”

“何奇？”裕妃玩笑道，“本宫师傅偏心，这等好画也不先给本宫。”

太后笑道：“你这丫头，天下好事占尽才肯罢休吧？这画哀家收下了，想要什么赏赐，说吧。”

婉妃道：“臣妾不求赏赐，不过是借花献佛罢了。”

太后道：“哀家赏罚分明，你不说就是为难哀家了。”

婉妃笑道：“既是这样，臣妾有个不情之请。”

太后道：“说吧。”

婉妃道：“臣妾听说裕妃姐姐擅长操琴，臣妾想让姐姐教习臣妾弹琴，不知可不可以？”

裕妃刚要张口，太后道：“裕妃一个孩子，哪能教习你呢？”

婉妃道：“臣妾听说姐姐的琴声可让珠蚌以为自己身处大海，可见功夫了得啊。”

太后道：“嗯，既然哀家答应你了，就不会食言的，何时去学，你们姐妹商量吧。”

婉妃和裕妃躬身道：“是。”

太后又待了一会儿，便扶着裕妃回了慈宁宫。太后走后，清风笑道：“娘娘这招了得，与裕妃学琴，既可以亲近太后，又可以亲近皇上，又显得和裕妃情同姐妹，真是一举多得啊。”

婉妃道：“本宫想要对付皇后，决不可孤身奋战，与裕妃为伍，是上上之策也。”

第十一回

裕妃始见他人面
太后携众欲登高

话说裕妃扶着太后回到了慈宁宫歇息，进到宫中后，裕妃道："太后觉得婉妃如何？"

太后笑道："你觉得呢？"

裕妃道："我觉得婉妃甚好，相貌出众，大方贤淑。"

太后道："在你眼里，后宫个个是好人，什么时候才能长大一些啊？"

裕妃道："反正臣妾觉得婉妃不错，她还相邀臣妾一起习琴，可见是个好学之人。"

太后摇了摇头，笑道："她哪里是要学琴，分明是为自己着想。"

裕妃道："这话臣妾不明白。"

太后道："宫中谁人不知你和哀家的关系亲厚？婉妃邀你习琴，一来显得她为人随和，可以和皇上的宠妃和平共处。二来还可以多些机会亲近皇上与哀家。三来可以警示皇后。诸多的好处，无非是为了自己，人人都能看出来，就你一无所知。"

裕妃道："是你们把人想得太复杂，臣妾却不以为然。"

太后道："你刚才没看婉妃身旁的那个宫女面有伤痕吗？五个指印清清楚楚地印在脸上。"

裕妃惊道："当真？臣妾没有注意到。"

太后道："这后宫之中，除了哀家之外，哪一个还敢往别人脸上打的？"

裕妃想了想说道："您是说皇后？"

"不错，"太后道，"哀家听人说了，那日就是皇上看了婉妃的画像才去的永寿宫，而那个将画像展开的，就是她身边的一个宫女。今天哀家算是知道那个宫女是谁了。看来皇后也有沉不住气的时候。”

“既然您知道是皇后所为，为何不当面问个清楚？”裕妃问道。

太后道：“这话怎么能问？倘若她们说是皇后所为，那哀家该怎么办？去不去找皇后呢？若是找了，岂不是让婉妃得了势？若是不找，岂不是让婉妃笑话哀家无能？皇后到时也会觉得哀家不敢拿她怎么样。所以哀家没有言语，睁一只眼闭一只眼罢了。”

裕妃点了点头，笑道：“罢了，罢了，不想这些了。”

太后叹气道：“你啊你，让哀家给惯坏了，后宫这些事情你一件都看不透啊！若以后哀家不在了，你岂不是任人宰割？”

裕妃急道：“不许您胡说，您可是千岁啊！”

“哈哈，”太后笑道，“什么千岁，不过是哄自己玩儿罢了。”

裕妃道：“反正以后不许您再说这话了。”

“好，好，”太后笑道，“那咱们说点别的吧。”

“嗯，”裕妃笑道，“过些日子就是九月初九，咱们和皇上还去西山吗？”

太后道：“哀家觉得就在皇宫里办吧。皇上每日忙于国事，肯定很劳累，而且魏清荷也说皇上不宜疲劳，哀家决定在镇山的万春亭设宴，也算是登高了，你觉得如何？”

裕妃拍手说道：“好得很，臣妾到时可以和婉妃一起操琴，为太后、皇上助兴。”

太后用手轻轻戳了一下裕妃的脑袋说道：“你啊，就知道玩儿。”

这时小玲进来道：“启禀太后，菊花已经送到了坤宁宫，皇后娘娘说，多谢太后赏赐。”

太后点了点头，说道：“皇后娘娘在干什么呢？”

小玲道：“皇后娘娘的身子好像有点不爽快，奴婢去的时候姚太医正在为皇后把脉。”

“哦？”太后奇怪道，“刚才来时不是还好好的吗？怎么就这么一会儿就不自在了呢？”

小玲摇头道：“奴婢不知。”

太后冷笑道：“只怕是心里有病吧？”

裕妃道："可能是天气转凉，身体一时适应不过来吧？"

"算了，不管她了，"太后又对裕妃道，"你是不是该回去学画了？"

裕妃惊道："哎呀，全都给忘了，何侍诏怕是已经到了。"

太后道："那就回去吧，自己的事情都不记得。"

裕妃笑道："那臣妾就先回去了，明日再来给您请安。"说完转身出了慈宁宫。

裕妃一路往东而去，经过乾清门时，正好看见姚太医从对面走了过来。姚太医见是裕妃，忙迎上去躬身道："微臣叩见裕妃娘娘。"

裕妃知道姚太医年岁已大，急忙搀扶道："姚太医不必客气，许久未见，身体还是这么硬朗。"

姚太医笑道："娘娘也是越发的漂亮了。"

裕妃脸红道："还不是您的玫瑰养颜汤好用嘛。"

姚太医见裕妃只是独自一人，于是问道："娘娘怎么一个人？没人侍奉着？"

裕妃笑道："刚才陪太后到处走了走，有小玲伺候着就成了，本宫就叫翠儿回钟粹宫了。"

姚太医道："娘娘金枝玉叶，凡事小心才好。"

"本宫哪有那么娇气啊？"裕妃突然想起了什么，问道，"听小玲说，皇后身体不适吗？"

姚太医没有想到裕妃会问他这件事，于是顿了一顿，笑道："皇后没有大碍，只不过是头痛，微臣已经用了艾灸，现在已经睡着了。"

裕妃点头道："是啊，天气转凉，难免不适，姚太医自己也要小心才是。"

姚太医道："多谢娘娘记挂。"

裕妃点了点头，笑道："本宫还有事情，改日再和姚太医聊天。"

姚太医道："娘娘请自便。"

裕妃笑了笑，径直往钟粹宫去了。

裕妃进了宫门，转过假山，只见一个男人背对着自己站在廊下看着墙上的壁画，嘴里好像还说着什么。裕妃悄悄地走到那男人身后，突然双掌相击，"啪"的一声，唬了那男人一跳，那男人回头见是裕妃，忙躬身道："微臣参见裕妃娘娘。"

裕妃一听这声音耳熟，再仔细一看，原来就是何奇。裕妃惊道："你是何侍诏？"

何奇道："正是微臣。"

裕妃打量了何奇半天，惊道："你……你……变了模样了啊！"

何奇道："微臣是有些变化。"

正说着，只见翠儿捧着个茶杯过来道："娘娘，您回来了？"

裕妃忙拉住翠儿道："此人是何侍诏？"

翠儿眨了眨眼睛说道："是啊，是何侍诏，来了有一顿饭的工夫了，也不见您回来。"

裕妃道："如何这般模样了？"

翠儿想了想，说道："您是觉得变化太大吧？其实奴婢天天见到何侍诏倒不曾觉得，娘娘您每次都是隔帘相望，今日忽然相见，当然觉得惊异了。"

裕妃点了点头，说道："有理。倒是俊了许多。"

何奇倒有些不好意思起来，只是说道："时候不早了，咱们进去学画吧。"

"好。"裕妃转了转眼珠子，扶着翠儿进了屋。

三人来到屋里，只见两张画案中间仍旧放着帘子，裕妃于是说道："还挂什么帘子，撤了吧。"

"是。"翠儿答应着，于是将帘布撤去了。

裕妃看着何奇笑道："是谁这么有本事？竟然可以让人改头换面？"

何奇笑道："乃是魏太医的医术高明。"

裕妃点头道："魏太医果然医术高明，像皇上和你这样的疑难病症都难不倒他。"

何奇心头一颤，知道自己听到了不该听的话，于是赶紧转移话题道："今日微臣教习娘娘'铁线描'，如何？"

裕妃道："何为'铁线描'？"

何奇道："就是所穿衣服褶纹的各种描法，'铁线描'始于魏晋，状如铁丝，故而得名。"

裕妃道："听起来怪扎手的，想必画出来也不好看。"

何奇笑道："前些日子娘娘您还夸赞阎立本的画鬼斧神工呢，他用的就是'铁线描'。"

裕妃笑道："原来如此啊，那就请何侍诏赶紧教我吧。"

"是。"何奇说完拿起毛笔蘸了蘸砚台里的墨汁。

翠儿站在一旁，一边看着何奇运笔一边笑道："我可是省事了，不用隔着帘子跑来跑去的了。"

裕妃笑道："懒死你了。"说完便也拿起笔来，开始认认真真练习"铁线描"了。

裕妃此时不但要学画，还要抽空教习婉妃学琴，忙得不亦乐乎。而婉妃自从得到柴墒的宠幸后，也不再觉得深宫寂寞，再加上日日和裕妃嬉闹，反而觉得日子过得飞快，不知不觉间就到了九月初九。

这日早上，婉妃梳妆完毕，换上新装，便带着清风欢欢喜喜地往钟粹宫走去。进了钟粹宫，只见裕妃正坐在廊下调试古琴。裕妃此时尚未换装，连头发也没梳理，满头的黑发顺着脸颊垂落到胸前或腰间。婉妃笑着上前说道："姐姐怎么还未梳妆啊？"

裕妃抬头见是婉妃，笑道："妹妹坐。翠儿，婉妃娘娘来了，倒茶。"

婉妃看着裕妃专注的模样，让人觉得疼爱，于是说道："嫔妾一直觉得姐姐这琴好看，想必是皇上所赐吧？"

裕妃笑道："这是父亲留给本宫的。"

婉妃道："原来如此。嫔妾听说古琴都有名号，姐姐这琴叫什么？"

裕妃道："九天环佩。"

"好名字，"婉妃道，"声如九重天宫仙女的环佩之声，使人感觉超凡脱俗。"

裕妃道："其实要会弹才可以，姐姐我功力尚浅，难免落俗。"

婉妃笑道："过谦了。"

这时翠儿捧着茶杯走过来道："婉妃娘娘用茶。"

婉妃答应着接过茶杯，笑道："今天是九月初九，果然就喝菊花茶啊。"

翠儿笑道："可不？娘娘要是清明前来，就是龙井了。"

裕妃拨弄了一下琴弦，说道："就你贫嘴，还不服侍本宫梳妆打扮，一会儿去慈宁宫，众人还要陪太后去镇山登高赏菊呢。”

翠儿笑道：“是，奴婢这就服侍娘娘梳洗。”说完便扶着裕妃往屋里走去。

“妹妹不进来坐会儿?”裕妃问道。

“不了，”婉妃一边拨弄琴弦一边说道，“练一练琴。”

裕妃梳妆完毕之后，便与婉妃互相搀扶着，一路说笑往慈宁宫去了，翠儿怀里抱着琴与清风紧紧跟在身后。到了慈宁宫，只见太后正坐在正殿当中和皇后聊着天。裕妃和婉妃见了，忙上前躬身道：“臣妾参见太后、皇后娘娘。”

太后笑道：“平身吧，坐。”

二人笑着告了坐，太后笑道：“皇上尚未退朝，咱们等一等他，一会儿结伴去镇山赏菊登高如何?”

裕妃道：“好啊，臣妾带了琴来，可以给大家助兴。”

婉妃道：“臣妾琴艺不精，不敢出丑了。”

太后笑道：“难得你们一片孝心。小玲，将哀家所做的茱萸香囊赐给她们三人。”

“是。”小玲答应着，从旁边的柜子里取出三个香囊。将其中蓝底金线的那个给了皇后，另外两个蓝底银线的给了裕妃和婉妃。

三人接过香囊，笑道：“谢太后赏赐。”

太后笑了笑，说道：“哀家已经吩咐了她们在镇山脚下摆满菊花，还叫尚食局准备了重阳糕和菊花酒，咱们到时候好好乐一乐。”

裕妃道：“到底是太后，想的比我们周到。”

太后道：“人老了，就喜欢过个节什么的，也没有别的乐趣。年轻的时候不得闲，总想着能过安逸的日子，可是岁数一到，想忙都忙不起来了，身子骨架不住折腾了。”

皇后道：“俗语云‘以闲养寿’，多少人想这样都不能呢。”

太后指着三人道：“你们都还年轻，可是不能闲啊！哀家还等着抱孙子呢。”

三人听了，只是低头不语。

这时太监进来道：“启禀太后，翰林院画院刘学正率众画师求见。”

太后道：“进来吧。”

不一会儿，只见刘佩手捧卷轴，率领众画师走了进来，齐刷刷地跪下道：“臣等参见太后、皇后娘娘、裕妃娘娘、婉妃娘娘。”

太后笑道：“刘学正何事啊？”

刘佩道：“今日乃重阳节，臣等为太后作画一幅，以供欢愉。”

太后道：“有心。展开我瞧瞧。”

“是。”刘佩答应了，与另一人慢慢将横卷展开，顿时显现出一片色彩斑斓，各种菊花错落有致地排列在画卷之上，一派生机盎然的景象。

裕妃最先站起身，走到画前用手指着说道：“这些菊花倒是见过，却不知叫什么名字。”

太后等人也过来道：“你说的哪一个？”

裕妃道：“这个黄蕊的叫什么？”

太后道：“万玲菊。”

裕妃又道：“粉红的这一个呢？”

太后道：“桃花菊啊。”

裕妃又道：“这个又黄又圆的呢？”

太后道：“金龄菊啊。你啊你，御花园有的你全都不记得。”

“也不一定啊，”裕妃说完指着大大的白色菊花道，“这个是喜容菊，对不对？”

太后笑道：“总算是认识一个了。刘学正，这画叫什么名字？”

刘佩道：“菊花寓意长寿，此画名曰《延寿图》。”

太后道：“好，哀家收下了，凡参与作画者各赏翠豪一支。”

正说着，只听太监道：“皇上驾到。”

话音未落，就见柴墒意气风发地走进殿来，躬身道：“儿臣参见母后。”

众人也忙向柴墒施礼。

太后笑道：“皇帝今日红光满面啊。”

柴墒笑道：“今日重阳，难得母后高兴，带着我们去登高赏菊，朕一下朝就回宫换了衣服赶过来了。”

太后道：“国事操劳，皇帝难得清闲，重阳之日，登高望远，可以舒展筋骨，远眺美景，想必镇山之下已经是一片花团锦簇，咱们现在就去吧。”

“好！让母后这么一说，朕倒有些等不及了，”柴墒又向皇后、裕妃、婉妃道，“今日大家一定要尽兴而归，一切礼数皆免，无有尊卑，只有长幼之分。”

裕妃听了笑道：“好啊，好啊，那咱们快去吧。”说完双手搀着太后往外走去。

柴墒笑道：“朕看就数裕妃最高兴了。”说完也跟了出去。

皇后笑了笑，步履款款地跟在柴墒后面。婉妃看众人都走了，才扶着清风往外去了。

此时殿内只剩下刘佩等一帮画师站在原地，众人见柴墒等人走了，便将横卷收起。冷大人自言自语道：“无有尊卑？已经是约定俗成，不可改变了。”

刘佩道：“胡说什么？”

冷大人笑道：“下官是胡说了。这画，太后也没说挂在哪里啊？”

刘佩道：“就放这里吧。对了，何奇呢？”

冷大人道：“不知道啊，一早上就没有见到。”

刘佩冷笑道：“有人撑腰就是不一样啊，哪里将咱们放在眼里？他倒是无有尊卑了。”说完便拂袖而去。

柴墒等人一路说说笑笑地出了玄武门，便看到镇山矗立眼前。镇山乃是修城挖河时，余下的泥土堆积所建，取名“镇山”寓意镇压住前朝的龙脉，彰显本朝的皇威。

众人来至东面的山脚下开始拾阶而上，只见两旁的山坡上树林茂密，郁郁葱葱，台阶两边摆满了各式菊花，清香之气弥漫四周。裕妃见了菊花，欢喜得不得了，于是拉着翠儿要为众人采菊来戴。太后拗不过她，于是道：“去吧，去吧，皇宫里的菊花不知被你采了多少遍了。”裕妃见太后应允，急忙拿过宫女手中的花篮，带着翠儿穿梭于各式菊花之中，好像两只彩蝶一般。

走了一会儿，太后觉得有些累了，于是想坐一坐，小玲急忙将路边的石凳上铺上缎面坐垫，扶着太后面朝南坐了。太后看着远处鳞次栉比的宫殿，说道：“美得很，美得很。哀家年轻的时候，有一回朝廷接见大食国的使节进京，那使节被安排住在我父亲的府上。一天，我父亲正在院中陪哀家玩耍，那大食国的使节刚刚受过皇帝的召见，从宫里回来，他一脸的兴奋，见了我父亲之后叽叽歪歪地说了一通，旁边的翻译官翻译了我们才知道，那使节说中国果然是富有得很，连皇宫的瓦片都是黄金所做，连大殿内的石砖都是玉石铺就的。他哪里知道，咱们铺的是琉璃瓦，砌的是泥土砖，只不过我们会化腐朽为神奇罢了。”说完大家都乐了。

柴璹道：“谁说不是呢？朕听户部的人说，外国人见了瓷器，不知道是怎么做的，还以为是将鸡蛋壳或是贝壳捣碎以后做成的呢。”

婉妃笑道：“还有呢，那些外国人见了我们的丝绸，愣说是蜘蛛吐丝做成的！”

众人玩笑了一会儿，便又起身往山上走去。走了一盏茶的工夫，便到了山顶的万春亭，只见亭中早已设了桌椅，太后笑道：“来，都坐吧。”

“是。”众人答应着告了坐。

太后笑道：“难得的好天气啊。”众人听了，便都抬头向远处观看，只见镇山北面直通钟鼓楼，临街的店铺数不胜数，人来人往，热闹非凡。南面俯视皇城，恢宏大气，威严庄重。东面车水马龙，街道纵横交错。西面太液秋水，远处西山连绵。突然一阵冷风吹过，小玲赶忙取来一件披风披在太后身上。太后笑道：“果然是要秋去冬来了。”

柴璹道：“此情此景，让朕觉得心旷神怡，忽然想起前人的一首诗来，母后可想听一听啊？”

太后笑道：“皇上念来吧。”

“母后若是喜欢，儿臣可是要赏赐的。”说完便张口念起诗来。

第十二回

得清闲一家团聚
却难料猛毒入喉

故人具鸡黍，邀我至田家。绿树村边合，青山郭外斜。
开轩面场圃，把酒话桑麻，待到重阳日，还来旧菊花。

且说柴墒吟诗完毕后笑着说道：“母后觉得儿臣这首诗如何？”

太后笑而不答，转头向婉妃道：“婉妃觉得如何？”

婉妃对诗歌一向外行，没想到太后突然问到自己，顿时语塞，只是小声说道：“臣妾愚钝，不敢妄加评论。”

太后皱了皱眉，转而问皇后道：“皇后，你看哀家要不要赏赐皇上呢？”

皇后笑道：“臣妾觉得该赏。”

“何以见得？”太后问道。

皇后道：“从古至今，重阳节的诗歌多以伤怀之情示人，如杜工部的‘万里悲秋常作客，百年多病独登台’，王右丞的‘独在异乡为异客，每逢佳节倍思亲’，卢照邻的‘他乡共酌金花酒，万里同悲鸿雁天’等，不胜枚举，但无一例外，读起来让人觉得伤感满怀。但孟襄阳①这首《过故人庄》却使人感觉身处田园，烦恼皆无，欢喜满怀了。”

太后听后笑道：“说得好，哀家不但要赏赐皇上，连同皇后也有赏赐。”

皇后忙道：“谢太后。”

---

① 孟襄阳：孟浩然，唐朝诗人。

柴璥道："不知道母后赏赐什么与我们？"

太后道："皇帝的赏赐我回宫再给，皇后的赏赐我现在当面赐予。"说完从怀里掏出一个黄金打造的手镯递给皇后。

皇后赶忙起身接过，仔仔细细地看了又看，只见这只手镯有笔杆儿粗细，上面雕刻着五只虬龙，首尾相连。

皇后喜道："好精致的雕工，谢太后赏赐！"

太后笑道："你转一下这只虬龙的头。"说完指着其中一只虬龙说道。

皇后于是转动了一下那只虬龙的头部，"啪"的一声，龙首与龙尾分离开来，五只虬龙瞬间横直一纵了。

看到众人惊讶之色，太后道："这只五龙镯簪乃是进贡之物，既可是镯，也可为簪，看主人的喜好罢了。"

皇后笑道："果然神奇。"说完递给了碧云，碧云笑着将簪插入皇后的发髻。

柴璥笑道："原来母后自己藏有这么多宝贝，朕也是头一回见呢。"

太后摆手道："哀家那些宝贝都是妇人所好，皇上肯定是没有兴趣的。"

刚说完，就见裕妃带着翠儿，提了满满一篮子的菊花跑进万春亭中，笑道："哪个要戴？"

太后道："饭还未曾吃，还戴什么？赶紧入席，吃完再玩儿。"

裕妃道："好吧。"于是也便归了座。

太后道："传膳吧。"

"是。"小玲答应着，转身吩咐太监们开始摆膳。

柴璥等人于是一边用饭一边欣赏周遭的美景，裕妃吃了一会儿说道："臣妾为大家操琴助兴。"说完走到亭边的一张琴案后坐了，将自己的琴拿来放好，边弹边唱起来。

太后听了片刻说道："裕妃唱的可是《阳关三叠》？"

皇后道："太后英明，这也是皇上最喜欢的琴歌。"

太后点头道："裕妃果然是有心。"

一曲罢了，太后拍手道："唱得好。"众人也都随声附和。

这时太监上来道："启禀太后，翰林院画院侍诏何奇求见。"

太后奇怪道："何奇来干什么？"

皇后道："是臣妾叫他来的，专程为太后献上重阳之礼。"

太后笑道："是吗？那就赶紧叫上来吧。"

不一会儿，只见何奇手持画卷快步走了上来。叩见众人后，何奇笑道："微臣奉皇后之命，呈献重阳之礼与太后。"

太后笑道："手里拿的就是吧？打开我看。"

"是。"何奇说完将画卷展开。

太后瞧了瞧，只见卷上着墨不多，但是所画情景似曾相识，于是问道："这几个人好生眼熟，但是一时想不起来啊。"

皇后笑道："的确似曾相识，太后再仔细看一看。"

太后于是又细细看了看，只见上面画着几个人围在一个老太太身边，旁边满是花草树木。太后突然指着那个老太太笑道："这不是哀家吗？"

众人听了急忙围过来观看，裕妃道："真的是太后啊！"

柴墒也奇怪道："这个人怎么那么像朕？"

皇后笑着说道："就是皇上没错。"

婉妃也在画中找到了自己，于是笑道："臣妾知道了，这画的就是刚才咱们在半山腰休息时候的场景吧？"

何奇笑道："婉妃娘娘说对了。"

太后这才恍然大悟道："还真是，就是刚才大家讲笑话的时候。裕妃当时去采菊，所以没有她。"

裕妃笑道："早知能入画，就不瞎跑了。"

何奇道："明日微臣把娘娘添进去就是了。"

太后道："不用，不用，何侍诏此画贵在自然，何必画蛇添足呢？有时间给裕妃单画一张就是了。何侍诏当时躲在哪里？哀家竟没有瞧见你。"

何奇道："微臣早起就已经恭候在镇山脚下，太后您上来时，我跟随在众太监宫女身后，因为人多，太后没有看见微臣。"

太后道："原来如此，我说呢，刚才在慈宁宫时刘学正他们都在，却单单没有看见你，原来是躲在这边了。这画虽不及其他画像细致，但短时间内能够做到神形兼备，也属不易了。不过不知道这主意是谁想出来的？"

何奇道："是皇后娘娘的主意。"

太后转过头道："难为皇后能想出这么好的主意。"

皇后道："您过誉了。今日是重阳节，自古就有敬老之意，太后统领后宫，不辞辛苦，臣妾送上一点自己的心意，也是理所应当。"

太后点头道："今日哀家很是感动，不但有裕妃操琴助兴，还有皇后画礼相赠，这个重阳节让人难忘。"

裕妃笑道："那就赶紧赏我们重阳糕吃吧。"

太后说了声"好"，于是回头道："取金钱花糕①来。"

太监于是端来金钱花糕放到桌上，裕妃用筷子夹了一个放在太后的盘子里，皇后见了，也赶紧夹了一个放在柴墒的盘子里。婉妃见了，有点不知所措，不知该夹给哪一个。太后看出了她的心思，笑道："自便吧，不用管我们。"婉妃说了声"是"，便自己夹了一个放到嘴里。裕妃看了看花糕，笑问道："没有核桃的?"

太监忙道："共有三层，核桃仁在中间呢。"

裕妃夹过一个说道："我不爱吃杏仁儿。"说完用手将上下两层掰去，只将中间一层有核桃仁的放入口中。太后见了道："哪有你这么吃的？不像样子。"

裕妃笑道："都是自己人，怕得什么?"

皇后笑道："裕妃说得是，自家人不用拘礼。"

太后道："让太监宫女们见了也不好啊。"

裕妃道："罢了，罢了。臣妾下回不敢了。"

太后笑道："爱吃核桃仁的，下回只放核桃仁就是了。"

"也要放枣才成……"裕妃这句话还没说完，便觉心口一疼，脸色一下子变得煞白，又觉天旋地转，双腿发软，一个没坐住，便"扑通"一声栽倒在地了。

众人正在欢声笑语之时，谁也没有想到裕妃会突然倒地，大家顿时乱作一团。柴墒急忙扶起裕妃，只见裕妃口角渗血，面若死灰，已经不能言语了。太后也赶紧过来抱住裕妃大哭道："这是怎么回事？怎么回事啊?!"

皇后急忙回身对太监道："赶紧叫太医来！快!"

---

① 金钱花糕：重阳糕的一种，形状像是钱币，比较小巧。

太监听了，急忙连滚带爬地跑下山去，所幸姚太医等人就在山脚下的偏殿里待命，本来是准备柴熵等人万一吃得不舒服了，可以急忙诊治，谁知裕妃竟会突然晕倒，姚太医忙道："魏太医，你先上去看一看，老夫随后就来。"

"是。"魏清荷答应了，急忙背着药箱大踏步地上了山去。

片刻之间，魏清荷便到了万春亭中。柴熵等人正抱着裕妃不知该如何是好，忽见魏清荷来了，急忙道："快！快看看裕妃是怎么了？"

魏清荷赶忙蹲下身子，仔细看了又看，瞧了又瞧。然后从药箱中拿出银针，刺入裕妃的各个穴位，紧接着又取出一粒丸药放入裕妃口中，说道："裕妃娘娘应该是中了剧毒，虽然毒走心脉，但还未深入，微臣已经止住毒气运行，但若想彻底解毒，微臣必须先要知道娘娘所中何毒才成。"

太后道："你是说中毒？"

魏清荷道："不错。"

太后厉声道："将尚食局的人统统带过来，哀家要亲自审问。来人！先将裕妃抬回钟粹宫。"

太监们于是抬过一张藤榻来，将裕妃放在榻上，一路抬回钟粹宫去了。

一个时辰之后，钟粹宫里只有太后、柴熵、魏清荷、姚太医以及翠儿。翠儿在一旁早已是个泪人，而太后更是悲恸欲绝，看着裕妃苍白的脸庞，太后心如刀绞，哭道："怎么回事？你们还没有查出是什么毒吗？"

姚太医道："太后恕罪。俗话说'病从口入'，请太后再想一想，有什么食物是大家都没有吃，只有裕妃吃过呢？"

太后道："早就和你说了，我们吃的她都吃了。"

"这就怪了，"姚太医道，"既然和大家吃的一样，那怎么会中毒呢？"

太后气道："你问哪一个？哀家还是皇上？这么半天了，连什么毒都不知道，皇上白养你们了吗？告诉你，裕妃要是有什么三长两短，哀家第一个就是要你们的命！"

柴熵忙劝道："母后不要动怒，小心身子。"

太后哭道："裕妃要是没有了，哀家还要身子做什么？为什么不是我这个老太太中毒，而是要她中毒呢？哀家一定要查出是何人所为，定要将他碎尸万段！"

正乱作一团时，只见尚药局的人进来道："启禀太后、皇上，臣等已经查明是什么毒了。"

太后急忙道："是什么毒？"

那人道："鹤顶红。"

"鹤顶红？"太后道，"到底是哪一个和裕妃有仇？竟然用这么毒的毒药害她？"

柴墒又问道："还查到什么没有？"

那人道："臣等还查到只有裕妃娘娘所用碗筷之上有鹤顶红，连裕妃娘娘掰下的金钱花糕上面都有。"

魏清荷道："原来如此，想必是碗筷上的毒药害了娘娘。"

太后哭道："鹤顶红乃是天下第一奇毒，吃下去的人只有死路一条，我可怜的裕妃，难道就此殒命吗？"说完便趴在裕妃身上啼哭不止。

魏清荷见状，上前两步道："太后不必哀伤，微臣有办法救治裕妃娘娘。"

太后忙道："什么办法？快说！"

魏清荷道："微臣记得去年外国使者进贡的物品中，好像有婆娑石，倘若让内务府人将婆娑石拿来，微臣自会有办法。"

柴墒道："你说的可是阇婆国进贡的婆娑石？"

魏清荷道："正是。"

柴墒于是吩咐道："来人，快叫内务府的人将婆娑石拿来。"

太监答应了，一顿饭的工夫，便有内务府的人捧着一个金匣子走了进来。魏清荷接过匣子，将盖子打开，只见里面放着两粒金黄色的石头，一个红枣大小，一个莲子大小。只见魏清荷将其中那颗大如莲子的婆娑石拿了出来，然后放在瓷碗边上来回磨蹭，须臾便看见一股乳白色的汁液顺着碗边流到碗底。魏清荷见差不多了，便端着瓷碗来到床前，然后撬开裕妃牙关，用小勺将汁液送入裕妃口中。

太后看着魏清荷喂完裕妃后，问道："这下可好了？"

魏清荷道："太后放心，婆娑石最能解毒，无论是什么毒药，定会药到病除。裕妃娘娘不久就会苏醒，太后不要再劳心伤神了。"

太后点头道："那就好，那就好。"

柴墒道："既然裕妃没事了，那现在要做的就是找出到底是谁毒害裕妃。"

太后想了想，突然一拍桌子道："哀家就知道，定是尚食局的人所为。来人！传尚食局总管。"

其实尚食局总管严公公早已候在钟粹宫外，出了这么大的事情，料到太后必定会责问自己，虽有准备，但是双腿还是不由自主地开始打战。这时一听里面的宣召，便急忙跑了进去，一进屋连头也不敢抬，"扑通"跪在地上，磕头如鸡啄碎米，口中道："奴才该死，奴才该死！"

太后道："你放心，哀家一定会实现你这个愿望！说！为什么要害裕妃？"

严公公额头早已撞破，但一听这话，急忙抬头道："太后明鉴，太后明鉴！奴才并没加害裕妃娘娘啊！"

太后冷笑道："未曾加害？那你告诉哀家，为什么裕妃的餐具上会有鹤顶红之毒呢？"

严公公哭道："奴才也不知道啊！"

"看来你是本不想说了？好，哀家有办法，"太后向旁边的太监道，"来人，将这奴才打入天牢，大刑伺候，不信你不说！"

"饶命啊，太后！"严公公还没说完，便被两个太监拖着往外走去。

"慢！"魏清荷突然说道，"微臣觉得严公公并非是下毒之人。"

太后道："哦？魏太医凭什么这么说？"

魏清荷道："太后您想，严公公虽然是尚食局总管，但是餐具未必会经严公公的手，他哪有机会下毒呢？再说就算严公公有机会下毒，他又怎么知道下毒的餐具会摆在裕妃面前呢？"

太后道："想必这厮丧心病狂，并不管到底毒害的是哪一个人。"

魏清荷道："若真是如此，严公公又能得到什么好处呢？只要顺藤摸瓜，彻查到底，迟早都会查到尚食局这里的，那严公公岂不是掩耳盗铃？再说严公公只是一个奴才，他未必有这个胆量啊。"

柴墒也道："母后，魏清荷言之有理，朕也觉得此事并非这个奴才所为啊。"

太后想了想，叹气道："哀家气得头晕，有点糊涂，你们说得对，这个奴才确实与此事关系不大，可如果不是尚食局的人，那还有谁能够往碗筷上面施毒呢？"

这时翠儿走过来道："奴婢有句话，不知当讲不当讲？"

太后道："说吧。"

翠儿道："奴婢想，也许不是碗筷将鹤顶红沾到裕妃娘娘手上的，而是裕妃娘娘将手上的鹤顶红沾到了碗筷之上。"

太后道："胡说八道，裕妃的手上如何会有毒呢？就算有毒，这毒是从何而来呢？从早上到现在，她一直就在哀家身边，哀家看见她手一直没有闲着，若真是手上有毒，只怕早就有所反应了，为何直到刚才才被发现呢？"

翠儿想了想，说道："奴婢想借魏太医银针一用，也许能知道这毒是从何而来的。"

魏清荷听了这话，便从药箱中取出一支银针递给翠儿，翠儿手持银针来到琴案之旁，只见案上放着裕妃刚才在万春亭所弹的古琴。翠儿将银针放在琴弦上来回滑动了片刻，那银针便慢慢地变成了黑色。

翠儿回身将银针举在众人面前，屋内所有人顿时大惊失色，一起走了过来看着翠儿手中的银针，柴墒道："这琴弦上如何会有毒呢？"

太后道："这是怎么回事？裕妃用的琴弦怎么会有鹤顶红？"

翠儿道："奴婢不知道，奴婢只是觉得娘娘是在弹琴之后才中毒的，所以才怀疑这上面有毒，至于这毒是如何来的？奴婢也不清楚。"

太后道："昨天晚饭前裕妃弹过琴吗？"

"有过。今早娘娘还在院子里调试琴弦呢，"翠儿刚说到这里，突然想起来什么，自言自语道，"难道是她？"

太后道："你是说谁？"

翠儿忙道："奴婢不敢妄断。"

太后道："你想急死哀家？有话快说。"

翠儿道："今早娘娘调试琴弦时，婉妃娘娘来了。后来娘娘调试好之后便进屋梳洗，而婉妃娘娘独自在院中弹琴。"

太后恍然大悟道："原来是她啊！怪不得今天她说自己琴艺不精，不敢出丑呢！原来早就知道琴弦上有毒。皇上，你看这事应该怎么处理？"

柴墒道："就请太后与朕一起前往永寿宫亲自问个明白！"

"好！"太后说道，"太医留下，哀家要在裕妃醒来之前将这凶手绳之以法，绝不容情！"说完转身便往永寿宫去了。

婉妃此时正在房内休息，清风过来道："娘娘还在为裕妃娘娘担心呢？"

婉妃道："是啊。不知道姐姐现在怎么样了？"

清风道："吉人自有天相，再说宫中太医们都是医术高超之人，裕妃娘娘不会有事的。"

婉妃叹了口气道："但愿如此吧，今天真是不顺，无论是姐姐还是本宫。"

清风道："这话怎讲？"

婉妃叹气道："之前皇上念诗的时候，本宫就没有回答上来太后的问题，后来裕妃为众人弹琴唱歌，皇后又当众献画，都是出尽了风头，只有本宫，什么也没有做。看来宠妃也不是这么好当的啊。"

话音刚落，就听外面有人说道："不好当就不要当了！"

第十三回

牢狱为归宿
终究是凡人

婉妃正在抱怨之时，忽听外面有人说话，于是赶紧迎了出去。只见太后、柴璛面带愠色而来，翠儿及一帮太监宫女跟在身后。婉妃急忙施礼道："臣妾叩见太后、皇上。"

太后没有理会，直接进到殿中，面冲南坐了，说道："怎么？刚才哀家听婉妃说妃子不好当？"

婉妃脸红道："臣妾一时失言，请太后恕罪。"

太后冷笑道："哀家不怪你，你若是真觉得妃子不好当，那就不要当了。"

婉妃急道："臣妾知错了，请太后原谅。"

太后道："原谅你？哀家能原谅你，皇上能原谅你吗？裕妃能原谅你吗？"

婉妃听得一头雾水，说道："臣妾不明白太后的意思。"

"还和哀家装傻不成？"太后厉声道，"说！为什么要毒害裕妃？"

婉妃听了这话，好似一声焦雷在头顶轰鸣，赶忙道："太后何出此言？臣妾怎么会害姐姐？"

太后道："你怎么就不能害？你想得到皇上的宠爱，所以对裕妃嫉妒心起，继而加以谋害，是不是？"

婉妃赶忙跪倒，流泪道："请太后明察，臣妾绝对没有害过姐姐。"

太后道："姐姐？她是你哪门子姐姐？你当哀家是傻子？你亲近裕妃，不过是为了自己能得到好处，不但可以亲近皇上，还可以向皇后示威。不错，哀家是不喜欢皇后，但是哀家此时更痛恨你。本来就是一个身居冷宫的妃子，圣上垂怜于你，只是略施恩宠，你竟然肆意胡为起来，你也太自不量力了！和皇后相比，你既不端庄也不博学，和裕妃相比，你既不乖巧也无才华，你这样的妃子就应该老老实实地安分守己！哀家万万没有想到，你竟然下手这么狠毒！”

婉妃哭道：“太后说臣妾和姐姐相好是为了自己，这点臣妾不敢否认。可是去害姐姐，臣妾真的没有。姐姐一向对臣妾不薄，臣妾为什么要去害她？再说当时大家一起用饭，倘若是臣妾下的毒，岂不是人人都会被害？”

“真是不见棺材不掉泪啊，那哀家就都告诉了你，”太后道，“你之所以要害裕妃，是因为你想专宠。裕妃备受哀家与皇上的恩宠，此事尽人皆知。你觉得裕妃是绊脚之石，所以才加以谋害。至于你是如何毒害的裕妃，哀家也已经知晓。”

婉妃道：“臣妾从来就没有想过要专宠啊！所以毒害裕妃之事更是无从说起。”

太后道：“哀家知道你是不会承认的。你以为自己做得神不知鬼不觉是吧？可惜天网恢恢，疏而不漏，你没有想到这么快就会阴谋败露吧？”

“臣妾真的没有做过啊！”婉妃道。

“那裕妃的琴弦上为什么会有毒药？”太后道，“从早上到现在，除了裕妃之外，就只有你碰过她的琴，不是你还能是谁？”

婉妃想了想，说道：“臣妾今早确实去过钟粹宫，当时臣妾看见姐姐在院子里调试琴弦，所以过去和姐姐说话，后来姐姐进去梳洗，臣妾就坐在外面随意弹奏，并没有在琴弦上施毒啊！清风可以做证！”

清风早已跪在一旁，心中焦急万分，听了婉妃这话，急忙说道：“太后明鉴，奴婢当时也在场，婉妃娘娘只是随意弹琴，绝对没有施毒。”

太后道：“她是你的主子，你当然会这么说了。只怕这主意是你出的也未可知。哀家早就听说了，当初就是你向皇上献上婉妃画像的吧？你够机灵啊！这后宫之中历来有多少嫔妃作恶，怕是有一半都是被恶奴调唆的。你说她没有施毒，那琴弦上的鹤顶红是从何而来？从头到尾除了裕妃之外，只有婉妃还弹过琴，现在人证物证俱在，婉妃你还有什么可狡辩的？”

婉妃道：“臣妾确实没有施毒，太后大可以派人搜查永寿宫，倘若能查出一点毒药，臣妾甘愿受罚。”

太后冷笑道：“你真当哀家老糊涂了？有毒药的话你会放在这里等哀家来拿吗？可笑！”

婉妃听了这话，不知还能说什么，只是咬牙道：“这毒是从何而来臣妾真的是不知道，臣妾只知道自己没有害过裕妃姐姐。”

“好！”太后和柴璃道，“皇上，你看这件事应该如何处理？”

柴璃知道太后已经是大发雷霆，所以只得顺应着说道：“后宫之中一向有母后做主，母后说如何处理就如何处理吧。”

太后点头道：“那哀家就依法行事了。来人！”

话音一落，就见四个太监进入殿内。

太后道：“将婉妃与这奴婢押入大牢，交由大理寺审问！”

婉妃听了这话，忙哭道：“臣妾真的是冤枉的！皇上！臣妾真的是冤枉的啊！”

太后一拍桌子，说道：“混账！冤枉不冤枉自有大理寺决定，大呼小叫什么？你们还不快点！”那四名太监于是走上前去，将婉妃与清风架了出去。

婉妃被太监拖着出了永寿宫，一路之上大喊冤枉，路过凤彩门时，只见皇后扶着碧云站在门边，面无表情地看着婉妃等人。婉妃此时已经心神散乱，只是冲着皇后大喊：“皇后娘娘！皇后娘娘！臣妾是冤枉的啊，臣妾是冤枉的！”

皇后没有作声，只是扶着碧云出了凤彩门，往永寿宫去了。皇后进入殿内，只见太后正坐在椅子上不住地叹气，于是躬身道：“臣妾叩见太后、皇上。”

太后道：“你来了？”

皇后道：“臣妾刚才去了钟粹宫了，妹妹此时正在安稳的睡觉，太医说半月之内就可以痊愈。”

“那就好，那就好。”太后有气无力地说道。

皇后道：“刚才臣妾在凤彩门那里看到婉妃一路哭喊着被太监拖出去了，这是怎么回事？”

太后道："下毒害裕妃的是她。"

皇后大惊道："什么？是婉妃？这是为何？"

太后道："什么为何？还不都是想往上爬？还不都是想得到宠爱吗？"

皇后见太后有些生气，于是便不说话了。

太后站起身，小声道："走吧，哀家去钟粹宫看看裕妃。"

柴墒上前扶着太后说道："今天母后太过劳累了，先回慈宁宫休息吧？"

太后摆手道："看完裕妃再回去也是一样。"说完便往外走，柴墒与皇后急忙伸手相搀，众人一路无话，行进在高墙之中，仿佛还能听见远处婉妃的哭喊声。

过了一天，裕妃总算是睁开了双眼，但是身子还有些虚弱，需要静静调养。

这日早上皇后来到慈宁宫为太后请安，说道："太后这两天睡得可还安稳？"

太后道："裕妃只要没事，哀家就会安稳。"

皇后道："臣妾昨天去看妹妹，已经是大好了，太后不用担心。"

太后道："真是知人知面不知心啊，哀家万万没有想到婉妃会做出这种事情来。"

皇后道："大理寺是如何判定的呢？"

太后道："不知道，还不曾过问，照哀家意思，斩首便是了，死不足惜。"

皇后道："您说得是。这种人留着也是祸害。"

"可是啊，"太后接着说道，"皇上倒是不愿意这么做。"

皇后道："皇上？"

"可不是吗？"太后道，"皇上向哀家求情了，说要轻判。"

"这是为何啊？"皇后道。

太后道："皇上说，虽然婉妃最有可能施毒，但并没有人亲眼所见，再怎么说也是推测，没有真凭实据，谁也不该妄下评断的。"

皇后道："那岂不是让她逍遥法外？那妹妹这次岂不是白白遭殃？"

太后道："皇上都求情了，哀家能有什么办法？皇上真是有情有义，但不知道是不是对所有人都会这样。”

皇后没有答话，只是在一旁默默不语。

自从进了牢房，婉妃就没有合过眼睛，清风仍旧伺候着婉妃，但婉妃早已是精神颓靡，每天只是看着牢房的灰墙不作声。

这天清风坐在角落，看着日渐消瘦的婉妃，情不自禁地流下眼泪。正哭着，就听婉妃说道：“人们常说，‘患难见真情’，本宫今天才知道是什么意思。谢谢你了，清风，都这般境遇，你对本宫还是不离不弃。”

清风哭道：“娘娘不要这么说，清风知道娘娘是被冤枉的，娘娘心地善良，怎么可能做出这种事情？”

婉妃道：“若是人人都如你所想，本宫也不会待在这里了。”

清风道：“娘娘大富大贵，一定会化险为夷。”

“大富大贵？”婉妃叹气道，“本宫就是想大富大贵，才落得如此田地。其实要是老老实实地待在永寿宫，也不会遭此横祸。就是因为本宫不安分守己，才落得如此下场。明明就是只麻雀，偏要想当凤凰，可惜终究飞不了那么高的。”

清风道：“娘娘万万不可听天由命，凡事都有回旋的余地。裕妃是太后的侄女，太后只是一时心急，才不分青红皂白将娘娘押入大牢，过几日太后想明白了，自会放娘娘出来。”

婉妃摇头道：“出去又能怎么样？还不是要从此苟且过活？以后本宫怎么面对皇上，怎么面对裕妃，怎么面对这宫里所有的人？他们不会认为本宫是清白的，他们只会觉得本宫不过是被赦免而已，而施毒之人，确是本宫无疑了。想不到总算有了出头之日，谁知到头来还是梦境一场。”

清风走到婉妃身边，抱住婉妃道：“是奴婢的错，要不是奴婢用计献画给皇上，娘娘今日也不会蒙冤了。”

婉妃拍着清风的后背说道：“这是什么话？怎么能怨你呢？命该如此，不能赖别人的。和那些终老后宫的妃嫔相比，本宫也算是风光一回了，也算是没有白活呢。”

清风看着婉妃说道：“娘娘你放心，等咱们出去了，奴婢定会明察暗访，将下毒之人揪出来。”

婉妃摇头道：“罢了，那日确实只有本宫和裕妃动过古琴，别人都不曾碰过的。”

清风道：“天网恢恢，疏而不漏，定是有些事情大家都未曾注意。清风虽然只是个奴婢，但自认还不算愚蠢，想让娘娘不明不白蒙受冤屈，清风第一个不答应。”

婉妃道：“但是现在你我身处牢狱之中，又有什么办法呢？”

清风道：“越王勾践尚且可以卧薪尝胆，咱们怎么不能忍辱偷生呢？熬过这一节，咱们定会大难不死，必有后福的。”

婉妃看着清风，她突然觉得自己又充满了力量，她不明白，一个小小的宫女怎么会有这般见地，于是问道：“你跟着本宫这么多年了，也未曾问过你的事情，今天和本宫说说？”

清风道：“奴婢的身世，娘娘不是知道吗？”

婉妃道：“本宫只听你说过自己是京城人氏，后来父母双亡，才进宫来做宫女的。但是你父母是何人，生前是做什么的，你都未曾提起，你是不想告诉本宫吗？”

清风道：“奴婢人都是娘娘的，有什么不能说的？”

婉妃道：“那就和本宫说说吧。”

清风叹气道：“往事不堪回首，想当初奴婢也算是生于官宦人家，从小养尊处优了。父亲官至兵部侍郎，母亲贤良淑德，还有一个哥哥，比奴婢大两岁，一家人其乐融融，好不快活。谁知天有不测风云，先帝突然暴病而亡，群龙无首，朝纲紊乱，皇子们立即开始了皇位之争，家父也被卷入其中，但家父所保的皇子最终没有夺取皇位。而当今圣上之所以能够稳坐江山，是因为当初兵部尚书许大人的全力支持。太后为了拉拢许大人，便让皇上娶了她的女儿，也就是现在的皇后。所谓一朝天子一朝臣，当今圣上登基之后，便下令诛杀了那些阻碍他登上皇位的大臣，家父不幸亦在其中。家中男丁皆被斩首，而十岁以下的女孩儿被抓进宫中做了奴婢。”

婉妃听后，叹气道：“原来是这样，怪不得你这般知书达理。那你母亲现在何处？”

清风摇头道：“我也不知道，当初查抄了家产，母亲便被送到乡下去了，是死是活，清风不得而知。”

婉妃道：“看来你我的境遇还有些许相像。”

清风道：“这话怎么说？”

婉妃道："我之所以能够为妃，是因为家父所保的皇子而今已经登上了皇位。"

"什么？"清风惊道，"令尊是当今圣上的宠臣？"

婉妃苦笑了一下，摇头道："你太会说笑了，若家父是皇上的宠臣，那本宫还能在这里受罪吗？家父不过是兵部尚书许大人众多手下中的一个，因为许大人的关系，本宫被送进皇宫为妃，实指望能够平步青云，光宗耀祖，谁知道想见皇上一面比登天还难。后来许大人去世，家父便没有了靠山，于是被派到边疆为官，至今还未曾再见一面，谁能想到如今本宫又遭受了牢狱之灾，只怕再也见不到家人了。"说完便又痛哭起来。

清风叹了口气，刚要安慰一下婉妃，就听牢外有脚步声音，只见几名狱卒打开了牢门低头走了进来。清风道："你们干什么？"

那几个狱卒也不说话，将婉妃一拽，便往门外拉去，清风急忙撕扯道："你们是什么人？你们要干什么？"

婉妃也大叫道："混账！本宫乃是皇上的妃子，你们是什么人？敢这样无礼？"

那几个狱卒还是没有说话，只是架着婉妃出了大牢，回身又将清风推进牢房，锁住了牢门。听着婉妃声嘶力竭的吼叫之声，清风大声道："娘娘！千万不可招认了啊！不可招认啊！"清风就这样一直叫嚷着，直到再也听不见婉妃的叫喊声。

就这样过了四个时辰，婉妃还没有回来。清风抬头看了看头顶的那扇小窗，只见一轮圆月悬于天边，凉风从窗户灌了进来，让人打战。突然，一阵缓慢的脚步声由远而近，清风紧忙趴在牢房便说道："娘娘，是你吗？"

就听有人道："收声。"紧接着就见两名狱卒拖着遍体鳞伤的婉妃走了过来。清风大惊道："娘娘，你怎么了？这是怎么了？"婉妃没有说话，头发散乱开来，只是低着脑袋。狱卒们打开牢门，将婉妃往里一推，"咚"的一声，婉妃栽到了地上。狱卒又将牢门锁好，转身去了。

清风赶紧将婉妃扶起，只见婉妃嘴角渗血，面色苍白，十根手指皆是鲜血，整个人已经是奄奄一息。清风哭道："娘娘，这是怎么回事啊？这是谁干的？为什么这般狠毒？"

婉妃慢慢地睁开了眼睛，有气无力地说道："清风，本宫对不起你，没有听你的话，本宫全都招认了，因为实在是太疼了，本宫的手指都已经断了，再也弹不得琴，画不得画了。"

清风大哭道："娘娘，你受苦了，你受苦了！清风没能好好照顾你，是清风的失职啊！"

婉妃强笑道："本宫怕是快要死了，不过有你给本宫送行，本宫欣慰得很。"

清风道："娘娘不要胡说，清风还要服侍娘娘好久呢。"

婉妃摇头道："自己的命自己知道。只是有一件事，本宫要你答应。"

"娘娘你说，"清风道，"奴婢什么都答应你。"

婉妃用尽力气抬起满是鲜血的手，忍痛抓住清风的衣领道："答应本宫，你若能逃得此劫，一定要替本宫找出毒害裕妃的凶手，将之绳之以法，替本宫报仇雪恨！"

清风急忙握住婉妃的手道："奴婢起誓，若能逃得劫难，必会为娘娘报仇，以慰娘娘在天之灵。"

婉妃看着清风，眼泪在眼眶中不停打转，她此时想起的，仍旧是身穿绫罗，头戴花冠，游走在皇宫的那段日子，她觉得至少自己拥有过皇上的宠爱与关怀，至少算是一个真正的妃子了。

清风看着憔悴不堪的婉妃，颤声道："娘娘，休息休息吧，奴婢抱着你睡觉。"说完便将婉妃的头放在自己的腿上，又脱下外衣盖在了婉妃的身上，哄着婉妃进入梦乡。其实清风心里明白，婉妃一旦睡着，便再也不可能醒过来了。

第十四回

托梦相告情与愿
拜祭脚踩星与月

坤宁宫的清晨稍显忙碌，宫女们依次进入暖阁为皇后梳洗打扮，皇后坐在雕漆屏风后面的镜台前，对着镜子照了又照，然后和碧云道："你说本宫是不是老了？"

碧云笑道："皇后娘娘怎么突然说起这个？您可一点都不老。"

皇后笑道："本宫觉得自己老了很多，你看额头上都有细纹了。"

碧云笑道："您看得太过仔细了，若是像您这么仔细看的话，就算是十几岁的小姑娘也被看出皱纹来了。"

"贫嘴，"皇后道，"本宫画画眉。"

"是。"碧云答应着，将黛①粉放入小碟中用水和匀了，然后用画笔蘸了递给皇后。皇后接过画笔，对着镜子细细地描画起来。

刚描画完毕，就听太监道："皇后娘娘，皇上驾到。"

皇后听见这话，赶忙起身迎了出去。只见柴璃面色阴沉地走了进来。皇后忙道："臣妾给皇上请安。"

柴璃坐下后说道："朕来问你，为什么要对婉妃用大刑？"

皇后看了看左右，宫女太监会意，便都退了出去，皇后道："您都知道了？"

柴璃大声道："人都死了，朕能不知道吗？"

"死了？"皇后好像有些惊讶。

柴璃道："这下你满意了吧？朕问你呢，为什么要这么做？"

皇后道："臣妾见妹妹受苦，而婉妃又拒不招认，所以心中焦

---

① 黛：一种黑色矿物，把它先磨成粉再和水，可以用来画眉。

急，便想出了这个法子。不过臣妾真的没有想到婉妃会死啊！”说完便呜呜咽咽地哭了起来。

柴墒道：“婉妃有罪不假，但就国法来说，有大理寺负责审判，就后宫而言，有太后可以定夺，为什么你却暗中私用大刑，导致婉妃身亡，是谁允许你这样做的？”

皇后道：“皇上，您怎么能说出这样的话？臣妾身为皇后，本身就有权力过问后宫一应大小事务，这次婉妃毒害妹妹，太后伤心欲绝，身体日渐虚弱，本宫身为皇后，理应为太后分忧。本宫私下审问婉妃，不过是想为妹妹讨回个公道，所以才动了刑法，难道皇上希望毒害妹妹之人逍遥法外？”

柴墒道：“你要是动刑也成，为何不与朕事先通禀？”

皇后道：“皇上日理万机，操劳国事，本来就少有休息，臣妾不想因为此事让皇上悬心，说到底臣妾还是为了皇上着想。”

柴墒道：“可婉妃是朕的妃子，她虽然犯了宫规王法，但毕竟和朕有共枕之情，大难临头之时，她定是希望朕能去救她。可惜！未曾再见朕一面，便已经撒手人寰。”

皇后道：“难道裕妃和皇上毫无情意吗？难道臣妾和皇上毫无情意吗？我二人和皇上相守数年之久，现而今，一个被婉妃毒害，卧床不起；一个心急如焚，审问囚犯，只为替妹妹报仇，为皇上分忧，难道我们两个的情意竟比不上一个婉妃吗？”

柴墒厉声道：“好！那朕问你，倘若有一天你也犯了王法宫规，被押入大牢，你难道不希望朕去救你吗？”

皇后一听这话，一时也不知该说什么。柴墒见皇后不语，于是道：“你看，此乃人之常情，你应该体谅婉妃，没有通禀朕就直接审问用刑终究不妥，好歹你们也有一段情意在先，又何必如此呢？”

皇后看了看柴墒，眼中含泪道：“若皇上始终认为臣妾此举有错，那臣妾也不敢狡辩。但臣妾只是想为皇上分忧排解，如今看来，皇上不但不领情，还会觉得臣妾是个没有情意的女人。那好！臣妾就在皇上面前起誓，若将来有一日臣妾犯下王法宫规，绝对不会让皇上来救。”说完伸出手来对天发起了誓愿。

柴墒见了，急忙拦住道：“这是怎么了，朕不过是一时的气话，你怎么还当真了呢？”

皇后哭道："什么气话？皇上心里就是这么想的。"

"罢了，"柴堉道，"此事朕就不予追究了。婉妃死后，朕总是觉得有欠于她，因为施毒害人这件事情终究无有真凭实据，朕怕冤枉了婉妃，心中总有不安。"

皇后收起泪水，笑道："皇上多虑了。妹妹中毒当日，从头到尾只有妹妹和婉妃动过那琴，除了婉妃不会再有别人的。"

柴堉道："嗯，话虽如此，但朕心中还是不安稳，况且太后那边也不知道该如何答复。"

皇后道："皇上不用忧虑，倘若觉得对婉妃有欠，那就将她的葬礼以贵妃的资格办理吧。至于太后那边，皇上不用担心，婉妃早已画了押，承认了自己的罪行，太后现在见裕妃之仇得报，也就不会计较其他了。"

柴堉点头道："好吧，就这么办吧。还有，婉妃身边的宫女太监就不要再审了，让他们在永寿宫为婉妃守灵吧。"

"是。"皇后笑着答应了。

柴堉于是携皇后往慈宁宫去见了太后，太后听闻婉妃受不了刑法殒命牢中，不过就是叹息一番，也没有再追究什么。此时裕妃也已经神志清醒，无有大碍，只不过每日仍有太医把脉开药，调养身子罢了。

这日晚间，裕妃用了晚饭，斜倚在榻上休息，蒙眬间，只见婉妃进了屋内，缓缓朝自己走来。裕妃忙下榻相迎道："妹妹怎么有空来找我？"

婉妃道："嫔妾心中思念姐姐，所以前来探望，姐姐身上可大好了？"

裕妃道："已无大碍了，只是调养着罢了。"

婉妃叹了口气，说道："姐姐难道不怪罪妹妹下毒谋害你吗？"

裕妃听了这话，顿时含泪道："妹妹说的哪里话？本宫和妹妹相处这一段时间，早已了解妹妹的为人，妹妹绝对不会干出这种伤天害理的事情，可惜本宫一直昏迷不醒，否则定会保全妹妹的性命。"

婉妃哭道："姐姐这话着实让我感动，而且姐姐所言不假，下毒害你的并非是我啊。"

裕妃赶忙道："你知道是谁？"

婉妃摇头道："就算我知道，也不可将天机泄露，但真相总有水落石出的一天。如今你我阴阳两隔，妹妹有一事托付姐姐，不知姐姐可否答应。"

裕妃道："妹妹请说。"

婉妃道："望姐姐帮我多多关照清风，我的这份冤仇，只有清风能够替我洗清，倘若清风再有不测，那妹妹的冤屈，就永远不能昭雪了。"

裕妃忙道："你放心，我一定会照顾清风的。"

婉妃道："那我就先谢过姐姐了。"说完转身要走。

裕妃忙一把拉住道："妹妹急什么？你我好不容易相见，不如再相对抚琴一回，如何？"

婉妃含泪道："妹妹的手已然不能再抚琴了。"说完将双手抬起，裕妃定睛一看，只见婉妃的双手已经骨断筋连，鲜血淋淋，惨不忍睹。

"啊！"裕妃惊呼一声，从梦中惊醒。翠儿忙过来道："娘娘，你怎么了？怎么出了这么多汗？"说完用丝帕替裕妃拭汗。

裕妃回忆起梦中的情景，抓住翠儿的手，含泪道："婉妃死得好惨，手指都断了。"

翠儿听了这话，心中纳罕不已。虽然婉妃临死之时的惨状她已知晓，但怕裕妃被惊吓，便从未提起，此时裕妃又是如何知道的呢？翠儿于是道："娘娘听谁胡说的？奴婢去找他算账。"

裕妃定了定神，说道："本宫瞎猜的，倒杯水来，有些口渴。"

"是。"翠儿于是端过杯水来递给裕妃。

裕妃喝了水，呆呆地望着门外。翠儿见了问道："娘娘想什么呢？"

裕妃道："婉妃去了多久了？"

翠儿道："怕是有半个月了。"

裕妃接着道："那永寿宫里还有谁？"

翠儿道："只怕是没有人了。虽说圣上下旨按贵妃资格料理，但现今怕是已经出殡埋葬了。"

裕妃道："那清风呢？不在永寿宫了吗？"

翠儿道："听说是去了其他地方，至于哪里奴婢也不知道。"

裕妃点了点头，又问道："什么时辰了？"

翠儿道："亥时了。"

裕妃站起身，说道："本宫要去永寿宫。"

翠儿听了，忙道："永寿宫？娘娘去那里干什么？"

裕妃道："本宫想拜祭一下妹妹。"

翠儿急道："娘娘，您怎么去拜祭仇人啊？"

裕妃看着翠儿，说道："翠儿，你也觉得婉妃会害本宫？"

翠儿想了想，说道："如果不是婉妃娘娘，还有哪一个？"

裕妃含泪道："本宫不相信是婉妃。"

翠儿道："可是婉妃已经承认是她下毒杀害娘娘您的。"

裕妃道："大刑之下，任谁都会招认。况且是欲加之罪，何患无辞呢？"

"可是娘娘……"翠儿还没说完，裕妃道："不要再说了，你若不随本宫去，本宫便自己去。"说完便往外走。

翠儿忙拦住道："奴婢当然随您一起去，娘娘稍等，奴婢多拿两件衣服，夜里凉。"

就这样，主仆二人出了钟粹宫，一路往永寿宫去了。此时皇宫内寂静无声，月华散落。裕妃扶着翠儿的肩膀，小心翼翼地踏着月色来到永寿宫门前。

"咦？"翠儿小声道，"奇怪，宫门怎么是开着的？"

裕妃也走到近前，提起灯笼看了又看，只见永寿宫大门虚掩。裕妃道："走，进去吧。"

"是。"翠儿于是将门推开，二人走了进去。

借着月光，永寿宫内的情景还算看得真切，只见院子里已经是草木凋零，落叶满地，萧萧条条，看得出来已经许久没有打扫过了，让人备感凄凉。裕妃正唏嘘不已时，翠儿拉了拉她的衣角，颤声道："娘娘你看，屋里有人。"

裕妃抬头一看，果不其然，正殿内灯火朦胧，好像有人影闪动，裕妃抬脚要往前去，却被翠儿拦住道："娘娘干什么？"

裕妃道："进去看看啊。"

翠儿急道："您不怕遇到婉妃娘娘的鬼魂吗？"

裕妃道："胡说，哪里有鬼？鬼还用点灯？再说若真是婉妃的鬼魂，也不会来害本宫。”说完便走到殿外将门猛地推开，就听“啊！”的一声惊叫，只见何奇蹲在桌子后面，面若死灰地看着她们二人。

翠儿见是何奇，忙道：“何侍诏？怎么是你？”

何奇惊魂未定，借着桌子上的烛火看了又看，认出是裕妃还有翠儿，于是长舒一口气道：“娘娘啊！人吓人吓死人啊！”

裕妃笑道：“真是对不住，本宫应该事先敲门才对。”

何奇摆手道：“罢了，罢了，是微臣胆小。娘娘凤体欠安，现在可好些了？”

裕妃道：“好多了。”

何奇道：“娘娘要多休息才是。”

裕妃道：“多谢记挂着，本宫今天特地来拜祭婉妃。”

何奇道：“婉妃毒害娘娘，娘娘为何还要来拜祭？”

裕妃道：“婉妃生前与本宫姐妹一场，本宫清楚她的为人，设计毒害本宫的一定另有其人。”

何奇惊道：“娘娘如何会这么说？”

裕妃道：“婉妃托梦与我了，她告诉我的。”

何奇摇了摇头，心想裕妃果然还是个孩子，于是道：“梦里的事情如何能当真？”

裕妃道：“这么说何侍诏也认为是婉妃毒害本宫？”

何奇道：“一来婉妃已经承认了罪行，二来当日确实只有婉妃有机会毒害娘娘，那除了她还能有谁？”

裕妃笑道：“本宫虽然涉世未深，但并不愚钝，倘若何侍诏也认为施毒的是婉妃，那今晚何侍诏为何来此？”

何奇道：“这……”

裕妃指着桌子上的纸钱等祭品道：“看来何侍诏是有备而来的？对于一个恶人，何侍诏用不着这般细心吧？”

何奇想了想，笑道：“回娘娘，微臣是觉得内疚，所以才来祭拜的。”

裕妃道：“内疚什么？”

何奇道：“当日是微臣答应为婉妃娘娘画像，然后呈现皇上，以助娘娘能够蒙受圣恩。倘若当初微臣一口回绝，婉妃就不会有机会施毒加害娘娘，而她自己，也不会因此命丧黄泉了。微臣每当回想此事，都会觉得不安，所以特来拜祭一下，聊以自慰罢了。”

裕妃点了点头，说道：“这话也算可信。本宫就没有何侍诏心细，也未曾带得什么祭品过来。”

何奇道：“娘娘有心即可，再说微臣所带的祭品足够娘娘使用，如若娘娘不嫌弃，用这些也是一样。”

裕妃道：“嗯，关键是心诚，用谁的都是一样。”说完便命翠儿将祭品一一摆好，裕妃等三人各持香三炷，恭恭敬敬地祭拜了婉妃。

祭拜完毕后，三人将蜡烛熄灭，转身出了永寿宫的大门。何奇将门关紧后道：“时候不早了，娘娘快些回宫休息吧。”

裕妃点头道：“何侍诏往哪里去？”

何奇道：“往南。”

裕妃道：“不巧，我们往北，那何侍诏路上小心。”

“娘娘小心。”何奇说完便拜辞了裕妃，径直往南去了。

一路上何奇心想：“裕妃真是个大度之人，众人都说是婉妃施毒，她竟然不计前嫌，深夜前来拜祭，难道真的是婉妃托梦与她，告知施毒者另有其人？可是这鬼怪之事又如何信得？”

何奇一边瞎想，一边提着灯笼出了内佑门，谁知刚出了门来，就听后面有一女子声音道：“何侍诏有心，时时前来拜祭，本宫心中甚为感激。”

何奇一听这话，手腕一抖，灯笼便掉在了地上，将蜡烛也跌灭了。

第十五回

丹青透玄机
金簪伤巧手

何奇听了身后那人说的话，失手将灯笼掉在了地上，蜡烛也熄灭了。那人见何奇怕成这样，于是笑道："何侍诏堂堂男子，怎么这般胆小?"说完走到何奇面前，蹲下身子将灯笼竖起，又从怀里掏出火折，将灯笼里的蜡烛点燃，递给何奇道："何侍诏拿好。"

何奇接过灯笼，抬起手来往那人脸上一照，原来是清风，于是嗔道："你这丫头，吓死我了!"

清风道："奴婢知错了，还请何侍诏原谅。"

何奇道："罢了，以后不可这么顽皮。"说完就要往画院方向去，谁知清风往前两步挡在何奇面前道："何侍诏留步。"

何奇道："又怎么了?"

清风道："奴婢有一事不明，还望请教何侍诏。"

何奇道："有话请讲。"

清风道："何侍诏既然知道是谁施毒陷害婉妃娘娘，为何不出来指证?"

何奇听了这话，咬牙小声道："清风，你大胆！这话也是随便说的?"

清风道："奴婢从不轻易造次，奴婢没有说错。"

何奇道："婉妃施毒害人，已经是证据确凿，她自己也画了押，你还在这里聒噪什么?"

清风往前一步道："何侍诏！我家娘娘含冤而亡，你就忍心让害人者逍遥法外?"

何奇道："一派胡言！你有什么证据证明何某知道谁是施毒

之人？”

清风道：“若何侍诏心里没鬼，为何来永寿宫祭奠婉妃娘娘？”

“祭奠婉妃娘娘，是因为何某毕竟曾为娘娘画像，但也仅此而已，以后你不要再胡说八道，告辞！”何奇说完便往画院走去。

谁知清风并未就此罢休，依旧跟上何奇道：“如果真如何侍诏所说，那也不必每晚都来永寿宫吧！”

何奇听了这话，顿时站住道：“你说什么？”

清风道：“何侍诏若只是今日前来，奴婢[illegible]诏每晚都来，奴婢就不得不疑心了。”

[illegible]

清风点头道：“虽然奴婢侥幸逃过一劫，而今不过是打扫庭院的宫女，但婉妃娘娘毕竟对奴婢有情有义，奴婢不敢忘怀，所以仍旧每日前来永寿宫祭拜娘娘。奴婢本以为婉妃娘娘生平清苦暗淡，不会有朋友前来，谁知道何侍诏这么有心，不但前来拜祭，而且每晚必到，想必何侍诏心中对娘娘有什么愧疚不成？”

何奇道：“这只是你的胡乱猜测，何某每晚前来不错，但心中并无愧疚！”

“好！”清风道，“既如此，明日奴婢就舍了性命前往慈宁宫，将何侍诏每晚拜祭婉妃娘娘的事情告诉太后与皇上，看太后与皇上如何发落，是不是也将何侍诏送去大理寺，是不是也像对待婉妃娘娘一样给何侍诏动以大刑！”说完便转身往回走去。

何奇急忙拉住道：“你到底想干什么？”

清风一把甩开何奇的手道：“奴婢没有想干什么，奴婢只想让何侍诏指出谁是施毒之人。”

何奇道：“你要逼死何某不成？”

清风道：“难道何侍诏眼见婉妃娘娘含冤千古吗？”

何奇道：“我若说了，施毒之人不见得会绳之以法，但何某一定会命丧黄泉！”

清风哭道：“何侍诏，奴婢求你了，看在婉妃娘娘的面上，你就告诉我吧。”说完便跪了下去。

何奇看了看清风，叹气道：“罢了，这也许就是命。你先起来，何某有个办法。”说完将清风搀扶了起来。

清风道："何侍诏有什么办法请说。"

何奇道："这里不是说话的地方，随我来。"说完便举着灯笼往画院方向去了，清风也急忙跟了上去。

二人一路上左顾右盼，生怕被人瞧见，待到了何奇的住处，何奇更是举着灯笼仔仔细细地看了看周围，然后才推门进去，又回身往门外瞧了瞧，确定无人之后，才慢慢将门关上。

何奇让清风坐了，只在案上点了盏油灯，然后说道："何某本来以为可以在画院之中安安分分地做事，可到头来还是蹚了浑水。"

清风道："难道婉妃娘娘非要死不瞑目，何侍诏心中才能踏实吗？"

"踏实？"何奇道，"我若是心安理得，怎么还会每晚去永寿宫给婉妃娘娘烧纸？"

清风点头道："不管怎么样，您总算是承认您知道些事情了，这宫中也总算有人知道婉妃娘娘是清白的了。"

何奇道："知道了又能怎么样呢？我是不能说出来的。"

清风道："这话怎讲？"

何奇道："你就不要问了，反正我是不能说，一说必死无疑。"

清风道："那何侍诏刚才所说的办法是指什么？"

何奇道："何某虽然不能说，但以你的智慧，却可以猜得到。"

清风道："要猜的话也要有根有据，否则的话一切都是空穴来风而已。"

何奇站起身道："给你样东西，你便能猜得出。"说完走到木柜前打开柜门，将一个画轴拿了出来放到案上。

清风道："这是什么？"说完伸手要拿。

何奇拦住道："且慢。这画轴马上要归你所有，里面就是婉妃娘娘清白的证据。但何某问你，这画轴你是从何而来？"

"何侍诏给奴婢的啊。"清风疑惑地说道。

何奇摇头道："看来你并非像何某想象中的聪明，这画轴我还是收起来吧。"说完便要重新装入柜中。

清风顿时会意，忙拦住道："奴婢一时糊涂，这画轴是我在宫中拾到的，根本不清楚是哪一位丢下的。"

何奇笑道："既是这样，你何不打开看一看？"

清风听了这话，急忙将画轴在案上展开，借着灯光一看，清风有些摸不着头脑，原来此画就是重阳节当日皇后让何奇献给太后的那幅。

“这……”清风一时不解，看着何奇。

何奇道：“当日裕妃娘娘中毒，众人乱作一团，也便无人理睬这幅画了，所以何某便拿了回来。你看看这画吧，若是能看出来婉妃是清白的就好，若是看不出来，那何某就真的什么也帮不了你了。”

清风点了点头，借着灯光仔仔细细地看着这幅画作，只见除了裕妃和翠儿不在画上之外，剩下的人都围在太后身边。当时的情景清风仍然历历在目，裕妃和翠儿去摘菊花，而其他人围在太后身边说着笑话，除此之外，也便没有什么特别之处了。清风抬头看了看何奇，只见他背着双手看着别处，也不说话。清风无法，只能再回过头来看着这张画。突然，清风大叫一声道：“原来是她！”说完便用手指着画中所说的那个人。

何奇歪过头来看了看清风所指，点头笑了笑说道：“看出来了？看出来就好啊。”

此时清风双眼含泪道：“只怕她也是受人指示吧？”

何奇道：“不错，以她的身份地位，如何敢谋害一个妃子，只怕是她主子的主意。”

清风将画卷起，抱在胸前哭道：“这下可以为婉妃娘娘报仇了。”

何奇坐回椅子，看着清风道：“报仇？你告诉何某，你怎么报仇？”

清风道：“将此画呈与太后、皇上，与她当面对质！”

“哈哈，”何奇笑道，“你这是自寻死路！”

“此话怎讲？”清风问道。

“你想一想，你是什么身份？她是什么身份？仅凭一纸画卷，太后与皇上是相信你，还是相信她？到时不但婉妃娘娘不能昭雪，连你也要命丧黄泉了！”

清风道：“不是还有何侍诏你吗？难道你不能出面指证吗？”

何奇瞪着双眼看着清风道：“你还要何某讲多少次？何某不能出面，何某一旦出面，必死无疑！”

“莫非何侍诏有把柄在那人手里？”清风问道。

“不错，”何奇叹了口气说道，“何某实话告诉你，当时为你们画像时，你们只顾说笑话，没有人注意到何某就在附近，那施毒之人也是瞅准了这个机会，才往琴弦上面放了毒药。但尽管如此，何某还是不能出面指证的，若出面的话，那人定会弄个鱼死网破，将我也置于死地。”

清风叹气道：“奴婢明白了。奴婢也知道，就算是你我二人齐心协力，也未必是那人的对手。”

何奇道：“知道就好了。”

清风道：“那奴婢还有一事相求。”

[illegible]道：“何某已经算是仁至义尽，没有能力再帮助你了。”

[illegible]侍诏放心，所谓君子报仇，十年不晚，清风不会急[illegible]

何奇道：“既然如此，那你还求何某什么？”

“学画，”清风道，“清风要何侍诏将毕生所学传授与奴婢。”

何奇一惊，紧接着笑道：“你太小瞧这学画了，没有十年，你就不会有所成就，而且学画也不能为婉妃娘娘洗刷冤屈啊。”

清风笑道：“清风不求其他，只求何侍诏答应这个请求。”

何奇道：“何某实在不想再蹚这个浑水，虽然何某不知道你要做什么，但你的这个请求，何某实在无能为力。”

清风笑道：“如果何侍诏不答应的话，奴婢明日就去慈宁宫面见太后，将所知一切尽数告诉太后得知，我想那人要是知道何侍诏你从中帮过奴婢的话，肯定不会饶过你的。”

何奇道：“你这是忘恩负义，过河拆桥。”

清风道：“奴婢没有其他请求，只求何侍诏能够将毕生所学倾囊相授，今日清风所做的一切，都是为了能够为婉妃娘娘申冤昭雪。他日若得以成功，奴婢不会忘了何侍诏的大恩大德。奴婢对天发誓，只要何侍诏能够答应奴婢这个要求，奴婢绝对不会将何侍诏今日所说的话透露半句，如有违背，黄沙盖脸，尸骨不全。”

何奇看了看泪流满面的清风，说道：“罢了，何某一生未曾做得几件好事，今日就当一回好人吧！难得婉妃有你这样的忠仆，平反之期指日可待了。”

清风道：“那何侍诏是答应奴婢的请求了？”

何奇叹了口气，但还是点了点头。

清风破涕为笑道：“那奴婢就谢谢何侍诏了。”

何奇道：“我虽然答应你了，但这画怎么学，却是个难题。一来你不能来我这里，二来也不能前去画院，你说如何是好？”

清风道：“这个清风并不着急，既然何侍诏答应了奴婢的请求，奴婢自然会想出办法的。”

何奇道：“那好，只要不伤及何某，办法你想就是了。”

清风点了点头，将画卷拿起道：“时候不早了，奴婢先行告退，何侍诏也早点休息吧。”说完转身往门口走去。

何奇将清风送出房门，又将灯笼递过去道：“何某万万没有想到，能为婉妃昭雪的，竟然是你。”

清风接过灯笼，笑道：“能不能为娘娘昭雪，奴婢也不确定，但事在人为，况且施毒之人违背了良心，上天也会助奴婢一臂之力的。告辞。”说完便转身离去了。

清风并没有回到住处，而是返回了永寿宫，将画卷展开放在桌子上，然后点燃三炷香说道：“婉妃娘娘，奴婢终于知道是谁陷害你了，奴婢自知不是她的对手，所以暂且按兵不动，待时机成熟之时，奴婢定会将此人绳之以法，使娘娘的冤屈得以昭雪。”说完拜了三拜，才转身回到住处休息。

第二天一早清风醒来后，便被坤宁宫的太监叫出去道：“皇后娘娘找你。”

清风一惊，赶忙随太监来到坤宁宫，进入东暖阁之后，清风头也不敢抬，跪下道：“奴婢叩见皇后娘娘。”

此时皇后也是刚刚起床，正坐在镜前梳妆打扮，皇后透过铜镜的反光看了看跪在地上的清风，笑道：“昨晚睡得好吗？”

清风道：“好。”

皇后点了点头，说道：“过来，给本宫梳梳头。”

“什么？”清风以为自己听错了。

碧云在一旁道：“皇后娘娘让你过来梳头。”

“是。”清风答应着站起身来，接过木梳，站在皇后身后。

“梳吧。”皇后命令道。

“是。”清风于是小心翼翼地梳了起来。

[illegible]“你看本宫这头是梳成玉兰花苞式[1]好呢？还是尖新

[illegible]

[illegible]面白如玉，用玉兰花苞式更能衬托出娘娘[illegible]

皇后点头[illegible]

“是。”清风于是将[illegible]奁中取出花鸟簪钗插入皇后的[illegible]

[illegible]奴婢给娘娘戴[illegible]

皇后摆手道：“今天不戴这个了，否则这发式就被遮[illegible]”[illegible]云说了声“是”，便将凤冠收了起来。

皇后对着镜子看了又看，笑道：“果然不错，怪不得婉妃发式每天都奇巧靓丽，原来多亏了你的一双巧手。”

清风道：“娘娘过奖了。”

皇后道：“本宫今天找你来，并非只是摆弄发式这么简单的。”

清风道：“不知皇后娘娘唤奴婢前来所为何事？”

皇后道：“昨晚子时左右，你在哪里？”

清风道：“奴婢在房中休息。”

话音刚落，就见皇后一手抓起清风的右手，一手拔下头上的五龙镯簪往清风手背上使劲一戳，清风大叫一声，狠命将手缩回，再看手背上已经是血流如注了。

清风顿时哭道：“娘娘这是为何？”

皇后又将簪子插回头上道：“你个小小的奴婢，竟然敢欺骗本宫？昨日子时，明明有人见你进了永寿宫，你还敢说谎？”

清风见皇后早已知晓，赶紧道：“皇后娘娘恕罪，奴婢确实扯了谎，但奴婢也是为了不让您伤心。婉妃娘娘生前与您情同姐妹，您又时常对婉妃娘娘照顾有加，嘘寒问暖，而今婉妃娘娘已经离世半月有余，奴婢知道皇后娘娘重情重义，所以不想将这伤心之事重提，给您平添烦恼，还望皇后娘娘体谅奴婢的一片苦心。”

皇后听了这话，笑道：“你看你，怎么不早说呢？白挨了这一下。来人！快拿些药来。”

---

① 兰花苞式、尖新式、鸟张翼式：古代女子发式。

清风道："不碍的，皇后娘娘这次教训了奴婢，奴婢下回记得就是了。"

皇后道："嗯，有你这句话，本宫就放心了。本宫与婉妃生前甚是投缘，如今她已登仙界，本宫会替她照顾你的。"

清风道："谢皇后娘娘。"

"嗯，"皇后道，"本宫这里没事了，以后晚上少到处走动，去忙你的吧。"

"是。"清风答应着出了坤宁宫。

碧云见清风走了，上前道："娘娘，这丫头说的是真是假？"

皇后笑道："当然是假的了。她人太聪明了，留着终究是个祸害啊。"

碧云道："那就斩草除根？"

"本宫又不是刽子手，"皇后道，"只要她老老实实的，本宫说不准会放她条生路呢。"

"奴婢明白。"碧云说完垂首站在一旁。

皇后又仔细端详了一下镜中的自己，自言自语道："今天这个发式果然是不错。"

第十六回

得恩惠菩萨心肠
论画作大家风范

清风手被扎时，本来不觉得什么，只是有些害怕。但出了坤宁宫后，便觉得心中无限委屈，眼泪也便不自觉地流了下来。可巧这时裕妃坐着肩舆穿过永释门往慈宁宫去，一眼看见了清风，于是上前道："清风，哪里去？"

清风见是裕妃，赶忙拭干泪水，躬身道："奴婢给裕妃娘娘请安，娘娘身上可大好了？"

裕妃道："已无大碍了。"

翠儿眼尖，早就看见清风手上的血迹，于是道："你这手怎么回事？"

清风忙说道："划伤罢了。"

裕妃拿起清风的手看了看，说道："哪里是划的，明明有个洞啊！"

清风道："没事的，小伤而已。"

裕妃道："胡说，都流血了。翠儿，带清风回钟粹宫，将上次姚太医拿来的金疮药敷在伤口上，过一两天就好了。本宫给太后请安后就回来。"

"是。"翠儿答道。

"谢裕妃娘娘。"清风说完便随翠儿去了。

进了钟粹宫，翠儿搬过秀墩让清风坐了，说道："你等着，我去拿药来。"

清风道："别麻烦了，我坐坐就走。"

翠儿道："不麻烦。"说完进里屋拿了药和纱布，然后坐回清风身旁帮她仔细包扎起来。

清风道："真是过意不去，多谢姐姐了。"

翠儿一边包扎一边道："谢什么？不过是举手之劳。你我都是做奴婢的，当主子的看不出来，难道我还看不出来？眼睛里明明还有泪呢！看你刚才像是从坤宁宫出来的，只怕又是皇后吧？咱们做奴婢的，有时候就是靠命，摊上个好主子，就是老天施恩了。若是主子脾气不好，动辄打骂，咱们也得忍着。我就不信，碧云跟着皇后难道就觉得舒坦？"

清风道："我何尝不知道呢？以前婉妃娘娘在时，我也曾感叹自己命还不错。可如今婉妃娘娘不在了，我都不知道将来会怎么样呢？"说完便又哭了出来。

翠儿忙劝道："你看你，都怪我不是？不提这个你也就不哭了。"

清风道："是我眼窝浅，怪不得姐姐。"

翠儿笑道："好会打趣。"

清风道："昨晚裕妃娘娘去永寿宫了？"

翠儿奇道："你怎么知道？"

清风笑道："我自然是看见了。不过我没好意思打扰你们，便走了。"

翠儿叹气道："婉妃娘娘生前和裕妃娘娘关系和睦，情同姐妹，裕妃娘娘不相信下毒之人是婉妃娘娘，所以前去拜祭。"

清风点头道："裕妃娘娘单纯善良，难得的好人。"

翠儿点头道："谁说不是呢？好了，包扎好了。"

清风抬手看了看，说道："多谢你了。你忙吧，我走了。"

翠儿道："急什么？"

清风道："我还得去挑水扫地呢。已经晚了，只怕又要被那老太监骂的。"

翠儿叹气道："依我看，那些事情你做不惯的，还是不要去了。"

清风笑道："又胡说了？皇宫是你家的？你说不去就不去吗？你要是说了算，那我早就来求你了。"

翠儿道："你本来就应该早来求我，我自有办法的。"

清风道："此话当真？"

翠儿道："我可从来不说大话。"

清风忙道："什么办法？说来听听。"

翠儿道："我以前听你提起过，你曾是官宦人家出身，那肯定读了不少的书，是吧？"

清风道："也不敢这么说，读过一些而已。"

"那就是了，"翠儿道，"每日午时过后，宫廷画院的何侍诏都会过来教习娘娘作画，何侍诏在的时候一切还好，但何侍诏一走，裕妃娘娘就会问我很多问题，我又没读过书，哪里能回答呢？所以我想，你可以做一个伴读，陪着裕妃娘娘一起学画，岂不比挑水扫地强？"

清风听了这话，心想："若真能如此，岂不是一举两得？既能学到何奇的画技，又不用每日挑水扫地了。"

清风于是故作为难道："好是好，可裕妃娘娘不一定应允吧？"

翠儿道："不试试怎么知道呢？一会儿裕妃娘娘回来了，我就去和她说。成与不成，再做计较。"

清风笑着点头道："那我先谢过了。"

不一会儿，只见裕妃扶着小玲进了钟粹宫。翠儿忙迎出去道："娘娘您回来了？"

裕妃笑道："赶快给你小玲姐倒茶。"

小玲忙道："娘娘不必客气，奴婢送您回宫，乃是分内之事，要是没事，奴婢先行告退了。"

裕妃点头道："好吧。"

小玲笑了笑，转身出了钟粹宫。

翠儿一边扶裕妃进屋，一边道："怎么是小玲送您回来的？"

裕妃笑道："还不是太后不放心吗？非要小玲送本宫回来。"

翠儿道："这青天白日的，怕得什么？"

"谁说不是呢？"裕妃道，"清风呢？"

清风忙过来道："奴婢在这里。"

裕妃道："手怎么样了？"

清风道："已经没事了，多谢娘娘记挂，奴婢先行告退了。"

翠儿刚要说话，裕妃便先说道："别忙走呢，本宫有事和你说。"

清风心中纳罕，于是道："娘娘请讲。"

裕妃道："刚才本宫去给太后请安，正好皇上、姚太医都在，大家便又说起本宫中毒的事情。听姚太医讲，鹤顶红是禁品，任何人不得带入宫中，就算是尚药局之内，近三十年间也未曾见过此药。所以大家推断，这药是从宫外而来的。太后一听这话，便大骂御林军无能，竟然让外人携鹤顶红进宫。这时皇上说道：'若真是如此，那婉妃又有什么能耐将药带入宫中呢？'大家一听，都觉得皇上这话有理，所以便都后悔起来，觉得对于婉妃下毒这件事情处理得太过武断了。太后于是道：'现在后悔已晚，人死不能复生，这件事情悬而未决，哀家也很痛心。不如就叫清风跟着裕妃吧，不用再做那些粗活了。'本宫一听，这岂不是好事？于是便应承下来了。不过太后始终觉得这事太过蹊跷，所以马上下旨让御林军严加防范，以免这种事再次发生。还让小玲送我回来，生怕宫里不安全。事情虽然是这么定的，但就是不知道清风你愿意不愿意了？"

清风听了这话，简直就是喜出望外，想不到自己尚未开口，婉妃这边就已经遂其所愿了，于是赶忙道："奴婢怎么会不愿意？能侍奉娘娘，是清风的福分。"

裕妃笑道："本宫与婉妃情同姐妹，定不会亏待你的。"

话音刚落，就听太监道："启禀娘娘，何侍诏求见。"

"请，"婉妃和清风道，"何侍诏是来教我学画的，你也在一旁看看吧。"说完便坐在了画案后面，翠儿与清风各站一边。

只见何奇手里拿着一本册页走进来道："微臣参见裕妃娘娘。"

裕妃笑道："何侍诏坐。"

"谢娘娘。"何奇说完一抬头，正好与清风四目相对，何奇顿时一个寒战，心中道："这丫头果然了得，昨晚刚说完要想办法和我学画，今天就已经马到功成了。"

裕妃看出何奇的心思，于是道："何侍诏想必认识清风吧？太后下旨将她赏与本宫了。以后她就是钟粹宫的人了。"

何奇忙笑道："好，好。能服侍娘娘，是她的福气。"

裕妃笑道："何侍诏过誉了。今天咱们学什么？"

何奇道："娘娘大病初愈，不宜劳心伤神，今日微臣只是将众画师所临摹的各朝画作拿来给娘娘鉴赏，希望娘娘能从中悟出些许技巧。"

裕妃道："也好，咱们四人一起看就是了。"

何奇于是坐在裕妃对面，将册页展开，只见每页上都画着各朝名画，何奇于是一幅一幅给裕妃讲解起来。

裕妃道："原画也是这般大小?"

何奇道："原作有大有小，不过是为了方便，所以都画成一般大小了。对于尺寸，娘娘不必介怀，领略其神韵才是最重要的。"

裕妃道："这里可有本朝画作?"

何奇道："还不曾收录。"

裕妃点头道："倘若真有了，何侍诏的位次必定名列前茅。"

何奇笑道："娘娘过誉了。"

裕妃突然看到了一幅山水画，于是道："这是何人所画?"

何奇看了看，说道："此乃南唐画家董源所绘的《落照图》。"

裕妃道："这幅画画得好!"

何奇笑道："娘娘何出此言?"

裕妃笑道："既然收录了，岂有不好的?"

何奇道："娘娘真会说笑。"

裕妃回头向翠儿、清风道："你们也都看一看，这幅画可好啊?"

翠儿与清风探头看了看，翠儿道："奴婢不懂，但画得这般漂亮，定是不会错的。"

清风道："依奴婢看来，这画并未得董源之神韵。"

裕妃听后一惊，看着何奇笑道："何侍诏可要仔细了，本宫这里有行家。"

何奇看着清风道："何某愿闻其详。"

清风道："董源技法，精妙非凡，但只可远观，不宜近看。远观则景物鲜明，清悠深远，近看则是杂乱无章，不成影像。这幅《落照图》虽然临摹得极像，但所用的笔法过于规整，难以体现山顶之上那落日返照的色彩，所以也就不能继承原作的神韵了。"

何奇听后，不自觉地站起道："这话是你自己说的，还是他人所教?"

裕妃道："何侍诏这话问得奇怪，这屋里谁能说出这样的话?"

清风道："这是奴婢心中所想，不过是一点小见识，若有不对的地方，还望何侍诏见谅。"

何奇摆手道："不敢不敢，何某万万没有想到，你能说出这样的话。”

裕妃道：“这话是好还是不好啊？”

“好啊，好啊，”何奇道，“有清风在旁，娘娘的画技必定进步神速。”

裕妃拍手道：“那太好了，以后便有人陪本宫作画了，免得自己无聊。”

何奇又道：“清风原来受哪位名师指点？”

清风道：“不敢，家父以前喜欢收藏丹青妙笔，实不相瞒，这幅《落照图》清风见过原作。”

何奇点头道：“那就难怪了。”

何奇于是又继续展翻册页，将里面画作之精妙处一一告诉裕妃，还不时地问问清风，清风全都能对答如流，说出其中的精要，何奇心中暗暗感叹。

何奇走时，清风将他送至宫门之外，说道：“有劳何侍诏，您慢走。”

何奇道：“何某万万没有想到，清风姑娘竟然对丹青有如此造诣，何某小看你了。”

清风道：“何侍诏这回可以放心教我了吧？”

何奇道：“只要你肯勤加练习，不出一年，便会学有所成。”

清风笑道：“清风明白了，多谢何侍诏指点。”

何奇道：“不敢，何某告辞。”说完便回画院去了。

从此清风便住在了钟粹宫，每日和裕妃一起研习绘画之道，就算是深夜众人休息时，清风仍然在自己房中研墨铺纸，勤加练习。

时光荏苒，岁月如梭，转眼便到了冬天。这日清风起床之后，只觉屋外有些不对劲，推门一看，竟然已是大雪纷飞。清风赶紧梳洗了，在衣服外面套了一件碎花皮袄，又从箱子里拿出一条兔皮围脖戴上，顺着廊子来到了西暖阁。只见翠儿正睡在外面的榻上，而裕妃也仍在睡觉，屋里面放着炭盆，倒也不觉得冷。清风悄悄走到翠儿身边推了推。翠儿睁眼见是清风，于是小声道：“怎么起得这般早？”

清风道：“不早了，外面天气阴，所以不觉得。”

翠儿道：“是吗？那我赶紧起来吧。”

“嗯，”清风道，“不着急，我去打热水来，伺候娘娘梳洗。”

这时就听裕妃在里面道：“几时了？”

清风忙道：“快辰时了。”

裕妃道：“是吗？睡得沉，倒不觉得，准备起了。”

“是。”清风答应着，出去拿了热水回来，然后倒入盆中，端到裕妃面前。

裕妃把双手放入盆中，仍旧闭着眼睛蒙蒙眬眬地说道：“天气一冷，就不想起了。”

清风道：“今天必定是冷的，外面下了雪了。”

“是吗？”裕妃笑道，“那一会儿咱们得好好去赏一赏雪景才是。”

这时翠儿端着另一盆水进来道：“娘娘洗脸吧。”

“好。”裕妃答应着，将双手从盆里拿出来，开始洗脸。

洗完之后，翠儿递过手巾，裕妃将脸擦干后问道：“你刚才出去了？外面雪大不大？”

翠儿道：“奴婢觉得挺大的，已经积了一寸多厚了。”

“是吗？”裕妃道，“看来下了一会儿了。”

紧接着，裕妃披了衣服坐在镜台前道：“梳头吧。”

“是。”清风拿起木梳，小心翼翼地将裕妃的头发盘好，然后别上各式花钗。翠儿又从箱子中找出几件稍厚的衣服给裕妃穿了，然后问道：“娘娘早饭哪里用？”

裕妃道：“去慈宁宫吧，陪太后一起吃。”

翠儿点头道：“是。”

裕妃又回头和清风道：“你在宫中等候吧，我们去去就回了。”

“是。”清风答应着，从柜子中取出一个手炉，又往里面夹了几块炭，递给了裕妃。

裕妃于是抱着手炉，上了肩舆，一路往慈宁宫去了。

清风见裕妃走了，于是便将屋里屋外收拾了一下。收拾停当后，便又觉得无事可做，于是便拿出纸笔，开始对着花瓶中的蜡梅描画起来。

起初清风所用笔法与平常无异，不过就是将蜡梅的形状用毛笔点出，三五下便画好了。可清风却觉得这等画法未免太过粗糙，与女儿之身不符。正犹豫间，忽然望见前方的窗棂，只见木窗上的图案块块相连，而中间空白处便糊上了窗纸。清风看到此处，顿时有所参悟，于是又提笔开始重画。虽然画的景物没变，但这次却用了一盏茶的工夫。清风画好后，拿起画纸来看了又看，心中甚是满意。正恍惚时，就听后面有人说道："嗯，画得好啊！"

清风吓了一跳，忙回过头去，只见柴墒站在后面，面带微笑地看着自己。清风见是柴墒，忙跪下道："奴婢叩见皇上。"

第十七回

寒冬有春意
笑面亦藏刀

由于天降大雪，寒风来袭，柴墒特地早早地下了朝，以便大臣们能够及时归家，免得受冻。临散朝前，柴墒还特地赏给每位大臣一副毛皮暖耳[①]，以作保暖之用。

出了大殿，柴墒见皇宫之中一片银装素裹，晶莹剔透，便突然想起裕妃生性最爱玩雪，于是便命太监做了个雪人，兴冲冲地来到了钟粹宫。到了宫门前，柴墒拦住太监不许通报，然后拿着雪人蹑手蹑脚地进了屋子。谁知屋中一片寂静，只有一个宫女背对着自己伏在案上写画。柴墒于是悄悄走到其身后，本想唬她一跳，可是刚要张嘴，却见一幅优美绝伦的画作现于眼前：洁净的宣纸上画着一枝蜡梅，寥寥数朵而已，有的半开不开，有的含苞欲放，有的欲遮还羞，别有一番情趣。再看这名宫女的描绘手法更是奇妙，竟然是用细笔勾勒出一个轮廓，然后再用淡淡的墨色填充进去，整幅画显得清新淡雅、超凡脱俗。

柴墒越看越高兴，不禁脱口而出道："嗯，画得好啊！"

那宫女回头见是柴墒，急忙跪下叩拜。柴墒仔细一看，这名宫女竟是婉妃身边的那个奴婢，于是道："你不是婉妃身边的那名宫婢吗？上次将婉妃画像遗落在地的也是你吧？"

清风忙道："奴婢清风，叩见皇上。"

柴墒道："平身吧。裕妃呢？"

清风站起身，回道："娘娘去慈宁宫给太后请安去了。"

---

① 毛皮暖耳：古代的耳套。

“不巧，”柴璮道，“朕还特地给他拿了雪人来。”

清风道：“那奴婢将雪人放到屋外的窗台上吧，免得化了，等裕妃娘娘回来奴婢就给她，别辜负了皇上的一片心意。”

柴璮笑道：“也是。”说完将雪人递给清风，清风于是托着雪人往外去了。

柴璮见清风出去了，便又拿起那张画看了又看，待清风进来时，柴璮道：“你这画是和谁学的？”

清风道：“裕妃娘娘跟画院的何侍诏学画，奴婢在一旁耳濡目染，所以便胡来几笔，让皇上见笑了。”

柴璮摆手道：“你骗不过朕的，何奇的画风朕清楚得很，和此风格大相径庭，你这是想欺君啊？”

清风听了这话，吓得跪下道：“奴婢句句属实，不敢胡言。”

柴璮道：“那你这画风为何与何奇大不相同呢？”

“回皇上，”清风道，“奴婢只是觉得原来的画法虽有力道，但无柔美，所以才想出来这个填充的画法，觉得这样更适合女儿家，并非有意欺骗皇上，还望皇上恕罪。”

柴璮笑道：“起来吧！朕不但不能罚你，还要赏你呢。”

清风站起身来，疑惑道：“赏奴婢？”

“不错，”柴璮道，“你这画法新奇纤细，尤其是勾勒之处，几乎见不到墨色，而施彩又非常的淡雅，给人一种恬静之感，前人之作都未曾见到有如此画法的，你说朕能不赏赐你吗？”

清风道：“谢皇上夸奖，奴婢愧不敢当。”

柴璮道：“此画法可有名字？”

清风道：“奴婢一时的主意，并未取名。”

柴璮看了看画纸，说道：“不如就叫‘设色’，如何？”

清风笑道：“皇上说是什么就是什么吧。”

“也罢，就叫‘设色’吧。明日朕就召集画院画师，让他们看一看这设色之作。”说完便坐到画案后说道，“有茶吗？朕想吃茶。”

“奴婢这就给您去烹。”清风说完便出去了。

柴璮看了看案上的纸笔墨砚，于是也铺开一张画纸，刷刷点点地画了起来。清风再进来时，一幅墨竹便已经完成。

清风将兔毫盏放到柴璮面前道：“皇上请用茶。”

柴墒点了点头，端起茶盏吃了一口。

“好挺拔俊美的竹子。”清风笑着说道。

柴墒笑道：“这你也懂？”

清风道：“何侍诏给我们讲过。”

柴墒道：“当真？何奇怎么说的？”

清风道：“何侍诏说，想要画好竹子，必须先要写得一手好字，竹子的美是写出来的，不是画出来的。”

柴墒道：“何奇说得没错。”

清风道：“可惜奴婢的字难看得很，只怕这辈子也写不好了。”

柴墒道：“凡事勤加练习，必定会有所成就。”

清风道：“奴婢一介女流，不期望能有什么成就。”

柴墒道：“人生在世，不可妄自菲薄，前途如何，岂能人人预料？今日所为，乃是他日的准备，否则一生碌碌无为，岂不可惜？”说完一仰头将盏内的茶都吃尽了。

清风道：“奴婢谢皇上教诲。”

“来，”柴墒一把拉住清风道，“朕教你。”说完便起身让清风坐下。

清风吓得忙摆手道：“不可，不可，哪能让皇上站着而奴婢坐着呢？”说完边往后退。

柴墒道：“朕让你坐你就坐！”说完便将清风按到了椅子上。

清风无法，只能拿起笔来。柴墒则在后面握住清风的手，在纸上边写边说道：“书法之道，贵在匀称自然，你是初学，切忌心浮气躁，一笔一画，一放一收，都要有章可循，尤其每字最后一笔，定要回笔才成，所谓有始有终，做人也是一样。”一席话说完，纸上赫然一个“首”字。

清风回头笑道：“果然好看。”

柴墒看着清风白嫩的脸庞，突然觉得有点心神荡漾，于是笑着问道：“你今年多大年纪？”

“十六。”清风道。

“怪不得这般水嫩。”柴墒笑道。

清风听了这话，顿时脸红道：“皇上说笑了。皇上再教奴婢写两个字吧？”

柴墒道："你要学哪两个？"

清风道："奴婢的名字，'清风'二字。"

"好。"柴墒答应着，仍旧握着清风的手，在纸上开始写了起来。正写时，柴墒突然觉得一阵眩晕，并且感到身上有些燥热，于是他放开了清风的手，用指头掐了掐睛明穴，然后仍旧手把手地教清风写字。谁知第二个字还没有写完，柴墒便觉得清风身上的香气仿佛越来越浓，于是不自觉地将鼻子贴到清风白净的脖子上，急促的鼻息让清风觉得有些痒痒。

清风觉察出来异样，娇滴滴地说道："皇上，您手心冒汗，这字写得也有些散乱了，是不是身上不舒服？奴婢服侍您休息一会儿吧？"

柴墒咽了咽口水道："也好。"于是便扶着清风进了暖阁。

清风帮柴墒脱下朝服，摘掉帽子，服侍其躺下后，便将被子盖在柴墒身上。

此时柴墒已经是燥热难耐，浑身上下犹如火球一般，而清风仍旧不紧不慢地将被子整理好，然后说道："皇上您休息吧，过会儿奴婢叫您。"说完便要出去。

柴墒一把拉住清风道："不要出去，陪着朕。"

清风道："是，奴婢等皇上睡了再走。"说完便坐在了床沿上。

柴墒道："进到被子里来。"

清风惊道："奴婢不敢。"

柴墒道："怎么？想抗旨？"

清风道："奴婢不敢。"说完便将外衣脱了，然后钻进了柴墒的被子。

柴墒望见此时清风的脸色绯红，娇嫩可爱，于是便搂住道："这里暖和吧？"

清风红着脸道："皇上，这被窝里好像有根棍子，硬邦邦的。"

"那是龙根啊！"此时柴墒再也忍不住了，一翻身，将清风压在了身下。

晚间时，雪渐渐地小了，裕妃靠在门边，看着窗台上的雪人，笑着问清风道："皇上真有意思，怎么像个小孩儿似的，还做起雪人来了？"

清风道：“皇上知道娘娘喜欢雪，所以特地给娘娘做的，换作别人，皇上就未必了。”

裕妃点了点头，叹气道：“可惜终究是要化的。”

清风道：“娘娘这点都想不开？这世上哪有长久的东西呢？花开花谢，日升日落，不都是一样。娘娘至少还得了个雪人，有的人一辈子也未必能得到呢?”

“越来越会说话了。”裕妃刚说完，就见养心殿的太监捧着个锦盒进了钟粹宫。

那太监来到裕妃面前，躬身道：“奴才叩见裕妃娘娘。”

裕妃道：“有事吗?”

太监道：“皇上命奴才带来一套文房四宝赠予娘娘，另有一个核桃木的笔架，是赏给清风的。”

裕妃笑道：“臣妾多谢皇上赏赐。“

清风也忙说道：“奴婢谢皇上赏赐。”

裕妃道：“放屋里吧。”

“是。”那太监将锦盒放到桌上便转身离去了。

裕妃打开锦盒看了看，将笔架拿出来递给清风道：“拿着吧，皇上赏赐的。”

清风接过笔架道：“想不到奴婢还有这等福分，能接到皇上的赏赐。”

裕妃道：“还不是你蜡梅画得好吗？皇上的丹青造诣不在众画师之下，竟然对你的画推崇备至，可见你画得不错，该赏的。”

清风道：“歪打正着罢了。”

话音刚落，就听太监进来道：“启禀娘娘，皇后娘娘驾到。”

裕妃一听，急忙带着翠儿与清风在厅中站好，只见皇后带着碧云笑眯眯地走了进来，说道：“冻死本宫了。”

裕妃忙道：“参见皇后娘娘。”翠儿与清风也都赶紧拜见过了，然后帮着碧云将皇后披的大氅脱了下来，搭在了旁边的衣架上。

皇后拉着裕妃坐了，笑道：“这两天没见到妹妹，心中甚是想念，所以过来看看。”

裕妃道：“嫔妾也好久没见皇后娘娘了，每次去给太后请安，您不是已经走了，就是还没到呢，总也赶不到一块。”

皇后道："要本宫说呢，每次请安的时间都定下来才省事呢，这样一起去了，既热闹一些，太后也不用老惦记着，休息都休息不好了。"

裕妃道："还是皇后娘娘想得周到，明日咱们就和太后说去。"

皇后点了点头，回身和碧云道："拿来。"

"是。"碧云答应着，将一个锦地白花的纸盒放在了桌子上。

皇后将盒子打开，只见里面是一顶貂皮的"卧兔"①，皇后道："这是前几天高丽进贡的，本宫虽然喜欢，但是戴上之后不好看，本宫倒觉得妹妹的皮肤光洁白滑，与这貂皮的光亮相得益彰，所以还是决定赠予妹妹吧。"

裕妃道："多谢皇后娘娘赏赐。"

皇后道："客气什么。"说完便看着裕妃，好像有话要说，可却欲言又止。

裕妃看了出来，说道："皇后娘娘莫非有什么事情要说吗？"

皇后看了看左右，说道："本宫想和妹妹说点私事，但又不好意思张口。"

裕妃笑道："嫔妾明白的。"说完向翠儿和清风使了个眼色，二人会意，便躬身退了出去。

皇后见二人走了，于是道："皇上这两天可来妹妹这里过夜吗？"

裕妃道："三天以前来过。"

皇后点头道："妹妹可用什么办法为皇上助兴了吗？"

裕妃道："助兴？皇后娘娘是指弹琴？"

皇后忙小声笑道："你怎么还像个孩子似的？"

裕妃笑道："嫔妾不明白皇后娘娘的意思。"

皇后和碧云道："拿来。"

"是。"碧云于是从怀中掏出一张纸递给了裕妃。

裕妃接过纸张，展开看了看，只见上面写着一连串的名字，裕妃于是念道："淫羊藿、起阳石、鹿茸、海马……"还要往下念时，却被皇后拦住道："妹妹看着就成了，不用念出来。"

裕妃道："这是什么？"

---

① 卧兔：古时女人所戴的毛状装饰物。

皇后道："妹妹当真不知道？"

裕妃摇头道："看着倒像是药材。"

皇后道："不错，是药材，这些药材只要搭配得当，便可以做出春药了。"

裕妃听了，顿时脸红道："皇后娘娘，您拿这些给嫔妾干什么？"

皇后道："本宫身为皇后，后宫之事当然要事事注意了，不过本宫真的没有想到，后宫之中竟然有人这么大胆，竟然敢擅自前往尚药局抓药，而且所用药物性情之猛烈，更是让本宫大为震惊。"

裕妃道："但不知道是什么人有这么大的胆子？"

皇后道："尚药局的太监告诉本宫说，两天前妹妹这里的清风，曾经去过尚药局，这张单子就是她拿过去的。"

裕妃惊道："是她？"

皇后冷笑道："妹妹当真不知道？"

裕妃道："臣妾真的不知道。"

皇后道："本宫觉得未必吧。她一个小小的奴婢，怎么敢有这样的胆量？就算有，她一个没有念过书的孩子，又岂能将这东西写出来？就算能写出来，又怎么通晓这些药的药性呢？所以本宫怀疑，是妹妹在背后指示吧？"

裕妃忙站起身道："真的不是嫔妾，嫔妾又不懂得医道。"

皇后也站起身道："妹妹当本宫是傻子不成？不要以为本宫不说就代表不知道，你们能问魏清荷，难道本宫就不能问姚太医吗？每日尚药局为太后所煎的药，只怕都是被皇上喝了吧？本宫装作不知，只是不想撕破脸皮，让皇上难堪。但是本宫万万没有想到，妹妹倒是心急得很啊，难道是觉得魏清荷的药效太慢了不成？竟然想用虎狼之药逼皇上就范吗？"

裕妃道："嫔妾从不说谎，皇后娘娘如若不信，嫔妾也是无话可说。"

皇后笑道："只要妹妹不承认，本宫也没有办法。谁让妹妹有太后撑腰呢。本宫明白，妹妹想早点怀上龙裔，这样就能坐上本宫的位子了，不是吗？"

裕妃没想到皇后说得这么不留情面，说变就变，于是道："嫔妾从没有想过要当皇后。"

皇后道："好话谁不会说呢？但本宫有言在先，就算妹妹真的能怀上龙裔，也不见得能变成皇后。想夺本宫的位子，没有那么容易！"说完便一甩衣袖，转身去了。

裕妃见皇后走了，又慢慢地坐回椅子上发呆出神。裕妃从小娇生惯养，从没被人冤枉过，刚才被皇后一通数落，便觉得有无限委屈，于是呜呜咽咽地哭了起来。

这时翠儿与清风进了屋来，一见裕妃正坐在那里啼哭，便赶紧过来道："娘娘，您这是怎么了？"

裕妃摆手道："没事。"

翠儿道："莫不是皇后欺负您了？"

裕妃也不说话，只是将桌子上的纸摔在清风面前道："你说，这是怎么回事？"

清风将纸拾起来一看，大惊道："这纸娘娘是从何而来？"

"你还说呢，"裕妃道，"你要这些做什么呢？"

清风道："奴婢罪该万死，奴婢这就去坤宁宫向皇后请罪。"说完便要走。

裕妃拦住道："别去了。皇后不曾以为是你的错，她认定是本宫叫你去拿的。"说完便将刚才的事情讲了一遍。

清风道："奴婢知错了，奴婢并不知道这些药是做春药用的，奴婢只知道将这些药埋在蜡梅树下的话，可以将花期提前，别的奴婢一概不知啊！"

翠儿道："皇后也太过嚣张了，明知您是太后的侄女，竟然还敢这样出言不逊。娘娘，咱们这就告诉太后去，让太后给您出这口气。"

裕妃道："算了，这事本宫不想再提了。"

翠儿道："难道就这么算了？"

裕妃道："不过就是一场误会罢了，本宫不想为这种小事去劳烦太后的。本宫乏了，想歇息了。"说完便进了暖阁。

清风与翠儿于是服侍裕妃卸妆宽衣，裕妃上床之后说道："今日之事，不要向外人提及，知道吗？尤其是太后和皇上。"

清风与翠儿忙答应道："奴婢知道了。"

裕妃点了点头，翻身朝里睡了。

第十八回

朝堂终有乱
暖阁会贤良

皇后回到坤宁宫后，碧云道："娘娘，您说裕妃会不会去向太后告状呢？"

皇后笑道："本宫从来不做没有把握的事情，裕妃虽然从小娇生惯养，但并不刁蛮任性，反而是个单纯善良之人，她知道皇上治病之事越少人知道越好，所以绝对不会声张的。"

碧云道："想不到裕妃也会做出这等事来。"

皇后道："女人终归还是女人啊。但本宫觉得未必就是裕妃本人的主意。"

碧云道："皇后娘娘的意思是？"

皇后道："定是清风那个小贱人要的花招，当初婉妃之所以能够被皇上宠幸，就是因为这个清风从中使计。本宫说过，她要是老老实实的还好，否则本宫绝对不会饶了她。"

碧云道："娘娘您多虑了，她一个奴婢，没有什么机会兴风作浪的。"

皇后点头道："说得是，不过就是裕妃身边的一条狗。"说完连打了两个呵欠。

碧云道："天也不早了，奴婢服侍您宽衣就寝吧？"

"嗯。"皇后答应着，坐到镜台前卸了残妆。

第二天晌午，何奇照旧来到钟粹宫中。裕妃与何奇面对面坐了，说道："何侍诏今日教习什么？"

何奇笑道："微臣今日不是来教习的，而是来拜师的。"

裕妃笑道："何侍诏这话本宫不明白了。"

何奇道："昨日清风所作的《蜡梅图》，画院上下都已经看过了，众人都赞叹不已，就连刘学正也是佩服得哑口无言，要不是皇上亲口所讲，说什么也不相信此画是一个宫女所绘。今日微臣来，就是想让清风将此画法传授与我。"

裕妃看了看站在一旁的清风，笑道："难得你有这般才能，还不快告诉何侍诏?"

清风道："何侍诏过誉了，奴婢愧不敢当，这画法不过是一时想出来的，也没有技法可言。"

何奇道："但是皇上对它却推崇备至啊！亲自下旨命名为'设色'，而且还说，以后宫中的一应装饰，都已设色为主。你去看看，现在画院中每个画师都在研习设色之法呢！只怕将来这技法能够传至百年也未可知。"

清风道："何侍诏说笑了，奴婢这个技法，但凡是精于丹青者一看就知道是怎么画的，只是之前想不到罢了。"

何奇道："这话没错，但终究你是第一人啊。"

裕妃道："好了，好了，倒都谦虚起来了，说得本宫都想学了。"

何奇道："那就请清风当场演示，大家也好从中受益啊。"

于是众人展开画纸，研墨润笔，开始研习起来。

正画时，就听太监通禀道："皇上驾到!"

众人听了，慌忙迎了出去。只见柴璹大踏步地走了进来，见到众人笑道："今天好热闹。"

众人叩拜之后，裕妃笑道："难得今天皇上过来。"

柴璹道："嗯，朕心中烦闷，特地过来看看。"

裕妃忙抱住柴璹的胳膊说道："皇上烦什么？与臣妾说说?"

柴璹摇头道："和你说了也是无用。"

裕妃道："是啊，臣妾一个妇道人家，懂得什么?"

柴璹道："你懂得琴棋书画，足矣!"

裕妃笑道："正是呢！我们几个正在研习设色之法。"

柴璹听了这话，抬眼看了看清风，清风一直含情脉脉地注视着柴璹，此时见柴璹看她，顿时红了脸，将头低了下去。

柴璹和清风道："设色之法虽说清新淡雅，但终究少了富贵堂皇之气，朕打算让画院的画师们加以改进，更加突出皇室风范才好。"

清风道："皇上说得是，既是皇上喜欢的画法，必然要多些王者之气的。"

柴璃道："你们继续画吧，好像朕打扰了你们似的。朕在一旁吃茶。"说完便捡了把椅子坐了。

众人虽说有些不自在，但还是继续在画案前研习。翠儿将煮好的茶端到柴璃面前，柴璃一边吃茶，一边心不在焉地看着众人忙碌。

一碗茶尚未吃完，就见一名太监进来道："启禀圣上，太后请您去慈宁宫一趟。"

柴璃道："告诉太后，一个时辰之后便到。"

太监有些为难，但还是小声说道："皇上，太后让您现在就去。"

柴璃大声道："混账！朕说话你没听见吗？按朕说的去回太后！"

太监急忙跪下道："太后和奴才说，让皇上与奴才一同回慈宁宫。"

柴璃听了这话，扬手将茶盏往地上一摔，大声道："岂有此理！朕的话你都当作耳旁风吗？"

裕妃见柴璃生了气，忙过来道："皇上息怒，他一个奴才，只是回话而已，不去就不去了吧。"

话音刚落，就听门外道："不去可以，那哀家自己来总行了吧？"

众人一看，只见太后扶着小玲走了进来。柴璃忙上前道："儿臣参见母后。"随即其他人也都躬身拜见了。

太后点了点头，说道："皇帝越发长脾气了，哀家都已经叫不动你了。"

柴璃忙赔笑道："母后说的哪里话？儿臣不过是有些累了，想歇歇再去。"

太后道："皇帝累了，那哀家大冷天的从慈宁宫过来就不累吗？累了本该歇息，这个哀家也知道，但有的人不准咱们休息的，皇帝岂能是不知道的？"

柴璃忙道："儿臣知道，儿臣也在为此事烦心。"

太后看了看屋子里的人，说道："哀家有话要与皇上说，你们通通退下。"

"是。"裕妃答应着，带着屋子里的人都退了出去。

太后道："现在就咱们娘儿俩，没什么不能说的。哀家想知道，皇帝是怎么想的。”

柴璥道：“儿臣现在心乱如麻，想不出什么。”

太后道：“大难临头，怎么能没有想法？群臣已经在朝堂之上将你无有子嗣的事情落为把柄，随时可能逼皇帝退位，皇帝现在虽有兵权，但毕竟根基不稳，难以和宁王抗衡，到时候群臣拥立宁王，只怕皇帝你就无有还手之力了。”

柴璥道：“君临天下，岂能以兵力多寡论成败？自朕登基以来，国泰民安，五谷丰登，百姓安居乐业，一片歌舞升平，他们凭什么逼朕退位？只怕是师出无名，百姓也不会答应的！”

太后大笑道：“皇上太过孩子气了！‘兵权所在，则随以兴；兵权所去，则随已亡’，手握兵权乃是重中之重。皇上你想一想，当初哀家拉拢兵部尚书许大人拥立你为皇帝时，百姓不是一样安居乐业？只要百姓过得好，他们不会去管谁当皇帝的。再者说，就算百姓拥护你，外人不敢来犯，那哀家问问皇帝，你可否长生不老呢？”

柴璥摇了摇头。

太后道：“既然终有不在的一天，那这江山再好，如果无有子嗣，皇帝还不是要将它拱手让给他人？”

柴璥道：“朕不是一直在治病吗？总有一天会有子嗣的！”

“可大臣们现在就想看到太子！”太后道，“他们需要一个多子多孙多福寿的皇帝，而宁王恰恰有这个条件。一来他是先帝贵妃之子，身份不低；二来他手握重兵，实力雄厚；三来他正值壮年，精力充沛；四来他膝下已有两子一女，足以延续香火。你比得过他吗？当初要不是他远离京城，身处边塞，你哪有机会坐上龙椅？现而今大臣们看到你无有子嗣，就等于看不到朝廷今后的命运，他们想去扶持能继承大统的人，但根本找不到机会。不过宁王却可以满足他们的要求，一旦宁王起兵造反，这些见风使舵的大臣定会倒戈相向，投靠宁王，到时咱们母子是生是死，应该是不言而喻了。”

柴璥听了这话，叹了口气道：“难道满朝文武，没有一个人可以替朕分忧吗？”

太后道：“疑难杂症，必须要对症下药，朝中大臣，并非病症所在。只要宁王不起兵造反，皇帝的江山就能够稳固。皇帝登基年头不长，所以兵力不足，只要假以时日，兵强马壮之后，就不用再怕宁王了。如果再能有一个太子，那这大好河山，必定会千秋万代，永世长存。”

柴墒道：“母后说得对，但怎么能保证宁王不造反呢？”

太后道：“人生在世，无非追逐‘名利’二字，只要皇上能够以名利稳住宁王，自然就能安枕无忧。”

柴墒道：“只怕是人心不足蛇吞象，宁王不会善罢甘休。”

太后道：“皇帝和宁王皆是先帝之子，哀家从小看着你们长大，知道你们的个性。宁王虽有实力谋反，但他却是贪图安逸之人，并不想为权力争斗，否则他应该趁你根基不稳，刚做皇帝时候就起兵发难才对。”

柴墒点头道：“母后说得是，儿臣知道怎么办了。”

太后叹气道：“其实哀家最悬心的并非此事。”

柴墒道：“母后的意思是？”

太后道：“这几日大臣们突然有所行动，而一向按兵不动的宁王好像也是有所呼应，哀家只怕这中间有人搭桥牵线啊。”

柴墒道：“母后是说这件事情的背后有个主谋？”

“不错，”太后道，“大臣们之所以蠢蠢欲动，归根到底是因为皇上无有子嗣。之前大臣们虽然怀疑皇上不能生育，但都还只是默默观望。这次之所以能够明目张胆地反对皇上，一定是肯定了皇上不能生育这件事情。这宫中知道此事的无非就是皇上自己还有哀家，要不就是皇后还有裕妃，再者就是魏清荷了。”

柴墒道：“母后是说此事祸起萧墙？”

太后笑道：“哀家也只是随便猜疑罢了，不足为凭。”

柴墒道：“不过母后说的确实有几分道理，这件事情不能不查啊。”

太后道：“反正皇帝当务之急就是先安抚宁王，其他的事情以后再说吧。而且宁王造反这件事，说到底还只是传闻，并没有得到证实，所以回旋的余地大得很啊。”

柴墒点了点头，看着太后道：“想不到朕如今成了一国之君，竟然还要让母后每日提心吊胆，真是不孝。”

“皇帝言重了，从古至今，帝王都是要操心劳累的，那些只顾每日欢愉的，到头来都是亡国之君罢了，”太后说完赶紧转了话题道，

“刚才看你们好像正在作画呢，恐怕是哀家打搅你们了吧?”

柴璃笑道：“母后说笑了。裕妃学画罢了。”

太后道：“那就叫他们过来吧，要不该埋怨哀家了。”

柴璃笑道：“他们哪里敢?儿臣送您回去休息吧，天怪冷的，叫他们自己闹去。”

“好吧，哀家是想回去躺一会儿。”太后说完扶着柴璃，叫了小玲，辞了裕妃等人出了钟粹宫。

柴璃等人到了慈宁宫宫门时，只见魏清荷立于宫门之外。魏清荷见了柴璃等人，忙迎上去道：“微臣叩见太后、皇上。”

太后一边进了宫门一边道：“你来做什么?”

魏清荷跟在身边道：“微臣前来送药。”

太后道：“每日不都是尚药局送来吗?怎么你亲自前来呢?”

魏清荷笑道：“臣已换了方剂，怕他们讲不明白，还是亲自来得好。”

三人说着进了暖阁，太后道：“换了什么方剂?”

魏清荷忙从怀中掏出个琉璃瓶来放于案上道：“皇上服用汤剂已经有段日子了，臣上次为皇上把脉，觉得脉象平稳，跳动有力，急而不乱，缓而不迟，比臣预想的日子提前了数月有余。”

太后大喜道：“那魏太医的意思是后宫嫔妃怀有子嗣的日子指日可待了?”

魏清荷笑道：“多则一年，少则六个月，倘若在放宽些期限的话，怕是当下也是可以的。”

“好啊!”太后笑道，“他日后宫嫔妃怀有龙裔之时，就是哀家重赏魏太医之日。”

“谢太后，”魏清荷道，“这瓶里是丸药，从今日起，皇上每日服一粒即可，不用再服汤剂了。”

柴璃道：“这是为何?”

魏清荷道：“汤剂最易融进五脏六腑，所以初病之时，易使用汤剂，因为见效快些。如今皇上身子已经调和得差不多了，用丸剂调养就足够了。再说每日有汤药送进慈宁宫，也容易引人怀疑的。”

太后道：“说到有人怀疑，哀家想要问问魏太医，皇上调养身子这件事，魏太医有没有告诉过其他人呢?”

魏清荷忙道："太后何出此言？魏清荷知道事关重大，怎敢告诉别人？请太后明鉴。"

太后笑道："哀家不过是问一问，魏太医无须慌张。魏太医对皇上忠心耿耿，哀家心里一清二楚，他日论功行赏，皇帝必定不会亏待了魏太医。"

魏清荷道："谢太后、皇上。微臣赤胆忠心，日月可鉴。"

太后点头道："哀家知道了。哀家还要和皇帝有话说，你先退下吧。"

"是。"魏清荷连忙躬身退了出去。

柴墒见魏清荷出去了，于是说道："莫非母后怀疑是魏清荷不成?"

太后道："皇帝想一想，皇后和裕妃都是自己人，只要是威胁到皇帝的事情，必定也会牵连到她们，所以这两人不会暗中陷害你的。"

柴墒道："不过朕觉得魏清荷没这个本事。"

太后点头道："魏清荷不过是一个太医，怎么可能有这样的本事，再说他的话别人也未必相信。"

柴墒皱眉道："那能是谁呢?"

太后道："纸里包不住火，那个人迟早会露出马脚的，当务之急还是稳住宁王要紧。"

柴墒道："听闻御史中丞林斗勋与宁王交情深厚，朕想派他去安抚宁王，母后觉得可行否?"

太后想了想，说道："林斗勋为人正直，先帝在世时对其偏爱有加，皇上初登大宝的时候，他虽然没有公开支持，但亦没有公然反对，而今仍旧是兢兢业业，为百姓谋福。让他去安抚宁王，的确是个合适的人选。"

柴墒道："那好，事不宜迟，朕这就召见林斗勋进宫面圣。"

圣旨传出两个时辰后，林斗勋从玄武门进了皇宫。路过御花园时，只见三五宫女簇拥着一个女子迎面走了过来，林斗勋定睛一看，认出是皇后，急忙上前道："臣参见皇后娘娘。"

皇后笑容满面道："林中丞不必多礼，您这是要进宫面圣吗?"

林斗勋道："不错。"

皇后道："看来皇上有急事啊，等不及明日早朝就召您进宫来了，这天寒地冻的，林中丞上了年纪，可要小心着身体。"

林斗勋道："谢皇后娘娘记挂。"

皇后道："皇上召见林中丞所为何事啊？"

林斗勋看了看皇后，笑道："皇上召见微臣定是商议政事，国事，大事了。"

皇后听了这话，笑道："林中丞是在提醒本宫记着祖训'后宫不得干预政事吗？'"

林斗勋道："臣不敢。"

皇后道："本宫不过是在此偶遇林中丞，本想随便说说话，看来林中丞没这个兴趣啊。"

林斗勋道："微臣倒觉得皇后娘娘并非在此偶遇本官。"

"哦？"皇后道，"这话怎讲？"

林斗勋道："时值冬季，万物凋零，御花园中只剩枯枝败叶，现在已是黄昏，皇后娘娘来此作甚？莫不是专程来等微臣的吧？"

皇后道："林中丞多心了，御花园虽然万物凋零，但尚有青松挺立，蜡梅迎霜，如此美景，本宫是不会错过的。"

林斗勋笑道："看来是微臣多想了，既然皇后娘娘有如此雅致，那微臣不便叨扰，先行告退了。"说完便往养心殿去了。

皇后看着林斗勋的背影，气道："混账！白让本宫在这里挨冻了这么久！回宫！"众人于是搀扶着皇后回了坤宁宫。

林斗勋到了养心殿之后，柴墒满面笑容地拉着他进了暖阁，只见暖阁中摆着一个檀木方桌，桌子上面放着各式酒菜，柴墒笑道："林中丞坐吧。"

林斗勋道："皇上尚未用膳？臣可以在外等候。"

柴墒笑道："就你我君臣二人，哪里来的这许多规矩？快坐。"说完将林斗勋按在了椅子上。

柴墒回身和太监道："你出去吧，我们自斟自饮。"

待太监出去后，林斗勋道："皇上召臣前来，不知所为何事？"

柴墒道："你我君臣虽然每日相见于朝堂之上，但都没有机会促膝长谈，今日虽说不是'晚来天欲雪'，但也算得上是'红泥小火炉'了。"说完柴墒斟了一杯酒放在林斗勋面前，"不知林中丞'能饮一杯无’?”

林斗勋忙端起酒杯道：“谢皇上。”说完一饮而尽。

柴墒笑道：“林中丞好酒量。”

林斗勋道：“不敢。臣一向不胜酒力，但皇上斟酒，臣就算醉死也要喝的。”

柴墒道：“林中丞对一杯酒尚且如此，倘若朕有求于你，想必中丞也不会拒绝吧?”

林斗勋看了看柴墒，说道：“皇上是想让微臣安抚宁王?”

柴墒心中一惊，但还是故作镇定道：“林中丞何出此言?”

林斗勋道：“如若不是为了此事，皇上也不会召见微臣前来的。今早在朝堂之上，众大臣已经是乱作一团，微臣看得清清楚楚。皇上登基仅仅数年而已，根基不稳，又无有子嗣，心怀叵测者难免会虎视眈眈。”

柴墒叹气道：“知我者林中丞也。看来朕的心思你已经完全知晓了。”

林斗勋道：“虽然大臣们议论纷纷，但毕竟只是说说闲话而已。真正能威胁到皇上的，就只有宁王了。宁王既有封地，又有军队，若是起兵造反的话，必定来势汹汹，难以阻挡。皇上知晓我与宁王关系深厚，所以希望微臣去安抚宁王，使其衷心依旧如初，可是这个道理?”

柴墒笑道：“朕还没说，林中丞便已知晓。不错，朕就是想让你去安抚宁王，免得到时兵戎相见，百姓受苦。”

林斗勋道：“其实臣早有此意，就算皇上不说，臣也会请旨前往。”

柴墒道：“当真?”

林斗勋道：“林斗勋乃是皇上的臣子，理当为皇上分忧，为天下百姓谋福。皇上与宁王是兄弟，也不该兵戎相见。自皇上登基以来，百姓安居乐业，丰衣足食；官员清正廉洁，兢兢业业。倘若真有战事的话，天下又会陷入兵荒马乱之中，最终遭殃的还是百姓。微臣不想百姓无端受难，所以请旨前去安抚宁王，以保天下太平。”说完便跪倒于地。

柴墒忙伸手相搀道：“林爱卿请起。朕万万没有想到，爱卿如此忧国忧民，真乃是本朝之福啊！事成之后，朕一定重重有赏。”

林斗勋道：“此乃臣分内之事，不求赏赐。”

柴墒道：“赏罚分明，乃是为君之道，林爱卿不必客气了。”

“是，臣知晓。”林斗勋说完这句话之后好像有些欲言又止，柴墒看出他有话要说，于是道：“林爱卿是不是有话要说？现在就你我君臣二人，畅所欲言就是了。”

林斗勋道：“皇上恕臣斗胆，臣有一事不明，还望请教。”

柴墒道：“说。”

林斗勋道：“不知圣上何时能有龙裔在旁？”

柴墒听了这话，厉声道：“大胆！这也是你问的？”说完便愤怒地看着林斗勋。

第十九回

危难自有忠臣救
尸骨终究现世间

林斗勋知道，宁王要起兵造反虽然只是个传闻，但绝对要“宁可信其有”，因为宁王确实有借口造反。这个借口就是——柴墒膝下无子。手握重兵是可以造反，但毕竟师出无名，恐被耻笑。若以延续江山为由的话，便容易了许多。所以林斗勋斗胆问了柴墒最忌讳的问题。不出所料，柴墒果然是大发雷霆。林斗勋忙解释道：“皇上恕罪，臣这么问也是迫不得已。宁王之所以蠢蠢欲动，就是因为皇上无有子嗣啊。微臣有信心安抚宁王，但毕竟只是一时之用，不能稳固千秋。倘若皇上能有一个太子，那要比一百个林斗勋还要管用。”

柴墒长舒了一口气道：“朕又何尝不知道呢？以前朕讳疾忌医，不肯医治，才导致群臣议论，宁王密谋。不过朕已经服药许久了，御医说一年之内，必会有嫔妃怀有龙裔的。”

林斗勋笑道：“有了皇上这句话，臣更是信心百倍。此一去定能说服宁王，保我主千秋万代。”

柴墒端起酒杯道：“那朕就预祝你马到成功。”说完君臣二人对饮起来，大醉方休。

自即日起，柴墒夜夜留宿坤宁宫或是钟粹宫，只希望尽快让皇后与裕妃二人怀有龙种。谁想只过了半月，柴墒便觉得头昏脑涨，懒言少语，腰膝疼痛，就连房事也渐渐力不从心了。魏清荷听说之后，急忙来到了养心殿，望闻问切之后，魏清荷道：“皇上，所谓欲速则不达，切忌心急啊。本来元气已经恢复，但皇上没有节制，使得元气散乱，肾精不敛，以致精神有损，祸及五脏。倘若再这样下去，只怕会前功尽弃啊。”

柴墒道：“照魏太医所言便是了。”

魏清荷道：“那微臣还是派人每日将药放去慈宁宫？”

柴墒道：“朕不想偷偷摸摸的，有病就是需要治的，瞒得什么？将药送至这里就成了。”

“是。”魏清荷答应了，于是重新为柴墒开了方子。

这日初一，皇后定下要去圣寿寺礼佛，穿戴整齐后，皇后便到慈宁宫向太后辞行。太后道：“皇后这次去，要诚心诚意，以求佛祖赐予龙裔啊。”

皇后道：“臣妾遵命。臣妾也会为裕妃祷告，以助妹妹也能早得贵子，为皇室传宗接代。”

太后点头道：“好。你去吧。”

皇后于是出了皇宫，乘着凤辇，一路到了圣寿寺。来至山门前，圣寿寺方丈奉真和尚早已等候多时。奉真和尚不但精通佛法，而且善于医术，姚太医正是奉真和尚的徒弟。皇后知道奉真和尚是得道的高僧，就连皇室也要敬他三分，于是笑着说道：“许久未见大师，越发的神清气爽，慈悲之相了。”

奉真笑道：“阿弥陀佛！皇后娘娘说笑了。贫僧一把老骨头了，只怕是身子轻，一口气就吹散了。”

皇后捂嘴笑道：“大师说笑了。”说完便进了山门。

奉真于是陪着皇后到各个大殿礼佛参拜，然后又在禅房中用了素斋。用斋完毕后，奉真道：“想必皇后娘娘身子也乏了，就请在这禅房中休息片刻吧，贫僧先行告退。”

皇后道：“有劳。”于是将奉真送出禅房，身边只留下碧云一个人侍候。

碧云将一碗茶端到皇后面前道：“皇后娘娘请。”

皇后道：“刚才我们参拜时，你可去寻到那人了？”

碧云道：“寻到了，这时候也该来了。”话音未落，就听有人敲门。碧云笑道：“来了不是？”说完走过去将门打开。

只见一位翩翩少年站在门外，那少年抬脚进到屋里，躬身道：“文龙叩见皇后娘娘。”

皇后道：“罢了，快坐吧。”

“谢皇后娘娘。”文龙说完便坐在了皇后下首。

皇后笑道：“几年不见，越发的俊俏了。”

文龙道：“皇后娘娘说笑了。”

“今年多大了？”皇后问。

文龙道：“十九。”

皇后笑道：“也是男大当婚的年纪了。可有中意的？”

文龙道：“没有。”

皇后假装生气道：“这个宁王也真是的，得了个少年才俊的，便百般留在自家身边，连婚也不让结了吗？”

文龙道：“皇后娘娘误会了，文龙十五岁时便已经不在宁王府上了，只不过每日过去议事而已。”

皇后忙说道：“本宫开玩笑的，文龙不要当真。”

文龙道：“不敢。”

皇后道：“宁王最近身体可好？”

文龙道：“依旧硬朗如初。”

皇后点头道：“那就好，宁王正值盛年，应该干一番事业才对，本宫寄去的信，想必宁王已经收到了吧？”

文龙道：“宁王确实收到了，而且也有所行动，想必皇上与众大臣都有所察觉了吧？”

皇后道：“连本宫都已经有所察觉了。但不知道为什么，这几日好像又没有动静了。”

文龙道：“实不相瞒，皇后娘娘信中的计策确实非常不错，宁王看过之后，也觉得此时接替皇位乃是一个良机，不能错过。谁知娘娘的信寄来没有多久，林斗勋的信也便到了。信中林斗勋言辞犀利，态度诚恳，辨明利弊，审时度势，宁王看过之后便有些犹豫。娘娘您知道，林斗勋与宁王关系亲厚，犹如挚友，有林斗勋相劝，恐怕宁王不会轻举妄动了。再说林斗勋已经亲自去找宁王了，只怕宁王这次是不会出兵了。”

皇后听了这话，脸上一片阴沉，冷笑道：“好个林中丞，果然是个忠臣啊，关键时刻坏了本宫的大事。”

文龙道：“皇后娘娘不必生气，只怕宁王起兵是迟早的事情。”

“哦？”皇后道，“此话怎讲？”

文龙道："皇后娘娘信中已经言明，皇上无法让后宫嫔妃怀有子嗣，若真是如此，宁王拥兵自重，迟早会将这江山社稷据为己有的。本来就没有其他人可以来抢啊。"

皇后叹气道："皇宫太医院名医众多，这区区病症如何难得倒他们？只怕一年之内，这江山社稷便会后继有人了。"

文龙想了想，说道："其实文龙心里并不赞成宁王起兵。"

皇后道："这是为何？你是宁王的亲信，若宁王有朝一日能够君临天下，你岂不是就要做万人之上的大官吗？"

文龙笑道："天意难测，岂能事事如愿？宁王乃是皇上同父异母的兄弟，手足相残，宁王本就于心不忍，更何况宁王拥兵一方，日子过得倒也自在，何必要得陇望蜀，蹚这个浑水？就算宁王真的可以君临天下，那对皇后娘娘又有什么好处？到时无非落个妻离子散罢了。"

皇后道："就算是妻离子散，也要比苟且偷生的好。你知不知道本宫现在过的是什么日子？天天要看别人眼色行事，太后一个不满意，本宫就要跟着倒霉。皇上母子早就忘记了本宫的恩德，当初要是没有本宫父亲的扶持，谁知道当今圣上会是哪一个？如今本宫的父亲不在了，他们母子就不把本宫放在眼里了，时常地刁难本宫。本宫身为皇后，没有一点尊严可言，这个皇后做起来还有什么意思？本宫宁为玉碎，不为瓦全，就算是殃及本宫，本宫也在所不惜。"

文龙看了看皇后，说道："文龙明白了，文龙会将皇后娘娘的意思告诉宁王的。"

皇后叹气道："说实话，本宫不相信宁王真的不愿意做皇帝，你回去好好劝劝宁王，机不可失，时不再来，倘若后宫的哪一位嫔妃真的怀有龙裔了，只怕宁王就再也没有机会了。"

文龙道："皇后娘娘说得是，文龙自会与宁王说的。"

皇后道："你何时回去？"

文龙道："今晚就走。"

皇后点头道："好吧。路上小心。"

话音未落，就听门外一阵嘈杂之声，皇后和碧云道："出了什么事？你去看看。"

"是。"碧云答应着出去了。

皇后于是和文龙道："本宫这里没事了，你去吧，替我向宁王带个好。"

"是，小人告退。"文龙说完便退了出去。

过了一会儿，只见碧云慌慌张张地推门进了屋。皇后道："怎么了？脸都变白了。"

碧云咽了口吐沫，说道："启禀皇后娘娘，寺庙后院内发现一具尸骨。"

皇后抬眼道："尸骨？人的？"

碧云道："是啊，奴婢刚才带人去看了，果真是一具人的尸骨，不过只剩骨头了，外面裹着破衣服而已，吓死奴婢了。"

皇后笑道："胆小如鼠，本宫去看一看。"

碧云道："娘娘还是不要去了，尸骨有什么可看的？"

皇后道："这圣寿寺建成未到一年，竟出了这样的事，本宫当然是要去看一看的。"说完便扶着碧云往后院去了。

正走着，只见奉真和尚带着大小僧众迎面走过来道："阿弥陀佛，皇后娘娘怎么没有在房中歇息？"

皇后道："本宫听说寺庙后院发现尸骨，所以过来看看是怎么回事。"

奉真道："皇后娘娘千金之躯，老衲恐吓到娘娘，还是不要去了。"

皇后道："区区一具死尸，本宫又有何惧？"说完绕过奉真，径直往后院来了。

刚到后院，众人便闻到一股尸臭之气。皇后皱了皱眉，只见墙边围着好些和尚，于是便走了过去。那些和尚见皇后来了，急忙分散开来站好。皇后走过去一看，只见地上确实有一具尸骨，白森森的让人胆寒。皇后用袖子掩鼻道："如何发现的？"

只见一个和尚道："墙边枯草甚多，小僧本想将枯草除尽，所以便用铁锹来挖，谁知没挖几下，便出现好多的碎布，小僧疑惑，便又往下挖了挖，便露出白骨了。"

皇后点了点头，回身和奉真道："本宫倒觉得这具尸首所穿的是僧袍，方丈意下如何？"

奉真上前看了看，点头道："娘娘所言不错，确实是佛门弟子所穿的衣物。”

皇后道：“大师认一认，可是本门弟子？”

奉真道：“看衣服倒不是很像，而且本门弟子个个登记在册，如有失踪者，一查便知了。”

皇后道：“好，那就赶紧查一查，看看寺里少了谁没有。”

“是。”奉真说完便命人开始去查。

皇后又弯腰仔细看了看这具尸骨，说道：“看来真是个和尚。”

奉真道：“皇后娘娘何以见得？”

皇后道：“人死尸体必会腐烂，但是毛发却可长存，这具尸体的头部不见一根毛发，可见生前便是个秃子，再加上身着僧袍，必是和尚无疑。”

奉真道：“皇后娘娘心思缜密，老衲佩服。”

“佩服的还在后面，本宫还未说完呢，”皇后指着尸首的衣服说道，“你看，衣服上那些黑点有大有小，如果本宫没有猜错，必是血渍无疑。如果真是血渍的话，只怕这个和尚是被人谋害于此的。谋害他的人想必也是慌里慌张，所以才将尸首草草掩埋，以至于埋得不深，今日便被人发现了。”

奉真道：“皇后娘娘说得有理。”

皇后道：“不论有理还是无理，圣寿寺出了这种事情，皇上肯定会非常生气，所以本宫觉得此事不宜声张，方丈意下如何？”

奉真道：“皇后娘娘言之有理，本寺僧人绝对不会向外传扬此事。”

皇后点头道：“那就好。传本宫的懿旨，着顺天府秘密调查此案，水落石出之后，本宫自会向皇上交代。”

“是。”奉真说道。

皇后于是又回到禅房休息了一会儿，用香炉将衣服熏了一遍，便起身回了皇宫，而奉真将寺中僧众点查了一遍，果然是未少一人，可见尸首并非寺中僧众，于是赶忙派人将此事告知了顺天府。

皇后回到皇宫之后，便先行来到慈宁宫请安。谁知刚刚进到里面，就见太后满面春风地走了过来，然后一把拉住皇后的手说道：“你这次去圣寿寺拜佛拜得如何？”

皇后道：“好得很。”

太后笑道："哀家就知道好得很啊。"

皇后也笑道："太后如何知道？"

太后笑道："我怎么能不知道？裕妃有喜了！"

皇后听了这话，只觉头晕目眩，但马上恢复镇静道："当真？何时的事情？"

太后道："晌午裕妃学画时，突然晕倒在地，慌得众人赶忙叫了太医，太医一号脉，竟然是喜脉，真是皇天不负苦心人，皇室终于后继有人了。"

皇后听了这话，并没有高兴，只是说道："臣妾恭喜皇上，一会儿臣妾去看一看妹妹。"

太后看出了皇后的心思，说道："裕妃能够怀有龙裔乃是上天的安排，佛祖的保佑，现在最重要的，就是保证裕妃腹中的胎儿能够顺利生下来，你身为皇后，一定要对其好生呵护才是啊。"

皇后道："臣妾明白，妹妹的孩子便是臣妾的孩子。"

太后道："有你这句话，哀家就放心了。哀家早就知道后宫人心险恶，有人为达目的，不择手段，曾经有多少嫔妃命丧黄泉，无非就是死在'嫉妒'两个字上，哀家不希望这种事情发生在后宫之中，你可明白？"

皇后听了这话，心中又悲又气，但也只能强忍着说道："臣妾明白，请太后放心。"

太后笑道："那就好。陪哀家去趟钟粹宫吧，皇上也在那里呢。"

"是。"皇后答应着，便扶着太后往钟粹宫去了。

来到钟粹宫后，只见太监宫女们进进出出，忙个不停。裕妃此时正坐在椅子上和柴璃聊着天，一见太后和皇后来了，赶忙起身相迎，太后笑道："坐吧，坐吧，从今天起，不必再行礼了，免得动了胎气。"

皇后笑道："妹妹如今是万金之躯，凡事要小心才是啊。"

裕妃道："臣妾知道了，谢太后、皇后娘娘记挂。"

太后道："从今日起，钟粹宫内各项日用再增加一倍，尤其是炭火和被褥，千万莫要冻坏了裕妃与胎儿。传哀家懿旨，着姚太医侍奉裕妃直至分娩，不得有误。"

众人听后，急忙答应着去办了。

太后又道："裕妃怀孕，最需要人说话解闷的，皇上没事的时候多过来看看，免得裕妃烦闷。”

柴璃道：“母后说得是。”

太后于是长舒了一口气，笑道：“祖上积德，总算是功夫不负有心人，皇室后继有人了，只期望是个太子，能够继承大统，哀家也算是欣慰了。”

柴璃笑道：“朕与母后心思一样。”

皇后也强笑道：“必是太子无疑，太后等着抱孙子就是了。”

大家又说笑了一会儿，生怕打扰裕妃休息，于是便各自回宫休息去了。

皇后回到坤宁宫后，一声不响地坐在榻上。碧云知道皇后心中烦闷，也不敢吭声，只是站在原地低着头。

过了半晌，皇后说道：“碧云，你说本宫这个皇后还能做多久？”

碧云道：“皇后娘娘这话奴婢怎么敢乱答呢。”

皇后叹气道：“看来你也觉得本宫这个皇后做不长久了。”

碧云忙道：“碧云不敢，皇后娘娘您多虑了。”

皇后道：“不是本宫多虑，而是事实如此。裕妃而今怀有龙裔，太后与皇上的心思都集中在她的身上，只怕孩子一出世，本宫这个皇后就要被废掉了。”

碧云道：“皇后娘娘不要自添烦恼，奴婢认为也未必如此。”

皇后道：“何以见得？”

碧云道：“皇后娘娘您想，裕妃怀了龙裔，就证明皇上身体已经康复，那岂不是后宫嫔妃个个都有机会，而且皇上隔三岔五就会来坤宁宫过夜的，奴婢觉得皇后娘娘您怀有身孕的日子也就不远了。裕妃虽然有孕，但毕竟不知是男是女，倘若生下来的是公主，岂不是白忙活一场？照奴婢看来，皇后娘娘不必自寻烦恼，上天既然能帮助皇后娘娘除掉婉妃，自然也不会让裕妃得逞的。”

皇后听了碧云的话，刚开始还有些高兴，但一听到婉妃的事情，立即抬手照碧云脸上就是一下，厉声道：“本宫和你说过，以后不准在本宫面前提起那个贱人，你不记得吗？”

碧云忙跪下道：“奴婢一时疏忽，奴婢知错了。”

皇后道：“不过你倒是提醒了本宫，既然本宫有能力除掉那个贱人，也一样有机会除掉裕妃这个不知世事的孩子。”

第二十回

明察暗访终有据
守口如瓶未开言

裕妃怀有身孕的消息迅速遍及朝野，大臣们一片祝福之声，再也见不到之前剑拔弩张的状态了。柴墒每日一下朝，便来到钟粹宫对裕妃嘘寒问暖，太后更是对裕妃倍加呵护，生怕裕妃受一点委屈。皇后虽然看在眼里，气在心头，但还是一副欢天喜地的模样，对裕妃也是照顾有加。

这日早晨裕妃正在房中用饭，太监突然通禀道："太后驾到。"裕妃于是扶着翠儿起身相迎，只见门外太后被一群宫女太监簇拥着走了过来。太后一见裕妃要出来迎驾，忙大声道："千万不要出来，小心着凉。"然后又回身与众人道："你们在屋外等候吧，免得把身上的凉气带到屋内。"说完便只扶着小玲走了进来。

太后拉着裕妃坐到桌子旁，问道："胃口可还好啊？"

裕妃道："还好，每日吃的也不少。"

太后笑道："那就好，哀家当初怀皇上的时候，什么也吃不下，皇上的元阳不足，想必哀家也有责任。婴孩出生后，先天的精气都来自父母，所以怀孕时多吃一些，对孩子是大有好处的。"

裕妃道："臣妾明白，请太后放心。"

太后笑道："盼了这么久，终于美梦成真了，哀家猜你怀的必是个太子，以后你母凭子贵，便是皇后了。"

裕妃道："臣妾真的没有想过要当皇后，臣妾只希望孩子健康、孝顺，能得到父母的疼爱就足够了。"

太后道："如果你生的确实是太子，那这个皇后你想不想做都是要做的了，明白吗？"

裕妃道：“做皇后无非就是能统领后宫而已，也没有什么意思。”

太后道：“如果你不能统领后宫，岂不是会让人白白欺负？你以为皇后每日对你嘘寒问暖是出自真心？要不是哀家在，她才不会理你，说不定会心怀嫉妒，处处让你为难呢！”

裕妃道：“就算太后所言非虚，那臣妾也不用担心，只要您在臣妾身边，就没人敢欺负臣妾了。”

太后道：“傻孩子，哀家岂能伴你一生呢？哀家迟早是要走的，等哀家一不在了，你又这么单纯，岂不是任人宰割吗？唯一的办法就是让你当上皇后，就算有一天哀家不在你的身边，别人也不敢去害你，因为你已经贵为皇后，掌管凤印，母仪天下，手中握有后宫的生杀大权。说到底，哀家就是怕你被别人欺负，才会想尽办法让你坐上皇后的位子。”

裕妃含泪道：“太后的一片苦心，臣妾明白，但是……”

太后见裕妃要哭，赶紧打断道：“不说了，不说了，当心腹中的胎儿，这些事情今后再议不迟，赶紧吃饭吧。”

裕妃赶忙拭泪道：“是。”说完继续用饭。

而此时皇后正在坤宁宫中休息，太监进来道：“启禀皇后娘娘，顺天府尹陆明求见。”

皇后知道顺天府尹是为了圣寿寺的事情而来，于是道：“请陆大人进来吧。”

不一会儿，就见一位身着红色官袍的中年人走进来躬身道：“臣陆明叩见皇后娘娘。”

皇后抬手道：“陆大人不必客气，请坐。”

陆明于是告了坐，然后说道：“臣今日前来，特地为了圣寿寺一事。”

皇后道：“本宫也正想问你呢，查得怎么样了？”

陆明道：“臣已经找人验过尸了，果然不出皇后娘娘所料，此人确是被人所害，脑后被钝器所伤，以致毙命的。”

皇后道：“那尸首在寺中多少时日？”

陆明道：“不超过一年。”

皇后道：“可查出是哪里的僧人？”

陆明道：“这个便难了。京城内外的大小寺庙数以百计，而且有的和尚出去云游，有的潜逃，不知所踪者少说也有百人，想要查到尸首是哪一个寺中的，犹如大海捞针。”

皇后点头道：“说得也是。不过圣寿寺中出了这样的事情，如果不查个水落石出的话，只怕难以向皇上交代。”

陆明道：“不知圣上的意思是？”

皇后道：“皇上现在没有工夫管这些，这件事情本宫也没有告诉任何人。”

陆明道：“谢娘娘，臣一定会加紧办理，尽力查出真相。”

皇后道：“无论真相是否查出，皇上还是会很生气，毕竟圣寿寺建成的时间尚短，平白无故出现尸首，皇上与太后定会认为是大不利，只怕会迁怒众人啊。”

陆明流汗道：“臣明白，不知皇后娘娘有何妙计呢？”

皇后笑道：“本宫可是想不出办法的。”

陆明笑道：“皇后娘娘一向聪慧，肯定有的是办法，否则的话，也不会叫臣前来了。”

皇后笑了笑，说道：“本宫能做的，不过是尽量为陆大人拖延时间，争取在皇上知道前查明真相罢了。但陆大人要答应本宫一点才成。”

陆明忙道：“娘娘请讲。”

皇后道：“发现尸首的事情千万不要声张出去，要严守秘密，等到水落石出之时再报与皇上，到时本宫再替你说一些好话，想必皇上也就不会怪罪了。”

陆明道：“有皇后娘娘这句话，臣就安心了，多谢皇后娘娘体恤。”

皇后道：“陆大人客气，咱们不过就是为了替皇上分忧罢了。”

陆明道：“臣明白，臣这就抓紧时间去查。”

“去吧，”皇后和碧云道，“送陆大人。”

陆明离开后，碧云道：“娘娘，奴婢有一事不明。”

皇后道：“说。”

碧云道：“皇后娘娘为何要替陆大人隐瞒呢？这件事情就算皇上知道了也未必会生气啊。”

皇后笑道：“本宫不替他隐瞒，那这件事情马上就会水落石出，那本宫就没有时间筹划了。本宫不是说了吗？要拖延时间。”

碧云道：“娘娘的意思奴婢不明白。”

皇后道：“不明白就对了，若连你都明白了，本宫还筹划什么？本宫要见的人怕是要到了。”

话音刚落，就见太监进来禀告说工部尚书傅国茶求见。皇后笑道：“来了不是？请傅大人进来。”说完便端坐在椅子上等候。

自从前工部尚书汪长治一病不起时，傅国茶就已经开始惦记工部尚书之位，所以监工圣寿寺的事情傅国茶相当上心，希望可以用此讨好柴墒而接替汪长治。就在秋末冬初之时，汪长治终于撒手人寰，柴墒果然任命傅国茶接替了汪长治的位子。傅国茶于是欣然领受，每日倒也忙得不亦乐乎。这天突然听说皇后召见，傅国茶心中虽然奇怪，但还是换了朝服，急急忙忙地赶到坤宁宫来。

傅国茶进来之后，只见皇后身着五彩凤衣端坐在椅子上，于是躬身道：“臣傅国茶叩见皇后娘娘。”

皇后笑道：“傅大人坐吧。”

待傅国茶坐定之后，皇后笑道：“本宫还未向傅大人恭贺升迁之喜呢。”

傅国茶忙回道：“惭愧，惭愧。臣承蒙皇上错爱，才有幸接替汪大人的位子，今后唯有更加兢兢业业、勤勤恳恳地为国家效力，以报皇上的知遇之恩罢了。”

皇后笑道：“傅大人过谦了，您的才能有目共睹，无论是兴修水利，还是营造殿宇，处处小心谨慎、一丝不苟，皇上看在眼里，记在心上，所以才会把工部尚书的位子给您，工部尚书这个位子，傅大人当之无愧。”

傅国茶笑道：“皇后娘娘过誉了。”

皇后笑道：“今天本宫叫您来，没有别的意思，只因为前些天本宫去圣寿寺游玩，看到寺中雕梁画栋，气派非凡，有些地方更是新颖奇巧、鬼斧神工，所以想请傅大人为本宫讲解一二，不知道您有没有时间啊？”

傅国茶一听原来是这么回事，便长舒了一口气道：“此乃臣分内之事，娘娘问便是了。”

“那好吧。”皇后说完便开始问一些可有可无的事情，比如殿内的柱子是从南方运来的还是从北方运来的，某个殿中的佛像是铜制的还是金做的，壁画的颜料能维持多久等。凡是寺中僧人能解答的问题，皇后全都抛给了傅国茶。说着说着，皇后终于问了心中最想问的问题："傅大人，当初众人建造圣寿寺时，寺中可有僧人？"

傅国茶道："建造时寺中并无僧众，只是在圣寿寺建成时才让僧众进驻的。"

皇后道："是吗？从头到尾就没有一个僧人进到里面过吗？"

傅国茶道："圣寿寺营造时，官兵在周围日夜把守，所以一旦有外人进入，臣一定会知道，所以……"刚说到这儿，傅国茶突然停住了。

皇后忙问道："傅大人想说什么？"

傅国茶道："倒是有一个和尚进来过。"

皇后道："谁？"

傅国茶道："就是一个叫饰心的和尚，当初绘制壁画时，饰心和尚是画院何侍诏的助手。"

皇后道："你说的何侍诏可是何奇？"

傅国茶道："正是。"

皇后道："奇怪，何侍诏画技非凡，这个助手能做什么？"

傅国茶道："何侍诏有眼疾，日间不能视物，所以便需要助手了吧？"

皇后道："原来如此。那个饰心和尚是哪个寺庙的？"

傅国茶道："听说是西山水泉寺中的和尚。"

皇后笑着点头道："这样啊。"

傅国茶奇怪道："娘娘怎么突然问这个？"

皇后道："没什么，不过是随便问问。"说完又和傅国茶说了一会儿话，便打发他回去了。

待傅国茶离开后，碧云问道："皇后娘娘这是何意？难道您怀疑寺中的尸首是傅大人所说的饰心和尚？"

皇后笑道："是与不是，很快就能知晓。"

过了几日，皇后便召何奇到坤宁宫觐见。何奇进到坤宁宫后，只见皇后正在院子里来回踱步，何奇忙过去躬身道："微臣参见皇后娘娘。"

皇后看了眼何奇，也不作声，仍旧在院子走来走去。何奇不明其意，抬眼看了看碧云，碧云也是一言不发地站在一旁。何奇无法，只得又大声道："微臣参见皇后娘娘。"

皇后道："本宫听见了，不用这么大声。"

何奇道："不知皇后娘娘召微臣来所为何事？"

皇后站住道："自从入冬之后，本宫就再也没有与何侍诏学过画了，多日不见，特地请何侍诏过来说说话。"

何奇心中明白皇后绝对不是只找他说话这么简单，于是笑道："皇后娘娘想必是找微臣有事？"

皇后看了看何奇，笑道："何侍诏倒真是聪明，还能看出本宫的心思？"

何奇道："臣不敢。"

皇后道："本宫在这院子里走来走去，就是在替何侍诏想办法呢。"

何奇心中纳罕，于是问道："娘娘替臣想什么办法？"

皇后道："何侍诏还不知道吗？"

"什么？"何奇问道。

皇后故作惊讶道："何侍诏不慌不忙的，原来是什么都不知道呢。圣寿寺中饰心的尸骨已经被发现了！"

此言一出，何奇的脸色顿时变得煞白，颤声道："皇后娘娘您说什么？"

皇后一见何奇的表现，心中暗自高兴，但却装作一脸的同情道："何侍诏，你这是为什么呢？你做了这样的事情，不但自家会被问罪，就连宫廷画院也会被抹黑的啊！圣寿寺本乃佛门清净之地，想不到你竟然做出这等惨绝人寰的事情，你不怕诛九族吗？"

何奇此时心中早已是波澜起伏，好似一盆冷水浇头，但随即冷静了下来，说道："微臣不明白皇后娘娘的意思。您刚才所说的饰心和尚微臣确实认识，微臣在圣寿寺中绘制壁画时，饰心一直在旁边帮忙直到壁画完成，然后便自己回去了水泉寺。但微臣听皇后娘娘所言的意思却是微臣将他杀害了吗？"

皇后冷笑道："本宫早就料到你不会承认，人命关天，本宫要是没有证据的话，绝对不会胡言乱语。"说完抬了抬手。

碧云会意，转身进去了屋里。

皇后道："何侍诏真是能耐，表面上看起来你是个安分守己之人，想不到背地里竟然如此心狠手辣。"

何奇道："请皇后娘娘明鉴，这项罪过微臣担待不起啊。"

皇后笑道："是与不是，问问他便知道了。"说完向后一指，只见碧云从屋里搀扶着一个老和尚走了出来。

何奇定睛一看，顿时吃了一惊，皇后笑道："何侍诏，可认得这位大师？"

何奇顿了一顿，说道："认得，他是水泉寺方丈了空大师。"

皇后点了点头，又问了空道："大师可认得何侍诏？"

了空道："听声音确是何施主，但这相貌好像有些变化。"

皇后道："相由心生，有变化也是在情理之中。"

何奇道："皇后娘娘您这是？"

皇后和了空道："了空方丈，本宫问你，你寺中可有个饰心和尚？"

了空道："是有个小沙弥法号饰心。"

皇后问道："饰心今在何处？"

了空道："大约半年前他与老衲告假，说是去和住在本寺的何施主外出有事，但并未说明何事，也未说归期，时至今日，不见饰心的踪迹。"

皇后笑着问何奇道："何侍诏可听明白了？"

何奇道："了空大师说得没错，饰心是与微臣一起，当时微臣去圣寿寺绘制壁画，所以便带着饰心去帮忙，但壁画完成之后，微臣与饰心便各奔东西，至于饰心到底去了哪里，微臣也不知道。"

皇后道："何侍诏真是不见棺材不掉泪啊，本宫以为你会正视自己犯下的过错，想不到你还是执迷不悟。"

何奇道："微臣本无过错，就谈不上什么执迷不悟了。"

皇后道："好，随本宫来。"说完便进了屋去，何奇也只能随后跟了进来。

皇后来到画案前说道："何侍诏，本宫再给你一次机会，你若说了便罢，如若不然，本宫就不再给你机会了。"

何奇看到案上铺着白布，白布下面显然盖着东西，但却看不出是什么。何奇将心一横，大声道：“微臣无罪，请皇后娘娘明鉴！”

何奇说完这话，皇后也没有反驳，只是用力将案上的白布掀起，顿时纸张四处乱飞，然后又飘飘洒洒地掉落于地。何奇正奇怪时，就听皇后娘娘笑道：“何侍诏！就算你不会因为杀人之罪而死，但你也会因为欺君之罪而亡！”

第二十一回

相逼与利用
针尖对麦芒

皇后将案上的白布掀开后，何奇才知道下面藏的原来都是纸张，所有的纸张上面都画着东西。何奇听了皇后的话，急忙捡起一张拿在手中一看，顿时倒吸一口凉气。何奇心中明白，皇后已经将整件事情查得清清楚楚，自己再怎么隐瞒也是无用，于是“扑通”一声跪到地上，眼泪夺眶而出道：“微臣认罪，微臣认罪了。”

皇后徐徐地坐在了椅子上，笑道：“何侍诏到底还是认罪了。本宫问你，这画你认得吗？”

何奇点了点头。

皇后道：“何人所画？”

何奇道：“饰心和尚。”

“那本宫问你，饰心和尚的画怎么和你的那么相像呢？本宫曾经问过刘学正你师承何人，他说你是无师自通，听说你和皇上也是这么说的。如果真是如此，那本宫倒要考考你了，”皇后说完便从众多的画纸中拿出一幅《观音送子》像来说道，“何侍诏再画一幅《观音送子》，若神韵与这幅一样，本宫就无话可说。”说完将画纸抛到何奇面前。

何奇看着这幅画，摇了摇头说道：“微臣画不了。”

皇后冷笑道：“本宫就知道你画不了。”

何奇道：“微臣确实犯了欺君之罪，微臣的画技并非自通，而是从饰心那里学来的。”

皇后道：“说吧，饰心怎么会教给你这些？”

何奇颤声道：“微臣从家乡来到京城想考取宫廷画院，怎奈相貌丑陋，画院不予录用，于是微臣寄居于水泉寺中，每日以卖画为生。怎奈众香客只喜欢佛像或观音像，对于微臣的花鸟画却毫无兴趣。饰心看微臣可怜，于是传授了人物画技法，微臣的画和饰心的比起来差距虽然很大，但在一般画师中也算是出类拔萃了，这样微臣便可以勉强卖画度日了。”

皇后问道：“饰心的技法师承何人？”

何奇道：“吴道子的弟子。”

皇后又问：“原来如此，想必深夜作画也是为了掩人耳目才不得已为之的吧？”

何奇道：“正是。微臣知道皇上非常重视圣寿寺的营造，便想趁此机会进入宫廷画院供职，以至于不惜欺骗众人，以眼疾为由，帮着饰心在深夜作画，这样众人就不会怀疑绘制壁画的其实另有其人。”

皇后笑道：“饰心倒是好心肠，甘心情愿为你作画。”

何奇道：“微臣曾经答应过他，有朝一日微臣能够飞黄腾达了，就为饰心盖一座寺庙，让他做方丈。”

皇后大笑道：“饰心和尚天真得很啊！与其寄托希望于你，还不如让他自己直接来找皇上，以他的画技，要十座寺庙也都有了。”

何奇道：“饰心三岁便出家为僧了，性格单纯，不知世事。”

皇后道：“那你杀害饰心又是何故呢？妒忌他的才能，还怕他以后将这件事公之于众？”

何奇心里清楚，此时如若再隐瞒下去的话，必定会惹恼皇后。倘若事情闹大，自己也必定会被送到天牢之中，进入了天牢，自己哪里能忍受得了大刑，到时肯定还会招认，既然如此，还不如在皇后面前认罪，一来不用受刑法之苦，二来说不定还会有回旋的余地。何奇想到这里，于是放声痛哭道：“微臣糊涂啊！当时傅大人请微臣到圣寿寺绘制壁画，微臣就以进入宫廷画院为交换条件，后来微臣利欲熏心，为了圣寿寺的壁画能够前无古人，后无来者，便有了杀死饰心的念头，只要饰心一死，能够掌握此种绘人技巧的就只有微臣一人了。后来太后游览圣寿寺时，口传懿旨让微臣进入宫廷画院，微臣心中虽然欣喜，但却害怕饰心将替微臣作画之事说出去，所以便在当天晚上将饰心杀害，草草地埋在了后院。”

皇后道："可是若想人不知，除非己莫为，终究还是让本宫发现了。"

何奇心里一惊，抬头道："是皇后娘娘发现的？"

皇后笑道："何侍诏以为是谁？若是别人的话，你现在应该在天牢候审，而不是在坤宁宫痛哭吧？"

何奇一听，果然是有回旋的余地，于是道："微臣自知罪孽深重，请皇后娘娘定夺。"

皇后道："你要本宫怎么定夺？"

何奇故作悲伤道："将微臣送至顺天府即可。"

皇后道："你现在身负两罪，一是杀人，二是欺君，皆难逃一死。但本宫见你面无惧色，难道何侍诏不怕死吗？"

何奇道："杀人偿命，天经地义。欺瞒君主，罪不可恕。微臣知道其中利害，心甘情愿领罪。"

皇后道："何侍诏辛辛苦苦走到今日，真的愿意舍弃这一身富贵吗？"

何奇叹气道："舍弃这些也是情非得已，微臣既然犯了大错，自知罪不可恕，只求安心一死，也算对得起饰心，对得起皇上，对得起皇后娘娘了。"

皇后道："如果本宫能让你活呢？"

何奇看了看皇后，心里一阵欣喜，于是道："皇后娘娘这话是什么意思？"

皇后道："本宫刚才说过了，如果此事是别人发现的，何侍诏此时不应该在坤宁宫，而是应该在天牢。本宫既然有能力让你不去天牢，自然也有能力让你远离刑场了。"

何奇听了这话，忙磕头道："皇后娘娘若能救得何奇，微臣定会洗心革面，痛改前非的。"

皇后道："本宫也是个爱才之人，倘若何侍诏真的死了，那本朝岂不是少了一位大画师吗？眼看新年将至，太后还在等着何侍诏的《百鸟朝凤图》呢。以何侍诏的能力，画院学正的位子迟早也是你的。倘若本宫将你的这些罪行昭告天下的话，这些也便都没有了。"

何奇道："微臣请求皇后娘娘能够网开一面，给微臣一个机会改过自新。"

皇后道："其实这件事情本宫不说出去的话，谁也不会知道。顺天府尹虽然在查这个案子，但毕竟还没有什么头绪，只要本宫派人去疏通一下，这件事情自然就会不了了之，不过是死了一个和尚，没有人会放在心上的。"

何奇叩头道："微臣谢皇后娘娘开恩，皇后娘娘的大恩大德，微臣没齿难忘。"

皇后笑道："何侍诏不用急着谢恩，本宫还有件事想求你呢。"

何奇听了这话，心里不禁一颤，心想皇后果然不会白白救自己，一定会是另有所图，于是说道："皇后娘娘请讲，微臣赴汤蹈火，万死不辞。"

皇后笑道："哪里有这么严重呢？本宫绝不会让你去死的。"说完从怀中掏出一个纸包递给何奇。

何奇忙站起身接过了，问道："这是？"

皇后道："你不要管这是什么，只需要将里面的东西倒进裕妃的茶盏里就可以了。"

何奇道："微臣哪里有机会接近裕妃娘娘呢？"

皇后道："裕妃一直将你看作自己的老师，对你没有防备，接近裕妃对你来说并非难事。"

何奇想了想，说道："裕妃娘娘身怀有孕，怎么能胡乱吃东西呢？倘若吃出个好歹，臣必死无疑！"

皇后道："天知地知，你知我知，只要咱们两个人守口如瓶，没有人会知道此事。"

何奇道："那皇后娘娘请明言，这纸包里到底是什么？"

皇后笑道："放心，不会要了裕妃的命，顶多让她滑胎而已。"

何奇一听，手里的纸包顿时掉在了地上，皇后看了看何奇，笑道："瞧把你吓的，哪里像个杀过人的？"

何奇弯腰捡起纸包说道："此事关系重大，微臣实在是没这个胆量。"

皇后哼了一声道："那你当初怎么有胆量杀人呢？这会儿倒在本宫面前惺惺作态起来了。"

何奇心里明白，此举关系重大，倘若自己真的干了，那就是罪上加罪，而且皇后一旦达到目的，也必定会鸟尽弓藏，兔死狗烹，巴不得自己赶紧死掉。到时罪行败露的话，皇后绝对不会搭救自己，说不定就是皇后将自己置于死地的。何奇看了看皇后，说道："臣就是因为已经犯下了过错，实在不可以一错再错了，倘若微臣干了这等伤天害理之事，定会遭到天谴!"

皇后道："那你之前的恶行就不会有报应了吗？你想清楚，要是没有本宫，你现在已经是在牢里等死了，本宫给你个机会，你却不知道珍惜，明明是在自掘坟墓!"

何奇道："倘若微臣答应了皇后娘娘，那才是自掘坟墓，微臣不可以越陷越深!"

皇后道："何侍诏果然有骨气！看来你真是不想活了！既然这样，本宫就成全你！直接将你送入大牢!"

何奇此时终于看清了皇后的真面目，心中暗想："与其任人宰割，不如鱼死网破，可能还有一线生机。"于是大声说道："只怕皇后娘娘无法将微臣送去牢房吧?"

皇后一愣，笑道："怎么？你觉得本宫治不了你吗?"

何奇笑道："如果皇后娘娘想置微臣于死地，那微臣只有把刚才皇后娘娘所说的话一字不差地告诉太后与皇上了。"

皇后笑道："本宫以为你能做出什么惊人之举来，原来不过如此。你说说看，太后与皇上是相信本宫呢，还是相信你呢？你不要忘了，你陷害孙目达的事情本宫也一样心知肚明!"

何奇道："微臣心里清楚，太后与皇上更信任娘娘。微臣也知道自己有把柄握在娘娘手里。但就如娘娘刚才所言，若想人不知，除非己莫为，娘娘怎么就能确定微臣这里没有您的把柄呢?"

皇后愣了一下，她本以为自己知道了何奇的罪行，对方就会乖乖地听话，助她打掉裕妃腹中的孩子。但皇后没有想到，何奇竟然会顶撞自己，而且言语之中好像知道了她的秘密，皇后看着何奇自信满满的样子，笑着说道："本宫一向规行矩步，事事谨慎，从未做过伤天害理之事，你又能有什么把柄呢?"

何奇笑道："皇后娘娘要害裕妃的这个心思只怕不是一天两天了吧?"

皇后道："没错，裕妃第一天进宫时，本宫就已经开始厌烦她了。"

何奇道："那重阳节时，裕妃娘娘身中剧毒，想必也是皇后娘娘的手段吧？"

皇后愣了一下，冷笑道："何侍诏为何旧事重提？谁都知道，裕妃之所以中毒是因为婉妃将毒药涂在了琴弦之上，这件事情婉妃也已经招认，没什么可怀疑的。"

何奇道："倘若真是如此，微臣就真的只能进大牢了。但微臣却听说婉妃之所以承认，全是因为皇后娘娘你严刑拷打所致！"

皇后一拍桌子，说道："是严刑拷打又能怎样？和你有什么关系？本宫等你身入囹圄之后，一样可以对你施以酷刑，本宫要让你重新尝试一遍婉妃所受的痛苦！"

何奇大笑道："只怕微臣不会让娘娘得偿所愿了！"

皇后道："何以见得？"

何奇道："难道皇后娘娘忘了？重阳节之时你为了讨好太后，特地命微臣尾随在众人周围，找机会为太后等人作画，微臣于是一声不响地跟在左右。那时太后正好停在半山腰休息，和大家说着笑话，微臣于是躲在一旁细细观察当时的情景，以便将众人绘于画纸之上。但那时裕妃带着翠儿去采菊花，所以画中缺了两人，不知这件事情皇后娘娘可还记得？"

皇后看着何奇，心中有些害怕，但还是故作镇定地说道："本宫记得，那又怎样？"

何奇道："那皇后一定记得，翠儿本来是抱着琴跟在裕妃娘娘身后的，但裕妃娘娘要去采菊花时，翠儿便将琴递给了另一个人，皇后娘娘可记得那人是谁？"

皇后道："本宫不记得了。"

何奇道："皇后娘娘不记得，微臣却还记得。翠儿当时将琴递给了碧云！"

此言一出，皇后顿时身子一颤，但还是淡淡地说道："这有什么？不过是帮着拿一下罢了。"

何奇道："如果微臣只看到这些，也便不会说了。可微臣还看到了皇后娘娘从怀里掏出一个小瓷瓶递给碧云，碧云将瓷瓶里面的药粉全都倒在了琴弦之上，倒完之后，碧云将瓷瓶扔进了草丛之中，后来发生了什么事情，想必皇后娘娘比微臣更清楚了吧？"

皇后听罢冷笑道："何侍诏说得倒很精彩，但并无真凭实据，只怕没有人会相信。"

何奇道："微臣若没有真凭实据的话，也不敢在此胡言乱语。"

皇后道："若有证据的话，拿来给本宫看一看。"

何奇道："这么重要的证据微臣怎么会带在身边呢？微臣只想问一句，那装有药粉的瓷瓶可是汝州进贡的？"

皇后心里一惊，但还是镇定地说道："本宫本来就没有什么瓷瓶，哪里还知道是何处进贡的？"

何奇道："皇后娘娘说话虽然滴水不漏，怎奈有物证在微臣的手上，不承认是不行的。那瓷瓶确实是汝州所进贡的物品，汝瓷一向为皇家独有，所以这些瓷器送往宫中各处都有记载，只要让内务府查一查，就知道都有谁拥有汝州瓷器。"

皇后笑道："本宫也不记得那瓷瓶哪里去了，怕是被别人偷了也未可知。"

何奇道："而今那个瓷瓶在微臣手上，而且瓶中还有剩余的毒药，这还能有假吗？微臣就是人证，瓷瓶就是物证，人证物证俱在，只怕皇后娘娘逃脱不了干系吧？"

皇后此时气得有些脸色发青，她没料到何奇会反咬自己。毒害裕妃的人确实就是皇后，皇后清楚，如果此事被太后与柴墒知道，只怕自己性命不保。皇后缓了一口气，说道："那何侍诏的意思是？"

何奇笑道："既然皇后娘娘刚才有心替微臣隐瞒，那微臣决不能恩将仇报，此事只要微臣不说，不会有别人知道，皇后娘娘若能替微臣将饰心和尚的事情一了百了，那微臣也一样会将瓷瓶还给皇后娘娘，以后不再提及此事。"

皇后看着何奇，心里想了想说道："好！本宫答应你，可以将饰心和尚的事情替你了结，但是了结之后，本宫要你交回瓷瓶，不得食言。"

何奇跪下笑道："微臣遵旨。"

"下去！"皇后大声说道。

"是。"何奇于是站起身退了出去。

碧云见何奇走了，于是进入屋内，还没开口说话，皇后早就一扬手打在了她的脸上，碧云赶忙跪下道："皇后娘娘息怒。"

皇后骂道："你个败事有余的笨蛋，为什么将瓷瓶扔在草丛中而不拿回来？现在倒好，竟然让一个小小的画师抓住了本宫的把柄。"

碧云听了这话，便知是怎么回事了，于是赶忙道："娘娘息怒，奴婢当时太过紧张，生怕裕妃中毒后太后和皇上会当场搜身，所以没敢将瓷瓶放在身上。等奴婢再回去寻找时，已经不见踪迹了。"

皇后叹了口气道："算了，事已至此，多说无益。还好本宫也有何奇的把柄在手，互相牵制，暂时不会出什么问题，但夜长梦多，终究不是长久之计啊。"

碧云道："娘娘不必烦心，何奇一向胆小，他不敢轻举妄动的。"

"胆小就不会杀人了，"皇后又问道，"那个了空呢？"

碧云道："奴婢已经派人送他回去了。"

皇后道："嗯，他什么都还不知道呢吧？"

碧云道："奴婢没有和他说饰心被害的事情，他只是以为饰心逃跑了而已。"

皇后点了点头，说道："本宫修书一封，你派人送给陆明，圣寿寺的事情，先不要彻查了，本宫自有办法。"

碧云忙答应了。

皇后站起身，看着案上零零散散的纸张，叹气道："本宫还在说着何奇自掘坟墓，其实自掘坟墓的正是本宫自己，那日要不是本宫为了讨好太后而让何奇尾随众人，也就不会被他看到本宫向裕妃施毒。"

碧云道："皇后娘娘不必烦心，何奇毕竟只是一个画师，就算他将事情说了出去，太后与皇上也不见得会相信的。"

皇后道："看来何奇这个人是不能留了，要尽快将他解决掉才可以，否则本宫难以入眠啊。"

第二十二回

无心却插柳
有意而施谋

何奇出了坤宁宫之后，连画院都没回，便直接往钟粹宫去了。到了钟粹宫门口，何奇停下了脚步，这时太监过来道：“何侍诏有事要拜见裕妃娘娘?”

何奇想了想，说道：“何某有事找清风。”

太监道：“何侍诏稍等，奴才这就叫她出来。”

不一会儿，清风走出来道：“何侍诏找奴婢有事?”

何奇见左右无人，忙拉着清风到墙根下说道：“你不是一直想为婉妃娘娘报仇吗？我这里还有样东西给你。”说完便从怀中掏出一个瓷瓶递给了清风。

清风看了看手中的瓷瓶说道：“这是何物?”

何奇道：“这是皇后施毒的证物，你一定要保存好啊，我怕皇后杀人灭口。”

清风惊道：“怎么回事？皇后都知道了?”

何奇于是将刚才的事情说了一遍，不过圣寿寺的事情只字未提，他明白，自己杀人的事情，绝对不能再有人知道。

清风知道皇后的脾气，于是急道：“那你怕是死定了，皇后现在放过你，只怕过不了多久就会下手了。”

何奇道：“我知道，所以我将这个瓷瓶给你。万一我死了，你一定要想办法替我报仇。”

“这是怎么了?”清风道，“个个都要我替你们报仇。”

何奇道：“不过何某是生是死现在还不能下结论，我想皇后也不敢轻举妄动，咱们以不变应万变，处处小心就是。”

清风点头道："奴婢知道。"

何奇又说道："还有，皇后怕是想害裕妃娘娘及其腹中胎儿，你要时刻注意，以保护裕妃娘娘啊！"

清风道："奴婢知道了。"

何奇道："那何某走了，不然该被人怀疑了。"说完便转身去了。

清风见何奇走了，于是也回了钟粹宫。此时裕妃正在暖阁休息，翠儿去了尚食局，清风见无事可做，便站在廊下发呆。她突然觉得何奇倒也勇气可嘉，竟然敢当面戳穿皇后的罪行，其实清风不知道，要不是皇后苦苦相逼，何奇定是要将这件事永远瞒下去的。此时何奇与皇后互相牵制，谁都不敢轻举妄动。清风看了看手中的瓷瓶，便又想起了婉妃娘娘，便又想起了自己还要为婉妃报仇，即使现在日子过得还算舒坦，但每当清风在梦中见到身处牢狱，被夹断十指的婉妃娘娘，都会泪流满面地惊醒，婉妃娘娘的仇，不能不报。

清风正想着，忽然听见有人叫她的名字，抬头一看，原来是翠儿捧着个食盒走了进来。清风忙将瓷瓶揣入怀里，迎过去道："什么东西？"

翠儿道："清蒸鳜鱼，太后特地命尚食局做的。"

清风道："嗯，先放着吧，娘娘正休息呢，只怕一会儿才起。"

话音刚落，就听暖阁里裕妃说道："本宫早就醒了。"

二人听了，忙进了暖阁。

只见裕妃从榻上坐起来，伸了伸懒腰说道："怪了，睡不够啊。"

翠儿道："冬天本来就嗜睡，再加上您身怀有孕，更觉得困了。"

裕妃道："说得是呢。"

清风道："走一走吧，老是躺着对胎儿也不好。"

翠儿和清风于是服侍着裕妃走到桌子边坐了，翠儿便将食盒里面的鱼拿出来道："这是太后特地命尚食局做的，娘娘您吃一些吧。"

裕妃探头看了看，笑道："这鱼也是忒大了，本宫如何吃得了？"

清风道："尽量多吃一些吧。"

裕妃道："本宫一个人吃多没意思，咱们三个人一起吃吧。"

清风与翠儿忙说道："奴婢不敢。"

裕妃笑道："好了，和本宫这里还装的什么？你们知道本宫最不喜欢这样的。去拿筷子来，还有上次太后送的几样小菜都摆上，你们要不要喝酒？”

清风道：“哪里能喝酒呢？若是醉了，谁来侍候娘娘？”

裕妃道：“那就不喝了吧，咱们只吃东西就好。”

清风答应着，于是拿了一双银筷和两双乌木筷子，又将太后赏赐的小菜端到桌子上，主仆三人于是吃了起来。

裕妃笑道：“你们说这要是当了娘会是什么感觉？”

翠儿笑道：“娘娘这话问的，奴婢们哪里能知道呢？这后宫之中，只有太后能回答您的问题。”

裕妃道：“说得也是，太后期盼了许久，今天终于如愿以偿了。”

翠儿道：“是啊。皇室后继有人，都是娘娘的功劳。”

“胡说，”裕妃笑道，“皇上也是功不可没。”

翠儿脸红道：“娘娘说的才是正理。”

清风在一旁听着，心中便真的担心起裕妃来。她很难想象，倘若皇后真的得手，将裕妃腹中的胎儿打掉，那裕妃今日所玩笑的一切岂不是成了不堪回首的记忆？清风想到这里，便更加坚定了保护裕妃的决心。

裕妃看清风举箸发呆，于是轻轻拍了她一下说道：“清风，你想什么呢？”

清风见裕妃问她，于是道：“没事，奴婢在想要不要拿些糕点过来。”

裕妃笑道：“好啊，拿些糕点过来也好。”

清风于是站起身来去拿糕点，谁知刚一起身，便觉得一阵眩晕，脚下软绵绵的，要不是用手急忙撑住桌子，早已摔倒在地。翠儿坐在一旁看得明白，赶忙一把扶住道：“清风，你这是怎么了？”

清风嘴里想说，但却张不开口，蒙眬中就听裕妃道：“快扶到床上。”

翠儿于是扶着清风进了暖阁，将她放到床上。裕妃回身和翠儿道：“去叫太医。”

“是。”翠儿于是答应着去了。

不一会儿，翠儿便带着魏清荷进了暖阁。此时清风已经好了许多，见翠儿带着魏太医来了，清风忙说道：“奴婢没有大碍，不必劳烦魏太医的。”

裕妃道："没有大碍还能晕倒吗？让魏太医看一看就是了，也不麻烦。"

"娘娘说得是，不麻烦的。"魏清荷说完便为清风开始把脉。

清风自觉没有什么事情，但从魏太医的眼神中，清风好像看出了些端倪。

裕妃问道："有事吗？"

魏清荷道："果然没有大碍，不过是这几日劳累了些，所以体力有些不支，休息一下就好了。"

裕妃点头道："那就好，有劳魏太医了。"

魏清荷笑道："娘娘不必客气，娘娘身怀有孕，也不能太过劳累才是。"

裕妃道："谢魏太医提醒。"

"微臣先行告退，娘娘保重身体。"魏清荷说完便回了尚药局。

魏清荷走后，裕妃和清风道："你好好休息吧，有事明儿再说。"

清风于是早早便睡了，第二天果然感觉好了许多，也便没将此事放在心上。中午裕妃午睡的时候，太监忽然进来和清风道："太医院魏太医请您出去一下。"

清风觉得有些奇怪，于是忙出了钟粹宫，只见魏清荷正站在宫门之外。清风于是走了过去道："奴婢见过魏太医，昨天多谢魏太医了。"

魏清荷道："好说。"

清风道："不知魏太医今日前来所为何事？"

魏清荷道："魏某今日特地来送样东西给你。"

"给奴婢？"清风纳罕道，"什么东西？"

魏清荷从怀中掏出一张纸道："这是药方，你只要照方抓药，煎煮半个时辰就可以了。"

清风接过药方看了看，说道："这药方是做什么用的？"

魏清荷道："堕胎。"

清风一听，顿时吃了一惊，她没想到皇后下手竟然这么迅速，何奇没有照她的意思去办，竟然立即派来了魏清荷。想到这儿，清风将药方往魏清荷怀里一扔，说道："魏太医若想谋害裕妃娘娘的话，何必经奴婢的手？还不如直接将药煮好派人送过来呢。"

魏清荷道："你这话是什么意思？魏某没有将此事声张已经是仁至义尽，你为何又扯到裕妃娘娘头上？"

清风冷笑道："怎么？魏太医还敢声张吗？本来做的就是见不得人的事情，你哪里还敢告诉别人？你去告诉皇后，就说清风虽然身为奴婢，但不会惧怕她分毫，大不了鱼死网破。既然婉妃娘娘已死，清风也早已将生死置之度外，如果她想要继续加害裕妃娘娘的话，趁早死了心，只要清风在钟粹宫一天，就不会让皇后得偿所愿！"

魏清荷只觉清风所说句句铿锵有力，字字掷地有声，但却不明白她说的到底是什么，只得笑道："看来是你误会了魏某的意思。"

清风道："哦？奴婢误会了大人的意思？那奴婢倒要问一问，这堕胎是何人指使？"

魏清荷道："哪有什么指使？堕胎是为了救你的性命啊。"

清风听了这话，更是一头雾水，忙问道："救奴婢的性命？这话听不明白。"

魏清荷道："你难道真的不知道自己已经身怀有孕？"

魏清荷此言一出，清风顿时脑袋"嗡"的一声，然后呆呆地望着魏清荷，一字一句地说道："大人是说奴婢身怀有孕？"

魏清荷叹气道："如果魏某没有猜错，想必你已经快两个月没有来月事了吧？既在宫中为奴，为什么这么不检点呢？你知不知道这是死罪啊！昨日魏某没有将此事公之于众，就是想放你一条生路。这药你喝下去后，三个时辰之内就能将胎儿打掉，以后你好自为之，切不可贪一时之快而送了性命。"

清风此时有些慌神，于是问道："大人不是和奴婢开玩笑吧？"

魏清荷道："人命关天，魏某怎么可能和你开玩笑呢？你已经怀胎两月有余了。"

清风心里一惊，顿时明白是怎么回事，她也知道此时关系重大，于是急忙跪下道："奴婢恳请大人一定要为奴婢保守秘密啊。"

魏清荷扶起清风道："放心吧，魏某想要置你于死地的话，昨天就会去和内廷总管说了。你快些把胎儿打下来吧，拖得越久，就越难了。"

清风忙说道："奴婢明白了。"

魏清荷于是转身要走，不过他突然又想到些什么，于是问道：

“刚才听你的意思，好像是说皇后要害裕妃娘娘?”

清风忙摆手道：“奴婢胡说的，大人千万不要告诉别人，否则奴婢定会死无葬身之地。”

魏清荷道：“放心，魏某既然能帮你保守秘密，这件事也一定会守口如瓶，告辞。”

清风笑道：“魏大人菩萨心肠，让人钦佩。”

魏清荷道：“不必客气，大家在宫中都不容易，凡事又何必赶尽杀绝呢?你好自为之，魏某告辞。”说完便转身去了。

清风长舒了一口气，心中又惊又喜。她没想到，自己只和皇上有过一次鱼水之欢，便能够怀有身孕，她觉得自己终于有能力与皇后抗衡了，可清风明白，现在时机未到，决不能轻举妄动，自己怀孕的事情，也决不能让任何人知道，包括皇上。

清风暗自点了点头，然后看了看手中的这张药方，只是淡淡地笑了笑，便将其撕碎，顺手撇了出去。

这日柴墒早朝之后，便踱步来到钟粹宫看望裕妃。言语之间，裕妃觉出柴墒有些怏怏不快，于是笑着问道：“皇上有心事?”

柴墒道：“没有啊。”

裕妃笑道：“皇上还瞒臣妾，都写在脸上了。”

柴墒笑道：“也没什么大事。”

裕妃道：“那就和臣妾说说看。”

柴墒想了想，说道：“还是宁王的事情，林斗勋虽然亲自去劝宁王，但宁王好像并不想善罢甘休。”

裕妃道：“怕是宁王觉得您送去的金银珠宝还不够?”

柴墒气道：“如果那些还不够的话，那朕就只能送他江山了。”

清风站在一旁听得明白，于是道：“奴婢有句话，不知能不能说。”

柴墒看是清风，于是笑道：“说吧，朕听听。”

清风道：“宁王一直身处偏远，怕是皇上也未曾想到过他，如今他要起兵造反，皇上倒记起他来了。奴婢觉得，皇上前些年对宁王太过冷落，所以宁王才会耿耿于怀。”

柴墒道：“朕哪里是冷落他?不过是让他自由些，不想干涉他罢了。”

清风道："但宁王毕竟是您的兄长，您没有像对待兄弟一样对待他，他自然和您也就慢慢地没有了感情。"

裕妃道："清风说得也有道理。"

柴墒道："那事到如今，有什么办法？"

清风道："依奴婢看来，不如下旨宣宁王进京，与皇上共叙兄弟之情，俗话说'血浓于水'，只要皇上和宁王能够重归于好，那必然不会刀兵相见了。"

柴墒笑着点头道："清风说得有理啊。"

裕妃道："臣妾也觉得这个主意不错，与其互相猜疑，不如当面说清，也是大丈夫所为。"

柴墒道："好，朕这就下旨请宁王进京。"

柴墒第二天便与群臣商议，然后又一次派林斗勋携圣旨前去请宁王进京一叙。

临行前柴墒和林斗勋道："爱卿此去可有把握请宁王过来？"

林斗勋道："臣自当竭尽全力，但宁王若是不来，皇上有什么打算？"

柴墒道："朕料他会来。"

林斗勋道："皇上何出此言？"

柴墒道："因为宁王也不想猜疑下去，必然会来京城和朕说个明白。"

林斗勋道："皇上说得有理，臣一定会陪着宁王一起回京。"

林斗勋走后，柴墒心中多少有些担心，所以这几日也便懒得走动，下朝之后无非就是给太后请安或是去钟粹宫看望，其他的时间就一头扎在养心殿里批阅奏章而已。

这日柴墒正在养心殿中看着折子，突然太监进来道："皇上，皇后娘娘来了。"

柴墒抬起头，只见宫女将大殿的软帘掀起，皇后走了进来。

柴墒道："皇后怎么来了？"

皇后叹气道："我怕皇上把臣妾忘了，所以过来看看。"

柴墒笑道："这是什么话？"

皇后道："皇上已经快一个月没有去坤宁宫了，不知道都在忙些什么？"

柴璃道：“还能忙什么？无非就是国家政事。”

皇后道：“所谓的政事是不是也包括宁王进京的事情？”

柴璃道：“不错，宁王怕是不久就要来到京城与朕一会。”

皇后道：“皇上会他做什么？”

柴璃看了看皇后，说道：“皇后一向不问政事，今天怎么突然这么有兴趣问起此事？”

皇后道：“臣妾怕这个皇后当不了多少时日了。”

“哦？”柴璃道，“这话怎讲？”

皇后道：“皇上这次请宁王进京，无非就是想和宁王重归于好，免得彼此为了皇位之争大动干戈。臣妾愚见，此次宁王来京必定会与皇上化干戈为玉帛，从此安分于封地，不再兵戎相见。”

柴璃道：“何以见得？”

皇后笑道：“宁王之所以想要谋朝篡位，无非就是因为皇上没有能继承大统之人，如今裕妃身怀有孕，而且天下太平，五谷丰登，近无民怨，远无外患，他能有什么理由造反呢？再说皇上亦兵权在握，兵马数量和宁王不相上下，如果真的兵戎相见，宁王一则出师无名，不得民心；二则兵力不见优势，只怕未必能胜，所以臣妾料定，宁王此次进京，必定会和皇上重归于好。”

柴璃道：“皇后所言与朕的心思一样，那你为什么却说你的皇后之位不保呢？”

皇后叹气道：“皇上想一想，宁王若真的从此偃旗息鼓，安分守己，那这朝中功劳最大的岂不是裕妃？要不是她身怀龙裔，只怕宁王早已带兵攻入京城。宁王之事一了，太后必定会以裕妃功高且身怀龙裔为名，废掉臣妾，另立她为皇后的。”

柴璃听了这话，大笑道：“皇后多虑了！现在裕妃腹中胎儿是男是女尚不知晓，如何就能废卿立她呢？再说立废皇后之事关系重大，并非儿戏，怎么能因为有没有子嗣而妄下定论？”

皇后道：“可是皇上一向以孝行示天下，朝中谁不知道皇上对太后唯命是从？今天皇上说不会废掉臣妾，可明日太后硬要立裕妃为后的话，皇上能有什么办法？再说自古以来，立储关乎社稷安危，母凭子贵的例子不胜枚举，臣妾怎么能不多想呢？”

柴璃道：“你真的是想太多了，难道就裕妃能怀有身孕，而你就不可以吗?”

皇后脸红道：“皇上说得简单，您都快一个月没有去坤宁宫过夜了，臣妾哪里能怀孕呢?”

柴墒看着皇后粉扑扑的脸庞，心中倒是觉得有一丝愧疚，想来这些日子确实冷落了皇后，于是拉起皇后的手说道：“朕这些日子心里事情多，是将你冷落了，既这样，朕赔给你就是。”

皇后羞答答地说道：“皇上怎么赔?臣妾倒想听一听。”

柴墒伸手揽住皇后的腰身道：“随朕来自然就知道了。”说完二人便推推搡搡地进到暖阁中去了。

第二十三回

密谋图大计
巧遇会至亲

自从皇后去到养心殿之后，柴墒便觉得心中有愧，于是夜夜留在坤宁宫与皇后耳鬓厮磨。此事裕妃倒不曾放在心上，只是太后看在眼中，怒在心头。

这日柴墒退朝后来至慈宁宫给太后请安，只见太后怀中放着手炉，闷闷不乐地倚在榻上发呆。柴墒于是笑问道："母后怎么了？有心事？"

太后看了柴墒一眼，说道："皇帝这几日睡得安稳？"

柴墒道："倒还安稳。"

太后冷笑道："坤宁宫那么大，每日炭火就要二十斤，定是比钟粹宫暖和多了。"

柴墒听了这话，便猜出了太后的心思，于是笑着说道："钟粹宫那边不是也已经加了炭火了吗？无论早晚，都是温暖如春的。"

太后道："只是皇帝每晚不在钟粹宫中，春意再暖，只怕也是无心享用。"

柴墒道："儿臣知道母后的意思，只不过前些日子儿臣只顾着裕妃这边，坤宁宫那边鲜有留宿，所以……"

"所以皇帝便去补偿吗？"太后道，"哀家不是怪皇帝，只是希望皇帝能够在晚上多陪陪裕妃，眼看三九天将至，这宫中的炭火再暖，也不及皇帝的臂膀。裕妃身怀有孕，正是需要人照顾的时候，皇帝可要知道孰轻孰重啊。"

柴墒听了这话，不好辩解，只得低头答应道："母后说得是，儿臣记下了。"说完便坐在太后身旁陪着说些闲话。

至晚间，皇后沐浴熏香之后，便坐在床边等着柴堉前来。正焦急时，便听暖阁外面有众人的脚步声响，皇后于是赶忙站起身迎了出去。谁知出了暖阁一看，来的并非是柴堉，而是太后，皇后忙躬身道："臣妾叩见太后。"

太后扶着小玲坐在了椅子上，说道："这么晚了，皇后还没休息？"

皇后道："臣妾还不是很困。"

太后道："莫不是在等皇上吧？"

皇后只得点头道："是。"

太后道："皇上现在在钟粹宫，今晚是不会来了，你歇着吧。"

皇后道："既是这样，那臣妾就去休息了。"

太后道："怎么？你不问问皇上为什么不来？"

皇后道："皇上是大人，做事有自己的主张，臣妾不敢问。"

太后道："你倒是挺会说话的。那哀家告诉你，是哀家叫皇上少来坤宁宫，多去钟粹宫的。"

皇后道："臣妾知道了，妹妹身怀有孕，皇上多陪陪她也好。"

太后道："看来这道理你还是懂的。不是哀家偏心，只是裕妃此时确实需要皇上的关心。只有心情好了，腹中的胎儿才能健康，你说是不是？"

皇后道："太后说得是，大家都盼着裕妃能够早日为皇上诞下龙裔呢。"

太后点头道："皇后也能这么想，哀家心中宽慰了许多。哀家知道你的心思，你也很想赶快怀有身孕，为皇室传宗接代。想法很好，但也要量力而行，会不会怀孕，也要看上天的安排，不是死死地守住皇上就可以心想事成的。"

皇后道："并非臣妾有意守住皇上，而是皇上主动来坤宁宫的。"

太后冷笑道："你是觉得哀家对你不公了？成心阻挠皇上来找你吗？"

皇后赶忙道："臣妾不敢。"

太后道："你有什么不敢？你当哀家什么都不知道？要不是你主动前往养心殿，皇上只怕此时还记不得你吧？你看看你，弄得浑身都是香气，熏得哀家脑袋都疼了。你要干什么？想榨干皇上啊？"

皇后听了这话，又羞又气，但又不敢发作，只得强忍着说道："臣妾下次只用淡香就是了。"

太后道："只怕皇上最近没有工夫来坤宁宫的，香不香的也无所谓了，你自己看着办吧。"

"是。"皇后咬牙答应了。

太后叹了口气，说道："行了，你休息吧，眼看宁王就要进京面圣，你好好养足了精神，千万不要在宴会之上失了仪态。"说完便扶着小玲起身出了坤宁宫。

太后一走，皇后立即回身进了暖阁，坐在床上捂着嘴哭了起来。碧云见了，忙过来劝解道："娘娘不要伤心了，太后一向如此，您又何必计较呢？"

皇后哽咽道："太后对本宫时好时坏，这何时是个头啊？"

碧云道："太后只是太偏心了，同是皇上的嫔妃，您还是皇后呢，怎么能这样厚此薄彼呢？"

皇后道："裕妃她还没生呢，太后就这样欺负本宫，倘若真的让她生下太子的话，本宫还能有什么地位，岂不是天天要受气，只怕让出皇后这个位置，太后也未必能善罢甘休。"

碧云笑道："依奴婢看，事情也并非娘娘想象中的糟糕。"

皇后看着碧云道："这话怎么说？"

碧云道："娘娘您想，太后之所以这么对您，无非就是想让裕妃做皇后，但裕妃心思单纯，太后这样处处维护着她，只会让她越来越娇气，越来越不懂得人情世故。太后虽然现在掌管后宫大权，而且在朝中广布耳目，拉拢朝臣，可终究这些大臣只会听从太后，不会听命于裕妃。总有一天太后是要死的，只要太后一死，那些大臣便会另寻主子，不会侍奉裕妃这样的傻子。"

皇后道："你说得虽然有理，可万一裕妃真的成了皇后，到时想让她再下来的话也并非易事。"

碧云道："您说得是，太后现在竭力拉拢朝臣，就是想让他们支持裕妃当上皇后。您现在要做的就只有两件事，一个便是像太后一样，开始不断拉拢那些重要的大臣，如果有一天太后真的想要废您的话，那些大臣的极力反对也会让太后避让三分的。"

皇后点头道："那第二件呢？"

碧云看了看左右，小声说道："第二件就是您要随时找机会将眼中钉除掉，免得留有后患。"

皇后叹气道："本宫何尝不知道？用鹤顶红没能让她死，想利用何奇也未曾成功，本宫还能有什么办法？"

碧云道："娘娘没有明白奴婢的意思。俗话说，'擒贼先擒王'，只要太后一死，裕妃没有了靠山，您就可以稳坐钓鱼台了。"

皇后听了这话，顿时额头冒了汗，说道："那个老狐狸狡猾得很，本宫怕不是她的对手。"

碧云道："明枪易躲，暗箭难防，您不过是被她的威严吓到了，只要随时寻找着机会，终究能置她于死地。"

皇后道："话是这么说，可太后身边日日有人看护，哪里就这么轻易能下得了手呢？"

碧云道："老虎还有打盹的时候，只要是出其不意，攻其不备，不信没有机会的。"

皇后点头道："说得是。"

碧云道："所以娘娘不要再烦恼了，无论怎么样，最后赢的还是您。"

皇后想了想，也觉得碧云说得有理，于是破涕为笑道："你这丫头，倒是说到本宫心眼里了。"

碧云道："替皇后娘娘分忧，也是奴婢的本分。天色已晚，皇后娘娘还是早点休息吧。"

皇后道："好，还是早点休息吧。"说完便宽衣上了床。

第二天一早皇后吃过早饭，正准备去慈宁宫给太后请安时，太监进来道："启禀娘娘，宁王贴身侍卫文龙求见。"

皇后道："让他进来。"

不一会儿，只见文龙穿着厚厚的毛皮长袍走了进来，跪下道："微臣参见皇后娘娘。"

皇后道："赐座。"

文龙坐下后，说道："宁王已经答应皇上择日进京，所以微臣先行前来与礼部商议进京的事宜，但此时众大臣都在早朝，恐还有一段时间才能散去，所以微臣先过来看望一下皇后娘娘。"

皇后道："哦？宁王到底还是答应进京来了。"

文龙道："宁王与皇上毕竟是兄弟，手足相残的话，免不了死伤无辜，宁王于心不忍，所以决定与皇上说明利害，安分一方就是了。"

皇后叹气道："本宫早就让你们快些下手，你们就是不听，如今裕妃也已怀有身孕，就算宁王想出兵，只怕也是师出无名的。"

文龙道："其实……"话没说完，便看了看左右。

皇后会意，于是与众太监宫女道："你们都出去，没有本宫的命令，谁都不许进来。"

"是。"碧云答应着，带着众人出了屋去。

皇后看着文龙问道："你说什么？"

文龙道："其实宁王的意思是，与其刀兵相见，死伤无辜，不如里应外合，直指要害。"

皇后道："什么意思？"

文龙道："皇后娘娘为内应，文龙为外援，只要时机一到，咱们来一个里应外合，便可以刀不见血，改朝换代了。"

皇后大惊道："你们要干什么？"

文龙小声道："当然是图谋造反，偷天换日了。"

皇后道："此话当真？"

文龙道："这还能有假？宁王岂会轻易放弃皇位？皇后娘娘岂能受制于人一生呢？这次文龙先行进京，就是要和娘娘您商量此事的，只要娘娘肯助宁王一臂之力，文龙自然可以一鼓作气直捣黄龙。"

皇后听到这儿，不自觉地站起身，在屋里来回踱步。

文龙见其犹豫不决，于是道："当断不断，反受其乱。当初不是皇后娘娘献计与宁王的吗，如今为何又犹豫不决呢？宁王称帝后，绝对不会亏待了您，您想要什么宁王都会给您，只要您开口就是了。"

皇后道："你突然和本宫说这个事情，本宫一时还拿不定主意。此事关系重大，并非儿戏，本宫现在无法答应你任何事情。"

文龙笑道："皇后娘娘的心思微臣明白，但夜长梦多，娘娘还是要早做打算。下月初一，微臣会在圣寿寺恭候娘娘大驾，到时是进是退，娘娘给个定论就是了。"

皇后道："本宫明白了，你容本宫细细地想一想，下月初一去圣寿寺进香时，自然会给你一个明确的说法。”

文龙起身道：“那好，微臣就等着皇后娘娘的消息了。微臣告退。”说完便转身出了坤宁宫。

皇后见文龙走了，轻轻地叹了口气，她觉得此时的自己好像已经无路可退。宁王既然已经决定谋朝篡位，肯定就会不择手段。自己若是帮助宁王成功的话，也不见得会有什么好处；若是不帮，宁王说不定怀恨在心，会将自己以前所做的事情告诉柴墒，到时自己仍然是身负重罪，面临责罚。

正愁眉不展时，碧云走了进来，她看出皇后有心事，于是上前道：“娘娘又在烦恼什么？”

皇后看了看碧云，拉住她的手道：“本宫觉得自己走上了一条不归路。”

碧云道：“娘娘什么意思？”

“本宫从没有把你当过外人，告诉你也无妨。”皇后便将刚才与文龙的谈话告诉了碧云，然后又问：“你说本宫现在应该怎么办？真是进退两难啊。”

碧云想了想，说道：“娘娘千万不要慌乱，以免自乱了阵脚，让别人看出端倪。既然文龙约您在圣寿寺再次见面，您到时候去就是了，成与不成，还不是看您。”

皇后道：“想不到事情越来越复杂，都怪本宫一时冲动，主动写信给宁王劝他趁机谋反，如若不然，也不会有今日这样的情境。”

碧云道：“娘娘不必自责，宁王如果不想谋反，就算您写一百封信也是无济于事。奴婢倒觉得宁王谋反之心已久，只不过没有找到合适的理由，您信中所言正中其下怀，他定是觉得有机可乘，才开始筹划造反之事的。”

皇后道：“宁王一向安分守己，不像是贪图权贵之人啊。”

碧云道：“人心隔肚皮，谁知道宁王心里到底怎么想的？也许是表面一套，背地里又一套也未可知。”

皇后点头道：“你说得也有道理。既然如此，那就等本宫去了圣寿寺再说就是了。”

碧云点头答应了，然后问道：“娘娘，那个文龙到底是什么人？为什么宁王的事情都是他一手操办呢？”

皇后道："本宫也不太清楚，只知道他是宁王的一个男宠，六年前到了王府，受到宁王的宠信，如今大了，竟比小时候还俊俏，再加上他知书达理，琴棋书画样样精通，所以宁王对待他比别人强些。"

碧云点头道："怪不得呢。男人长成这个样子倒也不容易。"

皇后笑道："可惜糟蹋了。不说了，赶紧和本宫去慈宁宫吧，晚了的话，又不知那老狐狸要说出什么来呢。"说完便扶着碧云往慈宁宫去了。

自从裕妃身怀有孕，就很少去慈宁宫了，所以每日便遣清风代为向太后请安。这日清风请完安后，便出了慈宁宫往回走，远远望见皇后迎面走了过来。清风不想与皇后碰见，于是转身往御花园方向走去，这样虽然绕远，但可以避开皇后。

此时御花园中景色萧条，只有几棵松树还有些绿色，清风看着眼前的枯枝败叶，不由得叹了口气，便继续前行。正走时，只见前面的木亭中坐着一个人，从侧面看好像是个女子，长得眉清目秀，皮肤白滑粉嫩，身上裹着一见又大又宽的皮袍，这种衣服绝对不是宫中奴婢所有，所以清风觉得此人也许是后宫哪一位嫔妃，出于礼节，清风于是上前躬身拜道："奴婢叩见娘娘。"

那人听见有人叫他，忙回头看了看清风，说道："你说什么？"

清风一听这声音，明明是个男子，于是赶紧抬头道："大人恕罪，奴婢眼拙。"

话音未落，两人四目相对，那男子看着清风，突然眼睛瞪得好大，张口想要说什么，但又咽了回去。清风心中纳闷，于是道："大人您……"

那男子走出亭子，又仔细看了看清风，说道："你不认识我了？"

清风低头道："奴婢第一次见到大人，哪里会认得？"

那男子道："你再仔细认一认。"

清风抬起头，仔细看了看面前这个男子，突然，她想起了什么，于是颤声道："难道你是……"

那男子道："就是我啊，就是我。"说完便拉住清风的手，眼泪也随即流了下来。

"哥！真的是你？"清风也早已泪流满面，上上下下打量着面前这个男人。

第二十四回

回想当年事
今又痛分离

七年前的一个夏日，京城酷热难耐，先帝在乾清宫中觉得烦躁不安，虽然殿中的各个角落都放置着冰块，但潮湿与闷热的感觉仍然笼罩着皇宫。突然，先帝觉得心口一阵绞痛，脸色也变得煞白，紧接着便倒在了地上。

太监与宫女急忙找来太医为先帝诊治，但太医到的时候，先帝已经气绝身亡，太医道："皇上御龙归天。"

后宫的嫔妃们在得到消息的时候全都开始痛哭起来，只有思妃没有像其他嫔妃那样哭哭啼啼，而是马上乔装打扮出了皇宫，直奔兵部尚书许大人的府上去了。

到了许大人的府上，思妃马上让随从将自己所带来的金银珠宝送到大厅，许大人出来一看，不知思妃什么意思，稍显慌乱起来。

思妃看出他的心思，忙说道："今日本宫是特来给我儿提亲的。早就听说令爱美貌非凡，气质高贵，知书达理，贤惠非常，本宫早就想让她做儿媳妇，不知道许大人是否能应允。"

许大人听了这话，不知该如何作答，思妃此举太过突然，许大人一时也不知该如何是好。

思妃接着说道："许大人如果同意，令爱不仅可以做我的儿媳，更可以做皇后。"

许大人一惊，忙问道："这话怎么说？"

思妃道："皇上驾崩了。"

"什么?!"许大人惊道。

思妃慢慢地说道："刚刚发生的事情，皇上驾崩了。但是群龙不能无首，天下不可一日无君。皇上生前没有立储，所以新皇帝是谁，现在谁也说不好。许大人手握重兵，在朝中举足轻重，只要许大人愿意助谁登上皇位，谁就可以俯视天下。”

许大人想了想，说道：“皇上驾崩，按理说应该由长子继位才合乎礼数啊。”

思妃见许大人有些犹豫，于是赶紧跪下道：“礼为人定，人亦可更改。但时机一去，万年都不能回头。许大人只要助我儿登基，我儿必定会对大人感恩戴德。到时大人可在朝中一呼百应，助我儿治理天下，令爱也可以被封为皇后，掌管后宫，虽然大人也可以去协助长子，但长子却已经娶了别的女人，令爱已经没有机会成为皇后了。机不可失，时不再来，还望许大人快些定夺。”

许大人想了想，自己虽然年过五十，但膝下就一个女儿，他一直害怕自己死后女儿会受苦，所以想把女儿嫁个好人家，如果思妃的儿子真的能当上皇帝，自己的女儿做了皇后，那岂不是便有了保障？许大人想到这里，决定为了女儿铤而走险。

他于是扶起思妃说道：“如果娘娘答应下官可以让小女为后，下官愿意助您一臂之力。”

思妃含泪道：“都是为了自己的儿女，本宫心知肚明，一定遵守诺言。”

于是就在先帝驾崩后的第五天，许大人便帮助思妃的儿子登上了皇位，这个皇帝就是柴墒，他的母亲思妃也就是现在的太后。

太后见大事已定，便急忙开始了铲除异己的活动，不但幽禁了其他皇子，更是将想帮助其他皇子登上皇位的那些大臣无情地惩治了一番，其中就包括兵部侍郎文硕。文硕有一双儿女，男孩儿十二岁，名叫文轩；女孩儿九岁，名叫文娇。虽然一家人相亲相爱，但仍要面临骨肉分离。太后下了懿旨，将文家十岁以上的男丁一律斩首，而女眷或被发配边疆，或是入宫为奴。就这样，文娇进皇宫做了奴婢，改名为清风，寓意以往之事，随风飘远，不再铭记于心。可骨肉之情如何能忘，清风日夜思念父母兄长，也不知他们现在何处，处境如何，是生是死。其实就在清风入宫为奴之时，文硕与文轩已经被关入大牢，只等秋后问斩。可就在行刑的前几天，文轩正睡觉时，突然被父亲叫醒。只见父亲满头大汗，气喘吁吁地说道：

“你记住，等你逃出去后，一定要隐姓埋名，好好地过日子，千万别想着报仇的事情。”

文轩一时不明白怎么回事，只是问道：“父亲这话什么意思？”

文硕看牢门外无人，便将身后的稻草扒开，只见一条地洞显现出来。文轩大吃一惊，原来就在自己熟睡的每个夜晚，父亲都在秘密地挖着这个地洞。文轩刚要言语，就被父亲捂住嘴道：“别出声，赶紧逃走吧。”

文轩忙道：“父亲，咱们一起走。”

文硕道：“我走不了的，这地洞太窄了，若是再给我几个月的时间，倒可以挖得宽些。不要紧的，你走就是了。”

文轩含泪道：“我不走，要走咱们一起走。”

文硕道：“傻孩子，一个人走了总比两个都死要强。你记住，以后万万不可为官，太过凶险。”说完便催促文轩进入地洞。

文轩哭道：“孩儿不孝，不能救父亲于危难。孩儿愿意一死，不想这样苟且偷生。”

文硕怒道：“你不走才是不孝，文家现在就你一个男人了，你不走的话文家的香火何以延续？你不走的话，以后哪里还有机会找到你的母亲和妹妹？苟且偷生又能怎样？只要活着就有希望，快走！”说完便强行将文轩按进了地洞。

文轩从地洞里出了牢房，只见外面已经是天将破晓，他不顾一切地往南跑去，此时顺承门刚刚开启，文轩偷偷地溜出城门，一步不敢耽搁，只是低头往南而去，京城在身后却越来越远，不一会儿就消失在了视野中。

文轩就这样在外奔波了半年，以前养尊处优的生活好像梦境一样遥不可及，等待他的只有脏和累。为了活下去，他什么活儿都必须要干，但还不能保证能够吃饱。有一次在码头帮着雇主搬运货物的时候，他再也撑不住了，一头栽倒在地，竟然昏了过去。

文轩再醒来时，他感觉自己可能是死了，因为他觉得这个地方似曾相识，好像自己以前的家。但细看之下，这里又比自己的家还要精致一些，所有的家具都是檀木做的，每个角落中还都摆放着精致细腻的瓷器。他此时才确定自己真的死了，这里分明就是天堂。

文轩站起身，慢慢走到屋外，此时太阳已经快要落山，西边的一抹粉红慢慢地晕散开来。院子里种着石榴树，树旁放着一张石桌，石桌周围有几个石凳。一个人背对着自己坐在那里喝着茶。文轩于是小心翼翼地走了过去。

那人听见了文轩的脚步声，但是并没有回头，只是轻声问道："你醒了？"

文轩停住脚步说道："嗯，醒了。"

那人道："去吃些东西吧。"说完转过身站了起来。

文轩仰头看了看面前这个男人，他身材魁梧，好像树立的屏风，年纪三十岁左右的样子，长眉入鬓，眼神坚定，浑身上下所穿的都是丝质的衣衫，显得闪闪发亮。他摸了摸文轩的脑袋，笑道："饿了吧？吃些东西？"

文轩点了点头。

那个男人于是回身将一盘糕点递给了文轩。文轩这时才发现自己没有死，因为他感觉好饿，不一会儿一盘糕点就被他吃得干干净净了。

就这样，文轩住在了这里——宁王府。对于自己的身世，文轩尽数隐瞒，他怕自己是逃犯，会被送回京城，所以只说自己名叫文龙，自幼父母双亡，在外流浪而已。

而那个救他回来的男人——宁王，并没有相信文龙所说的话，因为他发现文龙谈吐不俗，而且琴棋书画样样精通，一个自幼在外流浪的孩子怎么可能会这些？不过宁王没有说破此事，因为他根本就不想追究。

从此宁王便将文龙带在身边，教他读书，教他武艺。在外人看来，文龙更像是宁王的孩子。文龙心里也很高兴，他觉得宁王对待自己犹如亲生，也算是幸运了。

然而就在一年后，宁王生日的当晚，文龙才发现，宁王并非将自己当作孩子。那天晚上，众人把酒言欢，宁王也喝得酩酊大醉。宴席散后，文龙将他扶进卧房休息，可文龙转身要走时，却被宁王一把揽入怀中。文龙吓了一跳，起初以为宁王不过是喝醉了，看不出他是谁，所以想要挣脱，可谁知宁王说出了他的名字，还命令他不要动。文龙没有办法，他还没有学会去反抗宁王，于是，那是他睡在宁王卧房中的第一天，从那天之后，他几乎夜夜陪着宁王，直到十五岁才搬出宁王府。

文龙之所以搬出宁王府，并非是宁王的意思，而是他手下幕僚的建议。对一个藩王来说，酷爱男风终究是一件丢脸的事情，谋臣们一开始是要将文龙杀掉，用来封住众人口舌。但宁王却怎么也舍不得，因为文龙不但长得俊美，而且文武双全，宁王实在是太喜欢他了。就这样，宁王与众人周旋了一番，终于想出了一个两全之策，那就是封了文龙一个官职，让文龙搬出宁王府，自立门户，这样众人就不会说什么了，而且宁王想念文龙时，随时可以召唤他进府，对外只是宣称有公事要办而已。

其实不但幕僚们对文龙早有不满，就连宁王的妻妾们也都对文龙深恶痛绝。明明是一个男人，肌肤竟然比自己的还要细滑，面庞竟然比自己的还要俊俏，得到的宠爱竟然比自己的还要多，换了哪个女人也是无法忍受的。

但就在文龙娇嫩欲滴的外表下，却隐藏着一颗无比坚定和莫测的心。文龙虽然能够得到宁王的宠爱，但并不代表他喜欢这样，他之所以逆来顺受，是因为他还有仇没有报，而宁王便是他手中的一把利剑。父亲说“不要报仇”的话语虽然时时在耳边回响，但文龙却无法做到，在杀掉仇人之前，他会不惜一切代价握住这件武器。他的家人一个个离开自己的身边，全都是因为京城的那场政变。成王败寇，本来天经地义，但为什么却要赶尽杀绝？既然没有杀绝，就不要怪这世上还留有余孽，这个余孽总有一天会再次降临京城，要统治者血债血偿。

于是，十五岁的文龙变成了一个城府极深的男孩儿，他利用自己的官职开始笼络谋臣，利用宁王对他的宠爱笼络财富，然后再用这些财富拉拢更多的谋臣为自己效力。而且，他无时无刻不在魅惑着宁王，他知道自己的美貌注定和宁王的那些侍妾是一样，终有衰败的一天，他要在那天来到之前，得到自己想要的一切。

十六岁的时候，文龙遵照宁王的指示，带领贡品前去京城。那是文龙第一次回到这个伤心之地，而他竟然又是从顺承门进入的京城。但这次有所不同，他是大摇大摆地骑马进去的，与当初狼狈逃离的情景相比，真的是不可同日而语。

进到驿馆之后，文龙并没有休息，而是直接携带宁王的亲笔信去了林斗勋的府上。由于当初宁王和林斗勋交情不错，所以特别遣文龙前来看望林斗勋，而信中也不过是说了一些保重之类的客套话。

但对文龙来说，此行的目的并非来林府坐坐而已。他知道想要实现自己的大计，朝中也必须有自己的人才可以。于是文龙随身带来的不只是宁王的信函，而且还带了大批的黄金珠宝赠予林斗勋。林斗勋看着这些礼品，有些不知所措，但多年的经验告诉他，眼前这个年轻人，绝对是要有求于自己的，他于是便问文龙需要他帮什么忙。

文龙摇了摇头，他知道“欲速则不达”这句古语，现在说出自己的要求有些为时过早，所以文龙只是告诉林斗勋，他不过是替宁王着想，想多知道一些朝中的机密事件而已。林斗勋点了点头，他明白了文龙的意思，于是很爽快地答应了。文龙笑着离开了林府，而林斗勋则定期寄信给文龙，告诉他朝中动向，而文龙也定期派人将更多的金银珠宝送至林府。

在京城期间，他还见到了皇后，不过那只是一面之缘，是在柴墒举办的宴会上看见的。皇后在座位上看到文龙后，便走过来和他说话，问他是不是传说中宁王身边的那个文龙。文龙顿时觉得有些不好意思，他知道自己的丑事已经传到了皇室贵族的耳朵里，但他还是承认自己的身份。皇后于是当着众人夸赞起文龙来，然后赐予了文龙许多礼物，便又归了座。其实那日皇后并无恶意，她只是和柴墒婚后已有一段时日，仍旧没有怀孕，突然见到文龙这个俊美少年，便触动了心事，所以主动和文龙攀谈起来。

可文龙心中并没有这么想，他只是觉得皇后是在当众羞辱自己，于是便对皇后更加怨恨。“要不是你父亲协助太后谋朝篡位，我们文家怎么会落得这个下场？”文龙心想。

就这样，文龙再一次确定了自己的敌人，那些杀害自己亲人的皇族，以及玩弄自己于股掌之中的宁王。

虽然复仇的火焰没有停息过，但是复仇的机会却非常渺茫。文龙一直静静等待着时机，等待着有朝一日能够将自己的仇人置于死地。这个机会终于在三年之后出现了。

那天文龙吃过晚饭，正在房中休息，突然下人告诉他宁王有急事找他，文龙于是坐马车赶到宁王府。进到宁王的书房，宁王便递给文龙一封信。文龙展开一看，原来是皇后派人送来的。大致的意思就是要宁王趁柴墒没有子嗣之时，举旗造反，夺取皇位。

文龙看了这封信后，心中暗自庆幸。他知道机会来了，如果宁王造反的话，无论是谁输谁赢，必定是两虎争斗，必有一伤。如果能够鹬蚌相争，让文龙得利，那就更好不过了。文龙暗暗平复了心中的兴奋之情，问了问宁王的意思。

不过宁王好像对此事没有多大的兴趣，他觉得安守一方不是件坏事。在自己的地盘里，什么也不缺，何必去争那些无谓的东西呢？文龙看出宁王不会轻易造反，但他还是偷偷地放话出去，说宁王已有篡夺皇位之心。谣言传到京城后，柴墒马上派林斗勋去找宁王将事情说清，以免产生误会。而宁王也派文龙前往京城，要他和柴墒当面说清楚，自己绝对不会造反。谁知两个人的队伍在途中相遇，文龙便从林斗勋的口中得知了柴墒的意思。文龙心里清楚，虽然林斗勋收受了自己的钱财，但他对柴墒仍旧是忠心耿耿，也不想让两人刀兵相见，林斗勋这次前往宁王府，必定会苦口婆心地劝说宁王不要造反，若真是如此，岂不是正中宁王下怀？那自己报仇的希望岂不是化为乌有了吗？文龙想到这里，于是便语重心长地对林斗勋说道："大人此去必定功成，但未必名就。"

林斗勋不解其意，于是开始追问。

文龙于是摇了摇头，说道："既然文龙与大人是莫逆之交，那文龙就以实相告。大人此去见到宁王，宁王必定对您以礼相待，而且言之凿凿地告诉大人他绝对不会造反。但是不是真的不造反，你我心知肚明就是了。"

林斗勋惊道："难道宁王真的要造反不成？难道他会假装答应安分守己？"

文龙道："大人想一想，有机会的话，谁不想当皇帝呢？"

此言一出，林斗勋倒不知所措起来。文龙于是又说道："大人此去，凶多吉少。小弟爱惜大人才情，不忍将大人推入火坑，只要大人按小弟所言去做的话，便可以化险为夷。"

林斗勋听了这话，连忙拱手请教。

文龙道："大人见到宁王之后，千万不要顶撞他，他说什么，你答应便是。倘若稍稍露出怀疑之态，宁王必定会杀人灭口，随即起兵造反。如果是这样的话，大人不但不能立功，反而变得死不足惜了。”

林斗勋听得额头冒汗，连连点头。

文龙又道：“大人回到朝中之后，只和皇上说宁王虽然听进了你的话，但言语之中也不能确定是真是假，这样一来，倘若宁王没有造反，便是大人的功劳；若是起兵造了反，也怪不到大人头上了。”

林斗勋听后，忙起身连连称谢。

文龙连忙摆手，不让林斗勋言谢，只求林斗勋不要将遇见自己的事情告诉别人就是了。林斗勋连连答应。第二天两人分道扬镳，各自去了。

文龙看着林斗勋远去的背影，无奈地摇了摇头，和他预料的一样，林斗勋空有一腔热血，但是没有脑子，怪不得先帝会喜欢他，因为他永远是个中立的人，不可能协助到谁，也注定了他一生没有作为。

不久之后，文龙便远远望见了京城。但文龙并没有进入城中，只是带人住进了圣寿寺附近的客栈，然后派人进宫带信给皇后，只说宁王派自己来与皇后商议起兵之事。皇后接到消息后，便与文龙约定初一之日借礼佛之机会面。文龙这次和皇后见面的目的，就是想知道皇后是不是真心要助宁王造反。如果皇后真的可以从中帮忙，那文龙就可以一箭双雕，得以报仇雪恨了。

见面之后，文龙觉得皇后确实有可能帮到自己，所以索性连京城都没进，便又转回了宁王府，扯谎说自己已经见到了柴墒，并且向柴墒说明了宁王的意图，叫柴墒放心便是了。宁王听了很是高兴，其实他不知道，文龙自己欺瞒了宁王，也设计让林斗勋欺瞒了柴墒。

就这样，文龙继续等待着机会，而这个机会并没有让他等得太久，林斗勋的再次来临让文龙看到了复仇的希望。没过多久，他就以宁王贴身侍卫的身份再次进京，商讨宁王会见柴墒的事宜。文龙知道，这是报仇雪恨的最佳机会，而皇后就是这盘棋中最重要的棋子，只要有她的帮助，自己可以省不少气力。

但世间之事常常变幻莫测，文龙这次见到皇后时，他觉察出来皇后有些许的犹豫，这让文龙有些失望。但文龙并未将心中所想表现出来，而是再次与皇后约定下月初一在圣寿寺见面详谈。出了坤宁宫，文龙一边叹气一边踱步到御花园中，看着园中衰败的景色，文龙心中一片阴沉。

“年复一年，家仇仍旧未报，刚有转机之时，希望便又渺茫起来，但愿好事多磨，让文轩得以血刃仇人，为亲人报仇雪恨。”文龙心里想着，便走进木亭中坐了下来。

刚坐下没一会儿，文龙突然听见有人和他说话，回头一看，只见一名宫女站在亭外。文龙起初没有介意，但那宫女的容貌却让文龙大吃一惊，那分明就是自己的妹妹！虽然时隔多年，但自小一起耳鬓厮磨的亲人怎么会不记得？文龙一直以为他在这个世界上已经没有了亲人，自己注定孤身一人直至死去，但清风的出现让他恍如隔世，明明再也不能相见的妹妹，怎么会好端端地站在自己的眼前？文龙忙走出亭子站在清风面前，他真的怕清风认不出来自己，他真的怕再次错过自己的亲人，他真的怕眼前的团聚只是一场梦境而已。

但是，当清风真的叫他“哥哥”的时候，他醒悟了。他记起自己还有大仇未报，如果现在暴露身份的话，之前的一切努力岂不是前功尽弃？文龙想到这里，急忙压抑住自己的兴奋，往后退了两步，抬手说道：“且慢，在下认错人了。”

清风听了这话，顿时僵在了那里，她明明可以从对方的眼神中看出那份期待，她明明认出了这人就是自己的哥哥，可为什么转瞬之间一切喜悦都成了一场误会呢？清风不解地看着文龙，而文龙却不敢再次与她四目相对，因为文龙知道，自己的眼中已经饱含泪水。文龙于是转身走开，但清风却紧追不舍。

“文轩？是你吗？”清风叫着他之前的名字。

文龙头也不回，只是厉声说道：“你个奴婢！你的主子是哪一个？不要再跟着本大人，否则给我仔细了！”

清风听了这话，只得站在文龙身后流下了眼泪，因为她能感觉出来，面前的这个人确实是自己的哥哥，因为他的声音虽然严厉，但却是哽咽在喉。

亲人分离，但终究相遇，可世事难料，虽然近在咫尺，却无法相认。清风看着文龙远去的背影，她还是不能明白，是什么让两人再一次分离，天各一方。

第二十五回

何侍诏重返旧地
文侍卫搬弄是非

这日何奇正在画院忙碌时，刘佩将他叫到一旁道："何侍诏，有件事情想要劳烦一下。"

何奇道："大人请讲。"

刘佩道："前些日子圣寿寺的和尚说，寺中壁画的颜色有些脱落，想必是因为咱们自家的颜料不好。圣上得知此事后，便命太监将去年波斯国进贡的颜料悉数搬到了圣寿寺，并且命咱们画院派人前去修补。我想来想去，还是何侍诏比较适合前去，不知道何侍诏是否愿意走一趟?"

何奇心想："此时正值三九寒天，竟然将这种苦差事派给我做，分明就是欺负人啊，为何不等到天气转暖呢?"

刘佩看出何奇有些犹豫，于是道："本来这件事我是想拖到开春再说的，但毕竟新年临近，到时圣上与太后必定会去圣寿寺上香，如果见到壁画残缺，说不定会生气的。再者说，寺内壁画大多数是由何侍诏所绘，若是派了别人，只怕达不到圣上想要的标准啊。"

何奇听了这话，也便无话可说，只得道："是，晚生自当前去将壁画补绘好的。"

于是何奇第二天一早便前往圣寿寺去了。进了圣寿寺，早有一班僧众等候，见何奇到了，便带着他来到院中观看受损壁画。何奇一见受损壁画，不由得气上心来，明明就是有些干裂，远处观看的话并无异样，这明明就是刘佩成心想要自己远离宫廷画院，远离皇上的视线。

何奇无奈地叹了口气，决定明天再开始修补。于是僧人先带他来到准备好的禅房中休息。何奇看了看禅房，倒也宽敞明亮，家具一应俱全，炭盆中还烧着炭火，整个房间温暖如春。僧人走后，何奇于是在房中东瞧西看，一会儿翻翻柜子中的佛经，一会儿看看挂在墙上的书法，倒比在画院中自在了许多。

天黑之后，僧人便送来了斋饭。由于何奇是宫廷画师，僧人不敢怠慢，所以饭菜倒也非常可口。何奇吃饱后，便觉得无事可做起来，于是随手拿起皮袄披在身上，出了房门，四处走走看看。何奇走着走着，不知不觉来到了后院，后院不像前面那样灯火明亮，只是零星几个房间里有些灯火闪烁，其他地方则是漆黑一片。何奇环顾四周，眼前的情景让他想起那日谋害饰心的一幕。也是这样一个黑夜，何奇蒙骗饰心来到后院的墙下，然后从怀中掏出砚台砸向饰心的后脑，顿时鲜血四溅。何奇眼看饰心倒在自己面前，心中顿时一阵慌乱，赶忙用事先准备好的铁锹在地上挖了一个浅坑，然后将饰心推入坑中。何奇还清楚地记得，当他将泥土覆盖到饰心身上的时候，分明还能听见饰心的呻吟之声；当他用脚使劲踩着埋有饰心的那片土地时，分明还能感觉到饰心柔软的身躯。

何奇不敢再想，他转身往回走，想回到禅房中休息。但就在转身的那一瞬间，何奇惊呆了，只见饰心穿着一身白衣站在自己的眼前，面无表情地看着自己。何奇大叫一声，“扑通”坐在了地上。

蒙眬中，何奇听见有人敲门，他看了看周围，原来是一场梦，而此时自己也已经从榻上摔到了地上。此时敲门声仍然没有停，何奇于是站起身，将门打开，只见一位相貌英俊的公子站在门外拱手道：“这位兄台没事吧？”

何奇使劲眨了眨眼，说道：“没事，怎么了？”

那公子道：“刚才小弟路过兄台门前，听里面有人大叫了一声，所以想问个究竟，看是不是有什么可以帮忙的。”

何奇道：“烦您费心了，刚才是我做了噩梦，不自觉惊呼出来的声音。”

那公子点头道：“原来如此。此地乃是佛门清净之地，想不到兄台还是遇到梦魇，看来确是心中有放不下的事情。所谓日有所思，夜有所梦，兄台只要放宽心思，自然能安心而眠的。”

何奇点头道：“公子说得有理。”

那公子点了点头，转身去了。

接下来的日子里，何奇白天补绘壁画时，经常能看到那位公子出入寺庙之中，二人见面也会闲聊几句，何奇便知道那位公子名叫文龙，乃是宁王的贴身侍卫，此次来到京城，是为了安排宁王进京的事宜。

这日初一，何奇一大早就开始忙活，刚画了一个时辰，就听见寺庙外面有声乐响起。何奇于是跑到山门往外观瞧，只见一片旌旗招展，人山人海，一打听才知道，原来是皇后前来圣寿寺进香。何奇无法，于是也随着僧众一起在大雄宝殿前迎接皇后圣驾。皇后一一参拜完佛像之后，依旧到禅房中休息。这时碧云上前道："皇后娘娘，奴婢刚才看到何奇也在人群之中。"

皇后道："当真？你去找他，本宫要见见。"

"是。"碧云于是问了寺中僧众，然后便带着何奇来到皇后的禅房之内。

皇后看着何奇笑道："怪不得总也见不到何待诏了呢，原来是来了这里。"

何奇赔笑道："臣此次来是为了修补圣寿寺的壁画。"

皇后道："原来如此。故地重游，感觉如何？"

何奇道："身在佛寺之中，心如止水，没有什么感觉。"

皇后笑道："何待诏果然是见过世面的人物，如果是换作本宫，只怕是睡在佛旁也会做噩梦的啊。想不到何待诏做了亏心事，竟然还可以安枕无忧。"

何奇看了看皇后，冷笑道："难道皇后娘娘做的就不是亏心事吗？只怕也是夜夜不能安稳吧？"

皇后本想奚落一下何奇，想不到何奇胆敢反咬自己，于是道："何待诏真是越来越老练了，本宫说一句，你有一万句等着。"

何奇道："微臣不敢，微臣只是不想再旧事重提而已。"

皇后道："旧事终究会被重提，你我犯下的都是罪孽，如果想要活命，就要看看谁有翻云覆雨的本事。放心，本宫暂时不会将你的罪行说出，如果你想要加害本宫的话，也请悉听尊便，到时咱们看看结果会是如何。"

何奇道："人不犯我，我不犯人，只要娘娘能够守口如瓶，微臣也一定只字不提。"

皇后道："但本宫并未见到何待诏的诚意啊。"

何奇道："娘娘什么意思？"

皇后冷笑了一声，说道："本宫早已让顺天府不再追查圣寿寺的事情，但为何仍不见何侍诏将瓷瓶还与本宫呢?"

何奇道："微臣之所以还未将瓷瓶送还，是因为心中仍有不安之感，还望娘娘再宽限些时日。"

皇后道："心中不安？只怕是缓兵之计吧?"

何奇忙道："臣不敢在皇后娘娘面前用计。"

皇后道："料你也不敢！新年一过，就请何侍诏将瓷瓶送回，否则本宫就真的不客气了。"

何奇道："是，微臣明白。"

皇后道："下去吧。"

何奇道："是，微臣告退。"

何奇走后，皇后生气地说道："这个何奇越发猖狂了，分明不把本宫放在眼里。"

碧云道："娘娘不必烦恼，自有他后悔的一天。"

皇后点了点头，渐渐平复了怒火，然后说道："文龙呢？还没来吗?"

碧云道："奴婢去找他。"

话音刚落，就听有人敲门，碧云开门一看，果然是文龙。

皇后道："正等着你呢。坐吧。"

文龙坐定后，说道："不知这几日皇后娘娘考虑得怎么样了?"

皇后道："本宫考虑再三，还是决定安守本分，规规矩矩地做皇后。"

皇后以为文龙听了这话，脸上必定会有失望之色，但奇怪的是文龙并没有任何表情，只是平淡地说道："既然皇后娘娘甘愿受制于他人，那宁王也甘愿逍遥于一方。微臣这次回去，会把娘娘的意思告知宁王，也好让宁王不再对谋朝篡位抱有幻想。"

皇后没有想到自己的放弃竟然能将宁王造反的计划轻而易举地击碎，这样反而倒有些不正常，皇后于是说道："那之前本宫所说的那些话与那封信……"

文龙忙笑道："娘娘请放心，您说过什么话，宁王早就不记得了。至于那封信，宁王也早就烧毁了。文龙与礼部已经商议定了，除夕之夜宁王会进京面圣，到时大家聚在一起，辞旧迎新，必定是一番歌舞升平的景象。既然是辞旧，那以前的一切自然不再被提起的。”

皇后笑道：“既是这样，那本宫就放心了。回去转告宁王，本宫在除夕之夜恭候宁王大驾，到时君臣相聚，共祝天下太平。”

文龙笑道：“娘娘放心，文龙一定转告。”

于是皇后和文龙又说了一会儿话，便起驾回了皇宫。

路上碧云问道：“娘娘，你真的放弃这次铲除太后和裕妃的机会？”

皇后叹气道：“本宫终究是女人，对女人来说，最重要的还不是丈夫和孩子？本宫而今没有子嗣，一切希望都在皇上身上。宁王若是造反成功，太后和裕妃结果如何，本宫倒是无所谓，只是皇上必然会被杀害，那到时你叫本宫靠哪一个？还是老老实实地做我的皇后吧，毕竟听起来风光些。”

碧云道：“可奴婢觉得事情未必这么简单，宁王怎么可能放弃这次机会呢？”

皇后道：“本宫倒是觉得宁王定是不会造反的。”

碧云道：“娘娘怎么知道？”

皇后道：“若宁王真的想造反，怎么可能会在除夕之夜来京城呢？那岂不是自投罗网吗？既然他敢来，就证明心中没鬼，所以定是像文龙所言，到时必定是一片歌舞升平的景象了。”

碧云点了点头，沉默不语。

皇后离开圣寿寺后，文龙便在禅房中打坐直至太阳落山。这时，一名僧人敲了敲门，说道：“施主，您吩咐的东西已经给您准备好了。”

文龙睁开眼睛说道：“请拿进来吧。”

僧人于是推门进了禅房，将一个雕漆的五层食盒放在桌子上，说道：“用不用帮您摆好？”

文龙站起身道：“有劳。摆好之后，麻烦您帮我把何侍诏请过来。”

僧人答应着，将食盒里面的菜肴一一摆在了桌子上，然后便到何奇房中说道：“文大人请您过去用饭。”

何奇心中纳闷，不知文龙何意，但还是随僧人来到文龙的禅房内。只见文龙起身相迎道：“唐突得很，还望何侍诏见谅。”

何奇看了看满桌的菜肴，笑道：“文大人言重了，何某何德何能，敢劳烦文大人如此盛情款待呢？”

文龙笑道：“何侍诏不必客气，在寺中这段时日，文龙觉得与何侍诏很是投缘，明日文龙就要离去，所以特地请何侍诏过来一聚。”

何奇道：“明日就走？”

文龙道：“不错，这里的事情办完了，要回去复命的。”

何奇道：“原来如此，那今晚定要不醉不归了。”

文龙笑着端起酒杯道：“何侍诏请。”

二人在饭桌上你来我往，不知不觉夜已深沉。文龙看着何奇已有几分醉意，于是道：“文龙有句话，不知当讲不当讲？”

何奇看了看文龙，说道：“文大人但说无妨。”

文龙慢慢地站起身说道：“文龙听说今日皇后娘娘前来进香，所以想拜见一下，以表臣子之心，但不承想却在皇后禅房门外听到了不该听到的话。”

何奇心中一惊，故作镇定地说道：“不知文大人听见了什么？”

文龙看了看何奇，说道：“文龙听见了何侍诏与皇后的对话。”

话音刚落，何奇手中的酒杯一下没有拿住，眼看就要着地粉碎，只见文龙一个箭步赶上前去，一把将快要落地的酒杯攥在手中，然后笑道：“何侍诏慌什么？”

何奇呆呆地看着文龙，半晌才说道：“果然是隔墙有耳。”

文龙笑了笑，将酒杯放在何奇面前，然后又往杯中斟满了酒，说道：“何侍诏请。”

何奇无奈地端起酒杯，仰头一饮而尽，然后说道：“你想怎么样？”

文龙笑道：“何侍诏不要着急，文龙并非要加害何侍诏，相反，文龙要帮助何侍诏去除这块心病。”

何奇无奈地笑了一下，经历了这么多事情，他知道当一个不相干的人说要帮助自己的时候，一定也是另有所求的，何奇于是道：“你说说看。”

文龙道：“从皇后与何侍诏的言语之中，文龙觉得好像你们互有把柄在对方手上，现在看似是在互相牵制，所以显得风平浪静，不知道文龙说得对不对呢？”

何奇点点头道：“可以这么说。”

文龙道：“那除了你们自己知道之外，还有其他人知晓吗？”

何奇道："还有一个宫女知道。"

文龙笑道："既然如此，你们为何不将皇后的事情说出去呢？"

何奇道："她毕竟是皇后，我与那个宫女是不可能与她抗衡的。"

文龙点头道："原来如此。既然是这样，那文龙可以助何侍诏一臂之力。"

何奇低头想了想，说道："难道文大人就不问一问是什么事情让我与皇后为敌吗？"

文龙笑道："我只知道与皇后为敌的就是文龙的朋友。"

何奇道："这话怎讲？"

文龙笑道："我也和皇后有仇，只不过时机未到，不能雪恨。何侍诏手中既然有了皇后的把柄，那皇后一定视你为眼中钉，将来只要是一有机会，皇后绝对不会放过你，一定会赶尽杀绝。"

何奇道："何某也不是可以任人宰割的。"

文龙道："可她毕竟是皇后，虽然何侍诏手上也有她的把柄，但她却有皇后这个身份。自古以来，皇后若是有罪，只可一贬，不可一斩，倘若有一天何侍诏与皇后当面对质的话，皇后可以置你于死地，而你却不可能伤她一根汗毛。"

听了文龙这番话，何奇也觉得很有道理。毕竟皇后是皇上的妻子，自己只是一个普普通通的画师。皇后关系到国家的脸面，而画师却只是一个陪衬。就算有一天自己与清风拿着证据呈献给皇上，只怕皇上到时睁一只眼闭一只眼也未可知。但若是皇后将自己的罪行告知天下，那自己则是必死无疑。想到这里，何奇不由得垂头丧气起来。

文龙知道何奇心中所想，于是说道："何侍诏不用烦恼，文龙刚才已经说过了，可以助你一臂之力的。"

何奇道："文大人说说看，怎么个助法？"

文龙道："何侍诏可以借文龙的手除掉皇后，到时就算有人询查此事，也是文龙一人承担，绝不牵扯到何侍诏，而且只要皇后一死，何侍诏就可以安枕无忧了。"

何奇笑着摇了摇头，说道："你说得太过简单了，哪里就那么容易下手呢？"

文龙道："事在人为，只要是想做，就一定有办法，皇后与何大人都应该明白这一点的。"

何奇看着文龙，他明白文龙的意思，无论是他杀死饰心还是陷害孙目达，或是皇后杀害婉妃，这一切不都是“事在人为”吗？其实只要是狠下心来，凡事都有可能。但何奇难以理解在文龙这俊俏的脸庞下面竟然有一颗这么狠毒的心，在他的口中，杀死皇后就像是喝酒吃饭一样简简单单，不带有一丝的恐惧与紧张，不知道文龙与皇后究竟有怎样的仇恨，竟然能让他铤而走险。其实何奇不知道，文龙与皇后并无大的过节，文龙之所以这么说，不过是想找个借口让何奇觉得自己与他同处一线，拉近距离罢了。不过何奇想不到这么多，他只是咽了咽口水，颤声道：“文大人容何某想一想。”

文龙道：“何侍诏还想什么？人为刀俎，我为鱼肉，眼看就要命丧黄泉，你还在这里犹豫不决？皇后迟早都要对你下手，你现在能做的只有先下手为强啊，倘若一拖再拖，只怕夜长梦多，你就再也醒不过来了！”

何奇没有说话，他实在是没有想到自己会走到这一步，名利的诱惑将其拖入绊脚的泥潭。他突然怀念起以前在水泉寺的苦日子，虽说那时饥寒交迫，人穷志短，但每日不会担惊受怕，提心吊胆。现在虽然锦衣玉食，受人尊敬，但每日却要小心提防，如履薄冰。何奇突然产生了隐退的念头，他想再回到以前的生活，可他转念一想，那种穷日子真的已经受够了，饥寒交迫的感觉只要体会一次，就不想再有第二次。再说就算自己真的辞官不做，只怕皇后也不会放过自己的，因为只有死人才不会吐露任何秘密。不如一搏吧！

想到这里，何奇看着文龙，一字一句地说道：“你说说看，何某能帮你什么？”

文龙心中大喜，但还是平静而坚定地说道：“不是帮我，是帮你自己！”说完便咬破中指，将血滴进酒杯。

“你这是？”何奇惊道。

文龙道：“你我二人歃血为盟，倘若有一天有负对方，定遭天谴，万劫不复。”

第二十六回

举剑斩恶奴
脱罪绑忠仆

文龙回到宁王府当晚，便被宁王硬拉进了卧房。宁王许久未见文龙，岂能轻易将他放过，整整折腾了半个晚上才罢休。

文龙躺在床上，只觉得浑身乏力，双腿发软。他看着睡在一旁的宁王，真想一刀刺过去了事。但他不会这么做的，他要一网打尽，一个不留。这次到京城虽然没有得到皇后的帮助，但却寻到了何奇，也算是皇天不负苦心人了。

就这样，文龙心中盘算着整盘计划直至天色微明，然后便翻身下床，穿戴整齐之后，直奔自己的住所去了。

进了大门，只见家仆可呆过来道："公子刚从京城回来？要不要沐浴更衣，然后吃些东西？"

文龙道："是要沐浴更衣，我觉得身上太脏了，多准备一些盐，然后把新的衣服拿来我换。"

"是。"可呆说完退了下去。

文龙沐浴完毕后，可呆手捧着新衣服进了卧室，服侍着文龙穿好，然后问道："公子用饭吗？"

文龙道："有什么可吃的？"

可呆道："有五仁粥、江米粥、炒豆芽、清蒸雏鸡、焖羊肉、各式小菜和各式点心。"

文龙道："五仁粥和一些点心吧，端到卧房来，我吃完睡一会儿。"

"是。"可呆答应着去了。

文龙于是用完饭后便躺在床上休息。不知过了多久，文龙感觉有人推他，睁眼一看是可呆，于是迷迷糊糊地说道：“做什么？”

可呆道：“宁王府的人来找您。”

文龙不耐烦地翻身道：“告诉他们我睡了。”说完又闭上了眼睛。

可呆道：“小人也是这么说的，但他们不听，非要见您，说是宁王有急事。”

文龙气道：“那你去问问是什么事，说我晚点过去。”

可呆答应着去了，不一会儿文龙便听见院子里好像有人吵架，搅得他根本睡不着觉，文龙于是披了衣服起身来到门外，只见可呆正与两名宁王府上的家奴推搡，文龙见了大声道：“干什么呢！”

三人听见文龙的喊声，马上停了手，文龙道：“怎么回事？”

可呆忙过来道：“公子，我照着您的话和他们说了，但是他们不听，非要闯进来。”

文龙厉声道：“放肆！你们两个是什么东西，没有我的允许，竟敢擅闯我的宅邸？”

其中一人道：“我二人是奉宁王的命令来请您去府上的，宁王说了，见不到您不能回去。”

文龙看着此人嚣张的派头，打心底一阵厌恶，于是道：“我刚刚从宁王府回来，宁王还有什么事？”

另一人道：“小的们哪里知道？宁王一觉醒来，身边无人，只怕是不放心您的安危吧。”说完两个人竟然“咯咯”地笑出了声。

文龙听了这话，顿时觉得脸上发烧一般，他最恨别人拿此事取笑，想不到这两个人竟如此大胆，当着自己的面说出这样的话。文龙仔细一看，认出这两人是宁王身边的家仆，于是忍气吞声地说道：“麻烦你们告诉宁王，就说文龙累了，稍后就会过去见他。”说完转身便回卧房。

谁知其中一人笑道：“公子还是和我们回去吧，要不我们不好交差的，我们知道您累了一个晚上，但您也得体谅体谅我们啊。”

话音刚落，只见文龙一眨眼的工夫便到了那人面前，还没等那人反应过来，文龙早就抽出他肋下的宝剑在其颈上一划，顿时鲜血喷涌而出。那人捂着伤口栽倒在地，身体不停地抽搐起来。

另外那人自知不是文龙的对手，转身就要跑。文龙哪里容他逃走，一个箭步上前，伸手直接掐住了那人的后颈，紧跟着腕上一用劲，就听“咔嚓”一声，那人便耷拉着脑袋倒在了地上。

文龙站在原地，看着身旁的两具死尸，不由得叹了口气。可呆上前道：“公子您这是？”

文龙道：“是可忍，孰不可忍啊。”

可呆道：“这两个人是宁王的贴身家仆，公子这样做，只怕是不好交代吧。”

听了可呆的话，文龙心里也有些后悔，后悔自己一时冲动，不该意气用事。但人都已经死了，后悔也是无用，文龙还是决定和宁王当面说清楚，毕竟死的只是两个下人，宁王想必也不会太过责备自己。

“备车，”文龙和可呆说道，“去宁王府。”

可呆忙道：“公子要做什么？”

文龙道：“去和宁王请罪。”

可呆道：“公子何罪之有，是这两个恶仆不懂礼法。”

文龙道：“打狗还要看主人的，何况是人，我还是去亲自请罪吧。”

可呆忙拦住道：“公子此一去，岂不是要坏了大事？”

文龙道：“什么大事？”

可呆犹豫了一下，说道：“公子这半年来在忙什么，别人不知道，难道可呆也看不出来？公子此次杀了宁王的贴身家仆，宁王必定会怀疑公子的忠心，倘若宁王真的开始处处小心，那公子的努力岂不是要前功尽弃？”

文龙听了这话，一把抓住可呆的手腕道：“你说什么？你都知道些什么？”

可呆道：“公子放心，可呆知道的不多，但还是能猜出一些的。”

文龙知道，可呆是宁王派给自己的家仆，其实就是宁王的耳目，自己的计划若是让可呆知晓了，那宁王也就必定知晓了，文龙于是道：“宁王也都知道了？”

可呆道：“宁王若是知道，公子此时还能在这里吗？可呆什么也没有说。”

文龙放开可呆，问道：“你不是宁王安插在我身边的耳目吗？这几次去京城，我之所以没有带你，就是不想你知道什么。但是没有想到，平常看你不言不语的，原来是心里有数啊。”

可呆道：“公子放心，可呆不会向宁王透露半句。”

文龙道：“我为何要相信你？”

可呆突然双膝跪倒，然后向天发誓道：“可呆若是对公子有异心，必定万箭穿心而死。”

文龙奇怪道：“你到底是我文龙的人，还是宁王的人？”

可呆道：“我家世代为宁王家奴，自然是宁王的人，但可呆既然服侍了公子，自然就是公子的人。”

文龙笑道：“那说到底你还应该是宁王的人才对。”

可呆说道：“可呆刚才已经发过毒誓，难道公子还不相信我的忠诚？倘若可呆想加害公子，何必还将实情相告？可呆的忠心，日月可鉴。”

文龙伸手扶起可呆，说道：“说破了天去，也是没有用的，我杀了宁王的家仆，已经是不可更改的了。”

可呆道：“公子不必忧心，可呆有个办法。”

文龙忙道：“什么办法？”

可呆道：“公子只要将我绑了，说是我杀的，宁王便不会怪罪到公子头上了。”

文龙道：“大丈夫一人做事一人当，何必要拖别人下水呢？”

可呆道：“公子刚才就已经是意气用事，难道现在仍然执迷不悟？而今最重要的就是要稳住宁王，以保公子周全，可呆不过是受些责罚而已，公子千万不要以小失大。”

文龙看了看略显憨厚的可呆，说道：“我还是不明白，你为什么要帮我？我不过是宁王捡来的一条狗，他高兴时就拍一拍，不高兴时理也不理。而你却是他的家奴，难道你会为了一条狗而和自己的主人作对吗？”

可呆笑着摇了摇头，说道：“公子自认为是一条狗，未免有些看不起自己了。在可呆眼中，公子就是一块美玉，可呆每日只要能看上一看，也便心满意足了。可呆知道公子心里的委屈，也知道公子不喜欢现在的生活，但可呆只是个奴才，帮不上公子什么忙，只是尽力将公子的生活起居打点好就是了。如今公子有难，可呆能够舍身救主，也算是尽了职责了。”

文龙听了可呆的这段话，心中也明白了八九分。他也清楚，倘若宁王真的因为此事怪罪自己的话，那之前的努力很可能会功亏一篑，一点点差错都会让文龙的复仇计划失败。在这关键时刻，自己的一时冲动造就了无法弥补的过失，既然有人愿意牺牲自己填补这个漏洞，也未尝不是一件好事。

文龙想了想，于是道："好吧，那就照你说的去做。你放心，你的恩情，文龙不会忘记的。"

可呆道："那公子就请将我押到宁王府吧。"

文龙点了点头，用绳子将可呆捆了，将其推进马车，便径直往宁王府去了。

到了王府，众家仆急忙进去通报了宁王，说文龙绑着可呆进府求见。宁王也觉得奇怪，于是穿戴整齐出了厢房，直接往客厅来了。

文龙见宁王进了客厅，赶忙跪下道："文龙见过王爷。"

宁王示意文龙起身，然后坐在正中道："怎么回事？"说完便指了指跪在一旁的可呆。

还没等文龙说话，可呆便抢先道："奴才该死！"

宁王皱了皱眉，说道："怎么该死？你说说。"

可呆道："刚才您派去的两位家仆被可呆杀了。"

"哦？"宁王笑了笑，说道，"这是怎么回事？你杀他们做什么？"

可呆道："刚才公子正在府上休息，那两人便吵吵嚷嚷地进了府里，可呆怕惊醒公子，于是便让他们收声，可谁知到那两个人仗着有王爷撑腰，把奴才的话全都当成了耳旁风，仍然大嚷大叫，还闯入了院子。奴才气不过，和他俩动起手来，谁知刀剑无眼，竟将两人杀了。"

宁王听后点了点头，说道："不过是两个仗势欺人的狗奴才，死就死了吧，难得文龙这般懂事，竟将凶手亲自送来，就冲这一点，本王也应该网开一面。罢了，就罚可呆三十大板吧，以后万万不可再这般冲动了。"

可呆听了这话，忙磕头道："谢王爷不杀之恩。"

文龙也忙跪下道："谢王爷开恩。"

宁王摆了摆手，说道："可呆下去领罚吧，文龙到我书房来，有事问你。”

“是。”文龙答应着，跟在宁王身后进了书房。

宁王来到书房，看着文龙，轻轻叹了口气，说道：“你让本王有些失望啊。”

文龙不明白宁王什么意思，于是躬身道：“文龙以后一定好好看管下属，绝对不会再出这样的差错。”

宁王摆了摆手，说道：“本王说的不是这个。本王的意思是你不应该骗我。”

文龙道：“文龙不明白。”

宁王道：“你有什么不明白的？那两个下人明明是你杀的，为什么让可呆替你赎罪呢？”

文龙一听这话，急忙跪下道：“王爷明察。”

宁王笑了笑，说道：“按说你是了解我的，我平常是宽厚了些，但不代表我心里不明白。可呆从小是我的家奴，他有几斤几两我能不知道？就凭他的身手，怎么可能杀死两个人呢？”

文龙自知瞒不过，只得道：“文龙一时糊涂，还请王爷治罪。”

宁王道：“我知道你的为人，定是那两个人得罪你了，我怎么能为了两只狗而怪罪你呢？以后不许这样了。我只是不明白，你一向聪明，怎么会出此下策呢？是不是有什么心事？”

文龙道：“文龙只是一时糊涂而已。”

宁王道：“但愿你只是一时糊涂，赶紧起来吧。”

文龙于是站起身，垂首立在一旁。

宁王道：“让你回来，是想问问去京城的事情安排得怎么样了。”

文龙道：“今天是十六，咱们下个月月中出发，一路上不用着急，差不多大年夜的前一两天到京城。”

宁王道：“好，正好能赶上除夕之夜举国欢庆之时。”

文龙道：“其他的事情文龙与礼部都已经安排好了，也不劳您费心的。”

宁王点头道：“好吧，辛苦你了。”

文龙道：“为王爷办事，不觉得辛苦，王爷对文龙恩重如山，文龙无以为报，唯有对王爷交代下来的事情尽心竭力罢了。”

宁王道：“好。这次与皇上的会面意义非凡，自从上次林斗勋来过之后，本王便打定了主意，还是默默安守一方更为妥当。这次本王亲自进京面圣，也是为了给皇上吃一颗定心丸，否则兄弟之间互相猜忌，始终不是好事。”

文龙道：“王爷深谋远虑，文龙佩服。”

宁王于是和文龙又说了会儿话，便叫他回去了。文龙出了王府的大门，只见可呆正趴在车里不住地哼哼，他见文龙出来了，于是道：“公子你没事吧?”

文龙看了看可呆，叹了口气，说道：“你这板子白挨了。”

“啊?”可呆不明白什么意思。

“回去说吧。”文龙于是带着可呆回到了自己的宅子。

回到家之后，文龙便把宁王所说的话和可呆说了一遍，可呆趴在床上道：“还真是白挨了这几下啊。”

文龙道：“打都打了，还是好好养养吧。”

可呆道：“只要王爷没有怀疑到公子，这几下还是值得的。”

文龙踱步来到窗前，看着碧蓝的晴空，心想：“今年的冬天好像比往年更冷些，倒不知新年过后会不会暖和起来呢。只怕我也看不到明年的春日了。”

第二十七回

慈宁宫外巧遇皇后
永寿宫中又见清风

皇宫虽有高墙围绕，但也难以抵挡寒风来袭。何奇自打从圣寿寺回来，京城的天气就越发寒冷了。这天何奇一早睁了眼，只听见窗外寒风呼啸，他伸手拿起放在地上的火钳，拨弄了一下铜盆中的炭火，隐约只见几个火星四溅，便再无热气了。

何奇叹了口气，躺在床上望着房顶，那日在圣寿寺的情景依然清晰地印在脑海里，何奇还记得，他也忍痛咬破手指，将血滴进酒杯，与文龙歃血为盟。文龙于是递给何奇两个一大一小的瓷瓶，然后说道："这大瓷瓶里是迷药，这小瓷瓶里是解药。"

何奇点了点头，于是二人商议妥，便各自去了。

何奇伸手从枕头下面拿出那两个瓷瓶看了又看，然后将大瓷瓶的塞子打开，顿时一股清香散逸出来，何奇只觉头有些眩晕，于是赶忙将瓶塞拧紧，然后将两个瓷瓶又塞回枕下。

此时天色已明，何奇起身穿戴整齐，径直往画院走去。谁知到了画院门口，便见一个太监在那里哆哆嗦嗦地站着，何奇于是上前道："公公怎么不进去暖和暖和？"

那太监回头见是何奇，忙说道："奴才正等何侍诏呢，太后有事找您。"

何奇听是太后找他，于是道："太后找下官何事啊？"

那太监道："奴才不知道，奴才只是过来传话。"

何奇一向胆小，尤其是这次与文龙圣寿寺之约以后，更是草木皆兵，虽然心里知道太后找他不会是这件事，但还是紧张得不行，一路上战战兢兢地随太监来到慈宁宫。

何奇进了暖阁，只见太后正坐在椅子上捧着黑釉茶盏吃茶，小玲则在旁边将一块烧着的沉木投到桌子上的青瓷香炉里，然后又在香炉上盖了一个镂空雕花的银盖儿。

何奇上前两步跪下道："微臣参见太后，恭祝太后福寿安康。"

"起来吧，"太后道，"安康什么？这两日精神都不如以前了。"

何奇起身道："太后身体若是不适，就请御医瞧瞧吧。"

太后摆手道："也看不出什么来，心里不舒坦，便哪里都不得劲了。"

何奇不知该说什么，只是沉默不语。

太后将茶盏递给小玲，然后道："大年夜皇上要宴请宁王，这事儿你知道了吧？"

何奇道："微臣略有耳闻。"

太后道："这次宴请宁王，皇上的意思是最好自家人聚一聚就可以了，所以选在保和殿。至于大臣们，除了林中丞之外，别人也就不用来了。而你们画院还是要照例献上几幅画作，以助雅兴才是。"

何奇心中大喜，心想果然不出自己所料，于是笑道："微臣明白，微臣一定在除夕之前画好，到时请太后过目。"

太后点头道："嗯，哀家一向重视何侍诏的才华，你可千万不能让哀家失望。刘佩年岁已高，眼看就要告老还乡，这画院学正的位子，哀家倒是想给你来坐，只是你进入画院时日尚短，也无有功劳，所以哀家才将这个重任给你，再加上明年春天的《百鸟朝凤图》，你只要一步一步地走好，这事情自有水到渠成的一天。"

何奇忙跪下道："微臣叩谢太后，微臣自当竭尽全力，以报太后的大恩大德。"

"快起来吧，"太后道，"等你做了学正，再来谢哀家不迟。你先去吧。"

何奇答应着，躬身退出慈宁宫。

何奇万万没有想到太后这么看重自己，竟然想将画院学正之位给他，不由得暗自高兴，全然没有看到迎面走过来的皇后。

皇后见何奇心不在焉地从对面过来，心里早就猜出是什么事情，于是稍稍提高声音道："本宫要恭喜何侍诏了。"

何奇猛一抬头，见是皇后，急忙躬身道："微臣参见皇后娘娘，微臣一时走了神，没有看到娘娘千岁，还望娘娘恕罪。”

“罢了，罢了，”皇后道，“何侍诏是刚从慈宁宫出来吧？俗话说人逢喜事精神爽，看来太后准是有好话告诉了何侍诏了。”

何奇忙道：“您的意思是？”

皇后笑道：“前儿本宫去慈宁宫给太后请安的时候，太后都已经说了。不过你也别顾着高兴，你怎么就不想想太后为什么要把学正的位子给你呢？”

何奇听出皇后话中有话，赶忙道：“还望皇后娘娘明示。”

皇后整了整身上的貂皮大氅，说道：“按理说刘佩若是告老还乡的话，这学正的位子也轮不到你头上，现在太后之所以要将学正的位子给你，无非就是三点，一是圣寿寺的壁画太后非常满意，二是裕妃在一旁替你说了好话，三是最有可能接替学正之位的孙目达也被你赶出了画院。何奇啊何奇！你才是真人不露相啊！本宫万万没有想到，你竟然如此的有心机，看你平常呆头呆脑的，原来却是一个城府极深的人。这左右逢源，八面玲珑，暗中使绊的本事，本宫真是要向你学习才是啊。”

何奇道：“微臣不敢，微臣从没想过要坐学正之位啊。”

皇后冷笑道：“嘴长在你身上，怎么说都可以。为了进宫廷画院，杀人的事都干得出来，还有什么做不出来的？”

何奇听了这话，本想争辩，但一想到皇宫内人多口杂，难免隔墙有耳，于是也便不言语了，只是低着头不说话。

皇后明白这件事情何奇不愿提及，于是道：“罢了，说这些做什么，你去吧，记得新年过后，该交还给本宫的一定要交还啊。”说完便扶着碧云往慈宁宫给太后请安去了。

何奇见皇后走远，才深深地叹了口气，他突然觉得自己离画院学正的位子又远了许多，因为皇后随时可以将自己以前的丑事公之于众，到时别说是学正的位子，就连性命也难以保全了。何奇看着远处皇后的背影，更加坚定了帮助文龙除掉皇后的决心。皇后是块挡路的石头，她挡住了何奇通往画院最高处的道路，何奇相信，他能将这块石头踢走，就像踢走孙目达一样。

何奇就这样想着，一直愣在原地，这时突然有人过来轻轻拍了何奇一下，何奇转头一看，原来是魏清荷。

何奇赶忙笑道："许久未见，贤弟一向可好？"

魏清荷道："托福，托福。大冷天的，兄长站在这里做什么？"

何奇道："刚从太后那里出来，正要回去呢。"

魏清荷道："昨日太后的贴身宫女小玲来太医院说太后身体不适，所以我今天特地过来瞧瞧，兄长刚才去慈宁宫，可觉得太后身体有恙？"

何奇道："太后只说心里不舒坦，所以身上也便不自在了。"

魏清荷道："只怕是肝气郁结吧，老毛病了。"

何奇道："既然贤弟要去给太后瞧病，那我就不便打扰，告辞。"

何奇刚转身要走，魏清荷道："兄长身上是什么味道？"

"什么味道？"何奇看了看魏清荷，然后抬起双臂自己闻了起来，说道，"没有什么味道。"

魏清荷道："可能是沉木的香气吧。"

何奇道："那就是了，刚才太后的暖阁里烧有沉木的。"

魏清荷道："原来如此。那小弟先告辞了，改日再与兄长一会。"说完便背着药箱往慈宁宫去了。

谁知魏清荷刚出隆宗门就听有人在背后道："魏大人留步。"

魏清荷回头一看，只见清风从红漆大门后面走了出来。

魏清荷纳闷道："你在这里做什么？"

清风道："奴婢特地在此等候魏大人。"

"等我？"魏清荷更是奇怪。

清风道："不错，奴婢听说太后身体不适，便猜到会有太医前来诊治，没想到真的是魏大人前来，也不枉奴婢等候多时。"

魏清荷道："等我来做什么？"

清风道："奴婢想向魏大人要些丸药。"

魏清荷道："什么丸药？"

清风道："安胎的丸药。"

魏清荷道："这个就不用了，裕妃娘娘怀有身孕的这段时间是由姚太医负责诊脉，该吃什么药，尚药局自会煎煮，你去和姚太医说就是了。"

清风道："魏大人误会了，奴婢之所以要安胎的丸药，就是不想大张旗鼓地去煎煮，以免让人说出什么，因为这药是奴婢想吃。"

魏清荷大惊道："你说什么？莫非你仍然有孕在身？"

清风点了点头。

魏清荷无奈地笑了笑，说道："真是奇怪了，竟然有人这么不怕死吗？你知不知道你犯的是死罪啊？倘若被人发现的话，可就是一尸两命啊。"

清风往前走了两步，说道："魏大人放心，清风不是涉世未深的小孩儿，这其中的轻重缓急，清风也都知道。就是因为清风知道，才会在此等候魏大人以求安胎丸药。既然魏大人已经帮着清风隐瞒了怀孕之事，那就请魏大人好人做到底，助奴婢将此胎顺顺利利地生产下来。"

"胡闹！"魏清荷厉声道，"你若还不知悔改，那魏某只有将此事禀明太后，让太后做个公断。"

清风笑道："只怕到时魏大人是搬起石头砸自己的脚啊。"

魏清荷道："你这是什么意思？"

清风道："魏大人想知道奴婢是什么意思，就请附耳过来。"

魏清荷心中甚是奇怪，便凑到清风身旁，清风于是附耳与魏清荷说了几句，然后便笑嘻嘻地看着魏清荷。

魏清荷听了清风的话，双眼倒是瞪得比平时大了许多，脸上的颜色也是红一阵白一阵，呆了半晌才说道："此话当真？"

清风道："魏大人若是不信，可以当面去问。"

魏清荷急忙道："微臣不敢，微臣不敢！"

清风道："那奴婢要的丸药不知魏大人可否相赠啊？"

魏清荷急忙道："一定，一定。"

清风道："此事不能声张，魏大人悄悄给我就是了。"

魏清荷奇怪道："这是为何？"

清风道："魏大人不必多问，清风心里自有主张。现在最重要的就是腹中的胎儿，千万不能有一点闪失。等事成之后，清风一定不会亏待魏大人的。"

魏清荷道："不敢不敢，此乃微臣的本分。"

清风笑了笑，说道："那魏大人先忙，奴婢去了。"说完便转身回了钟粹宫。

时至晚间，清风与翠儿服侍裕妃睡下后，便都各自去歇息了。

清风见四下无人，便披了棉袍，戴了棉帽，套了兔皮手套，手持灯笼往永寿宫走去。进到永寿宫后，清风从怀里掏出火折，点燃了桌子上的蜡烛。只见屋内陈设依旧如故，只是落了些许的灰尘，而案上的灵位也早已撤走了。

清风呆呆地坐在椅子上，回想着曾经和婉妃在一起的日子，也回想起在天牢中和婉妃度过的最后一段时光。其实清风时常偷偷跑来永寿宫，就是为了不让自己忘记她曾经的主子婉妃是如何死的，这个仇她答应过婉妃一定会报。现在清风身怀龙种，终于有资本和皇后抗衡，但清风也知道，没有十足的把握，是无法将皇后治罪的。她现在要做的，就是等待时机，一旦出手，就不能再让皇后翻身了。

此时正是三九节气，不一会儿，清风便觉得寒意刺骨，于是便徐徐地站起身来准备回钟粹宫。这时就听房门有响动，紧接着有人说道："可是清风？"

清风认得这个声音，于是提起灯笼看着门口道："是何侍诏吗？"

只见何奇身上裹着皮袄进来道："可不是我？我就说嘛，这永寿宫亮着灯，必是你来了。"

清风笑道："何侍诏路过这里？"

何奇摆手道："怎么会路过这里？我是专程前来的。"

清风道："您来这里做什么？"

何奇道："何某自觉有愧于婉妃，所以每逢初一十五都会过来的。"

清风道："今天正好是初一，何侍诏有心。"

何奇道："哪里，哪里。"说完便从怀中掏出三炷香来。

清风道："何侍诏想得倒是周到。"

何奇递给清风一支香，说道："不知道你来，本来我是想上三炷香的，既然咱们是两个人，那就一人点一支吧。"

"也好。"清风说完便与何奇将香点燃。

清风持香拜了拜，口中念道："婉妃娘娘，清风无能，时至今日，还未曾替你报仇，但您要相信清风，只要时机成熟，清风一定会为您昭雪。"

何奇笑了笑，也拜道："微臣明明可以告发皇后的罪行，怎奈其位高权重，就算微臣真的说了，只怕到时不但不能将其治罪，反倒误了自身的性命。但婉妃娘娘请放心，微臣已有计策应付，到时不但可以为你报仇，而且还不会连累他人。”

清风一听何奇这么说，于是道：“何侍诏此话当真?”

何奇还是笑了笑，将香插入案上的香炉中，说道：“说了你也不信。”

清风也将香插进香炉，然后说道：“你不说怎知我不信?”

何奇转身坐在了椅子上，笑道：“不瞒你说，前几日我去圣寿寺修补壁画，竟遇见一位贵人，此人恰巧和皇后有仇，愿意助我一臂之力除掉皇后。”

清风想了想，说道：“当真？此人信得过吗?”

何奇笑道：“我们两个人已是歃血为盟，应该是可以信任的。”

清风道：“不妥。”

何奇道：“怎么不妥?”

清风道：“这件事说到底是我清风的事情，怎么能连累何侍诏进来？倘若那人将何侍诏供出，岂不是对何侍诏不利?”

清风之所以这么说，是因为她并不知道何奇也有把柄在皇后手中，皇后如果能死，对何奇也是大有好处。可陷害孙目达、杀害饰心的事情何奇不想让清风知晓，于是便大义凛然地说道：“婉妃冤屈，人神共愤，我何奇堂堂男子，怎能让你一个弱女子担待所有难事？当初何某没有及时仗义执言，已是后悔万分，今日既然有机会为婉妃报仇，怎能再次错过？杀人偿命，天经地义，皇后一死，婉妃娘娘在九泉之下也算是瞑目了。”

清风躬身道：“奴婢多谢何侍诏，婉妃娘娘泉下有知，也必然会感谢何侍诏的。”

何奇道：“不敢，不敢，人人心中都有‘正义’两个字，何某不过是性格使然，性格使然。”

清风道：“其实奴婢倒没有非想让皇后死，奴婢只是想为婉妃娘娘除去施毒害人的罪名而已。”

“皇后必须死!”何奇忙说道，“不能留啊。”

清风奇怪道：“这是为何?”

何奇知道，皇后不死，他的罪行迟早会被揭穿，但这话怎么能和清风说呢？何奇于是吞吞吐吐地说道：“你想啊，皇后这个人心狠手辣，如果你不斩草除根的话，她迟早有一天会找机会反咬你一口，到时你防不胜防，岂不是要大祸临头，所以皇后必须要死，这都是为你好啊。”

清风叹了口气，说道：“这又何苦呢？大家都不容易，得饶人处且饶人啊。”

何奇道：“只怕你饶过她，她不放过你啊。”

清风道：“那到底是什么法子？那个和皇后有仇的人又是谁？”

何奇道：“这事你就不要问了，知道的人越少越好，你记住一点就可以了，为婉妃报仇的日子指日可待。时间不早了，何某告辞。”说完便转身出了永寿宫。

清风心里一阵悸动，她没有想到今天来永寿宫竟然会有如此大的收获，之前还为婉妃的事情愁眉不展，须臾便从何奇那里看到了曙光，这一切来得太过突然，让清风惊喜万分。但清风一向聪慧，她又隐约觉得此事并非这么简单，这其中肯定有一些自己不知道的事情，仿佛这一切都隔着一层纱，那边到底有什么事、有什么人，她都不清楚。

清风摇了摇头，拿起桌子上何奇留下的最后一炷香，点燃后将其插入香炉中拜了又拜，然后回身将蜡烛吹灭，便提着灯笼回钟粹宫去了。

第二十八回

夜深沉巧遇秘事
心忧郁终得顽疾

寒风习习，冻得何奇脸上生疼。他从永寿宫出来后，快步回到了自己的住处。到门口时，何奇突然站住了，他分明记得刚才出门前将蜡烛熄灭，为何此时屋中却有光亮？何奇悄悄走过去将门推开，只见魏清荷坐在靠墙的一张椅子上，手中拿着火钳拨弄着铜盆中的炭火，弄得屋子里倒是暖洋洋的。

魏清荷见何奇进来，忙起身道："今日寒风凛冽，内务府的公公给了小弟一袋子上好的木炭，小弟想着兄长屋中寒冷，所以特地拿了一些过来。"

何奇一边将皮袄脱了，一边道："贤弟真是有心，为兄感激不尽。"

魏清荷道："小弟来了之后，见屋中无人，本想在屋外等候，怎奈外面实在是冷得刺骨，所以便私自进来了，还望兄长谅解。"

何奇道："你我兄弟之间客气什么，难不成我还想把你冻坏了不成？"

魏清荷笑了笑，说道："这大半夜的，兄长干什么去了？"

何奇一时不知该如何作答，只是支支吾吾地道："这……去解手罢了。"

魏清荷笑道："原来如此，想必最近兄长怕是脾胃不和吧？"

何奇道："为何这么说？"

魏清荷道："小弟在此已经等候快半个时辰了，兄长若不是脾胃不和拉了肚子，何以会这么长时间呢？"

何奇只得笑道："可不是吗？这段时日总是觉得不舒服。"

魏清荷笑了笑，说道："既然这样的话，小弟明日派人送些白术丸过来就是了。"

何奇道："不必麻烦，不必麻烦。"

魏清荷道："兄长不要小瞧这些小毛病，所谓千里之堤，毁于蚁穴，便是这小小的蚂蚁日积月累所致。脾胃的毛病虽小，然时间一长，必然会导致五谷之精无法消化，既不能消化，五脏六腑便得不到滋养，不能滋养，运行必然受限，一旦受限，身体便会出毛病的。"

何奇笑道："到底是大夫，我说一句，你竟说出这么些，而且句句言辞恳切，看来为兄不得不听了。"

魏清荷道："我与兄长认识时间虽然不长，但却意气相投，我也看出兄长是一个老实厚道的人，所以才与您结拜为兄弟。既为兄弟，就应以诚意相见。这宫中处处有玄机，时时有危难，人心险恶，尔虞我诈，能出淤泥而不染者，实在是屈指可数啊。"

何奇笑道："我看贤弟就是出淤泥而不染的人。"

魏清荷站起身道："兄长过誉了，小弟实不敢当。天色不早，兄长早些休息吧，小弟告辞。"

何奇道："贤弟不多坐坐了？"

魏清荷出了房门，回身看着何奇说道："不坐了，兄长歇息吧。"说完就要将门关闭，谁知要关还没关时，魏清荷又淡淡地说道："兄长在魏某心中一向是个善良的人，也就是因为如此，魏某才会竭力为兄长医治身上的病症。在这皇宫之中，坏人无数，好人几乎不见，零星的几个好人，要么死了，要么也跟着变坏，魏某不求其他，只希望兄长能够多多保重，千万不要因为一念之差，误了身家性命。所谓'回头是岸'，只要兄长悬崖勒马，必定会逃过劫难，一生平安，切记，切记。"说完将门关闭，转身去了。

何奇听了这话不对，急忙追了出去叫道："贤弟这话什么意思？我不明白！"

魏清荷没有说话，只是迎着寒风往远处去了。何奇看着魏清荷的背影，心里一阵慌乱，急忙回身进了屋，掀开床上的枕头，只见那一大一小的瓷瓶仍然原封未动地放在那里，何奇长舒了一口气，呆呆地坐在床沿上，看着铜盆里那烧得通红的木炭。

魏清荷出了画院，径直往南走去，一路上只觉得寒风刺骨，冷得要命，偏偏又忘记拿着灯笼，所以只能小心翼翼地慢慢前行。正走时，就见西边的景运门内走出一人，那人身披大氅，步履婀娜，像是个女子，手中的灯笼被风一吹，来回摇摆。

魏清荷心中纳闷道："都这般时分了，宫内为何还会有人走动?"于是便停下来偷偷地观察。

那女子四处张望，确定附近无人，便快步向南去了。魏清荷见了，更加疑心，于是便跟在了后面。两人一前一后往南走去，路过箭亭，绕过文渊阁，走过文华殿，那女子向东一拐，便径直往东华门去了。

魏清荷知道东华门有御林军把守，所以便停下脚步，躲在文华门前的石狮子后面不敢作声。

那女子到了东华门之后，便被把守的御林军拦住，一伙人说了什么，魏清荷也听得不真，只看到那女子从腰间取下一块腰牌递给御林军，御林军见了腰牌，顿时恭敬起来，然后便命人将东华门打开，那女子重新将腰牌收了，便急匆匆地出了东华门。

魏清荷皱了皱眉头，到底还是没有认出那女子是什么人。皇宫守卫森严，很少准许宫中之人深夜出宫，那女子到底什么来头，竟然能在这般时分独自走出皇宫，她到底是去干什么？魏清荷想来想去，终究没有头绪。突然一阵寒风吹过，魏清荷浑身一阵哆嗦，才想起自己该回屋温暖一下了，于是赶紧转身顺着文华殿的高墙走了回去。

第二天晌午，魏清荷听说太后身体欠安，于是便背着药箱往慈宁宫去了。刚巧迎面碰见了从钟粹宫出来的姚太医，魏清荷忙笑着说道："姚大人辛苦。"

姚太医笑道："魏大人辛苦，这是去哪儿啊?"

魏清荷道："刚才慈宁宫的太监徐公公派人来说太后身体不适，让我去瞧一瞧。"

姚太医道："太后虽说身体没什么大毛病，但这小病接二连三的，老人家估计也吃不消了，俗话说'久病必虚'，该补的时候还是要补的，别耽误了才是。"

魏清荷道："学生知道了，多谢姚大人提醒。"

姚太医点头道："那老夫就不打扰你了，告辞。"说完两人错身而过，各奔东西。

但就在姚太医和魏清荷擦身而过的瞬间，姚太医突然闻到一股香气，这股香气虽然微弱，不易察觉，但其软绵绵的感觉却让姚太医永久难忘，他知道这香气是什么，于是回过身来一把抓住魏清荷的手臂道："魏大人留步。"

魏清荷吓了一跳，看着姚太医说道："姚大人有事?"

姚太医说道："魏大人从哪里得到此香的?"

魏清荷故作疑惑道："学生不明白大人的意思。"

姚太医道："不要装糊涂，这香你是从何处得来?"

魏清荷道："学生越发不明白了。"

姚太医看看左右无人，于是咬牙说道："你是太医，还与我装什么?这其中利害，你会不知道?你若不说，咱们就去找太后当面对质。"

魏清荷叹了口气，说道："到底是姚太医，当真瞒不过你。"说完便从怀中取出一只带有塞子的葫芦递给姚太医。

姚太医接过葫芦，将鼻子凑过去闻了一下，摇头道："你啊你，要这东西做什么?知不知道这东西是宫中禁品，私藏着会被杀头啊!"

魏清荷道："学生就是想趁机丢掉的，但还没来得及扔，就被您知道了啊。"

姚太医道："你告诉老夫，这东西是从何而来?"

魏清荷道："大人若是有心放学生一马，就不要多问了，学生保证一定会将此物毁掉。倘若大人想将此事告诉太后的话，那就请大人马上随学生一起前去慈宁宫，学生定会当面领罪。"

姚太医看了看魏清荷，说道："既然魏大人断定会将此物毁掉，那老夫也就当作什么也没有看到吧。不过老夫奉劝魏大人一句，小心驶得万年船，以后万万不可再将此等物品带入宫中，否则后果不堪设想。"

魏清荷长舒一口气道："多谢姚大人，大恩大德，今后自当报答。"

姚太医摆手道："老夫什么也不知道，你报答什么。"说完便转身去了。

魏清荷见姚太医走得远了，于是转身往慈宁宫去了。到了慈宁宫外，魏清荷看了看西边的宫墙，他知道，此宫墙之外就是皇宫内的金水河，顺河流而下，便是皇宫外的护城河。魏清荷于是从怀中掏出葫芦，用力朝墙外一扔，就听“扑通”一声，葫芦便落进了金水河里。魏清荷暗自点了点头，转身进了慈宁宫。

魏清荷来至慈宁宫的东暖阁外，只见太后正躺在榻上打盹儿，小玲则跪在一旁给太后捶着腿。魏清荷招手示意小玲过来，小玲于是轻轻走出暖阁道：“魏大人什么事？”

魏清荷道：“徐公公找我，说是太后身体欠安，你知不知道？”

小玲听了这话，忙小声说道：“魏大人小声些，随奴婢来。”说完掀了软帘来到回廊之上。

魏清荷跟了出去，说道：“怎么了？不让说吗？”

小玲道：“谁说不是呢，都硬撑了好几天了，吃也吃不下，睡也睡不着的，这不是刚躺会儿吗？”

魏清荷惊道：“这是怎么了？前些日子不是还好好的吗？”

小玲道：“可说呢，还不让我们传太医，这如何是好？”

魏清荷道：“我现在就去请脉。”说完便又进了屋内。

魏清荷来到太后榻前，轻声道：“臣魏清荷参见太后。”

太后微微睁开双眼，见是魏清荷，于是有气无力地说道：“是你啊，来做什么？”

魏清荷见太后面色苍白，双眼无神，于是道：“臣听闻太后凤体欠安，所以过来看看。”

太后道：“哀家没事。”

魏清荷道：“有没有事，臣只要把一把脉就知道了。”

太后缓缓坐起来道：“哀家说了没事。”

魏清荷跪下道：“太后，您可千万不要讳疾忌医啊。”

太后怒道：“放肆！”

魏清荷道：“当初皇上不听劝解，太后竭力劝说皇上要医病，如今太后自身有恙，为何却要避而不治呢？”

太后道：“哀家身上如何，自己清楚得很，不用你在这里指手画脚，给哀家出去！”

魏清荷仍跪着不动，说道：“臣身为太医，治病救人是职责所在，太后凤体抱恙，魏清荷必须要望闻问切，才能保太后安康，才能让众人安心。”

太后哼了一声道：“只怕你望闻问切之后，众人便不安心了。”

魏清荷道：“太后的意思是？”

太后叹了口气，回头对小玲道：“外面候着，别让外人进来。”

“是。”小玲答应着出了暖阁。

太后见小玲去了，于是双手撑着木榻将身直起，魏清荷急忙拿了一个缎面的靠垫放在太后身后，太后又端起榻几上的茶盏吃了一口茶，然后说道：“哀家不是讳疾忌医，哀家也知道自己身子有病，生老病死是人生规律，哀家如今这么大的年岁了，只怕到了‘病死’这一步了。”

魏清荷道：“太后何出此言？前些日子下官还给您请过脉，也看不出您有什么不好的地方啊。”

太后道：“你那几次来，哀家也都是强打精神，其实这病哀家早就有了，你问问尚食局就知道，哀家每天所吃的东西只怕比猫多不了多少的。”

魏清荷道：“既然太后知道自己身体抱恙，为何不告诉我们？”

太后沉默了一会儿，眼睛竟然有些湿润。魏清荷没有想到，平时威严的太后，竟然会在自己面前显露悲伤。太后缓缓地说道：“哀家十六岁进宫封为昭仪，侍奉先帝。但宫中嫔妃无数，想见先帝一面难上加难，有的人青丝堆雪，直至死去都不曾见过皇上。哀家苦等四年，才得受先帝临幸，继而怀孕。谁知宫中险恶非常，其他嫔妃嫉妒哀家，竟然暗中下药，将哀家腹中的胎儿打掉，还差点也将哀家害死。后来多亏有人出来做证，才将害我之人绳之以法。可哀家内心的伤痛，又该怎么弥补？这后宫之中，没有生下孩子的女人，注定会被打入冷宫，不会有人问津。就这样，哀家在冷宫生活了将近十五年，受尽屈辱，饱尝冷暖，哀家也从一个妙龄少女变作了色衰的妇人。哀家本以为会在冷宫了此一生，谁知苍天有眼，竟然又有一个机会让哀家侍奉先帝左右，才有了今日的皇上。如今哀家已经年近花甲，唯一欣慰的就是帮助皇上登上了皇位，要说人生到了这一步，死也算值得了。可偏偏皇上没有子嗣，这岂不是皇室最忌讳的事情吗？你也看见了，哀家为了皇上子嗣的事情，寝食难安，费尽心思，不过还好，多亏了你，裕妃如今才有了身孕。可是裕妃这孩子哀家是知道的，涉世未深，不能洞悉人情世故，现在她之所以能够安枕无忧，是因为哀家还在，倘若哀家不在了，这后宫嫔妃岂不是会争先恐后向她下毒手？所以哀家身子有病，也不敢说出口，怕的就是宫中人多口杂，万一传了出去，只怕有人暗箭伤人，裕妃到时就会防不胜防了。”

魏清荷听了太后这话，说道：“太后的意思下官明白，但太后怎么不想一想，倘若您有病不治，那岂不是会越来越重？本来不是什么大病，日积月累，再想治愈可就难上加难了啊。”

太后笑道：“哀家不瞒你，也不怕你笑话，上月十五，哀家去雨花阁礼佛，已在佛祖面前起誓，若佛祖能够保佑裕妃诞下龙裔，做得皇后，哀家愿意病不食药，以换取皇室的稳固，天下的太平。”

魏清荷道：“只要是多做善事，佛祖必然会保佑太后、皇上、裕妃，太后又何必独自忍受呢?”

太后道：“哀家一把老骨头了，经过这么多年的血雨腥风，哀家已经厌烦了，倘若缩短哀家的阳寿，便能换取皇室的兴隆，哀家心甘情愿。你还年轻，不懂得宫廷的残酷，今日的皇宫之中已经算是风平浪静了。你想象不到，哀家那时在后宫为妃时，后宫一片血雨腥风。张皇后、琪妃、丽妃、馨妃，哪一个不是八面玲珑，手段非常，到头来却是一个个死于非命，只有哀家和少数嫔妃侥幸活了下来。为什么哀家不让裕妃住在离慈宁宫很近的永寿宫，而是让她去了远处的钟粹宫？那是因为永寿宫是当年琪妃的住所，那琪妃死得有多惨，你们是没有见到啊！哀家怕琪妃阴魂不散，会谋害裕妃，所以才让裕妃去了钟粹宫。如今你看看，永寿宫果然不祥，那婉妃死了不是？这后宫之中就像个笼子，好没意思，如果不能为皇帝生儿育女，就只有孤单一生，默默死去罢了。”

魏清荷道：“太后的话，下官听不懂，也不想听懂，后宫再怎样血雨腥风，下官也只会遵守自己的操守。救死扶伤，治病救人是大夫的本分。见死不救，不闻不问是大夫的耻辱。如今魏清荷既然已经知道太后身体抱恙，无论太后要如何处置下官，下官依旧冒死请脉，是死是罚，魏清荷愿意领受。”说完便拿出脉枕放在了手掌上。

太后看着魏清荷年轻的面孔，心中一阵酸楚，年轻人不怕死啊！真的不怕吗？不是啊！那是他们经历不多，阅历尚浅；那是他们不知道死为何物；那是他们只有一腔热血，没有理智的判断。死亡是可怕的，它会带走你的一切，包括你的灵魂。但太后知道，皇上身边需要有这样的人，他们会用自己年轻的资本去帮助皇上抵挡外来的危险，而不是像世故的臣子那样只会见风使舵。虽然魏清荷只是一个太医，但这已经是难能可贵，太后甚至希望给魏清荷一个官做，虽然这不大可能。

太后慢慢地伸出手，将手腕垫在脉枕之上，然后轻声地说道："为哀家诊脉。"

"是。"魏清荷急忙答应了，开始细心为太后号脉。

魏清荷起初以为太后不过是偶感风寒之类，并无大碍，但用心诊脉之后，魏清荷心中一惊，他只觉太后的脉象轻取没有反应，重按之下才能感受到脉搏的跳动，而且给人一种无力、虚弱、软绵绵的感觉。这分明是阳气不足，气血两虚之症。魏清荷心中虽然惊恐，但表面上却毫无表情。号完脉之后，魏清荷道："太后不过是劳累了些，心重了些，所以有些虚弱，只要稍加调理，自会痊愈。"

太后点头道："既是这样就去开方子吧，哀家有些乏了，想躺一会儿，今天哀家和你说的话，不要再与第三人说了。"

魏清荷道："下官明白，太后休息吧，下官去了。"说完便走到外间开了方子。

就这样，魏清荷于是每天到慈宁宫为太后请脉，但太后的身子却一天不如一天，魏清荷心里清楚，太后实际上肝火过大，以致郁结，继而抑制脾脏，五谷之精或是药物都无法吸收，所以病才会越来越重。想要肝气疏散，除了药物之外，性情也是重中之重。眼看太后越发虚弱，魏清荷于是想出一个办法，他料定这个办法必会让太后眉开眼笑，心情大好。

这日早间，魏清荷依旧来到慈宁宫，此时太后还未曾起床。魏清荷于是将脉枕放在床边，太后从帐中伸出手来放在脉枕上，魏清荷细细地号完脉之后，说道："太后肝气仍有郁结，不知道为什么事情烦心呢？"

太后道："哀家的烦心事，上次不是和你说过了吗？"

魏清荷道："情绪偏激，最易得病，太后还是应该想开一些，所谓'儿孙自有儿孙福'啊。"

太后道："劝人的话谁都会说，可真的摊在自己身上，又是另一番滋味。哀家那晚想了又想，裕妃虽说身怀有孕，但是男是女，尚未知晓，倘若是个公主，可怎么办呢？"

魏清荷道："无论是太子还是公主，皇上必定会一视同仁。"

太后道："话虽不错，自己的孩子怎么都是好的，可外人不这么想啊！那些窥视皇位的人，一个个都想着皇上没有太子就好了，那样他们就有机会名正言顺地造反，夺取江山社稷了。"

魏清荷道："太后不要烦恼，皇上既然能让裕妃娘娘怀孕，那其他嫔妃怀有龙裔之时指日可待，到时她们必定会为皇上开枝散叶。"

太后道："哀家何尝不知道？只是这么长时间过去了，怎么还没有一个嫔妃来报喜呢？"

魏清荷道："什么？难道太后不知道？"

太后道："知道什么？"

魏清荷道："后宫之中已有另外一人怀有皇上的子嗣了。"

此言一出，太后迅速坐起身来，掀开帐幔说道："你说什么？！"

魏清荷道："后宫之中，除裕妃娘娘外，已经有另外一人怀有皇上的子嗣了。"

太后道："哪一个嫔妃？"

魏清荷道："此人不是嫔妃，此人乃是裕妃娘娘的贴身宫女，清风。"

太后惊道："清风？此话当真？"

魏清荷道："臣句句属实，这话是清风亲口对臣所说的。"

太后想了想，忙唤来小玲道："更衣，哀家要摆驾钟粹宫。"

第二十九回

城府深时机已到
胆量小人证才来

裕妃的肚子已经越来越大，行动起来更是加倍小心。这日早间，裕妃坐在暖阁里刚刚吃过早饭，便听人来报太后驾到。清风和翠儿忙扶着裕妃出了暖阁，只见太后气喘吁吁地走了进来，身后还跟着魏清荷。

众人见过太后，便将其让进暖阁靠南的榻上坐了。太后坐定之后，便上一眼下一眼地打量起清风来。此时清风虽然有孕，但月份尚短，而且冬天里穿得也多，也就不大显眼。其他人不曾注意，但是太后是过来人，能察觉出清风的小腹确实有些微隆。太后于是先问裕妃道："这两日胃口可还好？"

裕妃笑道："挺好的，这不早上刚刚吃完吗？"

"能吃就好，"太后说完又看了看清风，然后问道，"你吃的什么？"

清风没想到太后会问这话，于是赶忙回道："奴婢还未曾吃呢，一会儿闲了再吃。"

太后道："都吃些什么？"

清风道："米粥和各式点心。"

太后摇头道："既然身怀有孕，为何还吃得这么粗糙呢？"

太后此言一出，众人大吃一惊，清风立马想到是魏清荷将自己怀孕的事情告诉了太后，于是赶紧跪下道："奴婢并非有意隐瞒，还望太后恕罪。"

太后忙道："赶紧起来！小心伤了胎儿。"

裕妃和翠儿在一旁听了这话，顿时觉得一头雾水，裕妃忙上前两步，从下往上看了看清风，然后说道："这是怎么话说？你竟然怀孕了？天天在本宫眼皮底下待着，怎么就会怀孕了呢？"

清风道："奴婢有罪，欺瞒了娘娘！"

裕妃哭道："你知不知道你犯了宫中大忌啊？这是要杀头的啊！告诉本宫，那个混账东西是谁？"

太后忙起身拦道："裕妃胡说什么？不要哭了！那人是皇上！"

裕妃立马收住泪水，疑惑地看着太后，说道："您说什么？皇上？"

太后道："是啊。你让她自己说！"说完眼睛便看着清风。

清风忙低下头道："确实是皇上，奴婢心里害怕，所以没敢告诉娘娘。"

裕妃道："这就怪了，什么时候的事呢？"

清风道："您还记不记得今年京城的第一场雪？就是那天。"

裕妃想了想，然后点了点头。太后也点头道："好皇上！倒会见缝插针。"说完大家都忍不住抿着嘴笑出了声。

清风道："奴婢有罪！还请太后发落。"

太后看了看眼前的清风，心里倒也不曾生气。一来太后正为皇室人丁不旺而发愁，今日清风身怀龙种，能为皇上开枝散叶，正合太后本意。二来清风原先是婉妃的贴身宫女，自从婉妃死后，太后一直耿耿于怀，只觉得对待婉妃下毒之事处理得太过草率，以至于婉妃惨死狱中。正是因为太后心中有愧，所以才将清风从杂役处调到钟粹宫服侍裕妃，也算是个安慰。三来太后阅人无数，能看得出来，清风虽然机灵，但是心眼不坏，对婉妃忠心耿耿，对待裕妃也是关怀备至，所以清风今日身怀龙裔，太后心中的高兴多于气愤。

太后看了看清风，说道："既然木已成舟，哀家也就不想多言了。但你毕竟还是个宫婢，这事要是传扬出去，皇上面上无光。"

太后这话说完，清风心中已经猜出八九分，她知道大好的机会来了，于是说道："奴婢知道自己做了苟且之事，太后如何发落，奴婢都心甘情愿。"

太后笑道："你已经身怀龙裔，哀家若是罚你，只怕皇上也不会答应。不如哀家与皇上商议妥当，封你为妃，也算是名正言顺了，如何？”

太后本以为清风一定会大喜过望，连忙谢恩。谁知清风听了这话之后面无表情，只是徐徐下拜道：“清风祈求太后收回成命。”

众人都是一惊，太后道：“你这是什么意思？多少人挤破了脑袋想往上爬，你为什么却要推辞？难道你想做一辈子奴婢不成？”

清风故作悲态道：“奴婢心里清楚，进宫为奴，便是一辈子为奴，想翻身的机会极其渺茫。今日幸而受得皇恩，又有太后垂怜，清风以奴婢之身升为妃子，可以说是天大的福分。但奴婢也知道，这后宫之中，凶险非常，稍有不慎，便会凄惨地死去，婉妃娘娘就是一个活生生的例子。侍奉皇上虽然是福分，但若是因此死去，奴婢想想就会害怕。所以奴婢恳请太后收回成命，并将奴婢腹中孩儿打掉，放了奴婢这一马。”

“大胆！”太后一拍身旁的榻几，说道，“让你去除奴婢的身份而侍奉皇上，乃是万世修来的福分，你不但不谢恩，反而诋毁后宫！你什么意思？莫不是心中仍然对哀家耿耿于怀？觉得哀家对婉妃之事处理得不够妥当？觉得哀家滥杀无辜？”

清风并没有害怕，仍然淡淡地说道：“奴婢不敢。太后统领后宫，赏罚分明，众人都看在眼里，也都非常钦佩。但婉妃娘娘之事，奴婢斗胆说一句，虽然错的并非是太后，但太后确实是替人背了骂名。”

太后冷笑一声，说道：“这就奇怪了，既然不是哀家的错，哀家又为何背负骂名呢？”

清风道：“裕妃娘娘身中剧毒，太后心中焦急，于是将嫌疑最大的婉妃娘娘关入大牢，这点于情于理都没有错。但到底是不是婉妃娘娘所为，却没有足够的证据。皇后娘娘将婉妃娘娘屈打成招，致其惨死，太后虽然不究其过，但在外人看来，将婉妃娘娘严刑逼供，折磨致死的并非皇后，而是太后您，因为您是后宫之长，其他人不过是按您的意思办事罢了。时至今日，除了臆测之外，尚未有确凿证据证明婉妃娘娘毒害他人，太后也只能替皇后背负着滥杀无辜的罪名了。”

太后道："哀家听明白了，原来你还是为了以前的主子。你说得不错，哀家是没有证据证明婉妃毒害他人，但除了婉妃之外还会是谁？哀家统领后宫，责任重大，出了这等事，终究是要有个说法的。再者说，是不是屈打成招，你又怎么知道呢？婉妃既然已经承认是自己所为，那这就是最确凿的证据。"

清风道："太后既然这么说，那奴婢再斗胆问一句，既然婉妃娘娘承认是自己下毒害人，那毒药从何而来，口供之中可有提及？毒药装于什么容器之中，口供之中可有提及？如果只是嘴里说说而没有物证，那又怎么能草率定罪呢？"

太后厉声道："大胆奴婢，不要以为身怀龙裔就可以肆意妄为，哀家怎么来做事，还轮不到你在旁边多嘴！"

清风道："奴婢不敢，奴婢只是不想他人在背后对您指指点点罢了。"

太后道："你这话说得倒是好听。不过自从哀家进到这皇宫之后，被人指指点点的还少吗？哀家不在乎再多几个人。至于婉妃的事情，如果你有证据证明她是无辜的，哀家自会给你做主。如果没有，你怎么说都没有用。还是老老实实做你的妃子吧，不是谁都可以这么幸运的。"

清风见时机成熟，于是一字一句地说道："奴婢有证据证明婉妃娘娘确实是被别人陷害的！"

"哦？"太后看了看清风说道，"你是说另有她人毒害裕妃，然后嫁祸给婉妃吗？"

清风点头道："不错。"

太后道："你可有证据啊？"

清风道："有。"

太后笑道："看来你是早有准备，只怕就是等着今天吧？既然如此，那就开门见山吧。你说说看，是谁下的毒，是谁陷害了婉妃？"

清风看了看众人，说道："毒害裕妃娘娘，陷害婉妃娘娘的就是皇后！"

众人听后，异口同声道："皇后？"

太后也奇怪道："皇后？竟然是她？你可想清楚了，皇后母仪天下，关系到我皇室的脸面，倘若是诬陷了她，哀家可不饶你。”

清风道：“奴婢所言句句属实，不敢妄自揣测。”

太后道：“可有证据啊？”

清风道：“有。”说完便从怀中掏出一个瓷瓶。

太后接过瓷瓶看了看，说道：“看着眼熟。”

裕妃在一旁说道：“这是前些年汝州进贡的小摆件，一共进贡了三对，您有一对，臣妾有一对，皇后也有一对。”

太后点头道：“是了。你那对呢？”

裕妃往靠北的一张条案上指着说道：“在那儿呢不是？”

太后一看，果然案上有一对瓷瓶，和手中的一模一样，太后点了点头，对清风道：“这瓷瓶就是证据吗？”

清风点头道：“这就是证据。瓷瓶中原先装有鹤顶红，皇后就是用这瓶中的鹤顶红毒害的裕妃娘娘。此瓶之中尚有残存的毒药，太后可让太医们前来检验。”

太后笑道：“小小的瓶子说明不了什么。那天从早上一直到裕妃中毒期间，只有婉妃碰过琴弦，皇后又怎么能下毒呢？”

清风道：“太后可还记得那天您走累了，便停在半山腰休息吗？当时裕妃娘娘带着翠儿前去采菊，于是便将琴递给了碧云，大家坐在一起说笑，谁都没有注意到这件事情。也就是在那个时候，碧云将毒药涂在了琴弦之上，然后等翠儿回来的时候，又将琴还给了翠儿。”

裕妃听后，转头问翠儿道：“清风说的可对啊？”

翠儿想了想，说道：“清风说的没错，当时奴婢随娘娘前去采菊，便回身将琴递给了站在一旁的碧云，不过只是一会儿的时间，奴婢怎么能想到她会随身携带剧毒来谋害娘娘呢？”

太后此时已经气得直打哆嗦，说道：“那是皇后蓄谋已久的，就等着机会谋害裕妃呢！就算重阳当日没有得手，但今后一旦有了机会，她还是会暗下毒手的！将裕妃害死只是迟早的事情！家贼难防啊！家贼难防啊！”

裕妃道：“恕臣妾直言，这话听起来倒也有根有据，但却不足以证明确实是皇后所为。”

太后道："什么意思？"

裕妃道："这其中还有诸多问题不曾弄明白。一来这瓷瓶既是皇后的，为何会到了清风手中。二来当日翠儿将琴给了碧云，可谁也没有见到碧云下毒啊。三来就算是碧云下的毒，也要有证据证明她确实是受了皇后的指使才成。如今这三个问题悬而未决，怎么能随意妄断是皇后所为呢？"

太后点头道："裕妃说得不错，哀家一时气昏了头，也不曾细细琢磨。那清风你说一说，这三件事你可有证据？"

清风摇头道："奴婢没有证据。"

太后道："既没有证据，只凭一个瓶子，皇后只说是你偷去的，你又能奈她如何？"

清风道："奴婢虽然无有证据，但另一个人却有。"

太后忙问道："谁？"

清风道："翰林院画院侍诏，何奇。"

"是他？"太后看了看魏清荷，说道，"劳烦魏太医将何奇叫过来吧，这事先不要声张，哀家要查个水落石出，以免打草惊蛇。"

"是。"魏清荷答应着，急忙出了钟粹宫往画院去了。

此时何奇正在画院中与众画师商议除夕之夜应献什么画作呈给柴熵，此次因为有宁王在侧，所以众人绞尽脑汁，想要做些比以前更加新异奇巧的画作出来，才好让柴熵更有面子。

何奇正说着，就见一名太监进来道："魏太医有请何侍诏出去说话。"

何奇答应着，回身与众画师道："我先出去一下，失陪。"说完便随太监出了画院。

众人看着何奇的背影，小声道："这个何奇倒是哪里都能插一手，和尚药局也有往来，这会子也不知道干吗去。"

刘佩笑道："只怕是身有顽疾吧。魏清荷怕是要赶紧告诉他呢。"说完大家笑了一会儿，继续讨论。

何奇出了画院，便看见魏清荷站在那里等候，于是上前道："贤弟久等了，今日前来画院找我，可有急事啊？"

魏清荷道："兄长不必多问，随小弟去就是了。"

何奇道："我这还有好些事情，你带我去哪里？"

魏清荷道："钟粹宫，太后在那里等你。"

何奇一惊道："太后找我做什么？"

魏清荷道："兄长不要问了，随我去就是了。"说完转身便走。

何奇上前一把拉住道："且慢！"

魏清荷回头道："怎么？"

何奇此时心里七上八下，他担心是自己与文龙的阴谋败露，太后有所察觉，才会让他前去，于是道："到底是什么事，你好歹要告诉我，何某一向胆小，经不起惊吓。"

魏清荷叹了口气，拉着何奇来到角落，看看四周无人，于是说道："兄长不要担心，太后叫你去问话，你如实回答就是了，不会有什么不妥。"

何奇道："你我兄弟一场，太后到底要问什么，你先告诉了我吧。"

魏清荷道："还不是为了皇后毒害婉妃的事情。"

"什么？"何奇大惊道，"这事太后知道了？"

魏清荷道："是啊。清风和太后说了。现在就缺你去佐证了。你若去了，一切就会水落石出。"

何奇听罢，沉默良久道："不瞒贤弟说，我若是去了，确实可以证明投毒者为皇后，但何某的性命也便丢了！"

魏清荷道："这话怎讲？你放心，自有太后给你撑腰的！"

何奇摆手道："太后也救不了我的！"说完竟然痛哭起来。

魏清荷忙安慰道："兄长何必如此，凡事都有解决的办法。你若能证明皇后有罪，便是太后和裕妃的恩人，她们怎么会为难你呢？"

何奇道："就算不为难我，我的性命也不保啊！"

魏清荷道："到底是什么事情？兄长不妨直言。"

何奇道："你就不要问了，你只知道一件事就行，何某有把柄在皇后手上，倘若我出面指证皇后，皇后必定也会弄个鱼死网破，到时何某必死无疑。"

魏清荷为人聪明，听了何奇这话，心中已然明白了些事情。魏清荷看着哭哭啼啼的何奇，心中盘算了盘算，然后笑道："兄长不必担心，此事也不难解决。”

何奇正哭着，听了魏清荷这话，顿时止住声音道：“你什么意思?”

魏清荷道：“你尽管随我前去钟粹宫，太后有什么话问你，你只要如实回答就是，小弟在一旁帮衬，保证兄长不会受到牵连。”

何奇道：“此话当真?”

魏清荷道：“只要兄长不和皇后当面对质，皇后便不能将兄长怎样的。兄长只管随我来就是了。”

何奇道：“果真如此的话，那何某真是欠你一个大大的人情啊。”

魏清荷道：“你已经欠了一个大大的人情了。”说完便拉着何奇往钟粹宫去了。

二人来到钟粹宫的暖阁，只见太后正坐在那里闭目养神，裕妃和清风都坐在一旁不敢出声。裕妃见二人来了，于是小声地说道：“太后，魏清荷带着何奇来了。”

太后微微睁开眼睛，说道：“何奇在哪里?”

何奇听见太后叫他，急忙跪在太后面前道：“臣何奇参见太后。”

太后看了看跪在脚下的何奇，突然厉声道：“大胆何奇！可知罪吗?”

何奇没想到太后刚见到自己就要治自己的罪，忙颤声道：“微臣知罪，微臣罪该万死!”

太后抬手揉了揉太阳穴，然后慢慢地说道：“那你告诉哀家，你到底是什么罪?”

何奇此时浑身冷汗，他以为太后的意思是让他承认圣寿寺谋害饰心的事情，可他转念一想，太后又怎么能知道这件事呢？何奇于是咬紧牙关，头也不抬，只是颤巍巍地说道：“微臣不知犯了什么罪，还请太后明示。”

太后哼了一声，说道：“那哀家告诉你，你犯的是欺君之罪。你明明知道皇后的罪行，但却没有告诉哀家或是皇上；你明明持有皇后害人的证据，但你却没有呈献给大理寺或是后廷总管。你说这算不算是欺君啊?”

何奇赶忙道：“臣罪该万死！臣胆小怕事，不敢得罪皇后!”

太后道：“你不得罪她，难道就眼睁睁地看着裕妃被害不成？要不是今日清风将此事说出来，你还要瞒哀家多长时间？”

魏清荷在一旁道：“太后息怒。臣以为此事何侍诏虽然有错，但却可以将功赎罪，若不是何侍诏当初见到碧云下毒，那此事岂不是要石沉大海，永无水落石出之日了吗？”

太后点了点头，说道：“也是。那好，哀家就给你一个将功赎罪的机会，你将所看到的一五一十地告诉哀家，哀家自会处置。”

何奇急忙叩头谢恩，然后便将那日所见的一切毫无遗漏地说了出来。太后细细地听完后，面无表情地说道：“既然人证物证俱在，哀家觉得此事也就无须劳烦皇上了。来人，传内廷总管！”

第三十回

宫娥身已去
金凤徒哀鸣

皇后自从今早起床之后，便一直觉得心神不宁，于是问碧云道："本宫觉得心里慌乱，是不是有事要发生?"

碧云安慰道："皇后娘娘不要担心，能有什么事呢?"

皇后道："只怕祸事就要临头了。"

两人正说着，就见有太监进来道："皇后娘娘，内廷总管赵公公带着一帮子人进来坤宁宫了。"

皇后听了，说道："带一帮子人？什么意思?"

太监道："奴才不知道。奴才只知道那帮子人都是内廷侍卫。"

皇后与碧云相互对望了一眼，两人谁也说不出个所以然。皇后于是道："宣他进来。"

"是。"太监答应着，转身去了外面。

不一会儿，就见内廷总管赵公公笑眯眯地走了进来，然后跪下道："奴才见过皇后娘娘。"

皇后笑道："起来吧。有日子没见到你了，都忙些什么?"

赵公公站起身，依旧笑眯眯地说道："奴才能忙些什么？不过就是为主子跑前跑后的。奴才刚才已经命人将寿安宫打扫出来了，以备使用。"

皇后听了，心头一紧，寿安宫虽说名字寓意为长寿安康，实际上却是冷宫，先帝的张皇后就曾经被囚禁在寿安宫直至横死。此次赵公公将寿安宫收拾妥当，又带来这么多人，难道……皇后想到这里，也便不敢继续想下去。

皇后此时心中虽然是波澜起伏，但脸上却见不到一丝恐惧，只是淡淡地说道："是吗？打扫它做什么？莫不是又要有人住进去？"

赵公公笑道："皇后娘娘圣明。确是有人要住进去。"

皇后于是问道："不知是后宫中的哪一个？"

赵公公突然收起笑容，眼睛直勾勾地看着皇后道："自然是皇后娘娘您了。"

此言一出，皇后便觉一阵头晕目眩，眼前有些发黑，但她马上恢复了平静，然后长舒一口气道："是本宫？那本宫倒要问一问，这件事是谁的旨意？"

赵公公道："这是太后的旨意。"

皇后笑了笑，说道："本宫还以为是皇上的旨意呢。既是这样的话，本宫亲自去和太后说吧。"说完便站起身来，碧云忙过来扶着皇后往门外走去。

谁知赵公公上前一步拦住道："皇后娘娘且慢。太后说了，您不必去见她了，直接随奴才去寿安宫就是了。"

赵公公话还没有说完，左脸上早就重重地挨了皇后一记耳光，然后便听皇后训斥道："你算个什么东西？敢拦住本宫的去路！本宫要去见太后，就算是皇上也不能拦住本宫，你一个阉人，竟敢如此放肆！不想活了不成？"

赵公公用手捂着脸，狠狠地看着皇后，说道："真是百足之虫，死而不僵啊，到了这般田地，竟然还是如此嚣张！"

皇后也不答话，扬起左手又是一下，赵公公还没有反应过来，右脸上又是一个清脆的耳光。皇后厉声道："狗奴才！这就是教训！你先给本宫记着这打，等本宫见过太后，定要扒了你的皮！"说完便往外走。

赵公公此时只觉又羞又愧，忙命人道："拦住她，别让她出去！"

众侍卫听了急摆成人墙拦在皇后面前。皇后见众人拦住去路，便从腕上退下五龙镯簪，然后按了机关，镯子瞬间变作一支金簪。皇后手举金簪道："这是太后所赐金簪，谁要是敢拦住本宫的去路，本宫就将这金簪刺进谁的心窝！"

众侍卫听了这话，面面相觑，有些不知所措。皇后见众人有些犹豫，于是便快步朝大门走去。眼见穿过人墙就要走出大门，就听背后赵公公的公鸭嗓大声喊道："拦住她！不要管什么金簪！"

赵公公本以为平常看似端庄的皇后很好对付，只要自己宣读了太后的旨意，皇后就会乖乖地随自己去寿安宫。可赵公公没有想到，皇后原来这么厉害，不但扇了自己两个耳光，而且更是利用威严的气度吓退了侍卫。如果让她有机会去找太后，说不定皇后的据理力争会让太后改变主意，那到时候自己岂不是要倒大霉？刚才对皇后的冷嘲热讽只怕会加倍偿还给自己。赵公公想到这里，于是赶紧让侍卫再次拦住皇后。皇后见人墙重新立在自己面前，于是回头冷笑道："真有你的，不愧是内廷总管，根本不把本宫放在眼里，也不把太后放在眼里。怎么？你是下决心不让本宫出这个门了吗？"

赵公公赔笑道："皇后娘娘，您打也打了，骂也骂了，就不要难为奴才了。您要出这个门，奴才不敢拦。但您要是出门往慈宁宫去，那奴才不得不拦。太后说了，直接让您去寿安宫，不用再往慈宁宫去了。奴才斗胆说一句，您出这个大门可以，但只能往寿安宫去，其他地方，奴才不能让您走动。"

此时碧云一直在旁听着，她哪里见过有人这般侮辱皇后，还没等皇后说话，碧云便向前一步道："你这个阉驴！也太狗仗人势了！皇后娘娘要去见谁，用得着你来告诉？弄疼了皇后娘娘的手，还没找你算账呢，你竟然还敢阻拦？"

赵公公道："你这个小贱人，哪里有你说话的份？仔细你的脑袋！"

皇后将金钗往地下一摔，说道："你有什么资格要她的脑袋？你算个什么东西？碧云，本宫决定了，哪里也不会去。你现在奉本宫懿旨，前往慈宁宫去和太后说个明白。"

碧云忙道："是。"说完便推搡着侍卫往门外走去。

赵公公见碧云想要出去，于是赶紧上前一步拉住碧云的衣袖道："好奴婢！往哪里去？"

碧云见赵公公拉自己的袖子，于是回过身来一抬手，又是一记响亮的耳光打在了赵公公脸上。赵公公万万没有想到，自己奉旨来坤宁宫是为了挨耳光的。

"皇后娘娘打我，我自然是不能还手了。你一个奴婢也敢打内廷总管，我一定要让你好看。"赵公公想到这里，也顾不得什么后果，一回身，从一个侍卫腰间抽出剑来，双手握住剑柄，向前一刺，那剑便直直地进了碧云的肚子。碧云还没反应过来，赵公公又将剑往外一拔，好惨的碧云，顿时肚破肠出，闷哼了一声，便倒在了地上。

皇后没想到赵公公如此丧心病狂，竟然敢杀自己的贴身宫女。碧云跟随自己多年，一直忠心耿耿，任劳任怨，如今却为了自己死于太监的剑下，皇后都有些不敢相信。看着碧云躺在血泊之中，皇后虽然悲痛，但并未掉泪，只是直直地看着赵公公道："好你个奴才，这是谁给你的胆量？"

赵公公知道自己闯了大祸，只得支支吾吾地说道："碧云想要去……想要去……慈宁宫刺杀太后，奴才不得已才出此下策，你们可都看见了？"说完便回身看着身后的侍卫。

侍卫们知道此时皇后已经失势，于是便都频频点头。

皇后知道自己大势已去，再怎么努力也不可能挽回局面，于是干笑了两声，说道："罢了，罢了。本宫如今是虎落平阳被犬欺，没有办法的事情。那本宫就和你们去寿安宫吧。"说完便头也不回地往大门走去。

赵公公于是赶紧示意众侍卫尾随其后，以免皇后中途掉转方向。皇后一路上没有说话，凤衣的后摆无力地拖地而行，发出"沙沙"的声响。一盏茶的工夫，皇后来到了寿安宫前。看着宫门上锈迹斑斑的门环，皇后轻轻地叹了口气。两名侍卫将大门推开，一片萧条的景色顿时映入众人眼帘：地上全是杂草，一只受惊的小狐狸迅速从众人眼前跳过，消失在草丛中。宫殿上的瓦片也已经是破烂不堪，下雨的时候应该是要漏雨的。今年的积雪还没有清理，让人脚下有些打滑。一股发霉的味道环绕在周围，让人作呕。

皇后看了看四周，便径直进了正殿，破旧不堪的家具充斥着整个屋子，精致的丝绸软帘也早已漏洞百出，灰尘覆盖在了每一个角落，阴冷的感觉让人不寒而栗。皇后面无表情地坐在了满是灰尘的椅子上说道："本宫要休息了，你们退下吧。"

赵公公本以为皇后会大吵大闹，但此时皇后却出奇的平静，这反而让赵公公有些不知所措。赵公公于是上前两步道："皇后娘娘还有什么吩咐，奴才给你去办。"

皇后摸着香几上一个破旧的铜香炉说道："你倒是挺会办事的，早知道你是这么一个人才，本宫应该和你走得近些才是。"

赵公公忙赔笑道："这话奴才当不起，当不起。"

皇后笑道："刚才挨了碧云一巴掌，你便把她杀了。那本宫的那两巴掌，你打算怎么找补回来呢?"

赵公公笑道："奴才不敢，奴才刚才是一时失手，还望皇后娘娘不要怪罪才是。"

皇后笑道："不过就是一个奴婢，本宫怎么会怪你呢？你从先帝那会儿，便一直是内廷总管了。本宫知道，你为太后做了不少事情，可以说是个大大的功臣了。本宫这次被打入冷宫，不知道何时才是出头之日，今后还要烦劳赵公公在太后面前美言几句，尽快放本宫出来。他日如果本宫东山再起，一定不会忘了你的。"

赵公公心想："原来皇后也是个欺软怕硬的。"于是说道："皇后娘娘言重了，奴才自当为您分忧的。"

皇后点了点头，笑道："你这么说，本宫就放心了。来，我这里有颗御赐的珍珠，你先拿去玩儿，以后还有重赏。"说完便从怀里掏出一个小锦盒，盒盖打开，只见里面是一个鹌鹑蛋大小的珍珠，乳白华润，灵动似水。皇后举着盒子招手让赵公公过来。

赵公公见了这等宝贝，心中一阵窃喜，于是一边谢恩一边上前伸手去接。皇后见他走得近了，于是便"啊"的一声，失手将盒子掉在了地上，赵公公见了赶紧弯腰去拾。皇后瞅准机会，迅速站起身，拿起手边的香炉狠命地朝赵公公后脑砸去，就听"砰"的一声闷响，赵公公便一声不吭地趴倒在地，珍珠也滚落到不知何处去了。

众侍卫一见赵公公倒地，便蜂拥上前阻拦皇后，皇后哪里理会他们，只是用香炉一遍又一遍地狠砸赵公公的脑袋。等到众侍卫将皇后拉开时，赵公公的脑袋早已经是烂掉的西瓜，血肉模糊一片了。

皇后丢了手中的香炉，只是仰天大笑道："你这个阉人！自不量力！自不量力!"

众侍卫无法，只得抬着赵公公的尸首出了寿安宫，然后回身将宫门锁紧，但皇后的叫声依旧回荡在众人耳边，好似孤魂野鬼一般。

皇后见众人都走了，便一声不响地蜷坐在脚踏上，呆呆地望着四周。刚刚还住在雕梁画栋的坤宁宫，可一转眼，便被遗弃在破旧不堪的寿安宫内。皇后并不是第一个被关押在这里的人，在这之前，很多失宠的皇妃都曾经被遗忘在这里，要么孤独老死，要么被人害死，总之是再无出头之日了。

天色渐渐暗淡下来，皇后来到木柜前翻找了半天，终于找到了插有半截蜡烛的烛台。点燃蜡烛后，皇后握着烛台来到院子当中。此时四周寂静无声，寒风阵阵，皇后站在院子中间，心里琢磨着自己为什么会被打入冷宫。看样子自己毒害裕妃，加害婉妃的事情已经被太后知晓。但到底是谁告的密呢？皇后自然想到了何奇。

“果真是先下手为强啊！”皇后心里想着，有些后悔没早把何奇置于死地。

皇后此时对何奇虽然怀恨在心，但真正让她恨之入骨的却是太后。自从许大人去世之后，太后对皇后便开始愈加怠慢起来，甚至觉得皇后在自己面前有些碍眼。尤其是自己的侄女成了裕妃，太后更是想将皇后从凤椅上踢下去，让裕妃取而代之。而许家之前对于皇室的恩惠，太后也早已抛到了脑后。

虽然皇后每日处处小心，如履薄冰，做起事来也是谨慎谦恭，但俗话说“欲加之罪，何患无辞”，太后依旧咄咄相逼，不时地冷嘲热讽，皇后于是忍无可忍，便向裕妃狠下杀手，想要彻底断了太后的念头。但天网恢恢，疏而不漏，事情的真相终究还是水落石出。对太后来说，也终于还是抓住了皇后的把柄。而这个把柄，竟然还触犯了太后最致命的那根神经，那就是毒害她的侄女——裕妃。

皇后想到这里，无奈地仰天长叹。这时，她看到远处的草丛里有无数个亮点来回晃动，那是几只狐狸的眼睛。

皇后心想：“只怕是这里有些日子没有人来了，这些狐狸见到本宫有些害怕了呢。”想到这里，皇后蹲下身子，一边招手一边发出召唤小动物的声音。但那几只狐狸并没有过来，只是“嗖嗖”地四散逃开了。

皇后站起身，回到了屋内，她感觉有些困倦了，但此时再不会有人过来服侍她宽衣；也不会有人帮她整理被褥；也不会有人将她头上的饰品摘下放好；也不会有人将暹罗国进贡的香料点燃，促使她安然入睡……因为她已经被打入冷宫，不再是母仪天下的皇后，而是人见人嫌的杀人凶手了。

皇后在饥寒交加中蒙眬睡去，在梦中，她依然是在金碧辉煌的坤宁宫，而碧云依旧满面笑容地服侍她就寝。皇后感动得热泪盈眶，用力抓住碧云的手说道：“本宫刚才做了一个噩梦。”

碧云一边摘下皇后头上的珍珠凤钗，一边笑着说道：“皇后娘娘梦见什么了？”

皇后哭道：“本宫梦见自己被打入了冷宫。”

碧云“扑哧”一笑，说道：“皇后娘娘定是这两日睡得不够安稳，奴婢这就去尚食局端碗红枣桂圆汤来，安安神就好了。”说完转身就走。

皇后急忙站起身道：“碧云，别走。”话音未落，就觉脚下一软，摔倒在地。

皇后猛地睁开双眼，眼前仍旧是漆黑暗淡的寿安宫，只有那支没有燃尽的蜡烛的火光，在不远处摇摇晃晃，时明时暗。皇后此时再也忍受不住，终于抱着脑袋大声痛哭起来，这哭声整晚在寿安宫内回荡，久久不能散去。

第三十一回

婢女为佳丽
心事终落空

太后端坐在椅上，看着一旁默默无语的柴瑀，半晌，太后慢慢地说道："皇帝莫不是在怪罪哀家吧?"

柴瑀道："儿臣不敢，儿臣只是心中烦闷。"

太后一边摆弄侍卫从坤宁宫里拾回来的五龙镯簪，一边叹气道："哀家心里难道就好受吗？皇后是哀家为你选的，事到如今，哀家也是不得已为之。"

柴瑀道："当初母后为儿臣选皇后，儿臣只有唯命是从；如今母后又替儿臣将皇后打入冷宫，儿臣也只有唯命是从了吗?"

太后看了看柴瑀，说道："皇帝是怪哀家独断专行?"

柴瑀也不说话，只是低着头。

太后将五龙镯簪放到一旁站起身道："哀家知道皇帝是个重情重义的人，但皇后所犯的罪行实在是天理难容。施毒加害裕妃，严刑拷打婉妃，锤杀内廷总管，哪一个不是丧心病狂之人所为？倘若不闻不问，任其一意孤行，只怕下一个遭殃的就是皇帝你了。哀家将其打入冷宫，完全是为了皇帝。只有后宫风平浪静，皇帝才能安心国事，这君临天下的位子，皇帝才能坐得稳啊。"

柴瑀无奈地干笑了两声，说道："母后也太高估皇后的能力了，能不能坐稳天下，皇后只怕无从干涉吧？儿臣还是皇子的时候，就已经看清后宫乃是一片血雨腥风之地，当初父皇在世的时候，后宫之中的嫔妃们尔虞我诈，互施手段，有多少人枉死高墙之内，又有多少人独居深宫之中，难道母后都不记得了?"

太后道："那些人都是咎由自取，自掘坟墓。"

柴璃道："也不尽然。在这世上，谁不想活得平稳安逸，舒心畅快？尤其是宫中的女人们，她们的要求不高，不过就是想得到一个男人的宠爱而已。但争来争去，到头来也是白费，终究还是敌不过仇人的手段，白白浪费了大好的青春年华。"

太后走到柴璃面前，说道："皇帝的意思哀家不明白，你这是替谁说话？是此时身处寿安宫的许皇后，还是先帝身边的那些嫔妃？不过哀家听得出来，皇帝说来说去，无非是在指责我这个母后罢了。想必皇帝是怪哀家心狠吧？那哀家倒要问一问皇帝，难道您的皇后至今所做的那些恶事竟是哀家指使的吗？皇帝为什么不去怪罪皇后，反而话里话外指责哀家呢？"

柴璃也慢慢站起身，眼中含泪道："皇后的为人儿臣清楚得很，如没有人逼她，她怎么会走上绝路？"

太后厉声道："皇帝什么意思？难道是哀家逼她这么做的吗？"

柴璃道："若不是母后处处为难皇后，一心想把她推下凤椅，她又何必去毒害裕妃呢？难道这后宫之中的嫔妃注定要争个你死我活吗？儿臣虽然嘴上不说，但心知肚明，数年之前，后宫之中的那一幕幕惨剧，而今依然历历在目。本以为到了儿臣这里便可以风平浪静，想不到还是难以逃脱这一魔咒。"

太后道："后宫之争由来已久，只要有人在前朝为帝，就必定有人在后宫争宠，这是千古不变的道理。皇帝身为九五之尊，应该每日关心国家大事，这后宫之中的争夺，说来说去也不会威胁到皇上的江山社稷，况且哀家自会为皇帝处理。"

柴璃道："废除皇后于公乃是国事，于私乃是儿臣的家事，母后不可擅自做主。"

太后道："哀家并没有说要废除皇后，现在废后确实言之过早，要废的话，也要等裕妃生产之后方可。"

柴璃道："母后，难道就真的要皇后在寿安宫了此余生吗？"

太后道："皇帝，皇后现在之所以在寿安宫，是因为她毒害了他人，并且置人于死。无论是不是哀家所逼，她确实已经这么做了。皇帝要将她无罪释放，只怕天下人也不答应。现而今让她待在寿安宫，已经是仁至义尽，否则应判其死罪。"

柴璃道："可是许家当初有恩于皇室，您这样做，是不是太……”

太后打断道：“皇帝难道不明白，当初许承岚之所以出手相助，完全是因为想要自己的女儿当上皇后。皇帝也看到了，自从他许家得了势，真可谓是权倾朝野，文武百官哪一个不是对他百般奉承？他竟然连皇帝也不放在眼里了！要不是许承岚突然得急病而死，真不知道现在会是什么样子。”

柴墒道：“就算许家飞扬跋扈，那皇后也没有错啊！她也只不过是一枚棋子而已。”

太后道：“皇帝，你不要再替皇后求情了，哀家是不会改变主意的。当务之急只有两件事情，一个是准备迎接宁王进京，重塑手足之情；二是去延禧宫看望清妃，她肚子里可是皇帝的骨肉。再加上新年将至，可谓是三喜临门，咱们皇室现而今可真是顺风顺水，新年新气象了。”

柴墒知道自己就算说破了天去，也无法改变太后的主意，不如等事情过去一段时间再议不迟，于是向太后施礼告辞，无精打采地往延禧宫去了。

清风此时已经不是奴婢，而是当今圣上的妃子，太后怕别人伺候不好清妃，于是便让小玲去了延禧宫侍奉，直到皇子降生。

清风当了妃子之后，还真有些不习惯，觉得礼数多了，杂事少了，衣服首饰也变重了，就连每月的例钱也多了。不但如此，太后和柴墒还特地叫人包了二百两银子给清妃，以补助其吃穿用度。清妃收了银子，便将其中一半拿了出来，然后唤来小玲道：“这银子你收着，帮本宫办件事。”

小玲道：“娘娘您说。”

清妃道：“听说皇后去了寿安宫，那里荒凉得很，只怕吃得也不好，你拿了这银子去尚食局，让他们不要亏待了皇后。”

小玲皱眉道：“皇后害死了婉妃娘娘，您干吗还要关照她呢？”

清妃道：“都是女人，本宫有些不忍，你就照本宫说的去做吧，别叫太后知道了。”

小玲道：“娘娘太会轻信别人了，奴婢而今虽然是在服侍您，但奴婢毕竟还是太后的人，太后问起来，奴婢哪里敢不说呢？”

清妃笑道：“若真是问起来，你就说；若没有问，你就别说了，快去吧。”

“是。”小玲答应着，拿着银子去了。

小玲没出去一会儿，柴璃便来到了延禧宫，他见当初那个侍奉妃子的奴婢已经焕然一新，柔亮的胭脂在脸上散晕开来，唇红一点，乌鬓轻垂。清妃见柴璃进了暖阁，于是急忙起身相迎道：“臣妾叩见皇上。”

柴璃忙伸手搀起清妃，上下打量道：“‘佛靠金装，人靠衣装’，所言非虚，越发的娇媚富贵了。”

清妃腼腆一笑，说道：“皇上过奖了。”

柴璃道：“怎么屋里就你一个人，小玲呢？”

清妃道：“臣妾让她去尚食局拿些吃的，一会儿就回来。”

柴璃道：“这就是了，想吃什么就说，朕都能给你。”

清妃道：“谢皇上。”

柴璃目不转睛地看着清妃，心中无限感慨，感慨世事无常，变幻莫测。清妃看出柴璃有心事，于是笑道：“皇上看臣妾做什么？心里有事情？”

柴璃道：“朕觉得这世间之事真的是难以预料，朕还记得当初第一次见你时，你不过是一个失手将画散落于地的奴婢，可半年之后，你竟然是朕的妃子了，而且还为朕怀上了龙裔，真是出乎朕的预料呢。”

清妃道：“这才应了那句话，‘有心栽花花不开，无心插柳柳成荫’呢。”

柴璃点头道：“是了，是了。”

清妃道：“新年快到了，皇上这些日子想必也忙吧？”

柴璃道：“就是忙着宁王进京的事情，其他倒也没有什么。”

清妃道：“宁王此次进京，意义非凡，不知道皇上如何接待他们呢？”

柴璃道：“朕真的是没有心思去管这些，全都交由礼部去办了。”

清妃点头道：“臣妾将旧事重提，以至于皇后被迁往寿安宫，给皇上平添了烦恼，真是罪过。”

柴璃拉着清妃的手，说道：“你不要自责，你这么做，只能证明你是个有情有义、知恩图报的人。皇后自己做错了事情，理应受罚，朕虽然心中忧伤，但也不能对不起裕妃和死去的婉妃啊。”

清妃道：“知错能改，善莫大焉。皇后若能洗心革面，痛改前非，皇上大可以网开一面，将其迎回坤宁宫。当初婉妃娘娘未见皇上之前，可谓度日如年，孤苦伶仃。不过那时的婉妃娘娘尚有奴婢作陪，也算是自由之身。如今皇后在寿安宫孤独一人，形影相吊，行动受限，地位更是一落千丈，比婉妃娘娘更加凄惨了。”

柴墒道：“皇后落得今日下场，不能不说是咎由自取。”

清妃道：“皇上言之有理，但后宫之中，暗害他人的事情屡见不鲜，一味地严加惩治也未见什么效果，倒不如晓之以理，以德服人。兵法云：‘攻城之法，为不得已’，此乃下下之策。‘不战而屈人之兵，善之善者也’，此乃上策。用刑法伤其命，不如用理服其心，才是正道。”

柴墒笑道：“你不是对皇后怀恨在心吗？怎么反倒替她说话？”

清妃叹气道：“谁生来就是恶人呢？皇后之所以做出这等事来，无非是想保住自己的地位，得饶人处且饶人，何必赶尽杀绝，不留余地呢？”

柴墒刚要说话，就见一名太监进来道：“启奏皇上，宁王的贴身侍卫文龙已经先行来至京城，此时正在养心殿外候旨。”

柴墒道：“嗯，知道了，朕一会儿过去。”

清妃道：“皇上请起驾养心殿吧，正事要紧，改日再来也是一样。”

柴墒点头道：“好吧，你好生养着身子，早日为朕生个白胖儿子啊。”

清妃笑而不语，起身将柴墒送至屋外方回。

柴墒来至养心殿，只见殿门外站着一个少年，唇红齿白，风度翩翩。那少年见了柴墒，忙跪下道：“文龙叩见皇上。”

柴墒伸手搀起文龙道：“平身。”说完将其带进殿内东暖阁。

柴墒盘腿坐在榻上，问道：“几时到的京城？”

文龙忙答道：“昨日晌午到的。”

“哦。”柴墒想了想，“今天什么日子了？”

文龙道：“腊月二十二。”

柴墒抬了抬眉毛说道：“日子过得真快，过不了几天就是除夕了，一时太忙，都不觉得了。”

文龙笑道：“皇上国事繁重，记不得这些琐事。”

柴墒道：“宁王什么时候进京？”

文龙道：“就在腊月三十当天，按礼部的安排，宁王晚上会进皇宫来，与皇上一同在保和殿内宴饮直至临近子时，然后与皇上同登五凤楼，观看烟火表演，到时内有宫女太监，外有黎民百姓，于子时一同燃放花炮，以示普天同庆，国泰民安。”

柴墒点头道：“嗯，这样很好，不知道宴会当中有什么节目没有？”

文龙道：“此事自有礼部安排，文龙不知。”

柴墒道：“好吧，这些日子你跑前跑后，也是够辛苦了，朕恩准你在宫内留宿一晚，明日午时前出宫即可。”

文龙忙跪下道：“谢皇上。”

柴墒道：“不必了。”说完上下打量起文龙来。

文龙笑道：“皇上您……”

柴墒道：“奇怪，朕看你好生面善，以前见过。”

文龙听了这话，心中一惊，只怕柴墒会想起来什么，要是让柴墒知道自己乃是兵部侍郎文硕的儿子，他必定会有所防备，而之前的努力便会功亏一篑，文龙定了定神，说道：“文龙之前是见过皇上几次，所以……”

柴墒摆手道：“朕不是这个意思，朕是觉得你长得像一个人。”

文龙道：“不知道皇上说的是谁？”

柴墒笑道：“不怕你笑话，你长得很像朕的一个妃子。”

文龙笑道：“原来如此。世间长相相像者倒是常有，也不足为奇。”

柴墒道：“是啊，不过这也算是有缘了。怪不得朕见了你觉得有些亲近呢。他日有机会，朕让你见见清妃，你也一定这么觉得。”

文龙笑了笑，便又和柴墒说了几句话，便离了养心殿往东去了。

正行间，突然见对面来了一人，正是何奇，文龙迎过去道：“何侍诏，别来无恙？”

何奇见是文龙，忙笑道：“你怎么进宫来了？”

文龙将刚才见柴墒的事情说了，然后问道：“何侍诏这是往哪里去？”

何奇道：“往慈宁宫去。”

文龙点头道：“那何侍诏请便吧。今日文龙会在宫中留宿，晚间再去与何侍诏详谈。”

何奇见了文龙，一心想把皇后被打入冷宫的事情说了，哪里还等得到晚上？何奇于是示意文龙借一步说话，文龙会意，二人来到墙根下，何奇见左右无人，说道：“你的仇得报了。”

文龙一脸疑惑，说道：“什么仇？”

何奇道：“你与皇后的仇啊！你不是和皇后有仇吗？现在好了，她被打入了冷宫，怕是再难翻身了。”

“什么？”文龙有些惊讶，忙问道，“这是什么时候的事情？”

何奇道：“就是前几天，皇后的罪行被人揭穿，太后大怒，便将其迁往寿安宫了。”

文龙“哦”了一声，没再说话。其实文龙只不过是将皇后当作幌子，假装和她有仇，好让何奇从中帮助自己，谁知现在皇后被打入冷宫，自己的“大仇”已报，想必何奇也不会按计划行事了。

何奇看文龙愣在那里，于是道：“你怎么了？不高兴？”

文龙回过神来道：“高兴，高兴。罪有应得，罪有应得。”

何奇也笑道：“这就是了。那咱们之前的计划也便废去了吧。”

文龙心中虽然不忍，但还是咬牙点头道：“既然大仇已报，就无须铤而走险了，便废去了吧。文龙还有事在身，不打扰何侍诏了，告辞。”说完便去了。

何奇傻傻地站在原地，看着远去的文龙，百思不得其解，只是无奈地叹了口气，往慈宁宫而去。

何奇进了慈宁宫，便听见暖阁内太后的咳嗽声连续不断，何奇不敢擅入，只是在暖阁外道：“微臣何奇叩见太后。”

只听太后道：“进来吧，哀家有话要说。”

何奇忙进了暖阁，只觉暖阁内比平日热了许多，众宫女站在幔帐四垂的架子床周围，手里捧着铜制的脸盆或是痰盂。床前，魏清荷单膝跪地，一手托着白瓷碗，一手将银制汤匙递到太后嘴边。太后则靠在金丝绣花的枕头上，歪过头来慢慢地喝了一口汤药，便又忍不住咳喘起来。

何奇忙上前一步道："太后身体欠安，微臣惶恐。"

太后抬眼看了看何奇，说道："你来了？赐座。魏清荷也坐吧，怎么跪着呢？"

宫女忙搬过两个秀墩，二人坐定后，太后和魏清荷道："哀家这病怎么样了？"

魏清荷将碗递给旁边一名宫女，然后道："不碍的，多休息休息就没事了。"

太后道："少唬我。哀家若是想听谎话，又何必叫你前来？你直说就是了，不用吞吞吐吐的。"

魏清荷站起身，来到捧着痰盂的那名宫女面前，伸着脖子往痰盂里瞧了瞧，然后又回身看了看何奇，便又不说话了。

太后道："说吧，何奇听见了没事，只要不说出去就好。"

何奇忙道："臣不敢。"

魏清荷道："太后您的病情已经很重了。两个月前，您咳出的痰为青色，这说明身子虽然有病，但尚可以抵挡外邪；一个月前，您咳出的痰为黄色，这说明卫气不足，已经开始耗费自身津液抵御外邪了；而近日您咳出的痰为白色，这说明卫气已失，全靠元气抵御外邪，但元气有限，此非长久之计。"

太后道："那该如何医治？"

魏清荷道："太后此病是因为肝气过盛，导致脾气过虚，脾气太虚，五谷之精难以消化，才会出现津液不足之状。若想恢复健康，切不可再大动肝火，增加烦忧，否则后果不堪设想。"

太后道："你的意思哀家明白了，怕是哀家活不了多久了吧？"

魏清荷道："太后洪福齐天，吉人自有天相，千万不要胡思乱想。"

太后道："生老病死，人之常情，哀家这一辈子经历过千辛万苦，世间百态，也算是没有白活了，就算今日死去，哀家也不觉得有什么遗憾。"

魏清荷忙跪下道："太后宽心，微臣一定竭尽全力让您恢复如初。"

太后道："你按你的来吧，只是不要叫皇上知道就好。"

魏清荷点头道："是。"

太后又看了看何奇，说道：“何侍诏，哀家那幅《百鸟朝凤图》可还画得?”

何奇道：“只要太后下旨，微臣立即去画。”

太后道：“那就开始画吧，哀家想早些见到。”

何奇点头道：“臣遵旨。”

太后叹了口气，仰面躺在床上，然后自言自语道：“把皇后也画上去吧，他们许家到底是对哀家有恩的，哀家没有忘记过。”

第三十二回

故人重相逢
兄妹复相见

文龙辞了何奇之后，便从御花园绕道往寿安宫去了。来到寿安宫前，只见大门被一条黑铁链紧紧锁住，四周寂静无声。文龙顺着门缝往里瞧了瞧，除了破屋杂草之外什么也没有。正犹豫时，就听远处传来了脚步声音，文龙一跃身子，便跳到身后的一棵柏树上，居高临下，下面的一切尽收眼底。

只见由远及近走来三个人，前面一个是个太监，手里捧着个托盘，盘子里放着碗筷，后面是两个宫廷侍卫排列左右，三个人来到寿安宫门前，那太监轻叩门环，说道："皇后娘娘，奴才给您送饭来了。"

半天无人应答。

那太监于是命侍卫将拴住大门的铁链打开，然后将门推开道："娘娘，奴才给你送饭来了。"说完便端着托盘立在那里，眼睛直直地盯着前面。

就这样过了好一阵，也不见有人从屋里出来，那太监于是往前走了两步，但却被两个侍卫拦住。其中一个侍卫道："太后说了，不得进到殿内。"

那太监无法，只得将那托盘放在地上，然后说道："奴才将饭菜放在此处，娘娘记得拿进去用。奴才告退。"说完转身出了寿安宫，然后将大门又牢牢锁住，三个人便顺着高墙往回去了。

文龙见三人去得远了，便往前一纵身，轻飘飘地越过寿安宫的高墙，落在了院子当中。文龙环顾四周，只觉一片荒凉凄切，哪里是人住的地方，分明就是牢房狱所。文龙于是悄悄进到屋内，一股阴冷之气扑面而来，还隐约掺杂着发霉的味道。

文龙站在屋子当中，轻轻地咳了一声，就听暖阁内有人问道：“谁?”

文龙道：“宁王贴身侍卫文龙叩见皇后娘娘。”

过了半晌，才听皇后说道：“想不到还会有故人来看本宫。进来坐吧。”

文龙答应着进了暖阁，只见皇后端端正正地坐在靠窗的一把椅子上，目光炯炯地看着文龙，虽然形容比之前消瘦了些，但是并未颓废哀伤，皇后应该有的那种气度丝毫未减。

文龙踱步来到皇后跟前道：“文龙以为皇后娘娘必定哀伤痛苦，想不到……”

皇后接过话说道：“想不到本宫依旧精神矍铄吧?”

文龙点了点头。

皇后笑道：“本宫也算是见过大风大浪的，这点手段，本宫见得多了，吓不倒我的。”

文龙道：“皇后娘娘果然不是凡人，换了别人，只怕早就在此哭天喊地了。”

皇后道：“话说回来，你是怎么进来的?”

文龙笑道：“这宫墙如何拦得住文龙，不过是使些力气的事情。”

皇后叹了口气，说道：“本宫若是有你这样的本事，早就持刀奔到仇人面前了。”

文龙道：“不知谁是娘娘的仇人呢?”

皇后冷笑道：“明知故问。”

文龙想了想，说道：“文龙虽然从小不在京城，但这宫里的事情，文龙也略知一二。当年令尊大人身为兵部尚书，为皇室赴汤蹈火，出谋划策，怎料到会有今日的下场?皇后娘娘今日沦落至此，想必也是被太后所逼的吧?”

皇后看了看文龙，说道：“不错，太后就是想置本宫于死地，然后将裕妃推上皇后的宝座，这样一来，他们袁家就会外有家臣参政，内有皇室撑腰了。”

文龙道：“这话文龙不太明白。”

皇后一边用手捋了捋鬓角的发丝，一边笑着说道：“你一个外人，自然不明白的，本宫也是后知后觉。如今看来，太后不只是想让裕妃当皇后而已，她必定还有更大的阴谋。”

文龙道：“既然如此，皇后更应该抖擞精神，寻找机会手刃仇人。于私，为了皇上，为了自己；于公，为了江山，为了社稷。”

皇后笑道：“这话说得倒是容易，如今本宫犹如身陷囹圄，别说手刃仇人，就连出去都不太可能，哪里还能抖擞精神呢？”

文龙近前两步道：“皇后娘娘明明早有对策，又何须隐瞒文龙呢？”

皇后瞪大眼睛道：“你这话从何说起？”

文龙笑了一下，然后伸手轻轻抓起皇后的手腕，说道：“皇后娘娘指甲里是什么？”

皇后忙将手腕缩回，说道：“大胆，本宫的手也是随便碰的？”

文龙道：“皇后娘娘金枝玉叶，娇生惯养，这手当然不是我们这些臣子能碰的，但也不是用来掘土刨地的啊。”

皇后看了看文龙，知道瞒不过去了，于是笑了一下，一边抠着指甲一边说道：“既然被你发现了，那就随你吧，想去太后那里邀功的话，本宫也不拦你。”

文龙道：“难道皇后娘娘认为文龙会去告密？”

皇后反问道：“难道你不会去吗？”

文龙道：“当然不会，文龙非但不会告密，而且还要为皇后娘娘保密。”

皇后听后大笑道：“本宫在这宫中也有些年头了，不得宠的妃子必定会被人落井下石，‘墙倒众人推’是这宫里人人都会的本领，难道你就不会吗？”

文龙道：“文龙本来就不是宫里的人，又何必对皇后娘娘赶尽杀绝呢？皇后娘娘被太后逼到绝境，文龙倒是想助皇后娘娘一臂之力，但不知道皇后娘娘有没有这个需要。”

皇后“哦？”了一声，说道：“不知道你要怎么帮助本宫呢？”

文龙注视皇后良久，然后说道：“文龙可以帮助皇后娘娘手刃仇人。”

皇后心中一惊，问道：“你说的仇人是谁？”

文龙道：“当然是袁太后。”

皇后道："未免是大话吧？"

文龙笑道："文龙从来不做没有把握的事情，只要皇后娘娘肯帮忙，文龙就一定能替你报仇。"

皇后没有说话，只是坐在椅子上低头不语，文龙也不着急，仍旧站在原地看着皇后。过了好一会儿，皇后才抬头道："你为什么要帮本宫？"

文龙道："皇后娘娘可还记得兵部侍郎文硕？"

皇后眨了眨眼睛，思索半天道："莫不是当初与家父政见不合的文硕？"

文龙点头道："正是。文硕乃是我的生父。"

皇后听后大吃一惊，说道："当真？不过本宫听说文硕家十岁以上的男丁都被斩首，你又怎么能活着呢？"

文龙道："此事说来话长，不提也罢。当初我文家大难临头，全都是太后所赐，今日既然你我都与太后有仇，就应该同仇敌忾，血刃仇人。"

皇后缓缓地站起身来，在屋里踱步道："恐怕没有这么简单吧？"

文龙道："皇后娘娘说什么？"

皇后抬眼看了看文龙，说道："恐怕你要的不只是太后的命，想必连皇上的命也想一并要了吧？"

文龙笑道："皇后娘娘果然聪慧。不错，我文家的仇人不止太后一人，皇上理应也在其中，但皇上那时年纪尚轻，一切政事都由太后做主，倘若要像皇后娘娘这般算法，那你们许家也在文龙的仇人之列，当初若没有许大人的扶持，又怎么会有今天的皇上，又怎么会有文家上下男丁皆被斩首的惨剧呢？"

皇后道："冤有头，债有主，归根结底都是太后一人所为。本宫可以助你一臂之力，但本宫也有要求。"

文龙道："皇后请讲。"

皇后道："不要伤害皇上。"

文龙叹气道："如今皇后娘娘这般下场，你那皇上也未曾过来看你一眼，你竟然还对他念念不忘？"

皇后道："皇上的性格本宫了解，绝不是薄情寡义之人，他之所以没来看本宫，必定是太后的主意，本宫不怪他。"

文龙道：“既然皇后与皇上情深义厚，那文龙便只杀太后一人便是了。”

皇后点头道：“那你说，你要本宫怎么帮你？”

文龙从怀里掏出两个一大一小的纸包递给皇后道：“成败的关键，就在于此。”

皇后接过纸包，凑到鼻子下闻了一闻，便觉一股清香若隐若现，于是大惊道：“这……你怎么会有这个？”

文龙道：“皇后娘娘知道里面是什么？”

皇后双手有些颤抖，说道：“这是息体散吗？”

文龙笑道：“不错，就是息体散。”

皇后道：“你怎么会有这个？”

文龙道：“这个皇后娘娘就不要过问了。既然皇后娘娘知道是息体散，那就照文龙所说的去做就是了。”

皇后点了点头，说道：“你说就是了。”

文龙于是将计划告知皇后，然后笑道：“现在万事俱备，只欠东风，不知道皇后娘娘有什么办法从这里出去呢？”

皇后道：“你不是看见本宫手上的泥土了吗？”

文龙道：“那出口又在何处呢？”

“就在这里。”皇后说完便将床边一架破旧的雕漆屏风推开，只见墙角有个大洞，一点微弱的光线从另一边透了过来，但又不知道是通往何处。

文龙蹲下身子瞧了瞧，然后说道：“皇后娘娘你一个女子，想必没有多大的力气在这里凿出个洞来，这洞是怎么来的？”

皇后叹气道：“本宫进来的第一天晚上，便听见这角落里有动静，点了蜡烛一看，竟然是那几只野狐狸在这里进进出出的。本宫于是用烛台去凿，用手去挖，想要扩大洞口，喜的是这墙壁倒也不怎么结实，本宫没费多大力气便将这洞口扩大了许多。”

文龙点了点头，用手摸了摸这堵墙壁，又掰了掰墙壁上的碎砖，果然不是特别结实。文龙道：“这洞通往何处？”

皇后道：“本宫也不知道，想必是雨花阁。”

文龙道：“倘若文龙不来，皇后娘娘想要何时逃出去？”

皇后道：“倘若你今日未到，本宫就会在今晚从这里出去，与那老狐狸拼个鱼死网破。”

文龙摇头道：“还好文龙赶到，否则皇后娘娘定是白白送死。宫中戒备森严，皇后娘娘又是个弱女子，哪里能靠近太后身边呢？太后此时正愁没有理由要了皇后娘娘的命，你这样不计后果地前往慈宁宫，太后必定不会错过这个机会，定会将皇后娘娘置于死地，到时只要将责任推给宫内的侍卫，想必皇上也无法怪罪太后的。”

皇后道：“本宫何尝不明白这个道理？只是无计可施罢了。既然今天遇到了你，本宫就再忍些时日，到了除夕那天，再要了那老狐狸的命也不迟。”

文龙一边点头，一边将屏风挪回原处道：“那文龙就放心了。皇后娘娘记得，千万要再忍些时日，到了除夕那天，只要按照文龙的计划行事，便会万无一失。”

皇后点头道：“本宫记住了。那些东西什么时候给本宫？”

文龙道：“明日文龙就要离开皇宫，所以那些东西今夜就会给皇后娘娘。”

皇后道：“那好，本宫就在这里等着。”

正说话间，就听外面有人吵闹，二人互相看了一眼，不知道出了什么事情。正疑惑间，就听寿安宫的大门吱吱呀呀地打开了，紧接着便听见一阵脚步声音由远及近，好像两三个人。文龙向皇后使了个眼色，急忙躲在了屏风后面。皇后正了正衣冠，长舒一口气，面不改色地迎了出去。

皇后出了暖阁，只见迎面走过来的竟然是清妃。清妃身后跟着小玲和一名老太监。此时的清妃已然不是当初那个挨过自己巴掌的宫婢了，而是当今圣上的宠妃。高耸的发髻插满了耀眼金贵的头饰，亮丽的旋袄绣满了生动翻飞的彩蝶，微微隆起的小腹预示着她无限美好的前程，这一切的一切，都让皇后妒火中烧。

清妃见了皇后，缓缓地屈膝道：“臣妾见过皇后娘娘。”

皇后瞪了清妃一眼，转身端坐在椅子上道：“你来干什么？”

清妃道：“也没什么，臣妾听于公公说，皇后娘娘最近都没有怎么吃东西，所以过来看看。”

皇后冷笑道：“烦劳你惦记着，本宫吃不吃东西与你何干？你还是好好照看自己腹中的孩子吧，不要以为这宫中安全，说不定哪天这孩子就保不住呢。”

清妃笑了笑，没有在意，只是回头和那名老太监说道：“公公，院子地上的饭菜一会儿收了吧，都已经凉了，吩咐尚食局再做了来。”

“是。”于公公躬身答应了。

清妃又说道：“皇后娘娘在这里冷不冷？要不臣妾叫内务府给您加些炭火？”

皇后道：“不用了，本宫自幼身体康健，不惧寒冷。”

清妃道：“皇后娘娘不必客气，这大冷天的，怎么会不冷呢？”

皇后用手一拍桌子，大声道：“你不用在这里猫哭耗子，本宫明白，你是来看本宫笑话的吧？终于让你得偿所愿了是吧？没错，婉妃就是本宫害死的，是本宫让大理寺对她施以酷刑的，是本宫亲眼看着她的手指头被夹断的，那又能怎样？本宫虽然被打入冷宫，还不是一样活着，也没有人敢动本宫一根汗毛，想看本宫的笑话？趁早死了这份心！”

清妃听了这番话，倒也没有生气，只是淡淡地说道：“人非圣贤，孰能无错？知错能改，善莫大焉。臣妾虽然进宫时日不长，但这宫中的尔虞我诈，关系利害，听也听得多了。所谓‘人之初，性本善’，没有哪一个女子生来就是恶的，只不过身在这宫墙之内，有时候真是由不得自己。婉妃娘娘以为可以飞上枝头，高枕无忧，到头来不过是竹篮打水，惨死狱中。裕妃娘娘以为只爱皇上一人便可以避过灾祸，可终于逃不过猛毒入喉。而皇后娘娘您呢？施展手段，设计陷害，不料天网恢恢，疏而不漏，当下却住在这冷冷清清的寿安宫内，竟然连炭火也没有了。难道您仍然执迷不悟吗？想方设法陷害他人，到头来却是害了自己，没有了皇后的尊严，也失去了皇上的宠爱，值得吗？”

清妃话音未落，皇后便从椅子上站了起来，扬起手就要打向清妃。于公公和小玲见了，急忙抱住皇后，皇后不能近前，只得大声道：“你这个伺候人的宫婢，哪里轮得到你来教训本宫？你算是什么东西？不要以为你魅惑了皇上，就可以目空一切，滚！你这个贱人！”

皇后只管在那里又喊又叫，清妃没有办法，只得叹气道：“这又是何苦呢？臣妾好心前来看望皇后娘娘，您又何必发这么大脾气？”说完转身便往暖阁里来了。

皇后见清妃要进暖阁，忙使劲挣扎，于公公和小玲以为皇后要伤清妃，便将皇后抱得更紧，皇后动弹不得，只能喊道：“贱人，你干什么去？那是本宫的寝室，你不能进去!”

清妃一边进了暖阁，一边说道：“臣妾看看皇后娘娘的被褥可还暖和，如果太冷的话，臣妾就叫内务府再拿些过来。”

清妃来到床前，只见床上的被褥早已凌乱不堪，有些边边角角早已烂掉了。清妃摇了摇头道：“是该换了。”说完回过身来。可就在回身的那一刹那，清妃便看见屏风后面站着一个人，而这个人也看见了清妃，眼神中透出一股杀气。清妃吓了一跳，不自觉地叫出了声音，于公公忙问道：“娘娘，怎么了?”

清妃定了定神，她记起了屏风后面的那张脸，而屏风后的文龙也记起了清妃，二人对望之下，文龙便向清妃使了个眼色，清妃会意，忙回身道：“没什么，老鼠。”

于公公和小玲都怕怀孕在身的清妃有个三长两短，于是都劝道：“清妃娘娘，咱们走吧。”

清妃又偷偷看了看屏风后面的文龙，说道：“嗯，走吧，改日叫内务府派人过来就是了。”说完出了暖阁，往大门去了。

于公公和小玲见清妃走得远了，方才放开皇后，两人一路小跑跟在清妃后面。清妃出了寿安宫的大门，看着倚在门框上注视自己的皇后，然后淡淡地说道：“把门锁了吧。”

“是。”于公公答应着，重新将寿安宫大门锁上，三人沿着宫墙往东而去。

第三十三回

瓶中空无物
楼内藏娇娥

皇后见寿安宫的大门又一次慢慢地关上了，于是垂头丧气地转身进了暖阁说道："都走了，出来吧。"

半天没有声响。皇后于是探头往屏风后面瞧了瞧，早已不见了文龙的踪影。

"看来是从窗户出去了，那个贱人怕是没有看见他吧。"皇后一边想一边慢慢地坐在了床沿上。

文龙确实从窗户跳了出去，然后翻出了后院的高墙。他做梦也没有想到，自己的妹妹竟然是当今圣上的清妃，而且还身怀有孕。怪不得柴墒会说清妃长得和他相像，一奶同胞，自然理所应当。但文龙此时却有些为难，妹妹既然和皇上成了一家人，那这血海深仇又该如何去报呢？文龙皱着眉头想了又想，自己隐忍了这么多年，不就是等待着复仇的一刻吗？既然复仇的种子早已萌发，那再难的事情文龙都不会往后退让半步了。

到了晚间，文龙来到翰林院画院东边何奇的住所前敲了敲门，就听里面何奇的声音道："哪位？"

文龙道："是我，文龙。"

何奇一听是文龙，连忙打开了门，只见文龙手里提着个灯笼站在门外看着他笑，何奇忙将文龙让进屋内，二人坐定后，何奇一边倒茶一边说道："过几日宁王进京，想必正为这件事忙呢吧？"

文龙喝了一口茶道："是啊，杂事多得很。何侍诏想必也在忙吧？"

何奇叹气道："没有你忙，但是却比你难。"

文龙笑道："这话怎么说？"

何奇道："文侍卫的事情都算是有章可循，但何某的事情，全是无法可遵。"

文龙道："何侍诏不妨说出来，文龙也可以帮你想想办法。"

何奇道："说来说去，就是除夕献礼之事，太后对何某一向偏爱有加，所以画院在除夕献礼之时，何某想别出心裁一次，可何某翻看了历年画院除夕献礼的记录，可谓是推陈出新，包罗万象，何某也便想不出什么新鲜玩意儿来了。"

文龙听后，又喝了一口茶，才慢慢地说道："想要与众不同，倒也不难。"

何奇笑道："文侍卫什么意思？"

文龙道："那文龙就开门见山地说了，今晚文龙前来，就是为了两件事：第一件是拿回上次文龙给何侍诏的两个瓷瓶，第二件就是要给何侍诏一件举世无双的画作，这画作完全可以当作除夕献礼，而且文龙保证，此画只要一出手，保准皇宫上下一片惊叹之声。"

何奇听了这话，忙站起身道："此话当真？"

文龙笑着点头道："何侍诏放宽心，文龙绝对有这个把握。"

何奇连忙作揖道："多谢文侍卫，何某真是无以为报。"

文龙摆手道："何侍诏不必客气，取纸笔来就好，文龙手书一封，明日您就可以携书信前去城西的樊楼，然后将书信交给一个叫桂明的女子即可。"

何奇答应着，忙摊开纸笔墨砚。文龙于是坐在案前将信写好，又从怀中掏出印来盖了，然后又将信塞入信封糊好之后道："明日何侍诏拿着这信前去便是了。"

何奇连忙一边称谢一边将信收好。文龙道："那我就没有其他什么事了，就请何侍诏将那两个瓷瓶还给我吧。"

何奇答应着来到床边，伸手将枕下的两个瓷瓶掏了出来，然后说道："想不到老天有眼，不用咱们费力，便将皇后治了罪了。"说完将瓶子递给文龙。

文龙接过瓷瓶，心中一惊，瞪大眼睛看着何奇。何奇不明白怎么回事，忙问道："文侍卫，你这是怎么了？"

文龙赶忙将两个瓷瓶分别放在手里掂了掂，然后将大的那一个打开之后底朝上狠命往下一倒，只是什么也没有倒出来。

何奇呆呆地站在原地看着文龙，文龙也静静地看着何奇，半晌才说道："何侍诏，这瓶子里的东西哪里去了？"

何奇有些发蒙，他也不知道怎么会这样，好端端的瓶子，怎么一下子便空了呢？何奇道："这我也不知道啊，你给我的时候分明是有的，怎么这会儿又没有了呢？"

文龙看了看何奇的脸色，心中暗想："这个何奇分明是个胆小怕事的，让他藏匿这种东西已经是冒了很大的风险，他再不敢将这东西给了别人的。但若不是他，这瓶子里的东西又怎么能平白无故地不见了呢？"

何奇见文龙在那里愁眉苦脸的，于是道："文侍卫，这件事真的不是何某所为啊。"

文龙点头道："我相信此事与何侍诏无关，但这东西如果落入他人之手，恐怕会给何侍诏带来杀身之祸啊。"

何奇顿时一身冷汗道："这不就是迷药吗？也不见得是什么大罪，何某只说是用于失眠症而已，又有何不可呢？"

文龙笑道："何侍诏也太过迂腐了，这也能算是理由，说出来哪一个相信？再说了，这岂是普通的迷药？这分明就是禁品，凡宫中持有此物者，必定格杀勿论。"

何奇"啊"了一声道："这到底是什么东西？还请文侍卫实言相告。"

文龙想了想，说道："到了这一步，文龙就不再瞒着何侍诏了。这瓶中之药名叫'息体散'，不知道何侍诏有没有听说过？"

何奇摇了摇头，说道："从来没有听说过。"

文龙道："何侍诏没听说过也在情理之中，息体散在何侍诏进宫前便是宫中禁品了，太后下令，凡持有此物者，无论什么身份，都一律处斩的。"

何奇道："这是为何？这东西想是害过人吧？"

文龙道："话也不能这么说，息体散不同于其他药物，利害那么分明。如果是少量的，便是有利；如果是大量的，便是有害。尤其是这息体散遇热挥发之后，更是有百害而无一利。当初被其所害的人，就是当今太后。"

何奇大惊失色道："什么？是太后？"

文龙道："不错。但是真是假文龙却不敢肯定，我也是从别人那里听来的而已。"

何奇想了想，说道："如今这东西不见了，会不会是在太后那里？"

文龙摇头道："我看未必。太后对此物讳莫如深，倘若真的发现有人私藏，一定会马上下令将其处死，绝对不会一拖再拖。如此看来，此物并未被太后发现。"

何奇急道："既然如此，那这东西现在何处呢？难道自己飞了不成？"

文龙道："何侍诏不要着急，你仔细想一想，有没有其他人见过这两个瓷瓶？"

何奇道："我哪里能让其他人见到呢？"

文龙道："那就奇怪了。"

话音刚落，何奇突然想到了什么，失声道："莫非是他？"

文龙忙问："谁？"

何奇道："那日何某晚回来些，谁知道太医院的魏太医在我房中，我还怕他发现枕下的瓷瓶，所以在他走后特地查看了一下，倒也没有发现什么不对劲。"

文龙道："他那晚来此做什么？"

何奇道："何某与魏太医一向谈得来，所以他对何某一向照顾，那几日天气寒冷，他特地从内务府拿来木炭给我，可以多些暖意。"

文龙点了点头，说道："看来果然是魏太医将瓷瓶里的息体散拿走了。"

何奇道："凭什么这么说呢？"

文龙道："瓷瓶之中的息体散已经研磨成粉，而且香气很重，想要将其倒出拿走且不留痕迹，并非易事。唯一的可能便是用木炭将味道吸去，这样便可以神不知鬼不觉了。"

何奇点头道："有几分道理。要真是如此，那何某必是要大难临头了。"

文龙笑道："也未见得。这个魏太医若真是想要何侍诏的性命，只怕一百个你都已经被杀了。文龙觉得，此人既然不愿声张此事，那何侍诏也就不要说出去了。”

何奇连连点头道：“是，是。只要他不说，何某也定会做个哑巴。”

文龙道：“既然如此，那文龙就将这两个瓶子带走了。明日何侍诏别忘了前往樊楼取东西就是了。”说完将两个瓷瓶揣入怀中，辞了何奇往自己的住处去了。

何奇送走了文龙，害怕得一夜没有合眼，倘若瓷瓶真的是魏清荷拿走的，那自己岂不是要日日提心吊胆？好不容易不用担心皇后那边揭穿自己，却又要提防着另外一件事情，真是事事不顺啊。

何奇在床上胡思乱想了一夜，不觉旭日东升，于是便告了一天的假，只身往城西去了。

城西的樊楼在京城可以说是无人不知，前往此处游玩的不是达官贵人就是纨绔子弟，文人称其“温柔之乡，香艳之所”，樊楼上下三层，两旁亦有悬桥连接的小楼两栋，后院还有一座二层的竹屋，屋里满是琉璃装饰，人称“琉璃竹”。樊楼之中的女子个个美艳无比，娇嫩欲滴，叫男人们看了心痒，女人们看了心虚。

何奇坐着马车一路到了樊楼门口，下车后，只见一高楼矗立眼前，楠木拼接的大门紧紧地关着。何奇整了整衣衫，向前两步敲了敲门。

须臾，只见大门徐徐打开，走出来一个头戴方巾的矮小男人，那人呵欠连天，上下打量了一下何奇道：“老爷，您来得太早了，我们这儿还没开门呢，昨天在这里过夜的客人也都还没睡醒呢，您看您是不是晚些时候再来？”

何奇道：“我是来找桂明的。”

那男人道：“小的知道，每天来找桂明的人多了去了，您很难排上队，但那也要晚上才成啊，你这一大早就来，桂明姑娘也还没起呢。”

何奇笑道：“你误会了，我不是来这里玩儿的，我是真的找桂明姑娘有事。”

那男人笑道：“都这么说，我信哪一个？来这里能有什么正经事？小的不是不让您进，只是我们这里真没开门迎客呢。您想想，姑娘们都还没有打扮，您要是这会儿进来，看见一群头也没梳，脸也没洗的女人，岂不是扫兴？”

何奇知道多说无益，于是便从怀中掏出文龙写的那封信递了过去，说道：“请把这封信带给桂明姑娘看了，她自然会让我进了。”

那人接过信来看了看，说道：“既然老爷有信物，那小的就带您进去，桂明姑娘住在后面的‘琉璃竹’，这样来回来去的小的也不方便，倒不如现在引您进去，省得麻烦。”

何奇无奈道：“你早说就是了，何必兜圈子。”

那人苦笑了一下，便带着何奇进了大门。

何奇进了樊楼，顿时感觉四周香气弥漫，只见楼中间有个天井，上上下下挂着上百个灯笼，无数的楼梯纵横交错开来，通往各个楼层。偶尔几名丫鬟模样的小女孩儿拎着水桶从身边走过，无不小心翼翼，面带羞涩。

何奇随着那人出了后门，便见不远处有一个竹楼，竹楼外面搭有楼梯，何奇于是撩起衣角拾阶而上。进了楼内，只觉一片五彩缤纷，原来这里面竟然用琉璃砌墙，玉石铺顶。那人带着何奇来到一扇门前，然后轻叩门环道：“桂明姑娘在吗？”

就听里面娇滴滴的声音道：“哪一个？”

那人道：“是我，镴枪头。有人找您！”

就听里面的人懒洋洋地说道：“这才什么时候？不见。”

镴枪头回头冲何奇吐了吐舌头，说道：“您看见了吧？谱儿大着呢。”说完便将信顺着门缝塞进去，“这里有您的信，您先看看。”说完用手一拍，那信就顺着门缝掉了进去。

何奇隔着木门，便听见有人徐徐走到门口，然后弯腰捡起落在地上的信封，紧接着听见那人将信封撕开，将信纸抽了出来。

须臾，就听那人道：“拿信的人现在何处？”

镴枪头道：“就在这里等着呢。”

还没等何奇说话，就听“吱呀”一声，门便开了，只见一个无比美貌的女子站在门里。这女子看起来二十岁上下，身上只穿着一件单薄的长衫，里面的肌肤隐约可见，杂乱的丝带无力地系在腰间，好像随时都会滑落，乌黑浓密的头发在脑后盘了一个发髻，但却有些松散，不曾涂抹胭脂的脸颊仍旧泛着粉红的光泽，漆黑的双目犀利而魅惑，洁白的牙齿在莹润的唇间若隐若现。

何奇只看了一眼，便觉得脸上有些发烫，倒是那女子显得更加大方些，忙微微地施了一礼道：“小女子桂明，不知道这位先生怎么称呼？”

何奇忙道：“在下何奇。”

桂明让道：“何先生里面坐吧。”

何奇答应着，迈步进了屋子。

桂明又和镴枪头道：“你去吧，没你的事了。”说完关了门。

何奇站在屋内，只觉得温暖如春。环视四周，给人感觉一派素雅。桂明将何奇让到椅子上坐了，便回身用火筷拨弄了一下床边炭盆里的炭火，说道：“想必外面很冷吧？”

何奇道：“倒也还好，比先前些日子强些。”

桂明道：“小女子也不怎么出门，让您见笑了。”说完又回身倒了茶水放在何奇面前。

何奇谢过了，说道：“桂小姐哪里人？”

桂明道：“京城人氏。”

何奇点了点头，支支吾吾地说道：“桂小姐真是国色天香，比那皇宫里的妃子还要美丽呢。”

桂明笑了笑，说道：“何先生在宫里做事？”

何奇道：“是啊，何某是宫里的画师。”

桂明道：“原来如此，何先生与文哥哥交情不浅吧？”

何奇道：“何以见得？”

桂明笑道：“从信中看得出来。”

何奇道：“何某也不知道这信中是怎么写的。”

桂明道：“文哥哥托我给何先生一样东西，这东西是多年前文哥哥寄存到我这里的，多少年没拿出来过了，既然他肯用来帮你，足见你们情深义厚。”

何奇道：“我们也算是不期而遇。”

桂明笑道：“不期而遇就是缘分，小女子与文哥哥也算是不期而遇呢……”说完竟有些红了脸，只是低头不语。

何奇一边喝茶一边偷瞄桂明，只觉此女子果然是妩媚娇艳，不由得愣住了神。桂明心里正想着事情，猛一抬头，见何奇正死死地盯着自己，倒也不是很在意，只是笑道：“您看，光顾着和您说话，都忘了给您东西了，您稍等。”

何奇忙道：“不急。”

话音未落，桂明早已起身到了梳妆台前，从一个象牙鎏金的首饰盒中取出一把钥匙，将西面靠墙的一座楠木柜打开，取出一个卷轴。

桂明笑着将卷轴递给何奇，何奇忙双手接过卷轴道：“有劳。”

桂明笑道：“何先生可以打开看一看。”

何奇点了点头，将画轴徐徐摊开，只见画上画着一头牛在吃草，一轮明月悬于天际，倒也没有什么稀奇。何奇左看右看，看不出端详，只得干笑了两声道：“文侍卫倒也会开玩笑，要说是这种画，画院里何止百千，随便拿些便是了。”

桂明笑而不语，只是走到窗边将帘子拉好，又将屋内昨晚未燃尽的蜡烛吹灭，然后笑着说道：“何先生再看。”

何奇听了这话，再低头一看这画，顿时大吃一惊。只见画中的明月泛着银光，晶莹剔透。月下的那头牛浑身闪闪发亮，尤其是那一双眼睛，更是闪烁深邃，炯炯有神。

何奇忙问道：“这是怎么回事？”

桂明笑道：“这画是一位前辈画的，他那时住在海边，每到夜晚，他都会潜入海底寻找那些在黑暗处发光的贝壳，然后将它们碾碎，和上颜料作画。所以这画在白天平淡无奇，可是一到了晚上，便可看出这鬼斧神工的效果。”

何奇连连点头道：“是，是。”说完不住咧着嘴笑。

桂明回身又将帘子打开，说道：“这就是文哥哥要我给您的东西，您拿走就是了。”

何奇慢慢将画轴卷好道：“真是有劳姑娘了。”

桂明道：“何侍诏不必客气，这都是文哥哥的安排，我不过是搭把手。时间不早了，桂明也就不虚留何先生了，您忙您的吧。”

何奇道：“那何某就先告辞了，他日有闲，再过来道谢。”

桂明笑道：“不送。”

何奇于是拿着卷轴离了樊楼，准备坐车回到皇宫。谁知刚出了樊楼的大门，就见一个乞丐趴在门口乞食，何奇看了心中不忍，便从怀中掏出些散碎银子递了过去，那乞丐连忙称谢地接过银两，何奇突然觉得乞丐的声音有些耳熟，于是弯下腰来仔细一看，心中吃了一惊。那乞丐也觉得奇怪，抬头端详了何奇半天，但终究没有认出来。何奇皮笑肉不笑了一下，便连忙钻进马车，一路回皇宫去了。

何奇将画放回房中，然后便去找文龙道谢。可一打听才知道，文龙一早便离了皇宫，往城外去等候宁王一行了。何奇无法，只得又往回走。正行间，就见一群侍卫从远处列队跑了过来，慌得何奇忙靠边让道。正纳闷时，就见慈宁宫的徐公公在后面气喘吁吁地跑了过来。何奇忙上前道："徐公公哪里去？"

徐公公抬头见是何奇，说道："去挨打，去挨打。"

何奇忙问道："这话怎讲？"

徐公公道："今早在慈宁宫外的井里发现了一个小太监的尸体，老奴身为慈宁宫的主管太监，定是脱不了干系了。"

何奇道："宫里也会出这种事？"

徐公公道："也不知道是谁干的，依老奴看啊，都躲不过一顿好打。"

何奇道："只怕是劫财或是自寻短见也未可知。"

徐公公道："必是劫财了，把外衣都给扒了，那又能卖几个钱？混账东西。"说完便辞了何奇，一路跟着侍卫们去了。

何奇叹了口气，也不愿多想，便回自己的住处去了。

第三十四回

巧手结长缕
再次会旧人

一转眼，已是除夕之日，宫中的太监宫女们都忙得不亦乐乎，而清妃却懒懒地倚在暖阁的木榻上休息。小玲见了，生怕她待出病来，于是上前有一句没一句地逗清妃开心。清妃原先就是奴婢，自然能看出小玲的意思。但自从上次在寿安宫见到文龙，清妃的心中一直都不踏实。她怎么也想不明白，为什么自己的哥哥却和皇后走在了一处？为何自己的哥哥始终不和自己相认？为何自己的哥哥能三番五次地进入皇宫呢？

清妃仍旧瞎想着，也听不见小玲说话。小玲于是端过一盘子栗子糕说道："娘娘，您用一些？"

清妃摆手道："不想吃，你吃吧。"

小玲笑道："您吃不吃的也轮不到奴婢吃啊。"

清妃道："怕的什么？又没有外人。"

小玲没话找话道："奴婢自幼在宫中侍奉太后，也没见过这宫外是什么样子，娘娘您说，这老百姓的新年是怎么过呢？"

清妃道："本宫倒觉得这老百姓的新年过得比宫中还要热闹些。"

小玲道："不见得吧？"

清妃道："怎么不见得？百姓过年时，家家都要换门神，挂钟馗，钉桃符，围坐在一起守岁，过了子时，还要放炮竹，好不热闹。"

小玲道："宫里不也是吗？而且宫中的炮竹更响亮呢。"

清妃叹气道："那是宫墙深深，有回音罢了。"

小玲道："听说宫外过新年时，家家还要互送名帖呢。"

清妃笑道："可不是吗，本宫还记得那时家父认识的人多，不能去一一拜访，于是兄长揣着名帖，拉着本宫一同去别人家送，别人收了名帖，必定会抓一把糖给我们，虽说也不见得有多甜，但就是爱吃。"

小玲笑道："不知道奴婢何时才有机会出去过新年呢。"

清妃道："自然是放你出宫许配人家的那天了。"

小玲忙红脸道："娘娘说什么呢，真是的。"

清妃站起身道："你看你，还不好意思了。当初本宫和你是一样的，现在虽说是皇上的妃子了，但以前的事情，本宫是不会忘的，以后咱俩在一起，只要是不当着外人，不用这么小心翼翼的，面上过得去就是了。"

小玲道："奴婢知道了。"

两人正说着，就听太监进来道："娘娘，圣上驾到。"

清妃赶忙扶着小玲迎了出去，只见柴墒笑着走了进来，身上的朝服还未曾更换。

清妃笑道："皇上刚刚下朝？"

柴墒道："可不？今天下得早些，让大臣们好回家过年。"说完搀着清妃坐了。

小玲忙捧过茶来，柴墒吃了一口，笑道："这两日怎么样？可有不舒服？"

清妃道："没什么不妥的，事事都顺心。皇上还没去钟粹宫吧？一会儿闲了过去看看，姐姐眼看就要生了，您应该多陪陪才是。"

柴墒笑道："这个朕自然知道的。你这里离得近些，就先过来了。"

清妃笑了笑，从怀里掏出一个五色彩绳编的长命缕来，上面还挂着几颗光润洁白的珍珠，柴墒接过来看了又看，笑道："哪里得的？"

清妃笑道："臣妾自己编的。"

小玲接过话来道："娘娘看着裕妃娘娘过两个月就要临盆了，所以编了这长命缕来预备着给小皇子呢。"

柴璃一边看一边说道："好精致啊，比外面卖的好多了。"

清妃道："让皇上见笑了。"

柴璃道："你找个机会送给她就是了。"

清妃道："臣妾也是这么想的，当初臣妾还是奴婢时，常常受到裕妃姐姐的关照，如今虽说有机会侍奉皇上，但姐姐的恩情，臣妾不曾忘怀。"

柴璃拿起清妃的手说道："朕看得出你是个重情重义的，能有你这样的妃子，朕欣慰得很。"

清妃道："皇上您过奖了，臣妾知道皇上也是性情中人，所谓'一日夫妻百日恩'，臣妾有个不情之请，不知道皇上能不能答应？"

柴璃道："你说。"

清妃道："如今除夕将至，无论达官贵人还是平民百姓，无不合家欢乐。而皇上身为一国之君，更应做个表率。可此时皇后娘娘在寿安宫内只有孤灯相伴，臣妾心中不忍，所以斗胆恳请皇上接皇后娘娘出来，也好合家团圆。"

柴璃站起身，背着手看着窗外道："朕何曾不想如此？皇后虽说是太后当初指定给朕的，并没有经过朕的同意，但朕还是很喜欢皇后的。你说得对，'一日夫妻百日恩'，朕应该和皇后一起辞旧迎新。"

清妃道："那这样就太好了，不如接出来吧？"

柴璃摇头道："怕是不可能的。"

清妃道："为什么？"

柴璃道："你忘记了吗？皇后是害死过人的。再者说，想要皇后出寿安宫，还要经过太后的允许。太后不点头，谁都别想放她出来。"

清妃早料到皇后出不了寿安宫，于是点了点头，说道："既这样的话，皇上就不要为难了。臣妾倒觉得，只要皇后知错能改，就可以从轻发落，又何必赶尽杀绝呢？"

柴璃看了看清妃，说道："你可真是菩萨心肠啊，对每个人都这么好。"

清妃道："皇上瞧您说的，臣妾都不好意思了。"

柴墒道："在朕面前，有什么不好意思的？"

清妃道："既然皇后出不来，那臣妾去看她好了。"

柴墒道："你去看她？"

清妃点头道："是啊，臣妾知道皇上要去的话多有不便，若是传到太后那里，只怕会让太后生气，这大过年的，万万不可扫了太后的兴致。所以臣妾想着，不如自己去，只是将皇上的慰藉带到，也好让皇后安心啊。"

柴墒道："这倒是个办法。可是你身怀有孕，千万要当心身子。"

清妃道："皇上您放心吧，有小玲和臣妾一起，不会有事。"

柴墒点了点头，便又和清妃说了几句家常话，便往钟粹宫去了。

清妃等柴墒走后，赶忙吩咐小玲道："你去尚食局看看，有什么好吃的叫他们单做出来，咱们一会儿去寿安宫。"说完递给小玲一锭银子。

小玲皱眉道："奴婢真的是不明白了，皇后以前害过裕妃娘娘，又害死了婉妃娘娘，还打过您。您不但不落井下石，还将太后所赐的银两拿了一部分为她张罗。如今这大年下的，您又要去看她，而且又要给她开小灶，您也太菩萨心肠了吧？"

清妃道："叫你去你就去吧，本宫自有主张。"

小玲叹了口气，只得拿着银子去了尚食局。

清妃见小玲去了，于是起身进了暖阁。此时皇宫上下虽然一片热闹的景象，但清妃却怎么也高兴不起来，她心中还是惦记着自己的哥哥。她心里清楚，皇后一定知道些什么，她决定要问个明白，否则是不会踏实的。

过了一会儿，只见小玲手里拎着个雕漆的食盒走进来道："娘娘，都准备妥当了，咱们什么时候去？"

清妃道："就这会儿去吧。"

二人于是出了延禧宫，又唤来拿着寿安宫大门钥匙的于公公，便一直往西走去。到了寿安宫门前，于公公掏出钥匙将门打开，然后高声道："皇后娘娘，清妃娘娘来看您了。"说完便扶着清妃进了院子。

三人站在院中，于公公道："娘娘在此稍候，老奴过去看看。"

于公公说完，便来到屋门外敲了敲房门，然后大声道：“皇后娘娘，清妃娘娘来看您了。”

就听里面皇后的声音道：“不见。”

清妃听见这话，便向小玲使了个眼色，小玲于是也来到门外道：“皇后娘娘，清妃娘娘特地过来看您了，还带了皇上的话。”

话音刚落，就听一阵急促的脚步声响，紧接着屋门“咣”的一声被打开了。只见皇后站在屋内，面容显得有些憔悴。

小玲道：“皇后娘娘，清妃娘娘她……”

“闭嘴！”皇后厉声道，“你算什么东西？老狐狸身边的一条狗而已！清妃想说什么让她自己说，用不着你传话。”

“是。”小玲赶忙低下头。

清妃看着皇后犀利的眼神，步履款款地走到她面前道：“几日不见，姐姐可好？想必内务府已经派人加了炭火了吧？这屋子里的暖气儿一阵一阵地往外冒。”

皇后道：“有什么话你就说吧，本宫没那么多时间。”

清妃道：“难道姐姐就不让我进去吗？话很多，一时半会儿说不完的。”

皇后看了看清妃，转身走了进去。清妃于是也跟着进了屋，叫小玲将食盒内的吃食摆在了厅中的桌子上，然后说道：“你们出去吧，本宫有话和皇后娘娘说，不叫你们不要进来。”

小玲为难道：“这……”

清妃道：“去吧，本宫不会有事。”

“是。”小玲答应着，便和老太监从外面把门关上了。

皇后坐在靠窗的一把玫瑰椅上，斜眼看着清妃道：“说吧，皇上要你带什么话？”

清妃道：“姐姐还没吃饭吧？咱俩一起吃吧，要不凉了。”

皇后道：“本宫不饿，有话你就赶紧说吧，本宫不想在你这里耽误工夫。”

清妃笑了笑，慢慢坐在桌子旁边，说道：“我与姐姐同在后宫为妃，却从来没有谈过心，眼看新年将至，妹妹有心陪姐姐说说话，姐姐怎么这般不领情呢？”

皇后心中已是厌烦至极，但又很想知道柴璃到底带了什么话过来，于是极不情愿地站起身，走到桌子旁坐了。清妃笑着拿起筷子夹了一块鱼放到皇后的盘子里，然后说道："姐姐请。"

皇后也不动筷子，只是冷冷地说道："有话你就快说吧。"

清妃愣了一下，然后放下筷子，仍旧笑嘻嘻地说道："我上次来的时候，姐姐这里可不是这样的。"

皇后道："是啊，多亏了你呢。内务府不但给这里添了炭火，而且还换了被褥，本宫这个做姐姐的应该好好谢谢你才对。"

清妃摆手道："姐姐不必这么客气，倒显得见外了。妹妹的意思是，上次来您这里做客的那位公子，今天怎么没来？"

皇后愣了一下，额头立马渗出汗来。清妃看出皇后颜色有变，赶忙追问道："那人是谁？姐姐和他有什么关系？"

皇后看着清妃，半天说不出话来。她此时真想过去将清妃掐死，或是抄起碗盘扔将过去。但皇后知道，倘若此时伤了清妃，自己和文龙的计谋也一定会功亏一篑，那刺杀太后的意愿也便不能实现了。想到这里，皇后于是冷笑两声道："想必是你看错了吧？本宫这里是寿安宫，是冷宫，哪里会有什么公子？"

清妃盯着皇后的眼睛道："姐姐说谎的时候未免也太过镇定了吧？那日妹妹明明见着暖阁中屏风后面躲着人，当时妹妹没有说出来，也是为姐姐着想，如今姐姐却矢口否认，真是辜负了妹妹的一片好心。"

皇后笑道："明明就是没有的事情，你要本宫怎么承认？当时本宫与你们都在外屋，暖阁内有什么人，本宫如何知道？想必是你们带进来的也未可知。再者说，倘这屋里真有其他人的话，与你有什么相干？哪个叫你来管？你啊你！就是天生的奴才命，小肚鸡肠，多管闲事，张家长李家短的，都和你有什么瓜葛？用得着你在这里指手画脚？你若真有本事，现在就去告诉那老狐狸，就说本宫这里来了外人，尽管来寿安宫查就是了，本宫倒要看看，他们是信本宫这个皇后，还是信你这个爬上枝头的奴才！"

这一席话说完，清妃脸上早已是一阵白一阵红，她万万没有想到皇后能说出这么狠的话来。清妃这次来，不过就是想问清楚自己的哥哥到底是什么身份，为什么会和皇后有关系。谁承想皇后不但不承认，反而奚落自己，让自己难以下台。清妃尴尬地看了看左右，心中庆幸此处没有别人，但一团怒火却已经是难以平复。但是清妃明白，倘若自己因为皇后的几句话而将事情捅破，太后定会追查到底，那岂不是让自己的哥哥再次大难临头？为了亲人，清妃决定忍让，但她并不打算忍受，于是清妃冷笑两声道：“是啊，姐姐说得对，妹妹不像您，本身就是立在枝头的凤凰。但话说回来，一只不会生崽的凤凰，倒还不如一只会生蛋的麻雀，您说是不是啊？”

皇后厉声道：“你说什么？”

清妃笑道：“事到如今，有些话妹妹我就直说了吧。”

皇后道：“你说不出什么好话来。”

清妃道：“不错，真不是什么好话。姐姐是不是一直以为将你罪行公之于众的是何奇？告诉您，不是他，是我。”

皇后大惊道：“什么？”

清妃道：“是我，是我告诉太后的。何奇胆子小，不敢说。但我不怕，我敢说。”

皇后咬牙道：“原来是你这个贱人！”

清妃笑道：“随姐姐怎么说吧。姐姐还记不记得有一回我在御药房抓来了春药的药方？”

皇后点头道：“本宫记得。”

清妃笑道：“那些药被我放进了皇上的茶盏里，否则的话，我也不会怀有龙裔了。”

皇后听了这话，顿时恍然大悟，于是厉声道：“果然是你这个贱人所为！当初本宫只是以为你在一旁为裕妃出出主意而已，想不到你竟然这么有心，全是为自己想办法。”

清妃道：“姐姐说得对，这些是我的主意。但无论我做过什么，也不会去害人。而姐姐你就不同了，你为了自己，可以丧心病狂地去害别人的性命，你又有什么资格说我？”

皇后大笑道：“你以为你自己是菩萨？你以为你就不会害人性命？那是时机未到！你这么有心机，这么有城府，又这么聪明，我们这群人当然不是你的对手。可是你不要忘了，你的路还长着呢！

以后你遇上的敌人要比本宫厉害一百倍。到时候你自然就身不由己了。害人？那是轻的，你不但会杀人，还会杀害他们全家。你会在这后宫兴风作浪，翻云覆雨。你现在觉得你是善良的，那是因为你还没有权力，你还没有施展的空间！太后还在，她不会让你成气候的。但只要太后一死，这后宫便是你的天下！裕妃那个蠢人，根本就不是你的对手！你记住本宫的这些话！将来若真是这样，那就请你来我坟前烧炷香，告诉本宫……”

皇后还没说完，清妃大声道：“够了！谁要听你在这里胡说八道！”

皇后道：“你迟早会知道，本宫并非胡说八道。”

清妃站起身，快步走到门前，使劲将门推开，慌得正在院子中侍立的小玲吓了一跳。小玲忙过来道：“娘娘，您这是？”

清妃道：“走吧，本宫乏了，大过节的，不想在这里听人满嘴胡说。”说完抬腿要走。

皇后见清妃要走，忙拦道：“且慢！你还没说皇上带什么话给本宫呢？”

清妃也不回头，只是长舒一口气道：“皇上说了，叫你在这里踏踏实实地待着，直到人老珠黄，他不想再见到你。”说完便径直往大门去了。

“胡说！你这个贱人！本宫不能饶了你！”皇后一路叫嚷着追了出来，举手要打清妃。于公公连忙拦在中间，皇后只能又叫又骂，眼睁睁地看着清妃出了寿安宫的大门。

清妃来至大门外，听着皇后在身后撕心裂肺的叫骂声，只是轻轻地叹了口气，然后回过头来看了看皇后，说道：“姐姐说得对，妹妹也许是会改变。就像以前你抬手打我的时候，我只能任凭你打。可是现在呢？姐姐要打我，不用我说，自然会有人帮着阻拦了。可这还不算完，这顶多是个开始，因为我还有他呢。”说完轻轻抚摸了一下自己的小腹，便笑盈盈地往东去了。

清妃回了延禧宫，只是坐在榻上一语不发，她还回想着皇后与自己说的那些话，难道自己真的变了？清妃知道，她现在的动作言语早已不是发自内心，更多的是为了讨巧柴墒与太后，但这一切，她也只是为了保全自己，也只是为了保全自己腹中的孩子。

清妃走后，皇后独自坐在桌前，眼神呆滞，愁容满面。她还清楚地记得婉妃死后，柴墒大发雷霆，质问自己的所作所为。而自己更是在柴墒面前起誓：“若将来有一日臣妾犯下王法宫规，绝对不会让皇上来救。”

看来，柴墒确实做到了。

皇后流着眼泪进了暖阁，从被褥下拿出一套叠好的太监衣服，这身衣服就是文龙从那落井的太监身上拿来的。皇后知道，就在今晚，她将为自己报仇，但仇人已经不是太后一个人，其中还包括清妃。

第三十五回

旧未逢手足欢愉
再相见兄妹悬心

宁王一行人从顺承门进了京城，便一直往皇宫而去。一路上百姓议论纷纷，这一个说宁王的队伍好生气派，那一个说宁王此番来京定是有去无回，左一个说柴熵与他其实血浓于水，右一个说二人早已恩断义绝。

宁王此时坐在轿中正在闭目养神，虽然家人再三劝阻，说柴熵此番必是“鸿门宴”，但宁王还是执意要来。只是临走前将家里人安排妥当，吩咐清楚，就算自己真有个闪失，也要求个人亡而家不破。

队伍到了承天门外，早有御林军前来接应。文龙下马和他们交谈了几句，便回身来到轿旁说道：“王爷，咱们的队伍就只能到这里了，文龙和另外四个侍卫会护着您进去，皇上就在五凤楼外等候呢。”

宁王道：“按规矩来就是了，不必担心什么。”

文龙答应了，回身与御林军道：“请。”

于是在御林军的带领下，宁王坐在轿子里，一行人上了左边的金水桥，缓缓地进了承天门。文龙此时不能骑马，只能跟在轿子左右，众人穿过承天门，端门之后，就见高大的五凤楼立于眼前。文龙忙高声道：“住轿。”轿子于是停了下来。

柴熵此时早已等候在五凤楼外，远远地便看见宁王的轿子从深邃的门洞中由远及近而来。柴熵已经有快十年没有见过这位同父异母的兄长了，真不知道宁王会变成什么样子。在柴熵眼里，宁王就是一个高大威猛的男子，那种成熟稳重的气质，一直是柴熵对宁王挥之不去的印象。

柴墒见宁王的轿子出了端门便停下了，于是赶忙正了正自己的衣冠，等待宁王下轿。轿帘掀起，就见一位高大的男人从轿子中走了出来，因为离得有些远，柴墒只看出那人穿着一件白袍，衣摆垂重，步履矫健。

柴墒笑着迎了上去，慌得后面的太监急忙紧紧跟上。柴墒还未到宁王跟前，便笑着说道："数年未见，三哥身体可好？"

宁王见柴墒问他，急忙三步并作两步来到柴墒面前，说道："微臣参见皇上。"说完就要双膝跪倒。

宁王还未曾跪下，早已被柴墒搀住道："三哥不必见外。"

宁王道："此乃君臣之礼，伦理纲常，还望皇上不要阻拦。"

柴墒无法，只得放开宁王。宁王于是施了大礼，叩拜柴墒。叩拜后，柴墒忙将宁王扶起，说道："三哥一路上车马劳顿，辛苦了。"

宁王站起身，看着柴墒道："皇上哪里话？微臣本该早来看望皇上的，怎么还会嫌路上辛苦？"

柴墒笑着点头看了看宁王，只觉得宁王虽然数年未见，但容颜未改，不过是眼角多了些细纹而已，但双目依旧是炯炯有神，鼻正额宽，身姿挺拔。

柴墒笑着拉住宁王的手说道："来，你我兄弟多年未见，今日正好是辞旧迎新的好日子，定要一醉方休才成。"

宁王也笑道："数年未见皇上，越发的精神矍铄了。太后与皇后近来可好？"

柴墒听了这话，不由得叹气道："唉！太后近来身子很弱，否则今天一定会陪着朕来迎你。至于皇后，真是一言难尽啊。"

宁王见柴墒面有难色，也就不再追问。二人于是进了宫门，携手揽腕上了金水桥。此时已是日落时分，天际浩瀚，夕阳如血，金黄的琉璃瓦闪着光辉，朱红的宫墙层层相映，那凋零的树木犹如剪影，而桥下青碧的水流也早已成冰，雕梁画栋掩不住深宫琐碎，空旷无际更显得感怀伤情。

宁王停在桥上，四处环顾，他记忆里的皇宫未曾有任何改变，那熟悉的一幕幕仍旧掠过眼前。童年的记忆犹如尘封的烙印再次被打开，虽然许久未见，但见时却清晰依然。柴墒知道宁王的心思，于是说道："三哥在回想咱们小时候的事情？"

宁王忙回过神来道：“真是岁月如梭，你我都大了，可这皇宫却还没变。”

柴璃笑道：“您是要说‘物是人非’？”

宁王笑道：“皇上虽然越发成熟，但微臣从您的眼睛里看得出来，您的心思没变，还是像小时候那般单纯。”

柴璃笑道：“三哥还不是一样，朕也觉得你没有变。”

宁王道：“不知道皇上还记不记得？有一年夏天，咱们兄弟几个在这桥上胡闹，还设计将一个太监推下水去，谁知道害人反害己，我脚下一滑，竟自己掉下去了。”

柴璃笑道：“可不是？慌得众人大喊大叫，最后才知道这水只有齐腰深罢了。”

说罢二人哈哈大笑，一路往保和殿去了。

此时裕妃与清妃正在慈宁宫内和太后聊天。这些日子太后的身子每况愈下，渐渐地连饭都懒得吃了。每日只能躺在床上修养。裕妃心内虽然着急，但又不敢面露难色，生怕影响了太后的心情，这病就越发难治了，所以只得说说笑笑，和平时一样。而清妃也看出了裕妃的心思，所以也在一旁赔笑说话，当作没事一样。

太后聊了一会儿，突然轻轻地叹了口气。裕妃问道：“太后您叹气做什么？有什么不顺心的？”

太后道：“哀家这病只怕是好不了了。”

裕妃忙说道：“您这话是从何说起呢？人吃五谷杂粮，哪有不生病的？只要用心调养，过不了多久自会痊愈。”

太后道：“自己的病自己清楚，看着你们没事似的，哀家也不好意思泼冷水，但是哀家什么没有见过，有几个人能斗过阎王爷呢？这病有时候可由不得自己啊。”

裕妃忍不住含泪道：“太后您这是什么话？都说事在人为，您自己要是没有个准主意，那我们这忙上忙下的岂不是白操心？”

太后拉着裕妃的手说道：“你看你，大年下的，哭的什么？都怪哀家，平白无故地招惹你。你现在身怀有孕，一定要注意身子。”

清妃在一旁也劝道：“姐姐放宽心才是，您这一哭，太后自然也跟着伤心，反而对身子不好。况且这宫中太医无数，要用什么药，也都拿得出，这病岂有不好的道理？您又何必自添烦恼呢？”

太后道："清妃说得没错，是哀家刚才胡说呢，你不要往心里去才是。哀家这病一定要养好，因为哀家还要看着小皇子出世呢。"

裕妃听了这话，笑着摸了摸鼓起的小腹说道："说得是呢，臣妾还真有点紧张。"

太后笑道："紧张什么？十月怀胎，一朝分娩，不都是这么过来的，用不着紧张。"

裕妃道："那孩子生出来后，这名字还得劳烦太后给取一个。"

太后笑道："那是自然。"说完忍不住又猛咳了两声。

清妃见太后有些疲乏，于是道："说了半天的话，太后想必也累了，姐姐与臣妾也不该多打扰了，您好生休息吧。宁王此时与皇上正在保和殿叙旧，姐姐与臣妾虽说身怀有孕，但也理应去照个面才是。"

太后点头道："清妃说得是，应该去看一看。既然皇上要与宁王以诚相待，你们也该前去捧个场，只是记得待一会儿就赶紧回去休息，翠儿和小玲都好生照看你们的主子才是。"

翠儿和小玲忙答应了，便扶着裕妃与清妃往保和殿去了。

裕妃与清妃到了保和殿外，便看见殿门前有数十个御林军把守，四个大铜炉依次排开，矗立在殿外的丹陛之上，徐徐地冒出青烟。而保和殿内隐约可以听见丝竹管乐之声。二人进到殿内，便觉一股热气温暖周身，原来大殿中放着一个大铜炉，里面燃着红通通的炭火，而铜炉周围又放着十数个小炉，如众星拱月一般。

此时柴墒坐在大殿中央，而宁王就坐在柴墒身旁，二人显得亲密无间，犹如久逢知己一般。而御史中丞林斗勋坐在下首作陪，也是满脸堆笑。此次相会，柴墒与宁王均是同一个目的，那就是摒弃前嫌，再不要互相胡乱猜度了。

宁王进殿后刚一落座，柴墒就开门见山地说道："三哥，咱们许久未见，自当好好聊一聊，这些日子流言四起，叫朕好不烦心。"

宁王笑道："皇上说得是，不但皇上觉得烦心，连微臣也觉得恐慌。"

柴墒于是试探着问道："那不知三哥是怎么想的？"

宁王见柴墒问出了这话，于是便字字中肯地说道："常言道，'血浓于水'，皇上与微臣虽然是同父异母的兄弟，但也未见生疏。

微臣记得小时候你我在这宫中是何等的快活，无忧无虑，天真烂漫。既有父母的疼爱，又有兄弟之间的关怀。可谁想世事难料，变化无常，父皇得急病而崩，兄弟为皇权而斗。微臣自幼不喜与人相争，所以便早早地退到父皇所给的封地，安分一方。从前是这样，现在还是这样，今后更是如此。微臣自幼就明白，能够明哲保身，自家富贵，便已是天大的福分。至于万里江山，至高皇权，微臣想都不敢想。今日微臣只身来此，就是为了和皇上说个明白，微臣对皇上绝对是忠心耿耿，绝无二意，只求皇上能够让微臣终老一生，那便是微臣天大的福分。”说完便跪倒在地，磕起头来。

柴墒见状，忙伸手相搀，急道：“三哥这是做什么？快快请起！”说完又将宁王扶回了座位。

宁王一边拭泪一边道：“还望皇上明白微臣的心思，万万不要误会了微臣。”

柴墒此时心中已是一块石头落地，宁王今日既然肯来，又说了这样的话，还当着众人下跪，表明他肯定是不会谋朝篡位了，柴墒于是笑道：“三哥哪里话？朕知道你的意思，想必那些谣言定是小人散播的，与三哥毫无瓜葛，朕心中有数，绝不会被他人所蒙骗的。”

宁王于是点头道：“谢皇上。”

林斗勋此时也站起身道：“皇上，王爷一向自持自重，并非贪图权势富贵之人，此次孤身一人进京，可见王爷胸怀之坦荡。兄弟和合，此乃皇室之福。”

站在宁王身后的文龙也笑道：“皇上，微臣可以拿性命担保，王爷绝无二心。数月前，王爷听见这些传闻时，便一直想着赶紧来京城和皇上解释，生怕被皇上误解，断送了兄弟之情。

柴墒笑了笑，说道：“朕现在清楚得很，三哥并非兴风作浪之人，今日既然你我兄弟已经说明白了，那便不要再提这件事了。除夕将至，辞旧迎新，咱们兄弟把酒言欢，大醉一场才是正理。”

宁王于是举杯笑道：“皇上所言极是，微臣敬上浊酒一杯，以祝皇上洪福齐天，江山永固。”

柴墒于是也笑着举起酒杯，二人相对而饮。

隔阂既然已除，大殿之内顿时一片歌舞升平，众人觥筹交错开来，好不热闹。正欢笑间，裕妃与清妃进入殿内，柴墒见了，忙命二人来到近前坐了。宁王于是赶忙起身施礼。裕妃与清妃还礼后，羞答答地坐在柴墒身旁。

宁王听说这两位妃子如今都是有孕在身，于是赶忙笑道："皇室兴隆乃是社稷之福，多子多孙乃是长寿之兆，如今四海升平，国泰民安，皇上又即将开枝散叶，微臣心中十分快慰。"

柴墒笑着客气了一番，便叫来宫中舞者表演舞蹈《抛球曲》。

一时间，只见数十名舞女鱼贯而入，在大殿内站好位置。所有舞女皆是红纱裹身，长袖飘飘。丝竹之音一起，就见六名舞女突然各自抛出一个五彩的绣球，那绣球好像活的一般，随着音乐之声上下翻飞，左右腾挪。站在别处的舞女纷纷跳起将绣球接住，然后长袖一挥，那绣球便又往他处去了。

柴墒、宁王和林斗勋全都连声叫好，就连裕妃也坐在那里不断地鼓掌。但这舞蹈再怎么精彩，清妃也没心情理会，因为她一进来便看见了站在宁王身后的文龙，这才明白自己的哥哥为什么可以数次出入宫廷。

文龙其实也早已看见了清妃，心中早就大呼"不好"，他本以为太后会前来赴宴，可谁知道却是裕妃与清妃。而最让文龙担心的是，清妃此时已经是身怀有孕，倘若皇后按计划行事的话，必然会害了自己的妹妹和她腹中的胎儿。此时文龙脑子里早已是乱作一团，额头已是一层汗水。宁王无意间回头看了一眼文龙，只觉他神色不对，于是问道："你这是怎么了？怎么满头大汗？"

文龙只是笑了笑，说道："热。"

宁王笑道："一会儿出去就好了。"

文龙点了点头，只是希望皇后能晚一些到，最好是等自己的妹妹走后再来。

而清妃此时心中也早已是一团乱麻，她知道自己的哥哥与皇后之间有说不清的关系，但这层关系到底是什么，清妃也不能确定。但她明白，皇后之所以有今天这个下场，有一半是太后所赐。而自己之所以会失去父母兄长，进宫为奴，也与太后有莫大的关联。难不成自己的哥哥与皇后串通一气，要取太后的性命？清妃不敢多想，只是默默地盯着文龙，生怕他轻举妄动，那到时候御林军就会一拥而上，将他砍成肉酱。

兄妹两人虽然心中忐忑不安，但都尽力在压制住自己的情绪。此时那些舞女依旧轻盈快活地跳着舞蹈，口中还徐徐唱道：“堪恨隋家几帝王，舞裀揉尽绣鸳鸯。如今重到抛球处，不是金炉旧日香。”

须臾，一曲罢了，众舞女便徐徐而退。这时就见一名太监进入殿内跪下道：“启奏皇上，翰林院画院侍诏何奇携画作在殿外候旨。”

柴墒笑道：“宣。”

宁王道：“想必是宫廷画院的画师献来除夕之礼吧?”

柴墒道：“不错。这个何奇技艺好得很，那圣寿寺的壁画都是他一人所画。”

宁王笑道：“原来如此，微臣早有耳闻，想不到今日可以亲眼所见了。”

刚说完，就见何奇手捧卷轴，笑脸盈盈地走进殿来跪下道：“微臣叩见皇上、王爷。”

柴墒笑道：“平身吧。手里拿的什么画作啊?”

何奇笑道：“皇上，按照往年旧例，每年除夕应由宫廷画师绘制新年之礼呈与皇上。但说来也巧，微臣在这之前得了一幅画作，可谓巧夺天工，神来之笔。就算微臣费尽心思，也不及这画作之精彩。所以刘学正与臣等商议妥当，就以此画呈现给皇上，作为除夕的献礼。”

柴墒道：“哦?这是什么画作，竟然能让你们这些丹青妙笔谦逊到如此地步?那朕一定要好好看一看。”

宁王也笑道：“皇上说得是，微臣也有些迫不及待了。”

何奇道：“那就请皇上、王爷过目。”说完便走到柴墒近前，将画轴徐徐展开。

柴墒等人于是上下打量了一番，并未见什么特别之处。宁王于是道：“这不过是一幅普通的画作，并未见有什么过人之处啊。”

柴墒道：“三哥有所不知，这何奇就是这样，从来都是喜欢卖关子的。”

裕妃在一旁笑道：“皇上说得极是，何侍诏喜欢出其不意。”

宁王笑道：“既然如此，那就请何侍诏说明吧，不要让我们再猜度了。”

何奇笑道：“那就请皇上熄灭大殿内的灯火，这画的奇妙之处自然显现。”

“好，”柴墒于是命令道，“熄灯。”

于是殿内的太监们开始依次将蜡烛吹灭，又用一个大铜盖将燃有炭火的铜炉盖住，只留有那一小圈铜炉不管。于是保和殿内顿时一片黑暗，只有小铜炉中的炭火透着微弱的红光。这时何奇将画轴在此展开道：“皇上请看。”

柴墒正要赞叹时，就听保和殿的大门“吱呀”一声被推开了，只见一个人影伫立在门外，一动不动。

柴墒道：“什么人?”

那人影道：“袁太后在哪里？本宫来取她的性命。”

第三十六回

投炉内芬芳四起
进殿中仇人未见

当五凤楼的钟鼓声传到寿安宫时，皇后便倚在窗前仔细地听了又听，然后自言自语道："已是酉时了。"

皇后说完便从怀里掏出文龙所给的纸包，咬了咬牙，回身将被褥下面的太监衣服拿出来换上。换好衣服后，皇后又看了看左右，她知道，自己这一去，就不会再回来了。也许自己不会是最后一个被关在永寿宫的人，但却是第一个逃出永寿宫的人。

皇后想到这里，使劲将暖阁内的屏风推倒，然后匍匐着钻进洞穴，手扒着泥土出了寿安宫的后墙。

皇后灰头土脸地到了墙外，起身拍了拍身上的泥土。此时天已暗淡，厚重的云层遮挡了星月的光芒，一股股寒风顺着宫墙到处乱窜。皇后不禁打了个寒战，她没想到外面竟然如此寒冷，于是便双手抱肩，顺着高高的宫墙，踉踉跄跄地往南去了。

皇后一路上小心翼翼，不时地左右张望，偶尔看到有人提着灯笼过来，就赶忙蹲在暗处，生怕被人看见。偌大的皇宫里时时回荡着鼓乐之声，而皇宫外面更是热闹非凡，炮仗之声不绝于耳。皇后忍受着寒风，心中一阵酸楚，她从没有想到过自己会如此狼狈，简直就是尊严扫地。她决定就在今晚重拾自己皇后的尊严，哪怕是付出生命的代价。

就这样，皇后慢慢地来到隆宗门外的高墙边，小心翼翼地探头看了又看。只见门外有两个侍卫把守，皇后暗暗皱了皱眉，只得转身往回去了。

皇后知道这样硬闯是不行的，于是便又躲在暗处等待时机。不一会儿，只见一名老太监从远处走了过来，一手提着灯笼，一手拿着个绣球。皇后心里打定主意，于是从怀中掏出那两个纸包，将其中那个小的打开来，然后凑到鼻子下猛地一吸，立马感觉一股辛辣之气蹿到脑后，紧跟着打了个喷嚏，鼻涕眼泪也都流了下来。

那老太监正走着，突然听见有人打喷嚏的声响，于是忙问道："谁?"

皇后听见老太监问她，于是赶忙将大纸包里的药粉用小拇指的指甲挑了一些，然后将纸包揣起，说道："公公，是我。"说完便朝那太监走了过去。

老太监见是一个穿着太监衣服的人走了过来，于是便举着灯笼照了照，但未曾认出是皇后。一来这个老太监不在坤宁宫当差，所以不曾见过皇后；二来就算有机会见到皇后，也都是低着头，不敢直视皇后的眼睛；三来那老太监只知道皇后现在在寿安宫，绝不会想到皇后此时会穿着太监的衣服来到自己面前，于是便只觉得眼前是个眉清目秀的年轻太监罢了。

老太监于是嗔道："你这个小兔崽子，黑灯瞎火的，躲在这里做什么？差点吓死我。"

皇后只得笑着说道："我不小心把灯笼跌灭了，这会儿正要回去呢。您这是干什么去？怎么还拿个绣球?"

老太监道："舞女们要跳《抛球曲》，绣球少了一个，我去给他们拿来罢了。"

皇后道："您将这绣球送到哪里啊?"

老太监道："还能是哪里？保和殿外罢了。都在那里等着呢，我得赶紧去了。"说完便绕过皇后要走。

皇后一听这老太监是要去保和殿外的，于是赶忙拦住道："公公且慢。"

老太监道："做什么?"

皇后道："这大冷天的，您回去歇着吧，我替您拿过去就是了。"说完便慢慢地用身子将灯笼挡住，然后背着手将指甲里的药粉弹进灯笼里去了。

那老太监道："去！去！去！你是哪里的小太监？竟然这么明目张胆地抢差事？你算什么东西？哪里用得到你?"说完使劲将皇后一

推，便大步往前去了。

谁知那老太监没走两步，便闻到一股清香，还没反应过来，就已经软绵绵地倒在了地上。皇后在其身后，眼看老太监要倒，急忙上前两步夺过灯笼，然后站在了一边。那老太监睁着眼睛，嘴里想说什么，但又说不出来，只能眼看着皇后捡起地上的绣球，一路往南而去，消失在深邃的宫墙尽头。

皇后到了隆宗门，心中暗暗给自己打气，然后直愣愣地就要进去。守卫隆宗门的侍卫见了，忙拦住道："哪里去?"

皇后忙举着绣球道："送这个进去。"

侍卫接过绣球看了看，说道："去吧!"说完又将绣球递给皇后。

皇后点了点头，便拿着绣球绕到保和殿前面去了。

到了大殿前面，皇后顺着丹陛走了上去，一眼便看见殿前的几个大铜炉正冒着青烟。皇后心中道："文龙说得果然没错。"正想着，只见保和殿的屋檐下齐刷刷地站着一排红衣舞女，其中一个看见皇后手拿着绣球走了上来，忙说道："这边，这边。给我就是了。"说完一路小跑来到皇后近前。

皇后将绣球递给那舞女，问道："这会儿皇上正在干什么呢?"

那舞女道："这和宁王说着话呢，你怎么这么慢，要出了岔子就糟了。"

皇后道："谁说不是呢。"

那舞女也不答话，又转身回到屋檐下面去了。

皇后见自己已经是无事可做，倘若老是站在这里，定会被御林军驱逐出去，但是要等的人还没有等到，倘若这会儿被人赶走，所有计划都会前功尽弃。皇后想了想，便趁御林军没注意时，悄悄躲在了一个大铜炉的后面，然后蹲下身子，透过炉子的镂空处紧紧地盯着保和殿的大门，等待的人只要一进入大殿，皇后便可以按计划行事了。

就这样，皇后一直等待着，她看见舞女们鱼贯地进入殿内，丝竹管乐之声徐徐响起，轻歌曼舞间，长袖轻扬，绣球翻滚。烛光映着人影，不停地闪烁；笑声附着喝彩，真真的快活。就在此时，天空的云彩凝滞不动，徐徐地下起雪来，由小到大，由疏到密，飘飘洒洒，安安静静。皇后抬头望了望仿佛伸手便可触及的天空，又看了看保和殿内歌舞升平的景象，一种悲伤油然而生，这殿内本该属于自己的一切，为何此时竟这般遥远？那精致光彩的生活，注定是要一去不再回还。皇后此时不自觉地流下泪来，她咬着牙告诉自己，这一切的一切，她已经不再拥有，但皇后的尊严，她必须紧紧地攥在手中，任谁也不可取代。

皇后正想到这里，就见一个人顺着东边的丹陛走了上来。皇后定睛一看，原来是何奇，而他，就是皇后要等的人。

只见何奇手捧卷轴在殿门外站了一会儿，等那些舞女都散去了，才随着太监进到了殿内。皇后见何奇进了大殿，便迫不及待将装有“息体散”的纸包打开，等待时机。果不其然，须臾之后，保和殿内的灯火渐渐地相继熄灭，不一会儿便都暗了下来。皇后见了，急忙站起身来，将“息体散”尽数倒进了铜炉中。

那“息体散”进了铜炉后，立马晕散开来，只见一股股浓重的粉烟四处飘散。皇后见状，赶紧从铜炉后面跑了出来，直奔大殿而去。守卫在大殿周围的御林军一见有人朝大殿门前跑了过来，于是赶忙拔刀大声道：“站住！”

皇后哪里管这些，依旧往大门而去。御林军见威吓毫无作用，于是便一起举刀迎了过来。谁知刚走没几步，便都一个个浑身酸软，栽倒在地了。

皇后来到一个御林军面前，从其腰间拔下佩剑，然后推开了保和殿的大门。此时保和殿内一片昏暗，众人都在欣赏何奇带来的画作。皇后见状，心里着实佩服起文龙来。文龙曾和自己说过，只要何奇进了大殿，大殿内的灯火便会熄灭，只要灯火熄灭，便可以将息体散放入殿外的铜炉内，只要息体散四散开来，便可以打开保和殿的大门，只要殿门一开，那息体散便会弥漫进殿内，只要息体散弥漫而进，那众人就都会动弹不得，如此一来，大仇可报也。

皇后此时所想，也正是文龙心中所想。文龙见皇后进到殿内，便知大事不好。自己身怀六甲的妹妹尚且在此，倘若被这息体散所害，自己岂不是要悔恨终生？文龙一想到这里，也就顾不得其他，急忙从怀里掏出息体散的解药来，放在自己鼻子下面使劲嗅了嗅。然后趁着殿内漆黑一片，悄悄地往清妃那里去了。

此时柴璃已经听出了殿门口的那人是谁，于是问道：“可是皇后吗？你怎么会在这里？”

皇后提着剑，慢慢地说道：“臣妾来取袁太后的首级。”话音一落，殿内的人们全都发出惊叹声，纷纷议论起来。

柴熵赶忙站起身道：“什么？”

皇后向前走了两步，说道：“袁太后，你在哪里？本宫要来取你的脑袋！”

柴熵道：“羽儿！不许胡闹！袁太后是朕的母亲！”

皇后道：“难得皇上还记得臣妾的乳名，但皇上却忘记了太后的所作所为。她是本宫的仇人！本宫今天所遭受的一切，都是拜她所赐！”

柴熵道：“羽儿！朕不管你是怎么来到这里的，朕也不管你来到这里到底是为了什么，朕只是劝你，赶紧回转到寿安宫，朕一定会想办法救你出来。朕不在乎你有没有犯过错，朕只想救你，而且朕一定能救你，因为朕是天子！”

皇后做梦也没想到柴熵会说出这般话，于是含泪道：“皇上有心救臣妾，可太后不见得有这个心思啊！”

柴熵道：“太后是朕的母亲，终究还是要听朕的。况且太后今天不在这里，你今天所做的一切，朕绝对不会告诉太后，你一定要相信朕。”

皇后呆呆地望着大殿深处的黑暗，心中突然产生无限的悔恨，她一直以为柴熵早就和她恩断义绝，不会再为她做任何事情，只会让自己终老于寿安宫内。但柴熵今天的一番话，让皇后感觉到他俩的情意未断，柴熵始终还是惦记着自己的，始终还是等待着机会救自己出来的。虽然自己犯下的是该死的罪行，但柴熵却愿意用自己绝对的权力去拯救自己，只是时机未到罢了。

但皇后知道，息体散的香气早就已经弥漫到殿内各处，此刻自己已经是无力回天，袁太后既然不在殿内，那今天自己所做的一切，便都是徒劳。皇后一边哭，一边轻声道：“皇上，臣妾又做错事情了。”

柴熵刚想说话，便觉浑身一软，“扑通”一声，栽倒在了地上，嘴里想说什么，但又发不出声音，只能徒劳地睁着眼睛，紧紧盯着大殿内暗淡无光的一切。

站在大殿中央的何奇此时也早已瘫软于地，那息体散刚刚漫进大殿时，何奇便觉得一股似曾相识的香气徐徐而来，但等想起来时，身子便已经不听使唤了。

皇后流着眼泪站在大殿门口，听着众人接二连三地倒下，心中后悔不已，但又不知所措，于是索性将剑扔到地上，蹲下身子，无助地痛哭起来。她现在只是想静一静，然后便赶快找人来帮忙。

正这时，皇后突然听见身后保和殿的大门“吱吱”作响，然后便是“咣当”一声，大门便紧紧地关上了。

皇后忙转过身来道：“什么人？”

没有人答话，只有脚步声慢慢地踱步到皇后右边的不远处，那人从怀里掏出火折，小心翼翼地将灯架上的蜡烛点燃，说道：“娘娘怎么还不动手？”

皇后借着微弱的烛火，看出那人是文龙，于是站起身道：“袁太后并不在这里，本宫动什么手？”

文龙笑了笑，依旧踱步到下一个灯架前道：“袁太后虽然不在，但皇上却还在。难道娘娘忘记了他是怎么对你的？”

皇后看着文龙那得意忘形的神色，心中忽然好像明白了些什么，于是说道：“皇上和本宫没有仇恨，只有情意，本宫不会碰皇上一根汗毛。”

文龙笑了笑，依旧是不慌不忙地点着殿内的蜡烛，说道：“情意？若真有情意的话，他怎么会让你在寿安宫内挨饿受冻，然后自己在这里花天酒地？”

皇后道：“要怪就怪太后，怨不得皇上。今天本宫所做的一切只是针对那个老狐狸，和皇上没有关系。”

文龙笑了笑，说道：“皇后娘娘倒是个爱憎分明的女子，只可惜在这皇宫之内，根本就没有情意可言，你对他人百般痴情，换来的却只有自家遭罪。先帝的那几个妃子，哪个不是奇女子，人上人，到头来却都死于袁太后的诡计。而皇后娘娘你，也不过就是袁太后的一步棋，只不过当初还有些用处，现在却是块挡路的石头而已。袁太后想要你的命，哪一个拦得住？就算是皇上，也未必救得了你。与其被人宰割，还不如自己救自己，也算是图个痛快！”

皇后看着文龙绕着大殿慢悠悠地点着蜡烛，心中也像这殿内的烛火一样慢慢明亮起来，皇后问道："你说本宫是太后的一步棋，可本宫觉得自己却是你的一步棋。"

皇后此言一出，文龙顿时停驻在那里，过了一会儿，文龙竟然哈哈大笑起来，说道："许皇后不愧是人中龙凤，果然是聪明得很。"

皇后道："你让本宫来报仇，只是为了让本宫将息体散四散出去。倘若成功，你的家仇可报，倘若失败；本宫穿着太监的衣服，必定会被侍卫们剁成肉酱，也便没有机会将你供出，你就可以另寻机会再图报仇之事了，对不对?"

文龙听了这话，再一次大笑起来，此时殿内的灯火全部重燃，闪烁的烛光映着文龙兴奋的脸庞不住地跳动，文龙看着太和殿内倒地的人群，说道："不错，皇后娘娘说得一点没错。看看这些人，全都是砧板上的鱼肉，任我宰割。我现在想要杀死谁，谁就得去见阎王。而这一切，都是皇后娘娘你的功劳啊!"

皇后哭喊道："不要!"

文龙哪里理会皇后，他回身大跨步地来到柴熵的酒席前，看着倒在地上的宁王，说道："我等这一天，已经等了好多年了。"

宁王睁着眼睛，目不转睛地看着文龙，一行眼泪从眼角流了下来。文龙哼了一声，蹲下身子，将双手狠狠地扣在宁王的脖颈上，开始慢慢地用力。渐渐地，宁王的脸色由白变紫，眼睛也布满了血丝，须臾便断了气。

皇后眼睁睁地看着宁王毙命于此，心中一阵恐惧。她明白，文龙下一个要杀的就是柴熵了。皇后于是定了定神，平静地说道："文龙，你答应过本宫的，你不会伤害皇上。"

文龙站起身，看了看躺在一旁的柴熵，说道："我是说过，但我做不到。是他的母亲害死了我的全家，其目的就是让这个男人登上皇位，君临天下。"

皇后道："但这和皇上没有关系，这都是袁太后的主意。她不是为了皇上，而是为了她自己。后宫的争斗，到最后不会分出强弱，只会分出生死。不想成为死人，最好的办法就是让自己的孩子成为天子。说到底，皇上也不过是太后的一枚棋子，他并未伤害过任何人。"

文龙道："可袁太后此时不在这里，那这笔账就该由他来偿还，没有什么好说的。”

皇后见文龙就要动手，于是弯腰将地上的佩剑悄悄地捡了起来，然后快步朝文龙身后跑去，举剑就砍。这一切文龙自然心知肚明，就听“嘭”的一声，文龙抓住了皇后的手腕，然后向里一翻，那剑便掉在了地上。文龙又将手往外一送，皇后便“啊”的一声跌倒在地了。

文龙捡起地上的佩剑，说道：“有了这剑，倒省了不少气力。告诉你，今天谁都别想拦住我。”

话音刚落，就听旁边一个声音道：“若是本宫要阻拦呢？能不能放过皇上？”

皇后往旁边一看，只见清妃从柱子后面走了出来。原来皇后打开保和殿的大门时，文龙就知道大事不好。于是趁着殿内一片漆黑，将解药偷偷送到清妃那里，并叫她赶忙躲起来。清妃虽然听出是文龙的声音，但却不知道发生了什么事情。等想起来躲避时，便发现裕妃已经倒在了地上。清妃于是悄悄地摸到了柱子后面，观察着殿内的动静。从文龙和皇后的谈话中，清妃才明白这是怎么回事。此时清妃见文龙要杀柴墒，于是便从柱子后面走了出来。

文龙听了清妃的话，只是摇了摇头，然后指着柴墒说道：“你知不知道这个人是谁？”

清妃道：“当今皇上。”

“错！”文龙道，“这是咱们文家的大仇人，袁太后的儿子！”

清妃道：“可他也是我的夫君，孩子的父亲！”

此言一出，文龙才想起来，自己的妹妹此时已经有了柴墒的孩子了。

清妃继续说道：“哥哥，难道你想让我的孩子一出生就没有父亲吗？没有父亲的痛苦你我都有所体会，就不要再让我的孩子去感受了。”说完便哭了起来。

文龙叹了口气，他知道失去双亲的痛苦，这种痛苦只要体会一次，就不想再有第二次。文龙看着躺在地上的柴墒，心中不知是什么滋味。眼前的这个皇帝，并不是个坏人，但若是不杀他，那自己心中积淀了这么多年的苦楚又该如何平息呢？忍辱负重这么多年，本以为今天可以将一切一了百了，杀死宁王，杀死袁太后，杀死皇上，然后再自行了断，这就是自己多年的夙愿。可天意难测，自己的妹妹竟然成了皇上的妃子，而太后又不在此处，倘若今天只是为了杀死宁王，又何必隐忍至今？文龙抬起头，看着藻井中那通身金色的飞龙，大声道：“罢了！罢了！天意如此！天意如此！”说完将剑掷于身旁，瘫坐在了地上。

清妃于是走了过来，蹲在了文龙身旁，将手搭在文龙的肩上，说道：“哥，今日你我兄妹得以重逢，但未承想是这般情境。”

文龙笑了笑，看着清妃说道：“也罢，既然天意如此，我也不会强求。如今你已经怀了孩子，就应该处处为孩子着想。我想清楚了，冤冤相报何时了，不如顺其自然吧。既然咱们文家尚有你我在世，不如就好好活着，将来如何，就要看咱们的造化了。”

清妃笑着点了点头，说道：“既这样，那你快些走吧，趁现在没人看见。”

文龙叹气道：“要走的话一起走。你别看这些人动弹不得，但却能听能看，咱们说的话，他们都是一清二楚，所以你不能留在这里了。趁现在没人发现，咱们赶紧想办法出宫，到了外面之后再从长计议吧。”

清妃还没答话，就听皇后大笑道：“你们想走？走哪里去？干出这些祸事来，就想一走了之？你利用了本宫，就想一走了之？本宫固然难逃一死，但也要你们一起陪葬。”说完便朝大门跑去。

文龙起身要追，却被清妃拉住道：“不要去追了，不如让她一闹，咱们趁乱出宫吧。”说完便回身从柴璃腰间解下虬龙玉佩递给了文龙。

此时皇后早已跑到大殿门前，然后用尽全身力气将殿门推开，刚想叫嚷，就觉右臂一阵钻心的疼痛，只见一支弓箭穿透了自己的臂膀，殷虹的鲜血不住地向下流淌。皇后“扑通”一声坐在了门槛上，看着殿外一排排御林军整齐排列，月满弓弦。而在队伍中间，袁太后坐在椅子上，眼睛里透着前所未有的杀气。

第三十七回

金凤为玉碎
凡鸟登高枝

那个被皇后毒倒在地的老太监不久之后便被路过的宫女发现，那宫女以为他只是得了急病，便叫了几个人将其抬到敬事房，然后便去了尚药局找人。可巧今天大年三十当班的是魏清荷，他知道了这事，便随宫女到了敬事房内。魏清荷一走近那老太监，便闻出了息体散的味道，不由得心中大惊道："不好。"然后自然而然地想到了何奇。但此事缘由未明，魏清荷也不敢妄下结论，于是便先和众人说老太监没有大碍，略休息片刻就好。随即便去了慈宁宫觐见太后，将此事说了。

太后此时身体不适，又加上天降大雪，所以正准备宽衣就寝，但听了魏清荷这话，便赶忙坐起身来。太后之前被这息体散害得不轻，所以对此讳莫如深。而今听闻有人又在宫中用此药害人，顿时气得浑身哆嗦。不过太后第一个想到的却不是何奇，而是皇后，于是便叫侍卫去寿安宫看一看。果不其然，不一会儿侍卫便带着于公公来见太后，只皆因此时皇后早已不在寿安宫内了。于公公进了慈宁宫，一个劲儿地叩头，说是众人进到寿安宫内，已然不见了皇后的踪影，但却在暖阁内找到了通往宫外的洞口，想必皇后顺着洞口逃出去了，此时是不是已经混出宫去也未可知。

太后听了，顿时五雷轰顶一般。她了解皇后，皇后绝不是苟且偷生之辈，此次逃出寿安宫，倘若不干出些名堂，就太对不起"皇后"这个称呼了。太后此时最先想到的就是保和殿内的柴璃和裕妃，于是赶忙下了懿旨，着众侍卫包围保和殿，但一定要悄悄进行，免得皇后不在保和殿那里，却让宁王怀疑柴璃另有所图，想对他下毒手。

安排妥当后，太后又从一架屏风后面的木箱内拿出一个青瓷刻花大盒来递给魏清荷。魏清荷接过来道："这是?"

太后颤巍巍地抬了抬手，示意魏清荷打开。魏清荷将盒子打开一看，原来里面装满了白色的小药丸，将鼻子凑近一闻，顿时觉得有些呛鼻。

太后用手捏起一个药丸，放进了嘴里。魏清荷会意，知道这药丸乃是息体散的解药，于是也赶忙放进口中一粒。太后道："想不到这么多年了，终究还是用到了。"

魏清荷不敢说什么，只是呆呆地看着太后。太后此时憔悴万分，眼睛里都是血丝，隐约还可见泪光闪烁。她已经想到了最坏的结果，但她却没有准备好去面对。太后看了看窗外飘零的雪花，说道："辞旧迎新的日子，哀家倒要看一看会有什么结果。"说完便出了慈宁宫，坐着轿子往保和殿去了。

魏清荷随着太后来到保和殿外时，息体散的香气已经慢慢散去，但仍可闻到那若隐若现的味道。此时殿外的侍卫、太监、宫女，横七竖八地躺了一地。太后皱着眉头看了看，便命人搬了把椅子放在了正对着殿门的位置，然后命令御林军拉满弓弦，等候命令。

魏清荷张开一把油伞道："雪大，太后小心着凉。"

太后看着殿内闪烁的烛火说道："看来咱们来晚了。"

魏清荷道："太后何出此言?"

太后道："殿内没有一点声音，必是那贱人得了手。"

魏清荷道："既然如此，不如冲进去吧。"

太后摇头道："那贱人现在已是丧心病狂，倘若此时冲进去，她一时手足失措，说不定会伤及皇上。哀家心里清楚得很，她要的是哀家的命。"

魏清荷道："那此时殿内为何没有动静?"

太后笑道："那么多人倒在地上，她要是想找到哀家，想必也要费些时日的。"

话音刚落，就听殿内有人叫嚷道："你们想走? 走哪里去? 干出这些祸事来，就想一走了之? 你利用了本宫，就想一走了之? 本宫固然难逃一死，但也要你们一起陪葬!"

太后立马抬手道：“是那贱人的声音，弓箭手准备！只要有人出来，就放箭，但哀家要活的。”

话一说完，就见保和殿的大门被人推开，一个太监模样的人走了出来。弓箭手手疾眼快，朝着那人的右臂就是一箭。

太后慢慢地站起身，扶着魏清荷向前走了两步，在不远处细细地端详了一下坐在门槛上的那个人，然后道：“果然是你。”

皇后看了看站在对面的太后，笑道：“是本宫。”

太后道：“在哀家面前，你应该自称‘臣妾’。”

皇后笑道：“只怕以后你都听不到了。”

太后笑道：“听不到？除非是你死了，或是哀家死了。”

皇后道：“那肯定是本宫死了。”

太后厉声道：“原来你也知道！哀家告诉你！想要置哀家于死地，你根本就没有这个本事！你这个贱人，你算什么东西？不过就是仗着自己父亲，才有机会做了皇后，有什么可猖狂的？你们许家如果是安安分分地做着臣子，哀家又怎么会赶尽杀绝？”

皇后道：“你什么意思？”

太后笑道：“哀家忘了告诉你，你的父亲许承岚是哀家杀的。”

皇后大惊道：“你说什么？”

太后道：“哀家不想重复第二遍，哀家之所以那么做，是因为你们许家的势力太过强大，竟然连皇室都不放在眼里。哀家没有办法，只能出此下策，说到底都是为了皇上。”

皇后此时好像僵在那里一般，半天说不出话来，她没想到自己的父亲竟然是被太后所害，这么多年自己一直被蒙在鼓里，要不是今天这个特殊时刻，只怕自己到死也不会知道这件事。皇后决定再赌一把，即使不能为父亲报仇，也要让太后不得安生。皇后慢慢地抬起头，看了看太后说道：“你以为自己掌握了一切？你以为自己操控了全局？本宫告诉你，掌握全局的不是你，而是本宫。本宫拥有你所不知道的秘密，而这些秘密，从此烟消云散，无人知晓。”

还没等太后反应过来，皇后突然站了起来，回身跑进大殿。太后知道事情不妙，赶忙回身大叫道：“拦住她！”

弓箭手得了命令，急忙射箭出去。皇后也不顾其他，只是拼命跑向大殿中间的铜炉。谁知刚跑到铜炉旁边，小腿便中了一箭。皇后忍着疼痛，使劲将铜炉上的铜盖掀翻，然后双手抵住铜炉，用尽全身力气将铜炉朝殿门的方向推倒。此时铜炉外壁已被炉内的炭火烧得灼热，皇后的双手也被烫得发出“吱吱”的声响，皇后忍不住大声叫嚷起来。

太后在殿外见此情景，急道：“这个贱人疯了，你们快去拦住她!”

御林军听了，急忙朝殿内跑去。但为时已晚，殿内的铜炉终于被皇后推倒，炉内的炭火顿时四溅开来，点燃了殿内的帷幕，形成了一片火海。御林军被大火挡在殿外，无法近前。而皇后此时忍着周身的疼痛，回头看了看坐在不远处的文龙与清妃道：“本宫没想让你们陪葬，如果你们想要怪罪本宫，本宫也毫无怨言。”

清妃看着皇后惨不忍睹的样子，说道：“皇后娘娘不要自责了，在这宫里，到头来谁不是难逃一死？今天我能和哥哥死在一处，也不觉得孤独。”

皇后看了看四周倒地的人，说道：“他们也跟着白白送了性命，倒是可怜。”

皇后刚说完，就听殿外一片嘈杂之声，紧跟着就见一群御林军身上裹着毯子冲了进来。皇后知道自己必死无疑，于是紧咬牙关站起身，拖着伤痕累累的身躯往文龙和清妃这边走来，地上却留下一条深红的血印。

皇后来到桌案近前，伸出血肉模糊的双手将地上的佩剑捡起，直奔柴墒而去。清妃见状，急忙要去阻拦，可为时已晚，皇后此时已经手起剑落，将柴墒的头颅斩了下来。皇后抱着柴墒的头颅说道：“臣妾只需要皇上陪伴。”说完又将剑往自己脖子上一横，便香消玉殒了。

此时进入殿内的几个御林军慌忙叫嚷着直奔柴墒这边而来，清妃忙和文龙道：“你快走吧，切不可被他们发现了。”

文龙看了看进来的御林军道：“他们来我倒放心了，你这次有救了。明年春暖花开时，我自然会回来找你。”说完便离了清妃，躲到旁边的柱子后面去了。

此时太后在殿外已是焦急万分，她吩咐了御林军，进去之后只救柴墒、裕妃和清妃就好，其他人不用搭理。

所以御林军看见清妃时，忙一把抱住，然后用毯子裹了，急匆匆地回身就跑。清妃被人抬着往殿外而去，嘴里不住地嚷道："快救裕妃姐姐，快!"

众御林军听了，赶忙又将旁边的裕妃抱起，向殿外冲了出去。剩下的御林军看见了柴璘的尸体，顿时吓得魂飞魄散，但还是一个抱着身子，一个抱着头颅慌慌张张地跑出了殿外。这时殿内只剩下两个御林军在左顾右盼，那两人见太后所说的三人都已经被带出殿外，于是便也一前一后朝殿门走去。这时躲在柱子后面的文龙看准了时机，不声不响来到一名御林军的身后，伸手将其脖子卡住，然后一用气力，那人便伸手胡乱抓挠了两下，倒在了地上。

此时殿内的火势越来越猛，眼见房梁都快塌了，浓烟更是四处弥漫。文龙于是赶忙将那御林军的外衣脱了，然后穿在了自己身上，转身就往殿外跑去。谁知刚走两步，便觉有人抓住了自己的脚踝。文龙低头一看，不是别人，竟是何奇。此时息体散的香气散尽，何奇已经略略地回过神来。文龙见何奇的衣服都已经烧着，于是便蹲下身子，将其身上的火焰打灭，然后说道："何侍诏就此安歇了吧。"说完起身要走。

也不知何奇哪里来的力气，紧紧地抓着文龙不放，口内支支吾吾地说道："你救我出去，我定装作哑巴。"

文龙看着可怜兮兮的何奇，心中觉得愧疚不已，一个老老实实的人，被无端卷了进来，也着实让人心中不忍。但这殿内的众人，又有哪一个是罪有应得呢？不如做次善事吧。

文龙想到这里，于是俯身道："我救何侍诏出去，何侍诏要记得我的情意。"

何奇听了，忙含泪点了点头。文龙于是搂住何奇的腰，将其扛到肩膀上，一路小跑出了保和殿。

此时殿外一片乱糟糟的景象，太监侍卫们个个提着水桶往保和殿浇水，而尚药局的太医们在为昏迷不醒的裕妃诊脉，然后便急急忙忙地将其送回钟粹宫。而太后此时正抱着柴璘鲜血淋淋的头颅不住痛哭，声音撕心裂肺，让人心伤。

文龙将何奇放在了一旁，然后小声道："就此分别，好自为之。"说完便趁众人不注意时，溜到别处去了。

就在此时，五凤楼的钟鼓声再次响起，原来已是子时。此时宫外的百姓点燃了花炮，炮竹响声震耳，烟花开遍天边，欢声笑语，热闹连连。而此时的皇宫内，大殿已成残木，尸首已是焦炭，只有唉声叹气，神色黯然。

大雪纷飞，掩不住宫廷哀怨。

第二天一早，慈宁宫内，清妃端着药碗，慢慢将药汤送进太后的口中。太后看着窗外碧蓝的天空，回想着昨晚的一切，好似梦境一般。可那隐约的焦炭味，仍然弥漫在皇宫之内，提醒着人们昨晚所经历的一切。

太后推开汤匙，说道："罢了，哀家不吃了，没用的。"

清妃道："太后您一定要好起来，否则谁能掌握大局呢？"

太后看了看清妃，有气无力地说道："大局？大势已去，何来大局？如今皇上驾崩，其下没有子嗣，这皇位，只能是外人的了。"

清妃道："您说的外人是？"

太后道："自然是宁王的儿子了。"

清妃道："可裕妃姐姐眼看就要临盆，若在此时将皇位让出，岂不是太不值得了？"

太后道："那又能如何？昨晚保和殿走水的事情想必已经传遍京城，那些大臣现而今都在五凤楼外候旨，哀家虽然下了旨意，皇上驾崩的事情不得说出去，但那些老奸巨猾的大臣哪一个没有眼线，这事想瞒也是瞒不住的。他们现在就像热锅上的蚂蚁，急躁得很啊，都想着自己应该把舵往何处转呢。"

清妃道："那这该如何是好呢？"说完不由得叹了口气。

太后突然拉住了清妃的手，说道："哀家想必是活不了多久了，此时裕妃中了息体散的毒，至今昏迷不醒，这后宫之中，哀家唯一可以托付的，就是你了。"

清妃急忙道："太后您折杀臣妾了，臣妾担当不起。"

太后缓缓地说道："哀家也算是久经风霜了，什么没有见过？昨天保和殿内所有人全都中了毒，唯独你和皇后没事，哀家难道还看不出来什么吗？"

清妃心中一惊，说道："太后，臣妾并非皇后娘娘的人啊。"

太后点头道："哀家知道，但你也不可能是哀家的人。皇后临死前说过，有一个秘密她没有告诉哀家，哀家对这个秘密心中有数。其实哀家完全可以将你交由大理寺审理，必定会让你说出些什么。哀家之所以没有这么做，完全是因为你肚子里已经有了皇上的骨肉。如今皇上不在了，哀家决不能让皇上无后，看在腹中胎儿的分上，哀家对你所做的事情不予追究。但你却要答应哀家一件事。”

清妃道：“太后您说。”

太后道：“不要伤害裕妃及其孩子。”

清妃点头道：“太后放心，臣妾一定做得到的。”

太后道：“嗯，那就好。哀家累了，想歇歇，你走吧。”

“是。”清妃答应着，转身出了慈宁宫。

清妃于是由宫女陪着往延禧宫走去，正行间，就见一名宫女急匆匆地跑过来道：“娘娘，大事不好了！”

清妃道：“怎么了？”

宫女道：“裕妃娘娘要早产了！“

清妃大惊道：“什么？传太医了没有？”

宫女道：“传了，魏太医已经在钟粹宫了。”

清妃道：“本宫过去看看，这事先不要告诉太后。”说完便急匆匆地往钟粹宫去了。

清妃进了钟粹宫后，就见宫女们进进出出地忙活，暖阁内传来裕妃痛苦的叫声。此时姚太医正在外间坐立不安地等待，见清妃来了，于是连忙上前道：“娘娘如今怀有身孕，怎么不去歇息？”

清妃也不答话，只是问道：“裕妃姐姐怎么样了？”

姚太医道：“不是很好。裕妃娘娘闻了含有麝香的息体散，以至于催产下胎。魏清荷在里面正在施针。”

清妃道：“可否能安住胎气呢？”

姚太医皱眉道：“不致血崩已是万幸，哪里还能保住胎儿呢？”

清妃听了这话，不由得心中绞痛。裕妃一向善良乖巧，如今却落得这个地步，若不是自己的哥哥，只怕裕妃也不会有今日的遭遇。

正想着，就听里面一阵婴儿啼哭的声音，清妃大喜道：“生了！生了！”说完忙掀帘进了暖阁。

裕妃此时面色苍白地躺在床上，紧紧地闭着双眼，气息急促而微弱。魏清荷在一旁呆呆地坐着，面无表情。几名宫女将孩子抱到裕妃身旁，笑着说道："恭喜娘娘，是太子！"

清妃笑着坐到床边，握着裕妃的手说道："姐姐，妹妹来看你了。"

裕妃慢慢地睁开眼睛，见是清妃，于是道："你怎么来了？你有孕在身，还不好生歇着？"

清妃道："我没事的，姐姐你看，孩子多可爱。"

裕妃看了眼身旁的孩子，说道："孩子没事就好。"

清妃道："姐姐自己也要保重才是。"

裕妃点了点头，又向众人道："你们退下吧，本宫有话要和清妃妹妹说。"

魏清荷答应着，带着众人出了暖阁。

清妃见众人散去，问道："姐姐有什么话请尽管说。"

裕妃挣扎着起身道："本宫有一件事请妹妹帮忙。"

清妃忙扶住裕妃道："姐姐有话说就是了，快些躺好。"

裕妃含泪看着身旁的孩子道："本宫只求妹妹能够帮我好生照看这孩子，视如己出一般，那我在九泉之下也安生了。"

清妃忙说道："姐姐这是哪里话？刚刚得了太子，应该高兴才是。"

裕妃摇头道："只怕我是不行了。等我走后，妹妹务必要将这孩子好好带大，莫要别人欺负了他，我这个当娘的也就心安了。"

清妃哭道："姐姐放心，妹妹一定会视太子为己出一般，绝不会委屈了他。"

裕妃道："昨晚大殿之内，我虽然动弹不得，但却能看清听清。"

清妃忙止住哭声道："姐姐的意思是？"

裕妃道："妹妹放心，我绝不会说出什么的。我只是觉得皇上死得好惨，一想起皇上，我就心如刀绞，我此时愿意随皇上而去，要不然他在那边岂不是很孤单吗？"

清妃道："多谢姐姐为我保守秘密，我一定将你的大恩报答在太子身上。"

裕妃点了点头，说道："那就好，那就好。"说完慢慢地闭上了眼睛。

清妃以为裕妃累了，于是道："姐姐休息吧，我去了。"说完站起身来往外就走。突然，清妃看到自己的裙子上有一大片殷红，低头仔细一瞧，原来是血。清妃大惊，连忙回头，只见裕妃的床上全是血渍，有些正顺着床单滴到了地上。

清妃吓得大叫道："太医！太医！不好了！"

魏清荷和姚太医听见叫声，连忙进了暖阁。魏清荷见状，顿足道："不好！"于是连忙打开药箱，为裕妃施针止血。

清妃哭道："这是怎么回事？"

姚太医道："想必是娘娘劳累过度，以致气虚下陷，加之早产，所以血崩。"

清妃听了，哭道："那要不要紧？"

姚太医道："清妃娘娘切莫着急，请到暖阁外等候吧，魏太医和老夫一定会竭尽全力的。"

清妃点了点头，于是出了暖阁。

一时间钟粹宫内又开始忙活起来，众人进进出出，不时将沾有鲜血的白布从暖阁内拿出。清妃站在暖阁外，仔细听了又听，暖阁内竟一点声音都没有。大概过了一顿饭的工夫，还是不见太医出来。正焦急时，只见魏清荷掀开了暖阁的帘子，低头走了出来。清妃忙拉住道："裕妃姐姐怎么样了？"

魏清荷看了看清妃，说道："裕妃娘娘凤驾归天。"

清妃听后，半天说不出什么，只得道："既这样，且先不要告诉太后，否则她老人家承受不住。"

清妃言罢转身又进了暖阁，将孩子抱在怀中看了又看，只见那孩子虽是早产，但却还没什么异样，四肢乱蹬，微张小口。清妃顿时心生怜爱，便在那孩子的额头上亲了一下，然后又看了看躺在床上的裕妃，自言自语道："姐姐放心吧，我一定会将太子带大，教他做人，教他做事，将来我若是去那边找你们，定不会让皇上失望的。"说完转身出了暖阁，将孩子交给了早在一旁候旨的奶娘，便急匆匆地往慈宁宫去了。

清妃还未到慈宁宫的宫门，就见两三个慈宁宫的宫女跑过来道："娘娘，太后不成了！您快去看看吧。"

清妃听了，急忙往慈宁宫而去。进了暖阁，只见太后平躺在床上，呆呆地瞪大着眼睛看着清妃道："孩子交给奶娘了？"

清妃心中一惊，问道："您怎么知道的？"

太后道："刚才裕妃已经来过了，说要带哀家一起走，哀家看她的肚子变小了，就问是怎么回事，她说自己已经为皇上产下了太子，这时候就要去见皇上了，问哀家要不要一起去。哀家想了想，还是去吧！一个人在这边也没什么意思，争了一辈子，到头来还不是孤单一个人？不如和他们在一起快活，你说是不是？还是去吧，这边就交给你了，你以后就是太后了。但哀家却要告诉你一句话，你得听好了……"

清妃忙道："您说。"

太后道："皇上还小，小得不得了，这样太过危险了。那帮大臣，个个都是老奸巨猾，看到你们孤儿寡母的，岂能放过这个好机会？必会开始你争我夺的。你一定要记住了，这样虽然危险，但却是利用他们的好时机，在皇上长大之前，一定要好好地利用他们，等到一切有章可循的时候，一定要开始节制他们，必要的时候，就杀他们的头，明白不明白？"

清妃道："臣妾明白了。"

太后慢慢地闭了眼睛道："你还有好多要学的，自己慢慢地悟吧，哀家走了，裕妃……在那里叫我呢……"说完便没气了。

清妃哭着站起身来，回身与众宫女太监道："太后和裕妃姐姐都已经凤驾归天，但你们不要讲此事声张出去，一会儿本宫会拟好旨意，宣臣子进宫，到时宫内要一切如常，知不知道？"

太监宫女听后，齐刷刷地跪下道："谨遵太后懿旨！"

清妃点了点头，说道："本宫，不，哀家现在要去翰林院画院，摆驾！"

众宫女听了，忙扶着清妃出了慈宁宫。清妃出了宫门，回身又看了看身后的慈宁宫，不由得露出了笑容。这金碧辉煌的慈宁宫，从此便属于了自己，这里将是权力的顶点，皇朝的中心。

第三十八回

沉浮半载终

皇宫内虽然有变，但宫廷之外仍旧是秩序井然。百姓们仍旧过着自己的日子，并未觉出有什么异样。桂明披了鸭绒的大氅，慢悠悠地出了樊楼。大门旁边的乞丐仍旧在那里睡着大觉，旁边破烂的白瓷碗里全是剩饭。桂明来到乞丐近前，蹲下身子道："孙大人，醒一醒。"

那乞丐微睁双眼，见是桂明，笑道："做什么？"

桂明从怀里掏出一锭银子道："这个给您。"

那乞丐接过银子，用手掂了掂，笑道："这是什么意思？今天是什么好日子？"

桂明笑道："今天是大人的喜日子。"

乞丐道："莫不是给我娶了个媳妇吧？"

桂明笑道："比这还喜呢。"

那乞丐听了，坐起身子道："说来听听？"

桂明道："我得了消息，皇上驾崩了。"

"什么?!"那乞丐道，"当真？"

桂明笑道："我什么时候骗过人？"

那乞丐哭道："皇上对我孙目达恩重如山，我孙目达却未曾好好报答过皇上，如今皇上驾崩，我都不能前去磕个头。"原来自从孙目达被贬出宫后，竟在街头沦为乞丐了。

桂明道："奇了，你怎么不笑反哭呢？"

孙目达道："笑什么？有什么可欢喜的？"

桂明道："你不想想，皇帝驾崩了之后，就要大赦天下，那你不就有机会重新执笔，返回宫廷画院了吗？"

孙目达想了想，说道："没错，没错，我确实有机会重返画院了。"

桂明站起身来，慢慢施了一礼，笑道："桂明那就在此先恭贺孙大人了。"

孙目达忙道："好说，好说。"

桂明看了看满脸欢喜的孙目达，突然又蹲下身子道："有一件事，我一直不明白，还望孙大人赐教。"

孙目达道："你说。"

桂明道："有一天夜里，我见到宫里的一个宫女前来找你，和你说了一些话，然后便又走了，可有这回事啊？"

孙目达忙收住笑容道："你怎么知道？"

桂明道："我自然是看见了，而且那人我认得，是皇后的贴身宫女碧云吧？"

孙目达看了看桂明，叹气道："没错，就是她。"

桂明道："能不能告诉我，她来做什么？"

孙目达道："你好能打听。"

桂明道："我就是问问，如果孙大人不愿意相告，我就不再问了。"

孙目达道："说了倒也无所谓。那碧云来，就是告诉我，到底是哪一个将我陷害的，皇后娘娘传了话，只要时机一到，就会帮我洗刷冤屈，惩治那恶人。"

桂明道："当真？这事恐怕做不得了。"

孙目达忙问道："怎么说？"

桂明道："皇后娘娘也死了。"

孙目达大惊道："这是为何？宫里到底出了什么事？"

桂明道："这我哪里知道？反正你这仇怕是报不了了。"

孙目达道："若是这样，岂不是便宜了何奇那个畜生？"

桂明道："你说什么？你的意思是，陷害你的人是宫廷画院的何奇？"

孙目达叹气道："不错，碧云确实是这么说的。"

桂明道："原来如此，那何奇倒是来过我这里。"

孙目达："什么时候？"

桂明道：“没有多久。”

孙目达笑道：“他那般嘴脸，怕是吓到你了吧？”

桂明道：“哪般嘴脸？我看着倒还普通。”

孙目达道：“何奇长得奇丑。”

桂明道：“我没觉得，怕是说的不是一个人吧？”

孙目达叹了口气道：“不管是不是一个人，只怕都不能洗刷我的冤屈了。”

桂明站起身来，说道：“无论如何，大赦天下是定下来了，孙大人可以再执笔挥毫了。”说完转身进了樊楼，往琉璃竹去了。

孙目达站起身，往皇宫的方向看去。此时大雪已经停止，厚实的雪花覆盖在皇宫的房顶之上，泛着银光。那被百姓视为禁区的皇宫，一度离孙目达近在咫尺，但又在一瞬间远似天涯。可宫中的巨变，再次让皇宫变得触手可及。孙目达知道，这宫中仍旧是一处危险地界，不论其中发生怎样的改变，有一点确实是永远不变的，那就是争夺。

孙目达拍了拍棉袄上的灰尘，拿着那一锭银子，便往旁边的一家面馆去了。

（完）

插图：王涛